A QUEDA

DON WINSLOW

A QUEDA

Tradução
Isabella Pacheco

Rio de Janeiro, 2021

Copyright © 2020 by Samburu, Inc. All rights reserved.
Título original: *Broken*

Todos os direitos desta publicação são reservados à Casa dos Livros Editora LTDA.
Nenhuma parte desta obra pode ser apropriada e estocada em sistema de banco de dados
ou processo similar, em qualquer forma ou meio, seja eletrônico, de fotocópia, gravação etc.,
sem a permissão do detentor do copyright.

Diretora editorial: *Raquel Cozer*
Gerente editorial: *Alice Mello*
Editor: *Ulisses Teixeira*
Revisão de tradução: *André Sequeira*
Revisão: *Marcela Isensee e Liziane Kugland*
Capa original: *Ploy Siripant*
Capa: *Guilherme Peres*
Imagem de capa: *Gary Hershorn/Getty Images*
Diagramação: *Abreu's System*

Dados Internacionais de Catalogação na Publicação (CIP)
(Câmara Brasileira do Livro, SP, Brasil)

Winslow, Don
    A queda / Don Winslow ; tradução Isabella Pacheco. –
1. ed. – Rio de Janeiro, RJ : Harper Collins Brasil, 2021.

    Título original: Broken
    ISBN 978-65-5511-127-9

    1. Ficção policial e de mistério (Literatura norte-ameri-
cana) I. Título.

21-62573   CDD-813.0872

Índices para catálogo sistemático:
1. Ficção policial e de mistério : Literatura
   norte-americana 813.0872
Maria Alice Ferreira – Bibliotecária – CRB-8/7964

Os pontos de vista desta obra são de responsabilidade de seu autor, não refletindo necessariamente a
posição da HarperCollins Brasil, da HarperCollins Publishers ou de sua equipe editorial.

HarperCollins Brasil é uma marca licenciada à Casa dos Livros Editora LTDA.
Todos os direitos reservados à Casa dos Livros Editora LTDA.
Rua da Quitanda, 86, sala 218 — Centro
Rio de Janeiro, RJ — CEP 20091-005
Tel.: (21) 3175-1030
www.harpercollins.com.br

Ao leitor.

Simplesmente, obrigado.

Se você não tem tempo para ler, você não tem tempo
(nem ferramentas) para escrever. Simples assim.

— STEPHEN KING

SUMÁRIO

Despedaçado 11

Crime 101 81

O zoológico de San Diego 153

Pôr do sol 233

Paraíso 301

A última volta 379

Agradecimentos 445

DESPEDAÇADO

O mundo quebra todas as pessoas, e algumas ficam mais fortes nos lugares quebrados.

— ERNEST HEMINGWAY, *ADEUS ÀS ARMAS*

Você não precisa dizer a Eva que o mundo é um lugar quebrado.

Atendente do 911 de Nova Orleans do turno da noite, Eva McNabb ouve as rachaduras da humanidade durante oito horas seguidas, cinco dias por semana, e mais ainda quando trabalha em turnos dobrados. Ouve os acidentes de carro, os assaltos, os tiroteios, os assassinatos, as mutilações, as mortes. Ouve o medo, o pânico, o ódio, a fúria, o caos, e envia homens *na direção* disso tudo.

Bem... Homens, em sua maioria — há cada vez mais mulheres nesse trabalho. Mesmo assim, Eva sempre pensa neles como seus "caras", seus "garotos". Ela os envia para dentro dessas rachaduras e reza para que voltem inteiros.

Geralmente eles voltam, mas nem sempre. No entanto, ela segue enviando mais de seus caras, de seus garotos, para os lugares despedaçados.

Em algumas ocasiões, literalmente, pois seu marido foi policial, e hoje seus dois filhos adultos também são.

Portanto, ela conhece essa vida.

Conhece esse mundo.

Eva sabe que é possível sair dessa vida, mas sempre se sai despedaçado.

Mesmo em noites de lua cheia, o rio parece sujo.

Jimmy McNabb não gostaria que fosse diferente. Ele ama seu rio sujo na sua cidade suja.

Nova Orleans.

Ele cresceu e ainda mora em Irish Channel, a algumas quadras de onde está neste momento, atrás de um carro no estacionamento da First Street Wharf.

Angelo, ele e o resto da equipe estão se preparando — coletes, capacetes, armas, granadas. Como uma equipe da SWAT, só que Jimmy se esqueceu de chamar esses caras para a festa. Assim como se esqueceu de chamar a polícia portuária ou qualquer outra, com exceção da sua própria equipe da Divisão de Narcóticos da Unidade de Investigação Especial.

É uma festa particular.

A festa de Jimmy.

— A portuária vai ficar puta — disse Angelo, enquanto vestia seu colete.

— Vamos deixá-los limpar a bagunça — respondeu Jimmy.

— Eles não gostam de ser faxineiros — disse Angelo. Ele gruda o velcro na frente do peito, fechando o colete. — Me sinto um idiota dentro desta merda toda.

— Você *parece* um idiota mesmo — falou Jimmy.

O maldito colete deixa seu parceiro parecendo o boneco da Michelin. Angelo tem um corpo definido — fez uma dieta rígida de banana e milk-shake para ganhar peso quando entrou no departamento, e desde então não engordou nem mais um quilo. É magro, como o bigode lápis que ele acha que o deixa igual ao Lando, de Star Wars, mas não é verdade. Com a pele morena e o corpo esbelto, Angelo Carter cresceu na Ala Nove, aquela com a maior quantidade de negros da cidade.

Já o colete de Jimmy está apertado.

Ele é um homem grande — 1,93 metro de altura, com o peito e os ombros largos de seus ancestrais irlandeses, que vieram para Nova Orleans escavar as barragens do canal com picaretas e pás. Como policial, ele raramente precisava gritar com os civis — mesmo dentro do French Quarter —, pois seu tamanho e olhar eram suficientes para intimidar o bêbado mais hostil e causar uma mudança repentina de comportamento em qualquer um.

Mas, quando Jimmy tinha de intervir, era preciso uma equipe inteira de oficiais para contê-lo. Uma vez, ele destruiu — *destruiu* — um grupo de fortões que veio de Baton Rouge e resolveu causar confusão no Sweeny's, o bar na vizinhança de Jimmy. Os caras entraram empertigados e falando alto, e saíram na horizontal e calados.

Jimmy McNabb era um policial durão, assim como seu pai havia sido.

O grande John McNabb era uma lenda.

Seus dois filhos não tinham outra alternativa a não ser virarem policiais. Não que algum deles quisesse ser outra coisa.

Jimmy olha para o resto da sua equipe. Ele percebe que estão tensos, mas não em excesso, no limite ideal.

O limite necessário.

O próprio Jimmy sente isso, a adrenalina começando a correr pela sua corrente sanguínea.

Ele gosta da sensação.

Sua mãe, Eva, diz que o filho sempre gostou de ficar pilhado, não importando se isso vem da adrenalina, da cerveja, do uísque, de uma corrida de cavalo no hipódromo Jefferson Downs ou de ser o rebatedor do último lançamento em um jogo da liga de beisebol da polícia. Ela dizia: "O Jimmy gosta de ficar pilhado."

Jimmy sabe que ela está certa.

Ela geralmente está.

Ela também acha isso.

Jimmy e seu irmão mais novo tinham uma expressão para isso: a última vez em que Eva esteve errada.

Tipo: "A última vez em que Eva esteve errada, os dinossauros dominavam a Terra." Ou: "A última vez em que Eva esteve errada, Deus tirou o sétimo dia para descansar." Ou o preferido de Danny: "A última vez em que Eva esteve errada, Jimmy tinha uma namorada fixa."

Que foi, tipo, na oitava série.

"Jimmy é um ótimo arremessador, mas prefere jogar solto na defesa", Eva disse certa vez.

"Hilário, Eva", Jimmy pensa.

Você é uma piada.

Danny e ele sempre se referiram à mãe como "Eva". Na terceira pessoa, mas nunca na cara dela. Assim como eles chamavam o pai de "John". Essa história começou quando Jimmy tinha, talvez, sete anos, Danny e ele estavam trancados no quarto de castigo por causa de uma jogada de beisebol e uma vidraça quebrada, e Jimmy disse "Cara, a Eva estava furiosa de verdade". E assim ficou.

Jimmy olha de relance para Wilmer para dar uma conferida. Wilmer Suazo tem olhos meio esbugalhados, mas o Hondurenho sempre parece estar um pouco nervoso, é normal. Jimmy o chama de hondurenho, mas ele cresceu no Irish Channel também, num bairro pequeno chamado Barrio Lempira, e está lá desde antes de Jimmy nascer.

Baixo e largo como uma geladeira, Wilmer é um cara de Nova Orleans tanto quanto o resto deles, e é bom ter um latino na equipe, especialmente nos dias de hoje, em que um monte de hondurenhos e mexicanos vieram trabalhar na reconstrução da cidade depois do Katrina, e ninguém se importa mais com green card.

Muito bom tê-lo hoje também.

Porque o alvo é hondurenho.

Jimmy pisca um dos olhos para ele.

— Tranquilo, mano.

Wilmer faz que sim com a cabeça.

Harold — não o chame de "Harry" — nunca fica nervoso.

Jimmy imagina se Gustafson tem batimentos cardíacos, pois é muito tranquilo. Uma vez, ao se encaminharem para um assalto onde ele poderia muito bem ter morrido, Harold dormiu no banco de trás do carro. Para Jimmy, ele é um "milk-shake de baunilha" — suave, bom e muito branco. Loiro, de olhos azuis, quase um diácono da igreja.

Até Wilmer controla o vocabulário na presença de Harold, e Wilmer tem a boca mais suja que uma privada do Terceiro Mundo. Mas quando Harold está no ambiente, Wilmer xinga em espanhol, acreditando, com razão, que Gustafson não entende uma palavra sequer.

McNabb é grande, Gustafson é maior ainda.

— Nós não precisamos construir uma barreira de proteção — opinou Jimmy —, basta Harold se deitar.

Numa aposta, uma vez (não entre Jimmy e Harold, pois Harold não faz apostas), Gustafson desafiou Jimmy no supino.

Dez vezes.

Jimmy perdeu cinquenta dólares, mas valeu a pena assistir.

Tenho uma boa equipe, pensa Jimmy.

Espertos, corajosos (mas não destemidos, ser destemido é idiotice), suas forças e fraquezas e seus talentos combinam-se perfeitamente. Jimmy conseguiu mantê-los juntos durante cinco anos, e hoje eles conhecem os movimentos uns dos outros como se fossem seus próprios.

Esta noite, eles precisariam de tudo isso.

Nunca fizeram uma operação num barco.

Fábricas de heroína enormes, impérios de crack em residências comuns, gangues de motocicleta e de rua — tudo isso eles já haviam vivenciado, inúmeras vezes.

Mas um navio de carga?

Era a primeira vez.

Era a maneira que Oscar Díaz estava usando para trazer seu carregamento imenso de metanfetamina, e é isso o que eles irão impedir.

Eles estavam na cola do hondurenho há meses.

Mas já tinham aliviado demais. Deixaram passar as merdas pequenas, esperaram Oscar fazer um movimento grande.

E agora era a hora.

— Tá certo, vamos fazer logo isso — avisa Jimmy.

Ele volta ao carro e pega sua antiga luva de beisebol, a mesma desde os tempos de colégio, com a marca arredondada das inúmeras bolas que já pegou.

Os outros também pegam suas luvas, e ficam a alguns metros de distância, lançando a bola como se fosse um treino fora do campo. Era quase cômico, em seus coletes e capacetes, mas era um ritual, e McNabb respeita rituais.

Nunca perderam um policial quando jogavam bola antes de uma operação, e ele não tinha intenção alguma de perder alguém desta vez.

Era um lembrete tácito: não deixe a bola cair.

Eles passam a bola de um para o outro, e, então, Jimmy tira a luva e diz: "*Laissez les bon temps rouler.*"

Em bom português, que comecem os trabalhos.

Eva McNabb ouve a voz da criança ao telefone.

É uma VD, ligação de Violência Doméstica.

O garotinho está apavorado.

Casada com o grande John McNabb há quase quarenta anos, Eva — 1,60 metro de altura contra 1,93 metro dele — conheceu a violência dentro da própria casa. John não batia mais nela, mas é um alcoolista raivoso e malvado, e bebe com mais frequência do que deveria desde que parou de bater nela. Desde então, ele lança copos e garrafas e soca as paredes até abrir buracos.

Ou seja, Eva está familiarizada com uma VD.

Mas esta é diferente.

Todas são terríveis, mas esta é *realmente* pior.

Ela ouve na voz do menino, nos gritos ao fundo, os berros, o som oco dos golpes, que consegue perceber *pelo telefone*. Já começou terrível, e a única coisa que ela pode fazer é tentar ver se a situação não acaba pior.

— Querido — diz ela, com delicadeza —, você está me escutando? Você me escuta, querido?

A voz do menino treme.

— Sim.

— Que bom — responde Eva. — Como você se chama?

— Jason.

— Jason, eu me chamo Eva. — É uma violação do protocolo dizer seu nome, mas foda-se, Eva pensa. — Agora, Jason, a polícia está a caminho. Eles vão chegar aí já, já, mas até lá… tem uma secadora de roupa na sua casa, não tem?

— Tem.

— Ótimo — fala Eva. — Agora, Jason, querido, preciso que você entre dentro da secadora, tá bem? Você consegue fazer isso para mim?

— Sim.

— Ótimo. Faça isso agora mesmo. Vou ficar com você ao telefone.

Ela ouve o menino se mexendo. Ouve mais gritos, mais berros, mais xingamentos. E então, pergunta:

— Você está na secadora, Jason?

— Sim.

— Muito bom — diz Eva. — Agora, preciso que você feche a tampa da máquina atrás de você. Consegue fazer isso? Não fique com medo, querido, estou bem aqui com você.

— Fechei.

— Muito bem. Agora você vai ficar aí dentro e nós vamos conversar até a polícia chegar. Tá bem?

— Tá bem.

— Aposto que você gosta de videogame — ela brinca. — De quais jogos você gosta?

Eva passa os dedos pelo cabelo preto curto, o único sinal de nervosismo que demonstra, e ouve o menino contar sobre Fortnite, Overwatch e Black Ops 3. Ao olhar para a tela à sua frente, ela observa a luz piscante, que representa o carro de polícia que segue em direção ao endereço do menino em Algiers.

Danny está num carro no Distrito 4, mas não é a área dele.

Ela fica aliviada.

Eva é superprotetora com seus filhos, mas Danny é o mais novo, o mais sensível (Jimmy é tão sensível quanto um soco-inglês), o mais doce, e ela não quer que ele veja o que o policial que entrar naquela casa está prestes a ver.

O carro está próximo, quase a uma quadra de distância, com duas outras viaturas atrás — nenhuma delas é a de Danny. Ela enviou as três com o aviso de que há uma criança envolvida.

Todos os policiais da região sabem que, se Eva McNabb diz para irem rápido, é melhor que seja *rápido* mesmo. Ou terão que responder a ela, o que ninguém quer fazer.

Eva ouve as sirenes pelo telefone.

E depois um tiro.

A bala atinge o casco de metal perto *demaaais* da cabeça de Jimmy e ricocheteia por todos os cantos de forma tão aleatória que Angelo se joga no deck.

Por um instante, Jimmy acha que seu parceiro foi atingido, mas Angelo se escora firme no canto e faz um sinal de positivo com a mão.

Não é uma boa recepção os hondurenhos atirando, disparando toda a munição com um barulho ensurdecedor, como bolinhas num globo lotérico, e Jimmy e sua equipe presos numa passagem estreita.

Talvez eu *devesse* ter chamado a equipe da SWAT, Jimmy pensa.

As balas vêm de uma escotilha aberta a uns nove metros da passagem. Alguém tem que ser o primeiro a alcançar aquela entrada, Jimmy pensa, ou devemos simplesmente colocar nosso rabo entre as pernas e vazar deste barco.

Esse alguém serei eu, Jimmy pensa. Ele destrava uma granada de luz e som do cinto e joga na abertura. Um lance firme, sem rodeios, somente uma bola rápida lançada na zona de strike.

A luz branca explode, e espera-se que tenha deixado cegos os atiradores do outro lado.

Jimmy surge por trás, atirando em sua frente.

Recebe alguns disparos de volta, mas ouve passos no deck de metal, correndo em fuga.

— Polícia de Nova Orleans! Abaixem as armas! — anuncia ele, pelo bem do código de conduta.

Jimmy ouve passos, mas não precisa se virar para saber que Angelo, Wilmer e Harold estão logo atrás dele. À sua frente, ele vê um homem, que rapidamente desaparece. E então Jimmy percebe que ele fugiu pela escada.

Jimmy chega ao topo da escada a tempo de ver o cara descendo os últimos degraus, mas Jimmy não faz isso. Coloca uma mão no corrimão, pula e aterrissa na frente do cara.

O homem levanta sua arma, mas Jimmy age antes, um gancho que deixa seu inimigo caído no deck, inconsciente. Jimmy pisa no rosto dele só por precaução — e para ensinar uma lição do que acontece quando você aponta uma arma para um policial da Divisão de Narcóticos.

E então, fica tudo preto.

Danny McNabb está na patrulha do cemitério.

Ele não se importa. Muitos crimes acontecem nos arredores do cemitério, e um policial de patrulha no segundo ano de serviço precisa de ação se quiser crescer na vida. Ele gosta dessa função no Distrito 4 — Algiers —, pois Algiers, embora seja tecnicamente parte de Nova Orleans, é um mundo particular.

O "Oeste Selvagem", como costumam chamar.

O lugar mantém um policial de patrulha ocupado, e Danny gosta de ficar ocupado. Mas, agora, suas pernas compridas estão começando a ficar com câimbra, por ficar sentado no carro durante tantas horas.

Se seu irmão Jimmy é um touro, Danny é um puro-sangue inglês.

Comprido, esguio e magro.

Ele ainda se lembra do dia em que se percebeu mais alto que Jimmy, quando sua mãe marcava a altura da cabeça com um lápis no batente da porta do guarda-roupa do quarto. Jimmy ficou puto e insistiu em brigar com ele. ("Você pode ser mais alto, mas não é mais forte.") Eva não permitiu que a briga acontecesse.

Depois, à noite, eles saíram para assistir a um jogo, e no caminho, Jimmy falou, sério:

— Você pode até ser mais alto agora, mas ainda é meu irmão mais novo. E sempre será. Entendeu?

— Entendi — respondeu Danny. — Mas sou mais bonito.

— É verdade — concordou Jimmy. — Pena que você tem um pau pequeno.

— Quer medir também?

— Que sorte a minha — continuou Jimmy — ter um irmão viado.

Quando Danny contou a Roxanne essa história, ele trocou as palavras para "gay". Não era tão engraçado, mas Roxanne é gay e ele sabia que ela não ia gostar da palavra "viado". Ele sabia que Jimmy não queria dizer nada ofensivo com isso. Ele não odeia os gays — ele odeia *todo mundo*.

Danny perguntou isso a ele uma vez, depois de Jimmy terminar um de seus discursos inflamados.

— Você odeia *todo mundo*?

— Deixa eu ver — respondeu Jimmy. — Gays, lésbicas, héteros, pretos, espanhóis, brancos... asiáticos, se houvesse algum aqui... é, eu meio que odeio todo mundo. Você vai odiar também, depois de alguns anos neste trabalho.

A mãe e o pai de Danny diziam quase a mesma coisa. Que a grande decepção do trabalho na polícia é que ele faz com que você odeie todo mundo, exceto outros policiais. Mas ele não acredita nisso. Ele só acha que a polícia tem uma experiência seletiva com as pessoas. Policiais veem muita coisa ruim e esquecem que o bem existe.

Eva não queria que Danny fosse policial.

— Seu marido é policial — respondeu ele. — Seu outro filho é policial.

— Você é diferente deles — retrucou ela.

— Diferente como?

— Digo de um jeito bom — falou Eva. — Não quero que você acabe como seu pai.

Raivoso, amargo, bêbado.

Culpando o trabalho por isso.

Mas esse é ele, Danny pensou. Não sou eu.

Jamais *serei* eu.

Ele tem uma vida boa agora.

Um emprego bom, um apartamento bacana no Irish Channel, uma namorada que ele ama. Jolene é enfermeira no turno da noite em Touro, então até os horários deles combinam. E ela é um amor, tem cabelo preto comprido, olhos azuis e um senso de humor afiado.

A vida é boa.

A viatura está estacionada na Vernet Street, perto do McDonough Park, do outro lado da rua da Igreja do Santo Nome de Maria, porque o pároco reclamou com o capitão sobre os "pervertidos" que cruzam o parque nas primeiras horas da manhã.

Como se padres pudessem reclamar de pervertidos, Danny pensa.

Eva o obrigou a ir à missa até ele completar treze anos, embora ela mesma nunca fosse. Ele e Jimmy frequentaram escola católica a vida toda, até o ensino médio, e Jimmy costumava dizer que havia dois tipos de garotos nas escolas católicas, "os espertos e os comidos".

Jimmy e Danny eram do grupo dos espertos.

De qualquer forma, Roxanne e ele ficaram estacionados ali a porra da semana inteira só para deixar o padre feliz, e não viram um "pervertido" sequer. Danny estava entediado pra cacete.

De ficar sentado ali no escuro.

Alguém acendeu a luz.

Tudo o que Jimmy consegue ver são luzes vermelhas, passando pela escuridão como num lugar idiota de jogos a laser, só que na realidade, essas balas eram reais, a morte era real.

Um ponto vermelho mira em seu peito, e ele se joga no deck.

— No chão! No chão! Todo mundo no chão! — grita ele.

Ele ouve sua equipe deitar no chão.

Os pontos vermelhos passam em busca deles.

Jimmy pega sua lanterna, liga e a lança à sua esquerda. Ela atrai atenção, e ele fica à vista num emaranhado de luzes e tiros. Angelo e Wilmer fazem o mesmo, e Jimmy ouve a arma de Harold disparar.

E, logo depois, ouve um grunhido e um gemido de dor.

— Não façam isso! — grita Jimmy. — Abaixem as armas! Fala pra eles, Wilmer!

Wilmer grita a mensagem em espanhol.

A resposta é um tiro.

Merda, Jimmy pensa.

Na verdade, *puta* merda.

E então ouve um motor ligando.

Mas que...?

Luzes se acendem.

Lanternas.

Ao olhar para a esquerda, Jimmy vê Harold dirigindo uma empilhadeira na direção deles. Os garfos têm duas caixas pesadas em cima. Harold as levanta como um escudo e grita:

— Venham!

O resto da equipe sobe como soldados num tanque de guerra, atirando ao redor das caixas enquanto Harold dirige a empilhadeira na direção dos atiradores, iluminados pelo farol, andando para trás no deck, sem terem para onde ir.

Eram quatro.

Sem contar os dois atingidos, tentando engatinhar para longe da empilhadeira.

Eles que se fodam, Jimmy pensa.

Se conseguirem sair da frente, melhor para eles.

Se não... sinto muito.

São mesmo um bando de baratas.

Jimmy se inclina e vê um dos caras andando para trás, levantando um fuzil como se não soubesse o que fazer.

Harold decide por ele. Dirige a empilhadeira na sua direção e o pressiona contra a lateral do barco. Os outros três baixam as armas e colocam as mãos para cima.

Jimmy salta da empilhadeira e dá um tapa na cara de um deles, com força.

— Vocês podiam ter feito isso há vinte minutos e nos poupado um monte de problema.

Angelo encontra um interruptor e acende a luz.

— Veja só — fala Jimmy.

O que ele vê é metanfetamina.

Pilhas e pilhas de retângulos, do chão até o teto, enrolados em plástico preto.

— Deve ter umas três toneladas aqui — conclui Angelo.

Facilmente, Jimmy pensa.

Uma perda de alguns milhões de dólares para Oscar Díaz. Dá para entender porque seus capangas estavam dispostos a morrer.

Oscar não vai ficar feliz.

Wilmer e Angelo amarram os suspeitos com braçadeiras de plástico. Harold ainda mantém o cara com o fuzil preso contra a parede, embora a arma tenha sido esmagada no deck.

Jimmy caminha até ele:

— Você se meteu numa situação bem difícil, não é verdade?

O garoto do fuzil se contorce.

— O que nós *faremos* com você? — pergunta Jimmy. — Você já viu um carrapato sendo espremido? Sabe quando um carrapato fica todo inchado de sangue e você aperta e ele é *esmagado*? Se eu falar pro Harold pisar no acelerador... puf.

— Não, por favor.

— "Não, por favor"? — repete Jimmy. — Você ia me matar, cara.

— Você quer que eu faça isso agora? — pergunta Angelo. — Esses caras têm que sangrar.

— Só um minuto — pede Jimmy.

Harold e ele levam o garoto do fuzil para o deck.

O rio ainda está lamacento.

Porém com correnteza forte.

— Qual é o seu nome? — Jimmy pergunta para o garoto.

— Carlos.

— Carlos, você sabe nadar?

— Um pouco.

— Espero que sim — responde Jimmy. Ele levanta Carlos por cima do parapeito. — Diga a Oscar Díaz que Jimmy McNabb disse oi.

Ele o larga no mar.

— Agora podemos terminar o trabalho — conclui Jimmy.

Meia hora depois, o barco está inundado de siglas.

NOPD, SWAT, DEA, HP, EMTs, até a polícia estadual da Louisiana apareceu, pois todo mundo quer um pedaço do que pode se transformar na maior apreensão de drogas na história de Nova Orleans.

Maior apreensão de metanfetamina, com certeza.

No cais, a imprensa começa a se amontoar.

Jimmy acende seu cigarro e depois acende o de Angelo.

Angelo dá um trago e pergunta:

— O que o chefe disse?

— Manchetes principais, reportagem pra TV às 11 horas, nenhum ferido — responde Jimmy. — O que Landreau *vai* dizer? "Parabéns".

— Mas ele está puto.

Landreau está, Jimmy pensa. A SWAT está puta, o DEA está puto, a polícia portuária está puta — Jimmy não está nem aí porque ele sabe...

Oscar Díaz está *realmente* puto.

Ele está, e não porque o rato molhado está encharcando o chão.

O prédio é do outro lado do rio, em Algiers Point. Oscar é dono da cobertura, e do terraço vê o rio Mississippi. Atrás dele, o centro de Nova Orleans, do bairro French Quarter, passando por Marigny e indo até Bywater. Mas Oscar não está interessado nisso. Ele está focado em seu garoto Carlos, que acaba de lhe custar mais do que o preço pago pelo seu apartamento.

Mas custou a ele mais do que isso.

Custou a ele mais do que dinheiro.

Essa seria a empreitada de Oscar — erguer-se do ranking mediano do mundo das drogas para o topo. Essa era sua grande chance — movimentar essa quantidade de drogas pelo rio, de St. Louis até Chicago. Provar que Nova Orleans podia ser um eixo de transbordo, usar o rio e o porto para movimentar a mercadoria, armazená-la em caminhões e distribuí-la pelas estradas. Se conseguisse fazer isso, o pessoal de Sinaloa o deixaria responsável por muito mais carregamento, metanfetamina suficiente para entrar no mercado de LA e Nova York.

Com esse episódio, o pessoal iria achar que ele era um merda. Que Nova Orleans é perigosa demais. Ele vai ter que ligar e dizer que perdeu as drogas, e sabe que essa será a última ligação dele que eles vão atender.

Então, ele perdeu as drogas, perdeu o dinheiro e perdeu a sua chance. Vai passar, pelo menos, mais cinco anos vendendo apenas para os viciados de rua.

Ele anda de volta para a sala de estar e para na frente do seu aquário de 350 litros, contendo os amores de sua vida — sua linda garoupa Netuno amarelo fluorescente (que custou seis mil dólares), seu pequeno robalo-de-barbatana vermelho e prata (de dez mil dólares), seu peixe--anjo-clarim dourado com listras azul-brilhantes (que não lhe custou um dólar sequer, foi um presente do cartel), e sua aquisição mais recente e maior orgulho, seu peixe-anjo-rainha azul de trinta mil dólares, tão caro porque essas belezas vivem em cavernas nas profundezas do mar.

Oscar tem muito tempo, dinheiro, cuidado e amor agregados em seu aquário, com seus corais belos e caros. Ele levanta a tampa, coloca alguns flocos de comida seca, abre um compartimento de plástico contendo pedaços de mexilhão cru e os lança lá dentro.

— Você está estressando meus peixes — diz para Carlos. — Meus peixes são muito sensíveis ao estresse, e estão sentindo o ar pesado bem agora.

— Desculpe.

— Relaxa — responde Oscar. — Agora, *quem* mandou você dizer oi para mim?

— Ele disse que se chamava Jimmy McNabb.

— Do DEA?

— Polícia local — afirma Carlos. — Divisão de Narcóticos.

— E ele jogou você para fora do barco para me dar esse recado?

— Sim.

Oscar vira-se para Rico:

— Leva o Carlos e mata.

Carlos fica branco.

— Tô te *zoando* — continua Oscar, rindo. Ele vira-se novamente para Rico. — Leve meu garoto para um banho quente e dê a ele roupas limpas. Aquela porra daquele rio é imundo. *Entiendes*, Rico?

Rico entende. Leve Carlos e mate-o.

Quando eles saem, Oscar volta para a varanda e olha para a cidade.

Jimmy McNabb.

É, Jimmy McNabb, você acaba de tornar nosso problema pessoal.

Você o tornou pessoal e tirou algo de mim.

Agora, vou tirar algo de você.

Algo com que *você* se importa.

O policial que atendeu ao chamado de VD entra para falar com Eva pessoalmente depois da operação.

Ela ouviu tudo pelo rádio, mas ele quer demonstrar respeito.

— Foi bem do jeito que você previu. O agressor atirou na mulher e depois se matou.

— E o garoto?

— Nós o encontramos dentro da secadora de roupa — responde o policial. — Ele está bem.

Bem para um garotinho que acabou de ouvir seu pai matar sua mãe a tiros, pensa Eva.

— Pelo menos, ele mesmo resolveu — diz ela. — Nos poupou do desgaste de um julgamento.

— Você está certa.

— E o garoto vai para o sistema — conclui Eva.

Ela quer chorar.

Mas Eva não chora.

Não na frente de um policial.

Rico ouve Oscar, sacode a cabeça e diz:

— Você não pode encostar num policial.

Oscar ouve. E depois, responde:

— Quem disse?

Danny e Roxanne ainda estão sentados no parque, pela terceira noite, à espera do pervertido sumido.

— Tá bem — diz Danny, depois de pensar bastante —, como a Rachel, caso com a Monica e mato a Phoebe.

— Coitada da Rachel — retruca Roxanne. — Sempre comida, nunca consegue se casar.

— Não, Ross e ela se casaram em Vegas, lembra?

— Sim, mas eles estavam bêbados.

— Mesmo assim, vale — fala Danny. — E você?

Roxanne responde:

— Mato a Monica, caso com a Rachel e como a Phoebe.

— Essa foi rápida.

— Já pensei muito nisso — explica Roxanne. — Sempre quis comer a Phoebe. Desde a primeira temporada.

— Meu deus, qual era sua idade? Sete anos?

— Eu era uma lésbica precoce. Eu brincava com a Barbie.

— Toda menina brincava de Barbie.

— Não, Danny — diz ela. — Eu *brincava* com a Barbie.

— Ah!

O sangue e o cérebro de Roxanne explodem na cara de Danny.

Tudo acontece muito rápido.

Uma mão segura seu cabelo curto e puxa Roxanne.

O vidro da janela do carro se estilhaça.

Danny pega sua arma, mas uma toalha já está sobre sua boca e seu nariz. Ele chuta o chão, tentando se desvencilhar, mas é tarde demais.

Ele está inconsciente quando é retirado de dentro do carro.

As sirenes soam como cachorros raivosos.

Primeiro uma, depois outra, e então quatro, cinco, uma dúzia, enquanto as viaturas circundam o McDonough Park. Elas passam por Algiers, saem da delegacia do Distrito 4, e do outro lado do rio, do Distrito 8.

Respondem ao código 10-13.

Policial precisa de reforço.

O barulho é terrível.

Um coro de alarme.

Ecoando por Algiers.

* * *

A festa é no Sweeny's, é claro.

Não poderia ser em outro lugar. Jimmy frequenta o lugar desde pequeno. Literalmente — ele tinha 11, 12 anos quando entrava nos bares para pegar seu pai.

Ou, pelo menos, pegar o cheque do pagamento dele antes que ele o bebesse inteiro.

Hoje é o bar preferido de Jimmy, e seu velho bebe em casa.

Portanto, na noite após a apreensão, foi natural que os policiais se reunissem no Sweeny's para comemorar.

A equipe está lá, é claro — Angelo, Wilmer, Harold — e todos os outros homens e outras mulheres da Divisão de Narcóticos, meia dúzia do Departamento de Inteligência da SID (Divisão de Segurança e Inteligência), e uns policiais e agentes dos Distritos 4, 8 e do local, o 6.

Landreau parou para tomar um drinque. Até alguns promotores da cidade e federais apareceram, e dois homens da DEA vieram trazendo chapéus de cowboy para a equipe, brindando: "Somos como o pau de McNabb — nada de dureza."

Mas a maioria das pessoas foi embora cedo, e só ficaram a equipe, alguns policiais da Divisão de Narcóticos e outros colegas com quem trabalharam juntos em vários momentos da carreira. Os poucos civis que estão no bar sabem o bastante para não se meterem e para permanecerem silenciosamente entretidos com a história distorcida.

— Estou lá deitado no chão — conta Jimmy —, cagando nas calças e pensando "Estamos fodidos", e aí Harold… Harold aparece rugindo numa *empilhadeira*…

Um coro começa:

— Harold! Harold! Harold!

Harold está em cima do pequeno palco com um microfone na mão, tentando fazer uma comédia stand-up.

— Então, eu vou ao meu proctologista. Ele olha um segundo pro meu ânus e pergunta: "Jimmy McNabb?"

— Eu te amo, Harold — comenta Jimmy, um pouco embriagado.

— Sou muito hétero, muito macho e muito cristão…

— Harold! Harold! Harold!

Harold bate no microfone para testar.

— Isso tá ligado?

— ... como Jesus amou...

— Judas — complementa Wilmer.

— Não, aquele outro.

— Pedro.

— Pedro ou Paulo... ou uma barra de chocolate — responde Jimmy. — Enfim... o que eu estava falando?

— Todo policial quer um líder íntegro, corajoso e honrado — fala Harold. — Mas nós temos Jimmy McNabb, e eu digo "o que vem fácil, vai fácil".

Angelo levanta, suas pernas cambaleando, e bate na mesa.

— Angelo quer sexo! Quem quer fazer sexo com Angelo?

— Jimmy quer — responde Wilmer.

Lucy Wilmette, uma veterana do Distrito 8, levanta a mão:

— Eu quero fazer sexo com Angelo.

— Agora estamos falando sério — diz Angelo. — Quem mais?

— Quem *mais*? — pergunta Lucy. — Meu deus, Angelo.

Eva observa as luzinhas piscando na tela.

Como abelhas voltando em bando para a colmeia.

Ela ouve a comunicação por rádio.

Policial abatido... Policial deitado na rua... Chamar ambulância... Confirmando, chamar ambulância... Policial respondendo... Policial respondendo... Policial respondendo... Viatura 240D... Onde está o outro policial?... Por que ele não responde?... Tiros foram ouvidos... Testemunha no local... Meu deus, é uma criança... Jesus, onde está a ambulância?... Ela está sangrando... Não consigo sentir o pulso... Sean, ela se foi... Onde está o parceiro dela? Porra, onde está o parceiro dela*?!*

Viatura 240D.

O carro de Danny.

Com a mão esquerda, ela liga para Jimmy.

Direto para a caixa postal.

Ele está na festa.

No Sweeny's.

Jimmy, atende!

É o seu irmão.

* * *

— Esse é um dos policiais em quem não podemos encostar? — pergunta Oscar.

Danny está com as mãos algemadas a uma cadeira de metal aparafusada ao chão de concreto, num galpão perto do píer em Algiers Point. Os tornozelos estão algemados às pernas da cadeira.

— Acorde-o — manda Oscar.

Rico estapeia a cara de Danny, até que ele acorda.

— O irmãozinho de Jimmy McNabb — confirma Oscar.

Danny pisca e vê um homem latino com cara de lua de pé à sua frente.

— Quem é você?

— Sou o homem que vai machucar você — responde Oscar.

Ele acende a tocha de acetileno.

A chama fica azul.

Jimmy levanta uma jarra cheia de cerveja.

— Um brinde! Nada de moleza para a bandidagem!

Ele despeja a cerveja da jarra diretamente na boca.

— Jimmy! Jimmy! Jimmy!

Jimmy coloca a jarra vazia na mesa, limpa a boca com o dorso na mão e diz:

— Sério…

— Sério — repete Wilmer.

— Um brinde às ruas sem drogas, aos bairros sem armas e à cidade sem os caras maus. Um brinde ao melhor grupo de policiais do mundo. Eu amo vocês, pessoal. Todos vocês. Vocês são meus irmãos e minhas irmãs, e eu amo vocês.

E se joga na cadeira.

— Isso foi Jimmy McNabb sendo legal? — pergunta Lucy.

— É a bebida falando — responde Wilmer.

Gibson, sargento do Distrito 4, entra no Sweeny's e vê a festa rolando. No meio da multidão, ele avista Jimmy McNabb em cima do palco, cantando no karaokê uma versão terrível de "Thunder Road".

Gibson procura Angelo Carter e o encontra em pé no bar.

— Posso falar com você? — pergunta Gibson. — Lá fora?

*   *   *

— Caramba! — exclama Angelo. — *Danny*?

A notícia o deixa sóbrio imediatamente. Ele conhece Danny desde pequeno, um irmão mais novo pentelho sempre por perto, idolatrando Jimmy, querendo saber tudo da divisão.

E agora ele está morto?

— É barra pesada — respondeu Gibson. — Encontramos o corpo dele lá perto do cais, em Algiers Point. Ele foi torturado.

Queimado.

Todos os ossos do corpo quebrados.

Gibson completa:

— Precisamos contar ao Jimmy.

— Ele vai ficar louco — conclui Angelo.

Jimmy McNabb não ama uma coisa sequer no mundo, exceto seus parceiros da polícia e sua família. Quando descobrir que Danny está morto, ele vai ficar possesso.

Vai destruir o bar.

Vai machucar outras pessoas e a si mesmo.

Eles vão ter que *lidar* com ele.

— Preste atenção ao que vamos fazer — fala Angelo.

Angelo entra pela porta primeiro.

Seguido por Wilmer, Harold, Gibson, três dos policiais mais fortes que ele encontrou no Distrito 6 e Sondra D, que se aproveitou de sua semelhança notável com Marilyn Monroe e construiu uma carreira lucrativa como prostituta, cobrando mil dólares por atendimento. Ela ia ganhar essa quantia ao atender um bombeiro no Hotel Roosevelt quando Angelo ligou.

Tudo no bar fica paralisado.

Tudo normalmente para quando Sondra chega a algum lugar.

Vestido de lantejoula prateada.

Cabelo platinado.

— Jimmy! — grita Angelo. — Tem alguém que veio te ver.

Jimmy olha para baixo do palco e sorri.

Sondra olha para ele e fala:

A QUEDA / 33

— Sou a sargento Sondra, de... *Assuntos Internos*...

Todo mundo ri.

Inclusive Jimmy.

— Você foi um policial muito *maaaau* — diz Sondra com sua voz imitando Marilyn Monroe. Ela pega um par de algemas do decote e as chacoalha com a mão direita. — E agora você está preso.

Harold e Wilmer sobem no palco, pegam Jimmy pelo cotovelo e o levam até Sondra.

— Vire-se — exige Sondra. — Mãos para trás.

— Você vai me algemar? — pergunta Jimmy.

— Para começar.

— Faça o que a mulher está mandando — diz Angelo.

Jimmy dá de ombros.

— Longe de mim discordar...

Ele se vira, coloca as mãos para trás, e Sondra o algema.

Angelo confere para garantir que a algema está firme e presa, curva gentilmente Jimmy em cima do balcão, inclina-se ao lado dele e diz:

— Jimmy, preciso te falar uma coisa.

As pessoas que estavam na delegacia naquela noite disseram que conseguiram ouvir o berro de Eva do lado de fora do prédio.

Isso pode ser verdade ou não.

O que se sabe é que, depois daquela noite, ela nunca mais falou acima do tom de uma voz rouca sussurrada.

Jimmy fica descontrolado.

Sacudindo a cabeça como um louco, ele empurra Angelo para longe, depois vai na outra direção e atinge Wilmer. Ele dá coices com as pernas como uma mula e joga longe um policial.

E então Jimmy começa a bater com a cabeça no balcão.

Uma, duas vezes.

Uma terceira vez.

Forte.

Angelo tenta segurar seus ombros, mas Jimmy, com a cabeça sangrando, se debate, vira para o outro lado e joga-o por cima da mesa. Garrafas e copos voam, e o parceiro cai no chão.

Jimmy dá uma volta e chuta um policial na barriga.

Vira-se de novo e chuta outro no joelho.

Outro policial corre para segurá-lo, mas Jimmy dá uma cabeçada no seu nariz e ele o solta.

Harold o abraça por trás, prende seus braços e levanta seus pés do chão. Jimmy enrosca o pé esquerdo ao redor do tornozelo de Harold e pressiona seu calcanhar direito na virilha de Harold. Harold não o solta, mas afrouxa o abraço o suficiente para que Jimmy estenda o braço direito, coloque a palma da mão no queixo de Harold e empurre com força. A maioria dos homens desistiria antes do pescoço estalar, mas Harold não é a maioria dos homens. Seu pescoço é como de um touro, e ele aguenta firme.

— Eu não quero te machucar, Jimmy.

Jimmy dá duas joelhadas em suas bolas.

Nenhum músculo ali.

Harold solta Jimmy.

Jimmy derruba outra mesa, mais duas cadeiras, corre contra a parede, bate com a cabeça, dá joelhadas e faz um buraco no gesso.

Angelo bate levemente na parte de trás da cabeça dele com um cassetete.

Um movimento hábil e certeiro.

Jimmy escorrega pela parede, inconsciente.

Quatro homens o carregam para fora do bar e o colocam no banco de trás de uma caminhonete.

Eles o levam até a delegacia do Distrito 6 e o colocam numa cela.

O capitão Landreau não gosta de Jimmy McNabb, mas também não gosta de ver um de seus policiais sentado no chão de uma cela encostado na parede.

— Tire-o dali — diz Landreau. — *Agora.*

Eles abrem a porta, Jimmy se levanta e sai.

Sua equipe espera por ele, mas Jimmy vê dois policiais olhando para um celular, os rostos assustados. Eles param e abaixam o celular quando veem Jimmy.

— O que foi? — pergunta Jimmy. — O que eles estão vendo?

— Você não vai querer ver — responde Angelo.

— O que você está vendo? — pergunta Jimmy para um dos policiais, um com cara de novato assustado.

Ele não responde.

— Eu perguntei que porra você está vendo.

O novato olha para Angelo, como quem pergunta "O que eu faço? É Jimmy McNabb".

— Por que está olhando para ele? — questiona Jimmy. — *Eu tô* falando com você. Me dá essa merda desse telefone.

— Você não quer ver, Jimmy — avisa Angelo.

— Sou eu que decido o que quero ver — retruca Jimmy. Ele se vira de volta para o novato. — Me dá essa porra.

O novato entrega o celular.

Jimmy vê o vídeo e aperta o play.

E vê...

Danny gritando desesperado.

A cadeira sacudindo como um coelho saltitante de brinquedo.

— Olha para ele pulando! — diz uma voz.

Outra voz:

— Acende o fogo de novo.

— Ele vai morrer. — Uma terceira voz.

— Não deixe que ele morra — manda o segundo homem. — Ainda não.

Um intervalo no vídeo. Um corte, e então...

A cabeça de Danny cai para frente.

Seu corpo está queimado.

E todo quebrado.

Todos os ossos principais.

— Você filmou tudo? — pergunta o segundo homem.

— Vai viralizar — diz uma voz nova.

— Filma isso também — afirma o segundo homem. — Beisebol.

Um taco de beisebol atinge a cabeça de Danny.

Outro corte, e...

O corpo de Danny carbonizado, em posição fetal, suas mãos trincadas na direção do rosto, como garras pretas, deitado no meio da grama alta e do lixo ao lado do rio.

Uma legenda surge na parte de baixo do vídeo:
OSCAR DIZ OI.

Jimmy McNabb sempre achou que a expressão "coração despedaçado" fosse uma metáfora.

Agora ele pensa diferente.

O coração dele está despedaçado.

Ele está despedaçado.

Eles enterram Danny num dos jazigos do cemitério de Lafayette Nº 1, no Distrito Garden.

O velório foi brutal, com caixão fechado.

As pessoas não vão se encontrar após o enterro. Ninguém quer rir nem contar histórias. Não há motivo para rir, e a vida de Danny foi curta demais para acumular histórias. E John McNabb já está bêbado — como de costume —, só que mais raivoso, mais choroso, mais amargo e até mais calado.

Ele não oferece conforto algum para sua esposa nem para seu filho ainda vivo.

Mas, também, não *há* conforto nessa situação.

Policiais vestindo uniforme completo e luvas brancas — Jimmy é um deles — carregam o caixão até o jazigo.

Os fuzis soam, a gaita de fole toca "Amazing Grace".

Eva não chora.

Uma mulher baixinha, ainda mais baixa agora, vestida de preto, senta-se numa cadeira retrátil e olha para a frente.

Aceita a bandeira dobrada e a pousa em seu colo.

Jolene chora — com os ombros sacudindo, ela soluça enquanto sua mãe e seu pai a consolam.

A gaita de fole toca "Danny Boy".

A casa tem o estilo clássico de Nova Orleans, perto da Annunciation Street, logo na saída da Second Avenue. Um pequeno jardim, com grama curta e suja, fica atrás da grade de ferro que cerca toda a calçada rachada.

Jimmy entra pela porta da frente na sala de estar.

Seu velho está sentado numa cadeira de balanço.

Com um copo na mão esquerda, ele olha para fora da janela e não percebe a presença de Jimmy.

Eles não têm muito assunto desde que Jimmy tinha uns dezoito anos, quando finalmente ficou maior que o Grande John, encurralou seu pai bêbado contra a parede da cozinha e disse: "Se você bater na minha mãe de novo, eu te mato."

Grande John riu e retrucou: "Você não precisa se preocupar com isso. Se eu bater nela de novo, *ela* me mata."

Acontece que Eva havia comprado uma Glock 19 e disse ao Grande John estas exatas palavras: "Se você levantar o braço para mim de novo, vou te mandar para conhecer o Criador."

Grande John acreditou nela.

Só bateu em paredes e portas depois disso.

Jimmy passa por ele, no quarto dos seus pais, e depois entra no quarto que Danny e ele dividiam.

É doloroso pra caralho entrar nesse quarto.

Ele se lembra de quando costumava cobrir as orelhas de Danny com as mãos quando Grande John e Eva estavam brigando. Danny perguntava: "O John está batendo na Eva de novo, não está?"

"Não", Jimmy respondia. "Eles só estão brincando."

Mas Danny sabia.

Jimmy estava tentando protegê-lo, como sempre fizera, mas não conseguiu protegê-lo disso.

Você não conseguiu protegê-lo quando ele mais precisou, Jimmy pensa ao olhar em volta — as luvas velhas de beisebol; o pôster da Jessica Alba dobrado nas pontas, mostrando a fita adesiva; a janela por onde Danny e ele costumavam fugir durante a noite para beber as cervejas que Jimmy escondia no parque.

Jimmy entra na cozinha, onde Eva está de pé, no canto, servindo seu café forte com raiz de chicória numa caneca.

Uma panela de ensopado de frango ferve no fogão.

Jimmy sempre jurou que a mesma panela de ensopado estivera no fogão durante toda a sua vida, e que Eva entrava de vez em quando e acrescentava mais água e novos ingredientes.

Ela trocou seu vestido preto por uma blusa azul-escura e calça jeans. Ela levanta a chaleira para Jimmy, e ele sacode a cabeça.

— E uma bebida, quer?

— Não.

— Você precisa ficar de olho em Jolene — diz Eva. — Ela está sofrendo.

— Farei isso.

Ela olha para ele de cima a baixo, faz uma avaliação demorada. E então, diz:

— Você é um homem raivoso, Jimmy. Era um garoto raivoso também.

Jimmy dá de ombros.

Eva está certa.

— Você odeia tudo só para poder odiar — afirma ela.

Está certa de novo, Jimmy pensa.

— Tentei amar o ódio que há em você — Eva continua —, mas você foi consumido por ele. Talvez tenha sido seu pai, talvez eu, talvez fosse somente sua natureza, mas eu não conseguia te entender.

Jimmy não fala uma palavra sequer.

Ele conhece Eva bem o suficiente para saber que ela ainda não terminou de falar.

— Danny não era assim — segue ela. — Era um garoto amável, um homem amável. Era o melhor de todos nós.

— Eu sei.

Outro olhar demorado, outra avaliação. E então, Eva coloca a mão dele entre as dela.

— Quero que você abrace tudo o que tentei amar em você. Quero que abrace seu ódio. Quero que vingue a morte do seu irmão.

Ela olha para seu rosto machucado e cortado.

Dentro dos seus olhos roxos e inchados.

— Você faria isso por mim? — pergunta Eva. — *Faça* isso por mim. Pense em Danny. Pense no seu irmão mais novo.

Jimmy assente.

— E mate todos eles — Eva conclui. — Mate todos os homens que mataram meu Danny.

— Vou matar.

Eva solta a mão dele.

— E faça-os *sofrer* — acrescenta.

* * *

O colchão anti-impacto está no French Quarter, no segundo andar de um prédio antigo na Dauphine Street.

O apartamento pertence a um traficante de maconha dos grandes, que cumpre oito anos de prisão em Avoyelles. Ele está preso lá em vez de em Angola, Penitenciária Estadual de Louisiana, porque McNabb falou com o juiz da sentença, que lhe devia um favor.

Assim, a equipe consegue um local de descanso no French Quarter, perto das boates, dos bares e das turistas. Eles aproveitavam bastante.

Mas eram outros tempos.

Desta vez, Jimmy está de pé no meio da sala.

— Havia quatro vozes na gravação — diz ele. — Uma delas era obviamente de Oscar Díaz. Não sabemos de quem são as outras três.

— O garoto que você jogou no rio apareceu morto — afirma Angelo. — Com um tiro atrás da cabeça. Não tem como nos ajudar.

— E os outros que prendemos? — pergunta Jimmy.

Wilmer toma a palavra. Ele é hondurenho.

— Um foi esfaqueado em Orleans — responde ele, referindo-se à cadeia principal da cidade. — Sangrou até a morte, antes que os carcereiros chegassem. Os outros dois pagaram fiança.

— Porra, você tá de sacanagem.

— Estão sumidos — completa Wilmer. — Provavelmente fugindo mais de Oscar do que de nós.

— E Oscar?

— Estive por todo canto de Barrio Lempira — responde Wilmer, falando do maior bairro hondurenho da cidade. — Fui à St. Teresa. Ninguém sabe onde ele está escondido.

— Ou sabe e não quer entregar a cabeça dele — conclui Angelo.

Wilmer sacode a cabeça.

— Não. Falei com amigos, primos, familiares. A comunidade toda está puta com o que aconteceu com Danny. Esse escroto desse Oscar é novo por aqui. Não tem família, nada. Ninguém conhece ele.

— Alguém conhece — discorda Jimmy. — Alguém conhece alguém que conhece ele. Volte no bairro. Pressione as pessoas.

40 / DON WINSLOW

— Vai ser quase impossível achar esses quatro caras — avisa Harold.

— Não preciso achar os quatro — afirma Jimmy. — Só preciso encontrar o primeiro.

Jimmy e Angelo dirigem até Metairie, do outro lado da Estrada 61, em Jefferson Parish.

Um subúrbio verde, cheio de árvores.

— Não deixavam os latinos comprarem casa aqui — explica Angelo. — Quando você vinha pra Metairie, só tinha branco.

— O que mudou? — pergunta Jimmy.

— Katrina. As pessoas precisavam de casas, o mercado não conseguiu resistir.

— Você queria morar aqui? — pergunta Jimmy.

— Deus me livre, não.

— Então por que se importa com isso?

— Não me importo — responde Angelo. — Só estou contando.

Angelo pega a Northline para a Nassau Drive, um arco de mansões com jardins enormes e piscinas que fazem divisa com o country clube.

A casa de telhas vermelhas de Charlie Corello fica na sexta rua transversal. Angelo estaciona na calçada da frente, e eles caminham até a porta e tocam a campainha. Uma criada atende a porta e conduz os dois até uma piscina num jardim interno.

Sem camisa, bronzeado e besuntado de protetor solar, Corello está sentado debaixo de um ombrelone numa mesa de ferro, bebendo chá gelado e olhando para o seu computador. Ele se levanta e põe a mão no ombro de Jimmy.

— Sinto muito pelo seu irmão, Jimmy.

— Obrigado.

— Sentem-se aí. — Ele gesticula na direção de duas cadeiras. — Que bom te ver, Angelo. Vocês querem alguma coisa?

— Não, obrigado.

O cabelo espesso da cabeça de Charlie é branco como a neve, e ele engordou um pouco desde a última vez em que Jimmy o viu — talvez uns cinco anos atrás. O avô de Charlie era dono de Nova Orleans inteira. Que nada, ele era dono de todo o estado da Louisiana. Verdade seja dita, o cara era dono de boa parte dos Estados Unidos.

Algumas pessoas dizem que o avô de Charlie mandou assassinar o presidente dos Estados Unidos.

A família Corello não é mais o que era, mas Charlie ainda exerce grande influência em Nova Orleans. Drogas, prostituição, extorsão, proteção — as atividades comuns da máfia.

Todos eles pagam para Charlie se sentar debaixo de um ombrelone ao lado do country clube.

— Como Eva está enfrentando tudo isso? — pergunta Charlie.

— Do jeito que você pode imaginar.

— Mande um abraço para ela.

— Pode deixar.

— O que posso fazer para ajudá-los?

— Você faz negócio com algum hondurenho? — pergunta Jimmy.

— Esta conversa é extraoficial? — indaga Charlie. — Preciso apalpar vocês dois em busca de escutas?

— Você me conhece para saber que não.

Charlie conhece mesmo. Os dois já fizeram negócios, há tempos, quando Jimmy era da polícia municipal e depois quando foi oficial à paisana em Vice. Jimmy recebeu um envelope no Natal, Charlie garantiu que o pessoal dele não era violento com as garotas nem vendia drogas para crianças.

Os dois mantiveram sua palavra.

Jimmy não recebe envelopes desde que foi para a Divisão de Narcóticos e já prendeu alguns associados de Charlie, mas nunca reabriu o caso de Metairie.

— Compro produtos de alguns hondurenhos — confessou Charlie — mas não desse escroto do Díaz.

— Então você não sabe como encontrá-lo.

— Posso colocar meu pessoal atrás dele e, se eles encontrarem algo, você será o primeiro a saber — responde Charlie.

— Eu agradeço — fala Jimmy. — Tem uma coisa que *você* precisa saber. Vou fazer muita pressão na comunidade de tráfico de drogas, e desta vez vou seguir as pistas para onde elas me levarem, mesmo que signifique chegar até Jeff Parish. *Capisce*, Carlo?

— Não me ameace, Jimmy — avisa Charlie. — Vamos voltar lá atrás, nos nossos pais, bem antes de nós. Venha até mim como amigo.

— Como amigo — diz Jimmy —, havia quatro caras naquele galpão. Quero qualquer um deles.

Charlie dá um gole do seu chá e olha por um tempo para o seu campo de golfe, onde quatro mulheres bêbadas riem no gramado. Ele olha de volta para Jimmy e afirma:

— Vou conseguir um nome para você.

Wilmer e Harold entram na pequena boate de Barrio Lempira com seus distintivos estendidos na frente.

Tinha cerca de uma dúzia de pessoas sentadas no balcão ou em mesas no meio do dia. A maioria era homem, todos hondurenhos, nenhum feliz em ver a polícia.

— Boa tarde! — cumprimenta Wilmer. — Esta é uma visita amigável do Departamento de Polícia de Nova Orleans.

Resmungos, xingamentos.

Um homem corre em direção à porta dos fundos, mas Harold é rápido para o seu tamanho. Ele pega o homem pelas costas da camiseta e o lança contra a parede.

— Esvaziem os bolsos! — ordena Wilmer. — Coloquem tudo em cima do balcão ou da mesa! Se encontrarmos algo escondido no bolso de vocês, ou os itens vão descer goela abaixo ou vão entrar pelo rabo de vocês, dependendo do meu humor sempre imprevisível! *Háganlo!*

Mãos vasculham bolsos e saem repletas de notas de dinheiro amassadas, moedas, chaves, telefones, pequenas trouxinhas de maconha, comprimidos, uma seringa, uma colher.

Harold apalpa o homem que tentou fugir, encontra uma faca dobrável e um saquinho de maconha, um bolo de notas e alguns cristais de metanfetamina.

— Veja só o que temos aqui!

— Não é meu.

— É a primeira vez que ouço isso. — Ele arranca a carteira do bolso de trás do homem e pega sua carteira de motorista. — Se eu procurar seu nome, Mauricio Mendez, vou encontrar algum mandado bizarro? Não minta pra mim.

— Não.

— Eu falei pra não mentir pra mim.

O dono atrás do balcão do bar olha de cara feia para Wilmer. Wilmer vê o olhar.

— Você tá me olhando de cara feia, *cabrón*? Tem algo pra me contar?

O dono murmura algo sobre "sua galera".

Wilmer caminha até ele, segura-o pela camisa e o puxa por cima do balcão.

— Deixa eu te dizer uma coisa. Você não faz parte da minha galera. A *minha* galera trabalha. Eles estão trabalhando por aí em vez de bebendo num bar de merda no meio da tarde.

Ele puxa o dono para mais perto.

— Você quer resmungar mais alguma coisa para mim, chefe, ou quer manter seus dentes dentro da boca?

O dono olha para baixo.

Wilmer inclina o corpo e sussurra:

— Todos os dias, *cabrón*, eu voltarei todos os dias até esses *cucarachas* pararem de aparecer aqui. O bombeiro, a vigilância sanitária, eles também virão todos os dias, e uma gorjeta de vinte dólares não irá impedi-los de encontrar irregularidades.

— O que você quer, dinheiro?

— Você *quer mesmo* um tapa na cara, né? — Wilmer se irrita. — Não quero dinheiro algum, *cabrón*, quero nomes. Quero o nome de qualquer pessoa que conheça Oscar Díaz ou de qualquer pessoa que conheça qualquer pessoa que conheça ele.

Ele solta o dono do bar e se vira para um rapaz jovem sentado num banco alto.

— Vou revistar você, *m'ijo*.

— Eu não sou seu filho.

— Você não sabe disso — retruca Wilmer. — Eu transo por aí. Mãos no balcão.

O garoto coloca as mãos em cima do balcão. Wilmer o revista e encontra uma trouxinha de maconha no bolso da calça jeans. — O que foi que eu disse? Hein? O que foi que eu te disse?

Wilmer arranca a maconha de dentro do saquinho e segura na boca do garoto.

— *Bon appétit.*

O garoto sacode a cabeça e cerra a boca.

— Você quer pelo seu *culo* então? — pergunta Wilmer. — Porque eu farei isso. E depois te levo preso. Agora, come.

O garoto abre a boca e mastiga a maconha.

Wilmer fala com o resto dos caras:

— Guardem suas chaves e seu dinheiro de volta no bolso! Todo o resto é meu. Todos vocês souberam o que aconteceu com aquele policial jovem. Isso traz vergonha pra minha comunidade. Alguém venha até mim com os nomes. Ou vocês não terão para onde ir no meio da tarde. Para onde quer que forem, eu estarei lá!

Harold pergunta:

— O que quer fazer com esse aqui?

— Leva com a gente.

Eles arrastam o cara para fora do bar e o jogam no banco de trás do carro. Harold joga o nome dele no sistema e encontra inúmeros mandados de prisão por violação da condicional e posse com intenção de tráfico.

— O que foi que eu disse sobre mentir pra mim?

— Tá bem, eu tenho mandados de prisão — confessa Mauricio.

— Essa é a menor das suas preocupações — retrucou Wilmer. — Estamos te levando para ver Jimmy McNabb.

Os dois carros estacionam numa viela de Algiers.

Jimmy empurra Mauricio contra o para-choque dianteiro.

Angelo senta na calçada, olhando para o telefone de Mauricio.

— Qual é sua senha?

— Não tenho que dizer para você — responde Mauricio. — Conheço meus direitos.

— O cara conhece os direitos dele, Jimmy — repete Angelo.

— Conte mais — Jimmy fala para Mauricio.

— O quê?

— Sobre seus direitos — completa Jimmy. — Conte-me sobre eles.

— Tenho direito de permanecer em silêncio...

— E...?

— Tenho direito a um advogado — Mauricio continua. — Se eu não puder pagar, o estado irá designar um para mim.

— Você pode pagar? — indaga Jimmy.

— Não.

— Então eu me designo — anuncia Jimmy. — E como seu advogado, eu te aconselho a dizer sua senha antes que eu peça pro Harold segurar sua mão na porta do carro e fechá-la com força. Ouça meu conselho, Mauricio.

— Você não faria isso.

— Com qual mão você bate punheta, Mauricio? — pergunta Angelo. — Seja lá qual for, diga que é a outra, porque ele realmente faria isso.

— Um, dois, três, quatro, cinco, seis — diz Mauricio.

— Sério? — pergunta Jimmy.

— É fácil lembrar.

— É por isso que odeio drogados. Vocês são imbecis pra caralho.

— Deu certo — avisa Angelo. Ele vasculha o telefone. — Aparentemente, a palavra secreta de Mauricio para metanfetamina é "*taquitos*". "Estou com o *dinero*. Estou indo buscar um quarto de *taquitos*."

— Estou com um pouco de fome, poderia comer uns *taquitos* — fala Jimmy. — Mauricio, você não se importa se enviarmos uma mensagem para o seu traficante e marcarmos um encontro, não é? Isso violaria seus direitos?

Mauricio faz cara de resignação.

— Acho que não tenho escolha.

Angelo diz:

— O cara respondeu "no lugar de sempre". Onde é?

Mauricio não responde.

— Abra a porta do carro — manda Jimmy.

Mauricio dá um endereço na Slidell Street, em Algiers.

— E um nome — Jimmy exige.

Fidel.

A caminho de Algiers, o telefone de Jimmy toca.

— McNabb.

— Você não me conhece — fala uma voz masculina. — Sou um dos homens de Charlie. O cara que você está procurando se chama José Quintero. Ele estava lá.

— Você tem a localização dele?

— Não, desculpe.

— Diga a Charles que eu agradeço — diz Jimmy. — Como amigo.

46 /   DON WINSLOW

* * *

Wilmer bate na porta de Fidel.

— *¿Quién es?*

— *Mauricio.*

A porta abre, mas o trinco de corrente continua fechado.

Harold chuta a porta.

Jimmy entra enquanto Fidel tenta se levantar do chão. Jimmy não deixa e dá um chute em seu queixo, deitando-o de volta no chão.

E apagando-o.

Quando Fidel acorda, vê Jimmy e Wilmer no sofá, bebendo cerveja. Angelo está parado entre Fidel e o cômodo ao lado, e Harold bloqueia a porta da frente.

Uma pistola — uma calibre .25 velha de merda — está sobre a mesa de centro.

— Hora de acordar — fala Jimmy. — Você tem metanfetamina aqui suficiente para garantir de quinze a trinta anos de prisão. Mas você também está a duas quadras de uma escola, Fidel, e isso te dá direito a PPSC. Prisão Perpétua Sem Condicional.

— Vocês armaram essa merda pra mim!

— Sim, eu diria isso — afirma Jimmy. — Vamos ver o que o juiz tem a dizer. Ou nós podemos seguir nossa vida e fingir que esse encontro desagradável nunca aconteceu.

— O que você quer? — pergunta Fidel.

— José Quintero.

— Cumpro os anos na prisão.

— Tá vendo? Foi o que achei — diz Jimmy. — Você deve estar com mais medo do que Oscar pode fazer com você, com sua família e tal. A arma em cima da mesa já tem suas impressões digitais. Vou colocar uma bala na sua cabeça e essa arma na sua mão gelada e morta.

— Você tá blefando.

— Sou o irmão de Danny McNabb.

Fidel arregala os olhos.

— Sim, sei que você reconhece o nome — afirma Jimmy. — Ainda acha que não farei isso?

— Eu juro — implora Fidel. — Nunca encostei no seu irmão. Eu só segurei a câmera.

— Foi isso o que você fez? — questiona Jimmy. — Seu imbecil do caralho, nem sabia que estava lá.

— Eu juro!

— Se você só fez isso, me diga onde podemos encontrar Quintero.

Fidel confessa.

Jimmy pega a arma calibre .25 em cima da mesa e atira na cabeça de Fidel.

— Mais uma negociação de drogas que terminou mal — conclui Jimmy.

Eles vão embora da casa.

Um a menos.

Jolene mora na Constance Street, no Canal, a uma distância tranquila para ir a pé até o hospital onde trabalha. Ela chega à porta de roupão, secando o cabelo com uma toalha.

Jolene é morena clássica — cabelo preto brilhante e comprido, olhos que Jimmy jura serem violeta.

Linda como Jimmy se lembra.

— Acabei de sair do banho — diz ela. — Entre.

Jimmy entra na casa.

O primeiro cômodo é uma cozinha pequena.

— Eva me pediu para passar aqui para ver como você está — fala Jimmy.

Ela ri.

— Como você acha que eu estou? Uma bagunça. Estou destroçada. Quer algo para beber?

— São dez horas da manhã.

— Sim, eu tenho relógio, Jimmy — ironiza. Abre um armário na cozinha embaixo da pia e pega uma garrafa de Jim Bean. — Saí do trabalho há duas horas. Foi uma noite cheia na emergência. Alguns esfaqueados, um baleado, uma criança de dois anos de idade que apanhou do namorado da mãe. Quer uma bebida ou não?

— Vou aceitar uma dose.

Jolene serve dois dedos de whisky num copo baixo e outra dose para ela num vidro de geleia. Ela entrega o primeiro para ele e se senta na mesa da cozinha.

Jimmy se senta à frente dela.

— Você acha que Danny soube algum dia de nós? — pergunta ela.

— Nós terminamos muito antes de vocês dois começarem a namorar.

— Éramos namoradinhos na escola.

— Era isso o que éramos? — questiona Jimmy.

— Não, estávamos mais pra um sexo casual — confessa Jolene. — E não terminamos no ensino médio, Jimmy.

— Não acho que Danny soubesse — afirma Jimmy. — Ele jamais iria...

Ele deixa pra lá.

— Comer no prato que seu irmão mais velho comeu? — pergunta ela.

— Meus deus, Jo.

Ela bebe e fala:

— Ele queria ser exatamente como você. Fico feliz que ele não tenha sido... exatamente como você. Você teria ido ao nosso casamento, Jimmy?

— Eu teria sido padrinho.

— Ficaria do lado do seu irmão e assistiria ao meu pai me levar pelo altar? — continua ela. — Me entregar para o seu irmão?

— Sim. — Não seria a primeira vez. Ele se lembra de quando Danny e Jolene se conheceram, na festa de aniversário do seu irmão, no Sweeny's. Uma daquelas histórias de amor à primeira vista. Jimmy viu nos olhos dele e nos dela. Ele olhou para ela e não deu atenção. — Você e eu nunca fomos nada sério mesmo.

— Éramos dois caipiras — lembrou ela. — Os brancos pobres de Nova Orleans. Danny era mais do que isso. Ele era melhor que nós.

— Ele era.

Ela vira sua dose inteira. Levanta-se da cadeira.

— Me come, Jimmy.

— O quê?

Ela se senta nele com as pernas abertas e desamarra seu roupão, que se abre instantaneamente.

— Só me come. Quero que me coma com raiva.

— Pare com isso.

Ela abaixa a mão e abre o zíper da calça dele.

— Qual é o problema? Você não consegue? Sente culpa?

— Vai se foder.

— *Aí está* o meu Jimmy.

Ele, então, coloca o pênis dentro dela.

Não de forma gentil.

Ele a levanta, ainda dentro dela, a empurra contra a parede e faz sexo com ela. A mesa treme. O vidro de geleia cai no chão e quebra.

Ela aperta as costas dele, crava as unhas, e chora enquanto goza.

Ele a segura contra a parede enquanto ela soluça em seu pescoço.

Quando finalmente a coloca no chão, ele diz:

— Cuidado. Você tá descalça. Não se corte no vidro quebrado.

Jimmy chega e Landreau o chama no escritório.

— Sente-se — fala Landreau.

— Vou ficar de pé, obrigado.

— Como quiser — retruca Landreau. — A Divisão de Homicídios encontrou um traficante de metanfetamina hondurenho assassinado em Slidell. Parece suicídio, mas talvez tenha sido plantado.

— Ah.

— Você não sabe algo sobre isso, né? — pergunta Landreau. — Um cara chamado Fidel Mantilla?

— Lixo matando lixo — conclui Jimmy. — Ainda melhor quando o próprio lixo se elimina. De qualquer forma, NHE.

Nenhum Humano Envolvido.

Landreau olha para o seu computador por alguns segundos e depois pergunta:

— Como você está, Jimmy?

— Bem.

— Digo com relação à morte do seu irmão.

— Você quer dizer quanto ao assassinato do meu irmão? — indaga Jimmy.

— É.

— Tudo bem. — Ele olha para Landreau, que olha de volta para ele.

O chefe sabe que Jimmy matou Mantilla.

Ele também sabe que não pode provar.

— Se ouvir algo sobre esse caso — pede o superior —, avise à Divisão de Homicídios.

— Farei isso — responde Jimmy.

Naquela mesma noite, o telefone de Jimmy toca.

Era Angelo.

Eles estavam com Quintero.

Jimmy disse que chegaria logo.

Ele os encontra num centro de reciclagem em Barrio Lempira, no fim das ruas Willow e Erato, que pertencia a um associado de Charlie Corello.

Angelo abre a mala do carro.

Quintero está lá dentro, algemado nos punhos e tornozelos, com um pano amarrado na boca. É um cara magricelo, jovem, de cabelo preto comprido.

— Mate-o — ordena Jimmy.

Harold e Wilmer pegam Quintero, puxando-o para fora da mala, e o colocam na frente de Jimmy.

— Sou o irmão de Danny McNabb — afirma Jimmy. — Só pra você saber que eu não estou de sacanagem com você.

Os olhos de Quintero transmitem o medo que deveriam.

Eles o arrastam para o fundo do quintal. Uma compactadora de lixo industrial — uma máquina horrorosa grande e verde — fica no fundo da cerca. Jimmy pega uma caixa de latas e as joga dentro da compactadora.

— Veja isso, José.

Jimmy liga o botão.

A compactadora range e esmaga as latas, deixando-as finas. Um som metálico terrível de moedor que dura dez segundos.

— Jogue-o lá dentro — manda Jimmy.

Harold e Wilmer levantam Quintero, que luta, se debate e geme, e o jogam dentro da compactadora.

— Sei que você estava lá quando eles torturaram Danny — afirma Jimmy. — Sei que havia mais um homem além de Díaz. Sei que você não deu a ordem, portanto vou te dar uma chance. Quero o nome e a localização.

Ele retira a mordaça da boca de Quintero.

— Não sei onde Díaz está — responde Quintero. Ele começa a chorar.

— Me diga o outro nome. Última chance.

— Rico — responde José. — Rico Pineda.

— Onde encontro esse cara?

— Não sei.

— Tchau — despede-se Jimmy.

— Ele tem uma namorada negra! — acrescenta Quintero. — Keisha. Ela dança no Golden Door. No Distrito 9.

— Conhece esse lugar? — Jimmy pergunta para Angelo.

— Sim.

Jimmy sacode a cabeça.

— Sabe o que eu acho? Que você está mentindo. Acho que você nem estava lá. Acho que está inventando essa merda pra se safar. *Adiós*, José.

— Não! — implora Quintero. — Eu estava lá! Eu juro!

— Prove.

Quintero está com a respiração pesada, com hiperventilação.

— Seu irmão, ele tinha uma medalha numa corrente no pescoço, não tinha? Uma medalha de santo.

— Qual santo? — pergunta Jimmy.

— São Judas Tadeu!

— Acho que você está dizendo a verdade, então. Acho que você *estava* lá mesmo.

Ele liga o botão.

Quintero grita.

Jimmy entra de volta no carro.

Dois a menos, ele pensa.

Angelo se senta no bar e assiste a Keisha contorcer-se no palco.

Ela é bonita.

E jovem, tem só dezenove anos.

Mais jovem que Rico.

Eles fizeram a busca do nome dele no sistema — tem 38 anos e um certo histórico. Veio para cá depois do Katrina para fazer drywall, achou mais lucrativo vender drogas e fazer extorsão. Ficou cinco anos na prisão e saiu há apenas um, e aparentemente achou uma oportunidade com Díaz.

Jimmy queria ir logo pra cima dele, mas Angelo o persuadiu a fazer diferente.

— Você é branco — disse Angelo.

— *Sou?*

— Sim — respondeu Angelo. — Um policial branco num bar vagabundo no Distrito 9? Eles vão perceber no primeiro instante. Deixa que eu faço a abordagem.

Ele sorri para Keisha, que rebola em cima dele e se agacha. Ele prende uma nota de cinco dólares na calcinha dela e ela vai embora dançando. Mas ele mantém os olhos nela, ignora as outras garotas, e quando a música acaba, ela desce do palco e senta-se ao lado dele.

— Você quer ir para o quarto VIP, querido? — pergunta ela.

— Quanto vai me custar?

— Cinquenta pilas e uma gorjeta se eu for muito legal com você.

— O quão legal você pode ser? — pergunta Angelo.

— *Muito* legal, e podemos entrar numa cabine — responde Keisha.

— Vamos. — Ele puxa três notas de vinte dólares do bolso. — Pagamento adiantado.

Ela sobe com ele para o quarto VIP, coloca-o sentado e começa a se esfregar nele.

— Você é *grande* — afirma ela.

— E ficando ainda maior, meu amor — completa Angelo. — Você disse algo sobre uma cabine.

— Mais cem.

Ele entrega o dinheiro para ela. Ela se levanta, anda até a cabine fechada com uma cortina e gesticula com o dedo para ele segui-la. Angelo a segue para dentro do quartinho e senta-se no banco. Ela se ajoelha à frente dele.

Ele inclina o corpo, segura o queixo dela para cima e mostra seu distintivo.

— Merda — xinga ela. — Por favor, não posso ser presa de novo.

— Não é nada disso, Keisha.

— Como você sabe meu nome?

— Sei tudo sobre você — diz Angelo. — Sei que você já foi presa duas vezes, sei que mora na Egania Street, sei que tem um homem escondido na sua casa. Rico Pineda.

Ela começa a se afastar, mas Angelo segura seu braço.

— Nós vamos pegá-lo. Sem você, vamos fazer isso de maneira bruta e ele morre. Com você, faremos de maneira suave e ele vive.

— Não posso fazer isso. Eu amo ele.

— Mais do que ama sua filha? — indaga Angelo. — Você tem uma menina de três anos morando com um conhecido criminoso. Drogas dentro de casa. Se eu aparecer com a Assistência Social, eles irão tirar a guarda de DeAnne de você e ela irá para o sistema.

— Seu filho da puta.

— É melhor guardar isso para si também, garota — sugere Angelo. — Você me ajuda e eu te dou passagens de ônibus para DeAnne e você irem até Baton Rouge, para morarem com sua mãe por um tempo. Mas você vai decidir isso agora, porque de uma forma ou de outra, nós vamos pegar Rico.

Ele solta o braço dela.

Jimmy se vira para olhar para Keisha no banco de trás. Três da manhã, eles estacionam a uma quadra do galpão que ela aluga.

— Diga de novo o que você vai fazer — diz ele.

— Vou entrar em casa — explica Keisha. — Ele provavelmente está deitado na cama do quarto dos fundos. Se não estiver, vou levá-lo para lá.

— E...

— Deixo a porta destrancada.

— Onde DeAnne dorme? — pergunta Angelo.

— No sofá da sala, na entrada da casa.

— Tentaremos não assustá-la — promete Angelo.

— Você terá cinco minutos — afirma Jimmy. — E então, nós entraremos.

— Keisha — adverte Angelo —, se você avisá-lo e ele fugir, alguém estará nos fundos da casa e irá atirar nele. E você pode se despedir da sua filha, pois nunca mais a verá de novo.

— Eu sei.

— Onde ele guarda a arma? — questiona Angelo.

— Debaixo do travesseiro.

— Se ele tentar pegá-la, ele morre — afirma Jimmy.

— Eu vou impedi-lo — diz ela. — Mas...

— O quê? — pergunta Jimmy.

— Vocês não vão machucá-lo, certo? — pergunta Keisha.

— Não — responde Angelo. — Só queremos conversar com ele.

Ela sai do carro.

— Você confia nela? — pergunta Jimmy.

— Filho da puta, não confio nem em *você* — responde Angelo.

— Lembre-se — avisa Jimmy —, preciso dele vivo.

Eles esperam os cinco minutos e saem do carro.

A porta está destrancada.

Jimmy entra na casa, vê a garotinha dormindo no sofá, abraçada a um elefante rosa de pelúcia.

Com a arma preparada, Jimmy segue na direção do quarto dos fundos.

Angelo segue pela parede oposta.

Wilmer bloqueia a porta da frente, Harold está do lado de fora, nos fundos.

A porta do quarto está entreaberta.

Jimmy a empurra silenciosamente.

Rico está pelado na cama, um homem grande e musculoso, com tatuagens no braço e no peito. Ele dorme como um presidiário, e acorda ao primeiro sinal de barulho para tenta pegar sua arma.

Keisha segura a arma dele com firmeza.

— Vagabunda escrota. *Puta.*

— Vire-se — fala Jimmy. — Mãos para trás.

Rico faz o que ele manda, mas ainda está com o olhar focado em Keisha. Enquanto Jimmy o algema, ele diz:

— Vou te matar. E vou matar aquela pirralha de merda também.

— Cale a boca — fala Angelo.

Ele vai até a calça de Rico, pega seu telefone e toma a arma da mão de Keisha.

Jimmy e Angelo arrastam Rico pelos braços.

— Posso, pelo menos, vestir uma roupa? — pergunta Rico.

— Não vai precisar de roupa — responde Jimmy.

Eles o carregam pela porta da frente.

DeAnne está sentada, agarrada ao elefante, lágrimas escorrendo pelas bochechas. Ela está apavorada.

— Está tudo bem, meu amor — fala Angelo. — É só um pesadelo. Pode dormir de novo.

Jimmy e Wilmer levam Rico para o carro. Angelo fica para trás e entrega duas notas de cem dólares para Keisha.

— Tem um ônibus que sai em uma hora — avisa. — Você e menina devem estar nele.

Não deixe que o amanhecer te encontre em Nova Orleans.

— Para onde vocês estão me levando? — pergunta Rico, enquanto eles o jogam no banco de trás.

— Para onde você levou meu irmão — responde Jimmy.

O galpão antigo fica ao lado do rio, em Arabi, quase em Chalmette.

Estava vazio desde a tempestade.

As mãos de Rico estão algemadas para trás, ao redor de uma coluna de metal. Ele olha para Jimmy e diz:

— Então, o que vamos fazer?

— Reconheço sua voz do vídeo — afirma Jimmy. — Você estava falando sobre meu irmão. "Olha pra ele pulando!" Você achou engraçado.

— E foi mesmo — retruca Rico. — Eu me acabei de rir. Sei que vocês vão me matar. Então, mata logo. O que estão esperando?

Jimmy coloca um soco-inglês de cobre na sua mão direita e diz:

— Se alguém quiser sair agora, tudo bem, sem ressentimentos.

Ninguém se mexe.

Harold senta-se numa pilha de caixas de papelão.

Wilmer encosta-se em outra pilha.

Angelo acende um cigarro.

Jimmy encaixa outro soco inglês na mão esquerda, respira fundo e desce o cacete em Rico.

Como se espancasse um saco de boxe, só que, nesse caso, um humano.

Jimmy acerta socos ferozes nas costelas de Rico, de quebrar os ossos, dá um passo para trás e soca bem na altura do fígado dele.

Rico urra de dor.

Jimmy prepara o ombro esquerdo e dá um soco na bochecha de Rico. E depois um gancho com a direita em seu queixo. Recua e finaliza com um soco no nariz.

Sangue respinga na cara de Jimmy.

Ele não percebe.

Suor escorre pelos poros dele, respiração pesada, ele se mexe novamente e soca as costelas de Rico, vira-o para o outro lado e soca seus rins, vira-o novamente e dá um golpe violento nas bolas dele.

O queixo de Rico cai em cima do peito.

Sangue escorre por suas tatuagens.

— Já foi suficiente — diz Angelo.

— Não foi, não — retruca Jimmy, o peito arfando. — Não chegou nem perto de ser suficiente.

— Precisamos que ele fale — afirma Angelo. Ele se coloca entre Jimmy e Rico. — Onde encontramos Oscar?

— Não vão encontrá-lo — responde Rico.

Wilmer desce da pilha de caixas.

— Deixem eu tentar.

Ele chega perto do ouvido de Rico e diz, em voz baixa, em espanhol:

— Esse homem que tá te batendo é El Cajedo.

É parte de um antigo folclore hondurenho sobre um cão preto, criado pelo Diabo, e um cão branco, criado por Deus.

— O cão preto e o cão branco estão sempre brigando dentro dele — conta Wilmer. — Agora, o cão preto tá ganhando, o que é bem ruim pra você. Você quer que o cão branco vença, então diga o que precisamos saber.

— Eles brigam dentro de mim também.

— Eu sei — concorda Wilmer. — Você fez uma coisa terrível e vai morrer por isso. Você vai morrer e vai para o inferno. Mas talvez, se deixar o cão branco vencer, Deus vai te perdoar.

— Não existe Deus nenhum.

— É melhor existir, 'mano — Wilmer conclui. — A única outra opção é o cão preto.

A cabeça de Rico cai novamente. Ele resmunga de dor. Olha para cima de novo e fala:

— Vão se foder.

— Saiam todos agora — Jimmy exige.

A equipe deixa o local.

Jimmy caminha pelo galpão e encontra um cano de ferro de uns noventa centímetros no chão. Ele pega o cano, ajeita-o na mão e caminha de volta até Rico.

— Você quebrou todos os ossos do meu irmão antes de queimá-lo até a morte — lembra Jimmy. — Tenho más notícias, Rico. O cão preto ganhou.

Ele espanca Rico até não conseguir mais erguer o cano.

Menos três.

Falta só mais um.

— Ele confessou? — pergunta Angelo.

— Não.

No carro, Angelo indaga:

— Você já pensou que poderíamos estar fazendo a coisa errada aqui?

— Não. — Alguns minutos depois, ele acrescenta: — Eles têm o que merecem.

— Não é com eles que estou preocupado — afirma Angelo. — É com você.

— Que amor!

— Com o que você está se tornando. — Ele espera bastante tempo antes de perguntar: — Você acha que é isso o que Danny realmente iria querer?

— Sei lá — responde Jimmy. — Não posso perguntar pra ele, posso?

Eles dirigem por mais alguns quarteirões antes de Jimmy falar:

— Sei que tem algo despedaçado dentro de mim. Sei disso. Se quiser pular fora deste trem, Angelo, vai em frente. Vamos continuar sendo amigos.

— Você não é meu amigo, é meu parceiro — afirma Angelo. — Estou com você até o fim.

Talvez este *seja* o fim, Jimmy pensa. Rico não desistiu, e agora não temos como encontrar Oscar Díaz.

Eu fiz merda, perdi a cabeça e agora não posso vingar a morte do meu irmão.

Acabou.

Dois policiais da Divisão de Homicídios, Garofalo e Perez, olham para o corpo algemado à coluna. O homem — ou o que um dia foi um homem — foi espancado até a morte.

Para dizer o mínimo.

Os ossos dos braços e das pernas tinham fraturas expostas. Seu rosto tinha se transformado em algo que lembrava uma argamassa.

— Essa não foi uma execução comum por drogas — diz Garofalo. — Isso foi algo pessoal.

Os dois pensam a mesma coisa.

Jimmy McNabb.

Jimmy bebe muito.

Para tentar acalmar uma dor que simplesmente não se acalma. Lembranças de Danny que vêm à tona, como todos os pedaços de destroços que correm pelas ruas após uma tempestade.

O irmão e ele caminhando pela Third Street, Danny cantando junto ao coro que vinha da igreja Graça e Glória.

O irmão e ele deitados na cama à noite, ouvindo o pai batendo contra os móveis quando chegava do trabalho, e Danny olhando para ele, assustado, e Jimmy dizendo: "Está tudo bem. Eu estou aqui."

Vou proteger você.

Ou o irmão e ele discutindo sobre sanduíches, qual era melhor, de rosbife ou de ostra, e Danny dizendo: "Ostra parece catarro, e deve ter gosto de catarro também."

"Você *deveria* saber o gosto de catarro, seu pirralho comedor de meleca."

"Pelo menos, como minha *própria* meleca."

E os dois rindo e rindo até sair refrigerante pelo nariz.

Sentado na cadeira do seu apartamento em Channel, Jimmy olha para as mãos. Estão cortadas e inchadas, e os ossos roxos.

A dor é boa.

Ele gostaria que fosse pior.

Queria que doesse mais.

O que se diz no vestiário da delegacia é que McNabb está seguindo todas as etapas de sua vingança pessoal.

— Porra nenhuma — diz um policial.

— Ah, é? — retruca outro. — Basta olhar. Havia quatro homens no vídeo. Um deles era Díaz. Talvez os outros dois fossem Mantilla e Pineda.

— O 911 recebeu uma chamada outro dia. — Mais um entra na conversa. — Alguém ouviu gritos vindo de uma fábrica de reciclagem em Willow.

— Bairro hondurenho.

Eles continuam conversando até que Angelo entra.

— Tem algo que vocês queiram falar comigo? — pergunta ele.

Silêncio.

— Alguém quer falar alguma coisa?

Ninguém abre a boca.

— Que bom! Vamos continuar assim.

Ele pega seu equipamento e sai.

A batida na porta acorda Jimmy.

Ele ainda está sentado na cadeira.

Pega sua arma, a esconde nas costas, vai até a porta e abre.

— Señor McNabb.

O homem parece ter uns quarenta anos, hispânico, muito musculoso. Bem vestido, de terno de linho cáqui e camisa azul aberta no pescoço.

— O que você quer? — pergunta Jimmy.

— Algo que seria melhor falarmos em particular — diz o homem. — Posso entrar?

Jimmy o conduz para dentro e certifica-se de que ele veja sua arma.

— Garanto que isso não será necessário — afirma o homem.

— Quem é você?

— Você não precisa saber meu nome.

— Como você sabe do que preciso? — questiona Jimmy.

— Sei que você precisa da localização de Oscar Díaz. Vim lá de Culiacán, em Sinaloa, para dar o que você precisa.

— Por que o cartel faria isso?

— Díaz passou dos limites — explica o visitante —, assassinando um policial americano nos Estados Unidos. E de uma maneira tão sádica. Queremos fazer negócios aqui, e queremos fazer com a relação normal e contraditória de sempre com a polícia, não necessariamente tão exacerbada e emocionalmente carregada.

— Se quisessem tanto Díaz fora do mercado, vocês mesmos fariam isso — diz Jimmy.

— Faremos, se você preferir. Mas achamos que você gostaria de fazer pessoalmente. Nós entendemos o peso do *sangre*, da família. E estamos confiantes em suas habilidades. Díaz é o último da lista, certo? Mantilla, Quintero, Pineda...

— O que vocês querem em troca?

— Como eu disse, uma boa relação.

— Negócios normais.

— Negócios normais.

— Onde ele está?

O homem entrega um pedaço de papel a Jimmy com o endereço de um lugar luxuoso em Algiers Point.

— Díaz está na cobertura com um exército — acrescenta o visitante. — Ele está apavorado e desesperado.

— Se pegar você com drogas — avisa Jimmy —, vou prendê-lo mesmo assim.

— Eu não esperaria nada diferente disso. Mas eu estou no gerenciamento, nunca encosto no produto. Boa caçada, señor McNabb. Espero que obtenha sucesso. Díaz é um merda.

Ele sai e fecha a porta.

A QUEDA / 61

* * *

Landreau olha para Hendricks, chefe da Divisão de Homicídios, do outro lado da mesa.

— Temos um problema — começa Hendricks.

— Não temos sempre?

— Um dos seus homens é suspeito em três assassinatos.

— McNabb.

— Ninguém quer tanto ver os assassinos de Roxanne Pulaski e Daniel McNabb levados à justiça quanto eu — continua Hendricks —, mas um agente da divisão de narcóticos não pode simplesmente sair por aí executando pessoas.

— Você tem provas?

— Se tivesse, McNabb seria preso. Junto com o resto de sua equipe.

— Se conseguir provar, prenda-o — conclui Landreau. — Até lá…

Hendricks se levanta.

— Nós somos amigos de longa data, Adam. Sempre trabalhamos bem juntos. Só queria te avisar. O chefe vai se aposentar no ano que vem. Dizem por aí que seu nome está na lista para o cargo, e eu detestaria que algo assim…

— Agradeço sua preocupação, Chris.

Hendricks sai.

Landreau liga para alguém da sua equipe e o manda encontrar e acompanhar McNabb por todo o tempo.

O prédio tem dez andares e uma bela vista de Algiers Point para o rio.

Angelo abre a planta que pegou na Comissão de Planejamento da Prefeitura, e a equipe se senta no colchão para analisá-la.

Uma entrada no térreo, sem porteiro, mas com câmera de segurança.

— Ele terá monitores em seu apartamento — afirma Jimmy —, então vai nos ver entrar.

Há dois elevadores, mas só o da direita vai até a cobertura, e precisa de uma chave de segurança para utilizá-lo.

— Como resolvemos isso? — pergunta Jimmy para Harold.

— Com uma furadeira.

O elevador abre direto dentro da cobertura.

— É bom quando você está com compras — acrescenta Angelo. O outro elevador só vai até o nono andar.

— Há escadas internas — continua Jimmy —, que funcionam com códigos de segurança.

— Aqui estão — aponta Wilmer.

As plantas mostram duas escadas que vão da cobertura até o porão, uma na ala oeste do prédio, outra na leste. Escadas de incêndio externas paralelas às internas, então eles têm que escolher se vão subir por dentro ou por fora.

— Por fora será mais fácil — afirma Angelo. — Subimos até a cobertura. Lá tem um terraço.

As plantas mostram um terraço em volta de três lados da cobertura, proporcionando uma vista panorâmica de Algiers, do rio e da cidade abaixo deles.

— Você já teve um terraço no Distrito 9? — pergunta Jimmy para Angelo.

— Nós chamamos de "varanda" — responde Angelo. — Depois do Katrina, tinha vista do rio também. De dentro do rio.

— Díaz vai olhar pelo terraço — conclui Wilmer. — Ele vai nos ver se subirmos pela escada de incêndio.

Todo mundo vai nos ver nessa porra, Jimmy pensa. Helicópteros com câmeras vão nos ver antes de chegarmos ao sexto andar, ou algum cidadão com um celular na mão. Ele não quer ver esses vídeos no tribunal — se sobreviverem à operação, provavelmente, serão indiciados por assassinato.

— Vamos subir pela escada de dentro — diz ele.

Isso também tem alguns problemas. O prédio tem uma taxa de ocupação de noventa por cento, portanto haverá pessoas na recepção, no elevador e nos corredores. Elas não serão só testemunhas, como também podem ser colocadas em perigo, e Jimmy não quer dano colateral algum.

O correto a fazer seria entrar com as equipes da SWAT, do DEA, os policiais federais e civis, isolar a área, retirar os moradores, enviar helicópteros para que policiais pudessem entrar pelo terraço e para proteger a área.

É isso o que deveríamos fazer, Jimmy pensa.

Landreau daria a autorização para entrarem, e as outras corporações teriam que se virar para se envolver na operação. Seria uma imagem sensacional para o jornal das dez, o que deixaria o delegado e o prefeito felizes.

O problema disso é que Landreau insistiria para pedirmos um mandado para um juiz, o que levantaria algumas perguntas suspeitas sobre como eles sabem onde Díaz está escondido e como eles têm a causa provável de que ele ordenou o assassinato dos policiais.

Vossa Excelência, eu fiz contatos com alguns traficantes, depois joguei um cara dentro de uma compactadora de lixo...

E mesmo se eles conseguissem que a invasão fosse autorizada pelo juiz, o objetivo seria *prender* Díaz, sair com ele na frente das câmeras com as mãos para cima — outra vitória para as autoridades da lei e da ordem. Mas Jimmy não quer que Díaz saia daquele prédio de outra maneira que não morto, e ele quer ser a pessoa a fazer isso. Landreau provavelmente deixaria que ele fosse o primeiro a entrar no prédio, mas Jimmy não quer correr o risco de um atirador de elite da SWAT eliminar Díaz de forma limpa e rápida com um tiro na cabeça.

Não será limpo, não será rápido, e não será executado por outra pessoa senão Jimmy McNabb.

A pergunta é como fazer isso acontecer.

— Há um elevador de serviço — revela Angelo. — Pessoas ricas precisam de empregados e não querem que os pobres sujem os elevadores sociais. Digamos que Díaz precise... sei lá, da entrega de um sofá de cinquenta mil dólares assinado por um designer famoso...

Eles encontram a escada na planta, subindo pelo lado norte até o terraço, com uma entrada externa para a cobertura.

— Teremos o mesmo problema da chave de segurança — afirma Wilmer.

— Não tem problema algum — fala Harold. — Mas ela nos deixa do lado de fora da cobertura. A porta dá na cozinha. Com certeza estará trancada.

— Tranca de plástico? — pergunta Jimmy.

— Arromba com um tiro — responde Harold.

— Nós vamos entrar como se fôssemos uma equipe do sistema de climatização do prédio — explica Jimmy. Eles têm os uniformes dos funcionários de vigilância, e ninguém em Nova Orleans jamais mandará embora os caras responsáveis pela manutenção do ar-condicionado. — Os macacões vão disfarçar as armas, e nós usaremos coletes à prova de balas por baixo.

Eles decidem que Jimmy e Harold entrarão pelo elevador de serviço, Harold vai arrombar a porta, Jimmy vai entrar primeiro. Wilmer vai subir pela escada interna, caso Díaz tente fugir por lá, e Angelo vai cobrir a escada de incêndio.

— Você será visto — afirma Jimmy.

— Um cara sozinho num prédio enorme? — questiona Angelo.

— Talvez não.

— Os homens de Díaz estarão espalhados pelo prédio todo — avisa Wilmer. — Será um bang-bang. Se o tiroteio começar abaixo dele, ele vai estar pronto.

— Se nenhum de vocês quiser ir, tudo bem por mim — fala Jimmy. — Quando entrarmos no prédio, não temos garantia alguma de que sairemos vivos. E mesmo que a gente consiga, nossas carreiras vão estar fodidas.

Todos sabem disso.

Sabem que nunca tem garantia.

Sabem que vão perder o emprego, o distintivo, e talvez vão para a prisão.

Que isso pode terminar na Penitenciária Estadual de Louisiana, Angola, ou dentro de uma caixa.

— Angelo?

— Você sabe minha resposta, Jimmy.

— Wilmer?

— É uma questão de honra.

— Harold?

De todos, Harold é o mais certinho, o mais provável de não querer. Ele se levanta, empurra um painel solto no teto, estica o braço e pega um arsenal: uma Heckler & Koch MP5, uma pistola automática Steyr, uma Glock 9mm, uma espingarda Beneli M–4 Super 90 semiautomática, um lança-granadas GS-777 e uma mina antipessoal M16.

Todas elas são armas que eles tomaram de traficantes durante anos e não entregaram à polícia. Em vez disso, eles as esconderam no apartamento, para o dia em que precisassem fazer uma operação sangrenta com armas não rastreáveis. Para o dia em que precisassem de armas poderosas que o departamento de polícia não disponibilizasse.

Díaz tem um exército?, Jimmy pensa ao olhar o relógio.

Tudo bem.

Nós *somos* um exército.

Eles se vestem com os uniformes dos técnicos, guardam as armas em sacos de lona e vão para o carro.

Landreau atende a ligação.

— Eles estão saindo do French Quarter.

— Me mantenha informado.

Uma daquelas noites, cara.

Uma daquelas noites de Nova Orleans abafadas, quentes como uma panela de pressão com a tampa fechada.

Podia explodir a qualquer segundo.

Como um agudo de trompete.

Um olhar torto ou uma palavra errada.

Uma faca é estendida, uma arma é engatilhada.

O tipo de noite em que é melhor olhar pra baixo, manter os olhos abertos e a boca fechada.

A noite pode engolir você.

A equipe de Jimmy pega a St. Philip's em direção à Decatur.

Da Decatur até o Canal.

Do Canal até Tchoupitoulas.

Entram na ponte e cruzam o rio.

— Eles estão a caminho de Algiers.

Estacionam na Patterson, a uma quadra do condomínio de luxo, e esperam Harold voltar.

Ele demora vinte minutos, depois entra de volta no carro e conta que não teve problema algum em descer até o porão e desligar o ar- -condicionado.

— Alguém te viu? — pergunta Jimmy.

— As câmeras.

* * *

— Gustafson entrou num prédio e saiu.

— Só entrou e saiu? — pergunta Landreau.

— Ficou lá dentro por uns quinze minutos.

Mas que merda!, pensa Landreau.

— Continue na cola deles.

Eles jogam a bola de beisebol um para o outro.

Seja tradição, seja superstição, é o que eles fazem.

Jogam a bola de um lado pro outro, como estrelas do beisebol em campo.

— Eles estão jogando bola.

— O quê? — questiona Landreau.

— Estão jogando beisebol.

Landreau sabe que isso significa que vão entrar no prédio.

Jimmy deixa a porra da bola cair no chão.

Tudo para. Eles ficam paralisados.

Jimmy pega a bola, guarda dentro da luva e a enfia embaixo do braço.

— Foda-se. *Laissez les bon temps rouler.*

Eles caminham em direção ao prédio luxuoso.

Oscar Díaz está suando como um filho da puta.

— O que aconteceu com o *pinche* do ar-condicionado? — grita ele.

— Já liguei lá pra baixo — responde Jorge.

Jorge é o substituto de Rico. Não é tão corajoso, mas é muito mais tecnológico, o que Oscar considera um dom.

— Ligue de novo! — berra Oscar. Não está simplesmente descon-fortável. O ar quente na sala poderia estressar os peixes. Eles são muito sensíveis a qualquer mudança no ambiente.

— Não, eles já chegaram — diz Jorge, olhando nos monitores. — Três zé manés de macacão.

* * *

A QUEDA | 67

— McNabb, Suazo e Gustafson entraram. Carter está do lado de fora. Eles estão vestidos como técnicos de ar-condicionado.

Landreau respira fundo.

— Chefe, você quer que a gente vá atrás deles?

Landreau não responde de imediato. Jimmy McNabb está prestes a cometer suicídio real ou profissional, ele pensa, e me levar junto com ele. Se eu deixar esse cara fazer o que acho que ele vai fazer, terei sorte se conseguir virar um policial de merda num fim de mundo do Alabama.

— Não se mexa.

Ele liga para o comandante da divisão no Distrito 4, em Algiers.

— Quero um cordão de isolamento ao redor daquele prédio — fala Landreau. — Nada entra, nada sai. E nada de sirenes.

— O que...

— McNabb está atrás do assassino do irmão.

Eva observa as luzes piscantes se moverem na direção de Algiers Point.

Parece que são todos os carros de polícia do Distrito 4.

Ela abre o canal para ouvir as chamadas de rádio. *Cordão de isolamento ao redor daquele prédio. Nada entra, nada sai... O cara que matou Danny... Roxanne...*

Um aperto no peito, ela não consegue respirar.

Jimmy McNabb...

Hendricks adentra a sala de Landreau transtornado.

— Que merda você acha que está fazendo?

— Fique fora disso.

— Você está se tornando cúmplice de homicídio!

— Me prenda.

— Estou enviando minha equipe.

— Os caras do 4 não vão deixar ela entrar — retruca Landreau.

— Você ficou maluco — afirma Hendricks. — Vou levar essa situação para o chefe.

Ele nem precisa.

O chefe aparece na porta.

— Alguém pode me dizer o que está acontecendo aqui?

Hendricks conta.

O chefe ouve, assente e fala:

— O homem dentro daquele prédio matou uma das minhas oficiais femininas e torturou um dos nossos policiais até a morte. Então, é isso o que faremos: o cordão de isolamento permanece ao redor do prédio. Nossos rádios vão ficar fora do ar. E você vai pra casa, beber uma cerveja e assistir a um jogo.

— Você vai simplesmente lavar as mãos nessa situação?

— Não me faça lavar as suas — avisa o chefe. — Porque, se eu fizer isso, vou usar um sabão bem forte. Espero que a gente tenha um acordo aqui.

O chefe sai da sala.

O capanga no terraço não acredita no que está vendo.

Parece que todas as viaturas de polícia da cidade estão indo em direção ao prédio. Depois, a fila de carros se divide como água batendo na pedra e vai para os lados.

Estamos cercados, ele pensa.

Ele pega o telefone e liga lá pra baixo.

— Não podemos sair porra nenhuma! — grita Oscar.

Jorge se irrita. Ele berra:

— Qual palavra você não entendeu? Nós estamos cercados e fodidos! Todos os policiais da cidade vão estar aqui em uns *cinco minutos, porra*!!!

O robalo-de-barbatana, profundamente sensível ao som, começa a rodar pelo aquário. O peixe-anjo-rainha azul esconde-se dentro da sua pequena caverna.

— Eu não vou pra cadeia — diz Oscar. Ele já tinha sido preso em Honduras. Não foi uma experiência boa. — Avise todos os homens. Nós vamos lutar. Já viu *Scarface?*

Sim, já vi essa merda desse filme, Jorge pensa.

— É um filme de merda, Oscar!

— Faça a ligação! DefCon 4!

Jorge faz a ligação. Ou as ligações, no plural — eles têm homens no quarto e no sexto andar, e uma porra de um pelotão no nono.

Oscar rasga a almofada cinza do sofá Henredon e puxa lá de dentro um AK-47. Ele não vai desistir assim tão fácil.

E então, a vigilância liga do terraço.

— O que foi? — grita Jorge.

— Eles não vão entrar.

— Que porra você está dizendo?

— Eles não vão entrar — repete o vigilante. — Só estão de pé do lado de fora dos carros, olhando para o outro lado.

Oscar corre até o terraço.

Vê o cerco de carros de polícia ao redor do prédio.

Que merda que estão fazendo?, ele pensa.

Por que não vão entrar?

Jimmy acessa o elevador de serviço.

Harold tira uma furadeira à bateria da caixa de ferramentas e abre o painel. Dá uma olhada rápida, corta um fio e o encosta em outro, como se estivesse roubando um carro.

Jimmy aperta o botão C, e o elevador começa a subir.

Jorge lembra dos técnicos subindo para consertar o ar-condicionado. Ele vai até o monitor, clica na tela no elevador de serviço e vê dois homens e um painel arrancado.

— Oscar, vem ver isso.

Oscar se aproxima e analisa.

Vê um cara que se parece muito com o policial que eles mataram. Jimmy McNabb.

Oscar entende agora.

Jorge já está ao telefone.

A porta do elevador se abre no quarto andar.

A arma de Harold está na sua cintura.

Ela atinge o possível atirador e o lança na parede.

A porta se fecha.

— Subindo — fala Jimmy.

Wilmer começa a subir pela escada.

Com a Steyr engatilhada à sua frente.

Os primeiros três andares estão calmos, mas Wilmer ouve uma porta se abrir acima dele, no quarto andar.

Passos.

A pessoa dá mais alguns passos e diz:

— *¿Está bien Oscar?*

Oscar está bem?

Um cara aparece perto do corrimão, com uma Glock 9mm na mão. Wilmer atira primeiro.

E por último.

Angelo está na escada de incêndio.

Ouve a Steyr disparar lá dentro e sabe que o show começou.

A cena do lado de fora é bem impressionante. Quando ele viu o cerco de carros de polícia, pensou que o show havia sido antecipado, mas os policiais simplesmente se sentaram ou ficaram de pé do lado de fora das viaturas. Alguns moradores do prédio perceberam que algo está errado e estão saindo, os policiais encaminhando-os para fora do cerco.

Mas ninguém está entrando.

Eles vão deixar que Jimmy faça sua festa.

Angelo continua subindo.

Está no sexto andar quando é atingido.

A porta do elevador se abre novamente, desta vez no sexto andar.

O capanga de Oscar não vê ninguém, então coloca a cabeça dentro do elevador.

Jimmy explode a cabeça do cara.

A porta tenta fechar em seu corpo.

Jimmy chuta o corpo para fora, e a porta se fecha.

O barulho é surreal.

Som de tiros na escada abaixo do sexto andar. Wilmer está deitado no chão, de barriga para baixo, rastejando.

Não tem para onde ir, tem que subir.

Atira, rasteja, atira. Ele atira nas paredes, e o som ricocheteia pelos cantos.

Parece uma boa ideia, pois o tiroteio para.

*   *   *

Angelo deita em posição fetal, espremido contra a tela da escada de incêndio.

O *narco* sai da janela para dar um tiro na cabeça dele.

Angelo atira com a arma debaixo do braço e o acerta primeiro.

Então levanta e continua subindo, agradecendo a Deus e a Jimmy por ambos terem feito com que ele usasse aquele colete.

A porta do elevador não se abre no sétimo andar.

Jimmy e Harold saem no oitavo.

Decidem que o elevador é um caixão vertical em movimento com dois lugares.

Portanto, quando a porta começa a se abrir no nono andar, e os capangas de Oscar arrebentam o elevador com tiros de AK e de MAC, eles não encontram corpo algum.

O que veem é uma mina M16 "acionada", que dispara alguns milhares de estilhaços em cima deles.

Wilmer está preso entre o oitavo e o nono andar.

Eles foi atingido duas vezes no colete e uma na mão esquerda, e é só uma questão de tempo, não muito, até levar um tiro na cabeça. Os filhos da puta estão gritando para ele também, provocando.

¡Vamos, sube, cabrón! ¿Por qué no subes? Suba, seu escroto! Por que não sobe?!

Ele ouve uma voz diferente. De Jimmy.

— Wilmer, você tá aí embaixo!? Desça um andar! Agora!

Wilmer rola pelas escadas, deixando um rastro de sangue. Ele ouve Jimmy gritar:

— Proteja-se!

Wilmer coloca os braços sobre a cabeça.

Harold chega na porta do nono andar e apoia o lança-granadas no ombro. Ele mira o cano para a ponta da escada e puxa o gatilho.

A explosão é terrível.

Mas o tiroteio para.

Alguns gemidos, nenhum tiro.

— Wilmer, você está bem? — grita Jimmy.

Wilmer não consegue ouvir um barulho sequer.

Só um som agudo dentro do seu ouvido.

Ele passa por cima de uma pilha de corpos quando está a caminho do nono andar. Os degraus da escada estão grudentos de sangue e outras coisas.

Jimmy e Harold puxam Wilmer pela porta.

— Você está machucado — afirma Jimmy.

— Escada ou elevador? — pergunta Wilmer.

— Acho que o elevador não vai mais funcionar — responde Jimmy. — E você fique aqui na escada e pegue qualquer um que descer.

— Eu quero...

— Sei o que você quer — interrompe Jimmy. — Fique nas escadas.

Harold e ele começam a subir para a cobertura.

Os rádios da polícia estão silenciados, mas o painel de Eva brilha como uma árvore de Natal enlouquecida. Pessoas preocupadas ligando: tiros... explosões... gritos. O que está acontecendo? Outra explosão...

Ela deseja, do fundo do coração, que não tivesse enviado Jimmy nessa missão, nessa cruzada.

Você já perdeu um filho, diz ela para si mesma, e vai lá e envia o outro para a morte? Sua mãe era viciada em jogo, ensinou a ela desde pequena que não se busca dinheiro sujo com boas intenções. Você nunca consegue ganhá-lo, e nunca consegue recuperá-lo.

Agora ela não atende as ligações, mas reza.

Por favor, Deus, por favor, Ave Maria, por favor, São Judas Tadeu, padroeiro das causas perdidas, por favor, envie meu filho de volta.

As explosões chacoalharam Oscar.

Literalmente.

As paredes tremeram, um pequeno maremoto agitou o aquário, e a garoupa está ficando doida.

Jorge não fica muito atrás.

A QUEDA / 73

Ele vê as imagens no monitor — seus garotos estraçalhados nas paredes, pedaços espalhados, como uma caixa de partes humanas caindo do teto — e diz:

— Vou me entregar.

— Não vai porra nenhuma — afirma Oscar.

— Vou sim.

Ele vai em direção à porta.

Oscar dispara a metade de um cartucho nas costas dele. Depois olha para os outros oito homens que vieram para a cobertura para uma última tentativa de salvamento.

— Alguém mais quer se entregar?

Ninguém quer.

— Nós somos nove, eles são quatro — afirma Oscar. — Só temos três caminhos aqui. Cuidamos desses *pendejos* aqui em cima, descemos para o porão e saímos atirando. Ainda temos uma chance. Dividam-se, vigiem a porta de entrada principal, a dos fundos e o terraço.

Ele caminha para o centro da sala.

Se Jimmy McNabb me quer, ele vai ter que passar pelos outros.

Não dois deles.

Os dois *narcos* que estavam protegendo o terraço decidem descer pela escada de incêndio, esperar até saírem da visão de Oscar, colocar as mãos para cima e tentar a sorte com a polícia.

Eles encontram Angelo subindo até o oitavo andar.

Todo mundo atira ao mesmo tempo.

Harold fica de pé ao lado da porta dos fundos e aponta a arma num ângulo de 45 graus na direção da fechadura.

Jimmy encosta na parede ao lado da porta, pronto para entrar.

Sempre o primeiro a entrar pela porta, certo?

Harold estoura a fechadura e pula para trás.

A porta se abre.

Um paredão de tiros dispara.

Jimmy não entra primeiro desta vez.

Ele envia granadas em seu lugar.

Elas rolam pela porta.

Primeiro, um flash de luz para cegar.

Seguido por uma fragmentação mortífera.

E então ele entra.

Quando os meninos faziam uma bagunça na cozinha, Eva costumava dizer que parecia que um furacão tinha atingido a casa.

Essa cozinha parece que levou um soco de um furacão.

As paredes respingadas de sangue.

A geladeira de aço inox manchada.

A porta do forno aberta, caída para um lado, como um maxilar quebrado.

Três mortos, ou quase mortos. Dois deles no chão, um debruçado sobre o balcão. Um sobrevivente encolhido atrás de um tampo de mesa de madeira no meio da cozinha. Ergue-se para atirar em Jimmy, erra, acerta Harold.

No meio da testa.

Os joelhos daquele homem grande cambaleiam, e ele desaba em cima da madeira, escorrega para o lado e morre ao chegar ao chão.

A vingança sempre tem um preço.

Jimmy vira o cabo da HK, acerta a cabeça do atirador e atravessa a cozinha. Harold está morto, e não há algo que Jimmy possa fazer por ele senão lamentar, e isso será mais tarde.

Agora não há tempo para o luto nem para arrependimentos.

Mais tarde, mais tarde.

Ele ergue a HK e atira para a frente até esvaziar o cartucho.

Angelo enxuga o sangue em seus olhos.

Os ferimentos na cabeça sangram muito.

Um tiro de raspão abriu um rasgo profundo, e ele vai ficar com uma cicatriz feia, mas está vivo, diferente do outro cara que atirou nele e seu colega, ambos pendurados na lateral da escada de incêndio, como roupas secando no varal.

Tonto e machucado, Angelo continua subindo.

Ficar na escada?

Wilmer não vai ficar na escada porra nenhuma.

Qué carajo.

Com ou sem Jimmy.

Cão branco, cão preto, é tudo cachorro.

Ele troca sua arma para a mão boa (esquerda) e sobe a escada que dá na entrada principal da cobertura.

Vê a porta aberta.

Ouve tiros e entra.

Jimmy se vira.

Não era para ter alguém atrás dele.

Atira.

Erra a cabeça de Wilmer por milímetros.

Wilmer sorri de alívio.

E então, um tiro o atinge na garganta, outro na boca, um terceiro entre os olhos e, num instante, Wilmer parte deste mundo.

Jimmy se vira e atira.

O atirador cambaleia e cai.

Não há tempo para o luto nem para arrependimentos.

Mais tarde mais tarde mais tarde mais tarde.

Jimmy entra na sala.

Atirando da cintura, alternando da direta para a esquerda, simplesmente atirando, acerta cadeiras, sofás, mesas, janelas, o aquário. Trezentos e cinquenta litros de água se espalham, peixes pulam pelo tapete.

Com o cartucho vazio, Jimmy larga a HK, pega a Glock 9mm e estuda o cômodo com os olhos.

Onde está Oscar?

Deitado atrás do sofá, Oscar vê seu precioso peixe-anjo-rainha azul ofegar sem ar, com a boca tentando puxar o ar, suas lindas listras azul--metálico tremendo.

Ele está indignado.

O que quer fazer é se levantar e acabar com o homem que matou seus peixes e destruiu sua vida. É isso o que quer fazer, mas Oscar Díaz é um covarde, e o que faz é rastejar em direção ao terraço.

* * *

Jimmy vê Oscar, justo quando ele está deslizando pela abertura estilhaçada.

Ele vai até Oscar e pisa na parte de baixo de suas costas.

— Para onde está indo, Oscar? — Jimmy McNabb é um homem grande, seu pé é pesado. Ele levanta a perna e pisa de novo na coluna de Oscar, e mais uma vez, como se quisesse quebrá-la. — Não, você e eu temos um encontro, cara. Temos um compromisso.

Ele pisa em suas costas, suas pernas, seus tornozelos e seus pés.

— Isto é por Danny. Isto é pelo meu irmão. Pela minha mãe. Pelo meu velho.

A voz de Eva:

Quero que você abrace tudo o que tentei amar em você. Quero que abrace seu ódio. Quero que vingue a morte do seu irmão.

Oscar urra de dor. Suas mãos ainda seguram a AK, mas Jimmy pisa em seus dedos, quebra alguns, torce outros, machuca outros. Com um pé na mão de Oscar, ele chuta a cara dele com o outro.

Você faria isso por mim? Faça isso por mim. Pense em Danny. Pense no seu irmão mais novo.

Jimmy dá um chute na boca de Oscar, quebrando seus dentes.

E mate todos eles. Mate todos os homens que mataram meu Danny.

Pisa na parte de trás da cabeça.

Vou matar.

Chuta suas têmporas.

E faça-os sofrer.

Jimmy para de chutá-lo.

— Ainda não acabei com você, Oscar. Você vai ficar consciente, acordado. Vou atear fogo em você e te ver queimar, como o lixo que você é. Vai queimar como fez...

O soco acerta a parte de trás do seu pescoço e o impulsiona para frente, passando por cima de Oscar. E então, um antebraço envolve seu pescoço, outro o trava por trás, e ele fica num golpe de estrangulamento.

O cara que estava caído por cima da bancada da cozinha.

Jimmy não consegue respirar.

Está quase desmaiando.

Solta a arma no chão, dá um soco para trás e acerta os olhos do homem. Ele afrouxa o golpe o suficiente para Jimmy conseguir respirar, passar uma mão por dentro do golpe, atingir a carótida do cara, e, ao fazer isso, ele cambaleia no terraço, na direção do parapeito.

O homem se apoia com toda sua força, tentando quebrar o pescoço de Jimmy, mas a mão esquerda de Jimmy segura um dos dedos dele e o quebra. O homem grita, Jimmy se vira, olha para ele e o levanta. Ele o arremessa para o lado e o homem fica no ar, as pernas sacudindo, os braços balançando, gritando com dez andares passando pelos seus olhos.

Jimmy tenta respirar fundo.

Através de olhos marejados, ele vê Oscar rastejando na direção da escada de incêndio, a única coisa em seu caminho...

Neste momento, Angelo chega ao terraço, o rosto como uma máscara de sangue, as pernas bambas.

Oscar atira.

Atinge Angelo abaixo do colete, na coxa, e a artéria femoral espirra sangue como uma mangueira ligada. Oscar passa por cima dele e chega na escada. Jimmy tem uma escolha a fazer.

Matar Oscar ou salvar Angelo.

Angelo grita:

— Pega ele!

Jimmy se agacha ao lado de Angelo.

— Pega ele — diz Angelo, com a voz fraca.

— Não — responde Jimmy. — Peguei *você*.

Ele pressiona com força a ferida e para o sangramento. Com a outra mão, procura por dentro da roupa seu telefone e liga para a emergência.

Eva ouve: "Policial ferido, Morgan Avenue número 2203, Algiers, cobertura. Envie os paramédicos."

Ela envia os paramédicos e agradece a Deus.

— Peguei você — diz Jimmy. — Você vai sair dessa, aguenta firme.

— Ele está fugindo.

— Foda-se.

Porque, às vezes, você está despedaçado, tão despedaçado que não se reconhece. E, de repente, você se encontra. Você está mais forte do que antes, forte o suficiente para pegar toda essa raiva e esse ódio e parar um sangramento.

Você está mais forte nas partes despedaçadas.

* * *

Oscar consegue descer pela escada de incêndio.

Com os pés ralados e quebrados, ele vai pulando na direção do rio.

Cinquenta e oito policiais atiram, iluminando a noite de Nova Orleans.

Jimmy McNabb fica de pé no terraço, enquanto os paramédicos colocam Angelo numa maca.

Eles dizem que provavelmente ele vai sobreviver.

Mas Harold e Wilmer não.

Eles morreram — assim como Danny —, e Jimmy não sabe se valeu a pena. Ele se vira para o outro lado e olha para sua cidade.

Mesmo em noites de lua cheia, o rio parece sujo.

Você não precisa dizer a Eva que o mundo é um lugar quebrado.

Ela conhece a vida, conhece o mundo.

Sabe que não importa como se vem para ele, sempre sairá daqui despedaçado.

PARA O SR. STEVE MCQUEEN

CRIME 101

rime 101: mantenha as coisas simples.

• • •

Rodovia 101.

Pacific Coast Highway.

Mais conhecida como PCH.

Ela percorre a costa da Califórnia como um cordão de pérola num pescoço elegante.

Davis ama essa estrada como um homem ama uma mulher.

Ele poderia dirigir nela dia e noite.

• • •

Davis senta-se ao volante de um Mustang Shelby GT500 preto de teto rígido e spoiler traseiro, aba de Gurney, 550 CV e torque de 70 kgfm.

Crime 101: quando você precisa fugir, precisa fazer isso rápido.

Ele dirige para o norte, passando por uma parte extensa da costa onde o sol se põe sobre o oceano como uma laranja-de-sangue.

À sua esquerda, as ondas quebram na praia de Torrey Pines. À direita, os trilhos de ferro cruzam o córrego Los Penasquitos, e a estrada Carmel Valley circunda as montanhas que ladeiam o lado norte da lagoa, onde a antiga oficina tem uma das melhores vistas da costa, e a pizzaria existe na memória de Davis desde sempre.

Como uma mulher de humores inconstantes, a Rodovia 101 muda seu nome com frequência. Depois surge a estrada North Torrey Pines, e a alguns metros, ela irá se tornar South Camino del Mar.

Para Davis, é sempre a 101.

Davis segue uma Mercedes 500SL branca que sobe a montanha em direção à cidade Del Mar.

Ele tinha observado Ben Haddad sair da loja em La Jolla com uma amostra nas mãos.

Davis já tinha visto Haddad sair da loja de Sam Kassem inúmeras vezes, mas ainda assim olhava para baixo, para o iPad em seu colo, e checava as fotos de Haddad na exposição anual de joias em Las Vegas. Davis tem fotografias de Haddad na exposição de Vegas, na de Tucson e na Feira de Pedras Preciosas em Del Mar.

Na última, Haddad estava sentado num banco no Red Tracton, com Kassem e suas respectivas esposas. Eles bebiam martínis e sorriam para a câmera.

A foto foi postada no site da Feira de Pedras Preciosas.

Davis sabe que Haddad tem 64 anos, é casado, tem três filhas, e a mais nova é caloura na Universidade da Califórnia em Santa Bárbara. Ele sabe que Haddad gosta de beisebol, joga golfe principalmente para sociabilizar e não parou de fumar, apesar de garantir o contrário para seu médico e sua mulher. Sabe que Haddad é todo correto e nunca anda armado.

Davis deixa que alguns carros entrem entre os deles, caso haja alguém seguindo-os. Haddad nunca usou escolta, mas nunca se sabe. De toda forma, Davis não precisa ficar tão perto de Haddad, pois ele sabe para onde o mensageiro está indo.

Davis viu a troca de e-mails entre Kassem e John Houghton, o dono de uma joalheria em Del Mar.

Ben está a caminho agora.

A Mercedes estaciona à direita, na joalheria de Houghton.

Haddad faz o que sempre faz, o que acredita ser a coisa prudente a se fazer para um mensageiro. Em vez de estacionar na rua, ele para no pequeno estacionamento nos fundos.

Davis conhece o esquema, pois é sabido entre os mensageiros e os vendedores que os ladrões observam as vitrines das joalherias.

Portanto Haddad estaciona nos fundos e liga para Houghton para dizer que está entrando.

Houghton vai recebê-lo pela porta da frente.

Essa é a anomalia — o acordo conflitante dos mensageiros e donos de loja: o mensageiro quer proteger seu produto, e o dono, sua própria loja. O estoque mais valioso do dono da loja fica no escritório dos fundos, com uma tranca separada da parte da frente da loja. O cofre também fica no escritório dos fundos.

Se um ladrão seguir um mensageiro (ou um vendedor em seu intervalo), o dono da loja não vai querer que ele entre pelos fundos, onde os ladrões poderiam entrar correndo e roubar as coisas realmente valiosas ou obrigá-lo a abrir o cofre.

Então, o mensageiro estaciona nos fundos, mas entra pela porta da frente.

Esse é o buraco.

A rachadura.

O *limite* que Davis sempre busca.

E ele não levará adiante se isso não existir.

Esse é o Crime 101.

Isso e os cigarros.

Davis ouve o que Haddad diz para Houghton no telefone. *Vou só fumar um cigarro rapidinho e já entro.*

Porque é o carro da família, e Ben não quer que Diana sinta cheiro de cigarro e brigue com ele. E, a não ser que Diana tenha saído para um dos seus encontros com as amigas, esse é seu último cigarro do dia, pois é sua última parada.

Então, o que Haddad faz — o que sempre faz — é estacionar e dizer para Houghton que vai só fumar um cigarro rapidinho.

São só alguns tragos, não um cigarro inteiro, portanto Davis terá, no máximo, um minuto antes de Houghton perceber que seu mensageiro está demorando e sair para ver o que houve. Houghton também é todo certinho, mas carrega uma arma consigo — uma pistola EAA Witness 10mm.

Mas um minuto é mais do que suficiente.

Crime 101: se não for rápido, é melhor não fazer nada.

Haddad sai do carro, acende o cigarro, dá alguns tragos profundos e intensos e apaga-o na sola do sapato.

Davis pisa no acelerador.

Ele pega a pistola SIG Sauer P239 do console do meio do carro e a segura com a mão direita enquanto dirige com a esquerda.

Davis fica atento ao tempo enquanto dá a volta no estacionamento e sai. Ele está todo de preto — suéter preto, calça jeans preta, sapato preto, luva preta, boné preto sem logo na frente.

Com a pistola na cintura, Davis se aproxima por trás de Haddad no momento em que ele está lançando a guimba do cigarro na calçada. Ele encosta o cano da pistola atrás da orelha de Haddad e diz:

— Continue olhando para a frente.

Sem se virar, Haddad entrega a mala de amostras para ele.

— Pegue e vá embora.

Todo certinho.

Não vale a pena.

Pegue a mala de amostras e vá com Deus.

Só que Davis diz:

— Não quero as coisas baratas da mala, Ben. Quero as "coisas boas" que estão nas bolsas presas no seu tornozelo. Os papéis.

Haddad hesita. É nessa hora que tudo pode dar errado. É nessa hora que tudo desanda.

Davis não vai deixar que isso aconteça.

— Quero que você vá pra casa, pra Diana — diz ele. — Quero que você leve Leah até o altar em… o que, três semanas?

Haddad também quer levá-la até o altar. Ele se agacha, retira as bolsas de velcro dos tornozelos e as entrega por cima do ombro.

— Seu telefone — pede Davis.

Isso só irá dar a ele alguns segundos a mais, mas esse tempo pode ser crucial.

Haddad entrega o telefone celular. Davis arranca a bateria, lança ela no meio do mato atrás do estacionamento e devolve o aparelho para ele. Não faz sentido ser um escroto levando o telefone e deixando o cara sem todos os contatos e as fotos da família.

— Se você se virar — avisa Davis —, verá uma bala entrando na sua cabeça. Pessoalmente, eu não morreria por uma seguradora.

Haddad não se vira.

A QUEDA / 87

Davis entra de volta em seu carro e vai embora.

Espaço de tempo: 47 segundos.

Ele dirige três quarteirões ao norte e para no estacionamento subterrâneo do complexo de apartamentos de férias. O seu é o de número 182, que ele alugou por um mês, com duas vagas de garagem.

Em sua outra vaga, tem um Camaro ZL1 prata.

Motor 6.2 SC V8.

Supercharger Eaton com rotor de quatro pistões.

Tecnologia de amortecedores magnéticos.

O estacionamento está com metade de sua capacidade total ocupada.

Como sempre, Davis vê diversos carros, mas nenhuma pessoa.

Ele sai, retira rapidamente as placas roubadas do Mustang e as substitui com as genuínas. Ele pega os papéis das joias das bolsas de tornozelo, guarda-os dentro do bolso do casaco e joga as bolsas na lixeira. Então, pega a SIG no Mustang, entra no Camaro e pega a Rodovia 101.

Se alguém estiver atrás de um carro fugindo, estará procurando um Mustang preto, que agora está literalmente debaixo do solo.

Com nada lá dentro que o conecte a ele.

Mesmo se encontrarem o carro, não acharão qualquer coisa.

Ele pagou o apartamento em dinheiro e fez o contrato com um nome falso. Tudo o que vão encontrar é uma caixa postal em San Luis Obispo que ele jamais irá acessar.

É claro que ele perderia o carro, mas é uma boa troca.

Não poderia dirigi-lo na prisão, de qualquer forma.

Ele sai de carro e vai na direção norte da 101.

Passa por Del Mar, pela pista de corrida.

Passa pela placa rosa de neon em Fletcher Cove que anuncia SOLANA BEACH, passa pela Tidewater Bar, pela Pizza Port, pela loja de surfe Mitch's e pela Moreland Choppers. Desce a montanha até o longo trecho de praia de Cardiff, sobe e passa por Swami's e Encinitas, pela praia de Moonlight, pelo antigo teatro La Paloma, por baixo da placa em arco sobre a 101, onde se lê ENCINITAS.

Passa pelos trilhos de trem e pelas árvores de eucalipto da curiosa cidade de Leucadia, pela antiquada Carlsbad, pela antiga estação de energia, com suas chaminés que evocam tanto Springfield quanto Blake.

88 / DON WINSLOW

Davis segue pela 101, até ser obrigado a virar para oeste no Ocean-side Boulevard e entrar na 5 North para passar por dentro de Camp Pendleton, a base da Marinha, que é uma pedra no sapato. Ele sai da 5 North o mais rápido que pode, em Los Cristianitos, San Clemente, dirige por dentro da antiga cidade de surfistas, passa pela Capistrano Beach, sobe até Dana Point, passa por Laguna Niguel, South Laguna e, finalmente, chega em Laguna Beach.

Davis nunca se cansa de dirigir, nunca se cansa do oceano e suas mudanças constantes, dos monumentos. Seu porto seguro.

Ele para no estacionamento de outro complexo de apartamentos, do lado leste da 101, de frente para a Main Beach e o Museu de Arte de Laguna.

Davis aperta o botão do controle preso no espelho retrovisor. O portão de metal se abre, e ele adentra o estacionamento subterrâneo de concreto e para em uma de suas duas vagas designadas, marcadas na parede como Apartamento 4.

Ao lado está um Dodge Challenger SRT8 preto 2011.

Motor Hemi V–8.

Para-choque dianteiro.

Válvula Vct.

Davis gosta que seus carros sejam americanos, velozes e poderosos.

Ele sai do Camaro, anda até o pequeno elevador, vai até o terceiro andar e entra no apartamento 4.

Ele é bem comum — uma salão amplo, com uma pequena cozinha e um balcão ao fundo, uma sala de estar com uma porta de vidro de correr que dá numa varanda estreita com uma mesa, algumas cadeiras e uma churrasqueira a gás. Do outro lado do apartamento, um corredor leva a um quarto de hóspedes, dois banheiros e uma suíte master com vista para o mar.

O imóvel deve custar cerca de um milhão.

Davis não compra, não possui qualquer coisa.

Nenhum dos lugares.

Ele aluga.

Apartamentos de férias mobiliados e com segurança. Eles vêm como tudo — TV, som, panelas, louça, copos, xícaras, máquina de café, torradeira, talheres, toalhas, panos de prato e até sabonete.

Davis aluga os lugares sob nomes diferentes e sempre paga em dinheiro.

Adiantado.

Crime 101: as pessoas que recebem dinheiro raramente fazem perguntas.

O negócio é o seguinte.

Há complexos de apartamentos por toda a 101.

As pessoas compram esses lugares, mas a maioria não mora lá durante o ano todo. Muitos deles servem como locais de férias para famílias se reunirem no verão ou para habitantes de estados muito frios passarem o inverno. O resto do tempo ficam vazios, e muitos donos alugam para poderem pagar o financiamento.

E, como é um saco administrar isso sozinho, a maioria dos donos paga a uma administradora, que fica com uma porcentagem.

Elas alugam por mês, por semana, ou até por dia se for em frente à praia; e tudo o que você precisa fazer é comprovar sua renda para uma dessas empresas administradoras. Então pode trocar de apartamento quantas vezes quiser.

O público desses apartamentos é, em sua maioria, temporário e anônimo. Alguns indivíduos estão fugindo do inverno gelado de Minnesota ou Wisconsin, outros estão esperando o contrato acabar para saírem da casa que acabaram de comprar ou vender. Alguns são divorciados "em transição". Outros simplesmente gostam de morar perto da praia. Eles vêm e vão. É possível morar ali sem nunca conhecer um vizinho ou só cumprimentar no estacionamento ou na piscina.

Esse tipo de coisa funciona para Davis. Ele negocia com cinco administradoras diferentes, sob cinco identidades diferentes. Nunca fica num mesmo lugar por mais de dois meses e raramente volta para um mesmo apartamento.

O que aprendeu foi:

Se você vive em todos os lugares, você não vive em um específico.

Seu endereço é a 101.

Davis vai até a geladeira e pega uma garrafa de San Pellegrino. Senta-se no sofá, pega os papéis do bolso e os abre.

Cinco pequenos embrulhos de papel branco fino dobrado metodicamente. Dentro do papel branco há uma fina camada de papel azul.

DON WINSLOW

Dentro de cada papel azul:

Um anel de diamante com lapidação esmeralda.

Valor total:

Um vírgula cinco milhão de dólares.

Davis se levanta, vai até a varanda e olha para o mar e para a 101.

•••

O tenente Ronald — "Lou" — Lubesnick está no pequeno estacionamento nos fundos da loja de joias de Houghton e olha para Ben Haddad.

— Acho que é isso o que estou tentando dizer — repete Lou. — Você faz dezenas de viagens por mês entre a La Jolla de Sammy e aqui. A maior parte do tempo com alguns milhares de dólares em mercadorias. Mas na *única noite* em que está carregando um milhão e meio em pedras preciosas, *é justamente* quando é roubado?

Lou dá de ombros.

Seu parceiro, McGuire, sorri. Esse movimento de ombros de Lou é famoso. O que dizem na Divisão de Roubos é que Lou diz mais com os ombros do que com a boca. O que é muita coisa, pois Lou fala demais.

Como neste momento, que está dizendo:

— Quer dizer, tem algo nessa história que *não* demonstra "trabalho interno"? O cara simplesmente deu sorte?

— Ele não recebeu informação alguma de mim — responde Haddad, teimoso.

E eles remontam a história outra vez.

Um cliente de Houghton queria olhar algumas pedras preciosas que ele não tinha, mas Sammy Kassem, sim. Sammy escolheu uma amostra de cinco pedras da sua loja para o cliente analisar. Haddad as levou até lá e foi abordado no estacionamento. O assaltante aparentemente sabia que a amostra era de mentira e que as pedras verdadeiras estavam nas bolsas de velcro presas em seu tornozelo.

Haddad não sabe descrever a cara do sujeito, a placa do carro, o próprio carro — nem a cor ou a marca.

— Ele surgiu do nada — explica Haddad. — E me disse para não me virar para olhar.

A QUEDA / 91

— Você fez a coisa certa — fala Lou. Ele preferia trabalhar com um grande roubo do que com um assassinato. Lou ficara cinco anos na Divisão de Homicídios antes de ser transferido. A pior parte era informar às famílias.

— Você tem alguma ideia se a altura dele era parecida com a sua? — pergunta Lou.

— Talvez mais alto.

— E o sotaque?

— Ele não tinha.

— Todo mundo tem algum — afirma Lou. — Está dizendo que ele não era negro nem hispânico?

— Isso.

McGuire sabe o que Lou está buscando. Quase todos os roubos de joias encomendados no país são feitos por gangues colombianas ligadas aos cartéis de drogas. Há um ano, mais ou menos, eles estavam roubando a Costa Leste como garotos de dez anos jogando Bate Monster em lanchonetes. Se eles tivessem ido para a Costa Oeste seria uma péssima notícia.

Lou Lubesnick e Bill McGuire formam uma equipe esquisita. Lou tem 1,78 metro, um pouco de fios grisalhos salpicados no meio de seu cabelo preto-escuro e uma barriga caindo por cima do cinto. McGuire tem 1,93 metro, é ruivo com sardas e magro, e seu corpo tem formato de cabide.

Juntos, parecem mais uma dupla de comédia do que dois policiais, mas há muitos caras na divisão que não veem graça alguma na dupla Lubesnick e McGuire, principalmente depois que Lou tornou-se diretor da Divisão de Roubos, com cinco outros veteranos abaixo dele.

Alguns membros da equipe estão explorando a vizinhança para ver se alguém viu alguma coisa, enquanto o resto está no estacionamento em busca de marcas de pneu ou pegadas.

Lou foca sua atenção em Houghton.

— Você percebeu alguém andando por aqui, observando a loja?

— Acho que eu teria mencionado isso — responde Houghton.

Lou é imune ao sarcasmo, completamente surdo.

— Algum cliente entrou, olhou a loja, mas não comprou alguma coisa?

— Todos os dias — retruca Houghton. — Com essa economia, as pessoas são meros olheiros.

Ele diz "olheiros" com desdém.

— Mas ninguém específico — completa Lou.

Houghton balança a cabeça negativamente. Isso não é uma tarefa fácil, já que ele tem uma cabeça enorme e uma papada de respeito. Sua pele é branca como o leite, outra tarefa nada fácil, já que sua empresa fica a algumas centenas de metros da praia.

— Quero ver suas câmeras de segurança — pede Lou.

Eles entram na loja e analisam as fitas, que não são mais fitas, mas, como tudo hoje em dia, uma gravação digital num computador. Houghton tem câmeras que cobrem a porta da frente, a parte de dentro da loja e a entrada dos fundos, mas nada no estacionamento nos fundos.

— Por que não? — questiona Lou.

— Porque nada acontece ali — responde Houghton.

Lou dá de ombros.

Algo aconteceu ali.

Lou olha para baixo e vê uma guimba de cigarro. Ele se vira para Haddad.

— Sua?

— Isso precisa entrar no relatório?

Lou nega com a cabeça.

Ele também é casado.

McGuire se senta no banco do carona do carro de Lou.

— Aposto vinte dólares que Sammy vai desovar essas pedras no Brasil daqui a seis semanas.

— Estaríamos pensando nisso se ele não fosse do Oriente Médio? — Lou não deve ser o único policial de San Diego que contribui para a ACLU (União Americana pelas Liberdades Civis), mas é o único que admite. — Não me diga que não olhamos para eles de forma diferente.

— Quem sabia dessa entrega? — indaga McGuire. — Sammy, Haddad, Houghton. Poderia ter sido Houghton, pelo que sabemos. Ele mesmo disse que os negócios andam mal. Talvez ele tenha dado uma comissão para os ladrões e ficado com o resto.

— Ladrões? No plural? — Quadrilhas não fazem assim, Lou pensa. Eles são pega-e-leva. Literalmente quebram a janela do carro do transportador e pegam a mercadoria. Na metade das vezes, espancam o cara, o esfaqueiam ou dão um tiro nele.

São violentos.

Esse cara devolveu o celular dele.

— Não faça isso — pede McGuire.

— Não faça o quê? — pergunta Lou, embora saiba o que é.

— Não faça essa sua coisa solitária.

Lou pensa sozinho que talvez haja um cara organizando uma série de roubos em lojas de joias de alto nível.

Onze roubos nos últimos quatro anos.

Consistente — sempre transportadores ou vendedores que estejam carregando um valor alto.

Eficiente — chega e vai embora de forma rápida, mesmo que haja testemunhas que não façam *ideia* do que viram.

Paciente — a mercadoria não aparece no mercado ilícito por meses, se é que chega a aparecer. Portanto nosso rapaz não tem pressa alguma para receber.

Discreto — nenhum dos contrabandistas sabe algo sobre ele.

E preciso — há mais sangue derramado num jogo de futebol infantil do que em todos esses roubos juntos.

Primeiro, ninguém achou que os roubos estivessem relacionados. Ninguém os analisou juntos, pois eram espalhados em jurisdições diferentes — San Diego, Los Angeles, Orange County, Mendocino —, e ninguém compartilhou as informações.

O que se soube é que era uma "quadrilha". (Promotores *amam* quadrilhas. São ótimas manchetes de jornal, com excelentes fotos na primeira página.)

Foi Lou quem checou os relatórios das seguradoras e uniu os roubos; foi Lou quem apresentou a teoria de que eles estavam procurando um único indivíduo.

— Um lobo solitário — disse seu chefe, quando Lou falou sobre isso pela primeira vez.

— Se olharmos tudo junto — retrucou Lou.

— Porra nenhuma.

Se fosse uma quadrilha, Lou argumentou, alguém já teria cometido um erro — teria se gabado numa boate, deixado sua mulher puta da vida, ou sido preso por outro crime e tentado subornar a polícia.

Mas um único cara, montando seu próprio esquema, fazendo tudo de um jeito calculado...

Esse cara não vai nos dar nada que nos ajude a capturá-lo.

É o Crime 101.

Lou normalmente é zombado pela sua "teoria do lobo" sobre o Ladrão Solitário.

Os seus chefes, as companhias de seguros e até os caras da sua própria divisão o sacaneiam pelo seu *crush* masculino, seu romance com Robie, "o gato", depois do filme antigo sobre um ladrão de joias.

Como se chama? Lou tenta lembrar.

Ladrão de casaca, é isso.

Sim, Lou pensa. *Ladrão de casaca.*

Nada de ladrões.

Ladrão.

No singular.

— Mesmo se houvesse um ladrão de verdade aqui — diz McGuire —, e eu não estou dizendo que tem, provavelmente, são os colombianos. E digo isso porque quase sempre são eles.

— Como podemos saber? — pergunta Lou.

McGuire odeia quando Lou entra no seu modo palestrante.

— Como podemos saber o quê?

— Como podemos saber que quase sempre são os colombianos? — esclarece Lou. E então, como McGuire sabia que ia acontecer, ele responde à sua própria pergunta. — Porque eles são pegos.

— E daí?

E daí, Lou pensa, que esse cara não é.

• • •

Davis entra no Cliffs vestindo uma camisa branca engomada (feita sob medida, mas sem monograma), abotoaduras e um terno preto de gabardine de lã de três botões da Hugo Boss.

Sapatos de couro preto.

Davis tem poucas roupas, mas todas são de boa qualidade.

Clássicas.

Versáteis.

Um pouco retrô.

Como Davis.

Seu cabelo castanho é curto, típico dos anos 1960 pré-Beatles, como se tivesse saído de uma reunião de campanha do Kennedy ou do Corpo da Paz.

Ou de um filme de Steve McQueen.

Davis já viu todos os filmes de Steve McQueen, a maioria deles diversas vezes. Davis *seria* Steve McQueen, exceto pelo fato de Steve McQueen já ser Steve McQueen, e um outro jamais existirá.

Mas, para Davis, McQueen era a definição viva do que era bacana na Califórnia.

Se a 101 fosse um ator, seria Steve McQueen.

A mulher com o cabelo castanho na altura dos ombros é a mais atraente do restaurante.

O que é alguma coisa.

Todas as cerca de uma dúzia de mulheres bebericando vinho branco ou martíni no bar do local badalado são lindas e malhadas de ioga, musculação e spinning, pois é como elas entram ali.

Davis se aproxima dela e diz:

— Deve ser muita pressão ser sempre a mulher mais bonita de um local lotado de gente.

Ela se vira para ele e pergunta:

— Por onde você esteve?

— Fiz uma reserva aqui — responde Davis. — Pode ser, ou você quer ir para outro lugar?

— Como sabe que não estou esperando alguém? — pergunta Traci.

— Não sei — responde Davis. — Só espero que não esteja.

— E se eu estiver — diz ela, sem o mínimo traço de rancor —, você vai chamar uma dessas outras piranhas magricelas.

— É que odeio comer sozinho.

Alguns segundos depois, Derry, o gerente, se aproxima e avisa:

— Sr. Delaney, sua mesa está pronta. Boa noite, Traci.

Davis entrega uma nota de cinquenta dólares para ele num aperto de mão e eles seguem para a mesa.

No jantar, Traci come diversas entradas em vez de um prato — vegetais, peixe, frango —, nada que pudesse acrescentar um grama de gordura àquele corpo.

— Então, por onde você *esteve*? — pergunta ela com um palito de satay de frango preso entre os lábios. — Já faz... o quê? Uns dois meses, mais ou menos?

— Mais ou menos — responde Davis. — Estive fora da cidade fazendo uma consultoria.

— E como foi?

— Tudo certo.

Traci sabe que Michael não gosta de conversar sobre trabalho. Ele gosta de falar de música, filmes, esportes, notícias, carros, arte, surfe, ioga, triatlo, comida, bicicleta, mas trabalho, não. Então, ela muda de assunto para falar sobre o treinamento que está fazendo para o Ironman.

Quando a conta chega, Davis coloca algumas notas de vinte dentro do porta-comanda.

— Por que você sempre paga em dinheiro? — indaga Traci.

— Odeio pagar contas.

— Tanto quanto odeia comer sozinho?

— Quase.

— Você também odeia dormir sozinho? — pergunta Traci, com um olhar que alguns caras pagariam mil dólares para ver uma única vez na vida.

Lou fica feliz em ver que o Meu Bom está aberto.

O cara trabalha em horas irregulares.

O carrinho de cachorro-quente, parado num estacionamento vazio na esquina da Lomas Santa Fe com a 101, na verdade se chama Menu Bom, mas algum brincalhão removeu a letra n, e o novo nome pegou.

Lou entra com seu Honda Civic no pequeno estacionamento.

Seu carro é objeto de intimidação constante.

— Por que você não compra um carro novo? — perguntou McGuire em mais de uma ocasião.

— Por quê? — retrucou Lou de volta.

— Porque ele tem doze anos — falou McGuire.

— Assim como sua filha — falou Lou. — Você vai substituí-la?

— Lindsey não tem 320 mil quilômetros rodados.

— Trezentos e oitenta — corrigiu Lou. — E acho que consigo chegar aos 480. Você coloca óleo nesses carros e eles funcionam pra sempre.

Mas é atípico, McGuire sempre diz, que um tenente da polícia de San Diego dirija um carro que poderia ter uma placa da Domino's presa no teto. E seu interior não é nada melhor — os assentos estão velhos e desgastados de sol, migalhas das muitas refeições itinerantes de Lou (In-N-Out Burger, Rubio's, Jack in the Box) estão grudadas às costuras, e o painel é neandertal — sem alto-falante para o celular, sem rádio de satélite, sem GPS.

— Morei em San Diego minha vida inteira — afirmou Lou. — Sei como chegar aonde preciso ir.

— E se sair de San Diego? — perguntou McGuire. — Se fizer uma viagem de carro?

— *Nesse* carro?

Angie se recusa completamente a entrar no Civic. Eles normalmente usam o Prius, nas raras ocasiões em que saem juntos.

Lou caminha até a carrocinha de cachorro-quente e olha para o quiz escrito à mão no quadro.

— Alaska — fala Lou.

— O quê?

— A resposta para a pergunta do quiz — responde Lou. — O estado com a maior superfície de água. O que eu ganho?

— Mostarda de graça no seu cachorro-quente.

— É meu dia de sorte. Um cachorro-quente picante, com o molho separado.

— Nunca ouvi falar nisso.

— E uma Coca — completa. — Não, uma Coca Diet. Não, uma Coca normal.

Porque que se dane, né? Ele está tentando não comer muito e ia chegar em casa a tempo de jantar, quando Angie ligou e disse que ia sair com as amigas.

Lou pega seu cachorro-quente e vai até a frente do carrinho, onde ficam os condimentos. Ele incrementa o sanduíche com cebola porque, novamente, que se dane. Ele está pensando nisso quando o telefone toca. McGuire.

— Quer tomar uma cerveja? — pergunta o parceiro.

— Hoje não.

— Lou?

— Oi.

— Não faça isso.

— Não faça o quê?

— Você sabe.

Sim, Lou sabe.

Assim como sabe que vai fazer.

Não faça isso, Lou diz para si mesmo enquanto dirige em direção a Del Mar.

McGuire está certo dessa vez — não faça isso.

Mas ele faz. Sai da 101 na Tenth Street e estaciona um pouco afastado, onde pode ficar de olho na porta da frente. Esses cretinos desses advogados podem pagar casas em Del Mar. Policiais com mais de vinte anos de trabalho moram em Mission Hills.

Del Mar, Lou reflete, é uma dessas cidades de praia na Califórnia que tentaram ficar mais abastadas construindo prédios no estilo da Era Tudor, com tetos arqueados (às vezes com palha de mentira), de madeira e alvenaria e arestas cruzadas.

Lou meio que esperava ver placas dizendo que Shakespeare havia dormido ali um dia. De qualquer forma, isso sempre o havia maravilhado, embora o tempo que gastasse dentro de um daqueles restaurantes tentando pedir um bolo inglês não maravilhavam nem o garçom nem Angie.

— Que tal salsicha com purê de batata? — perguntava Lou.

— Que tal agir de acordo com a sua idade? — retrucava Angie.

O que era algo hipócrita, pois uma das reclamações mais constantes dela era que ele agia como se fosse velho demais, ou seja, exatamente de acordo com sua idade.

Lou tem uma casa bonita num bairro bom, mas aparentemente não é bom o bastante para Angie. Porque o carro dela, a porra do Pruis que ela dirige, está parado em frente à casa do advogado. Ela sequer se importa mais em ser discreta.

Ele se permite imaginar-se indo até lá e arrombando a porta, colocando o cassetete na cara do advogado e perguntando *"Que porra você tá fazendo com a minha mulher?"*, mas a última coisa de que precisa no mundo neste momento é uma suspensão ou uma carta de repreensão.

Então, ele espera.

Lou já estivera em centenas de vigias.

Nunca achou que estaria nessa.

Angie sai da casa do advogado às 22h10.

Lou faz um lembrete mental, como se importasse, como se fosse precisar testemunhar numa audiência da polícia — *Sujeito sai do local às 22h10.*

Ele mantém uma certa distância, mas a segue por todo o caminho, da 56 até a 163, depois pela Friar's Road, até chegar, finalmente, em casa, passando alguns quarteirões adiante e esperando alguns minutos para ela entrar em casa.

E então ele estaciona e entra também.

Angie está sentada na sala bebendo vinho tinto e lendo uma revista quando ele entra pela porta. Ele não pode culpar o cara por querer comê-la — ela ainda está uma gata aos quarenta e poucos anos —, pernas musculosas, rosto bonito, cabelo castanho-avermelhado.

Ela malha.

— Como foi sua noite? — pergunta ele, sentando-se na poltrona à frente dela.

— Boa — responde ela.

— *Com quem* você estava?

— Eu te disse, com Claire.

— Sei — responde ele, forçando-se a continuar sentado. — Quando Claire se mudou para o número 805 da Tenth Street, em Del Mar?

Ela sacode a cabeça.

— Policiais!

Isso faz com que ele se levante da poltrona. Ele sente o sangue subindo, como se uma onda o invadisse por dentro, e, de repente, vê-se gritando na cara dela:

100 / DON WINSLOW

— Mas que *merda*, Angie!

Ela não recua.

Uma das coisas que o atraíram nela há duzentos anos, em San Diego.

Ela fica ali, sentada, olhando de volta dentro dos olhos dele, sem dizer uma palavra sequer. O que Angie deveria ter sido, ele pensa, era uma policial infiltrada, pois ela seria uma pedra de gelo num interrogatório. Se visse um vídeo de si mesma trepando com um cara qualquer, ela olharia para o outro lado da mesa e diria *"E daí?"*.

— Eu vi você saindo da casa dele — afirma Lou.

— Tenho certeza que sim.

Como se fosse culpa *dele*, né? Como se ele fosse um babaca, fazendo um papel ridículo de se sentar em seu carro enquanto sua mulher dorme com outro. Exatamente como ele se sente.

— Você ama esse cara? — pergunta Lou.

Ele não consegue dizer o nome dele. Tornaria as coisas reais demais.

— Eu não amo *você* — responde ela.

— Eu quero o divórcio.

— Não, Lou — retruca ela. — *Eu* quero o divórcio.

Porque ela tem que ganhar, não é? Não pode dar a ele sequer *esse* momento.

Traci levanta cedo e vai embora.

Como personal trainer, ela atende vários clientes que fazem aula antes de ir para seus escritórios, portanto seu dia de trabalho começa às cinco. Davis dá um beijo de despedida nela e volta a dormir.

Ele acorda por volta das oito horas, veste uma calça jeans e um casaco de capuz, prepara um café na prensa francesa e vai para a varanda admirar o mar.

Abre seu iPad e envia todas as fotos de vigilância de Haddad para a nuvem. Assim como os e-mails trocados entre Sam Kassem e John Houghton.

Davis hackeou a conta de Sam meses atrás e o acompanhou do jeito que um corretor da bolsa acompanha o mercado financeiro, conhecendo o negócio de Sam como se estivesse cogitando comprá-lo. Observou que ele trocava com frequência mercadorias de loja para loja, usando seu cunhado, Ben Haddad, como transportador.

* * *

Normalmente, as entregas valiam mais de alguns milhares de dólares em mercadorias — trinta ou quarenta mil, no máximo —, bem menos do que a equação de risco/recompensa de Davis.

Davis havia rejeitado trabalhos em potencial — a localização era numa rua movimentada, perto demais da delegacia de polícia, longe demais de uma garagem subterrânea para guardar o carro utilizado. Os transportadores carregavam armas ou usavam carros de escolta — o risco não valia a pena.

Davis tinha critérios.

Padrões.

Regras.

Nunca os comprometia.

Crime 101: leis são feitas para serem desrespeitadas, com regras que são feitas para serem seguidas.

Crime 101: chegar antes do cara.

Davis dirige na direção norte, passando por Point Reef, El Moro Canyon, Corona Del Mar, Newport Beach e pelo caminho inteiro até Huntington Beach.

Ele encontra uma vaga perto do píer, estaciona e espera.

Davis sempre chega mais cedo nas reuniões. Nunca espera *no* local do encontro, mas *perto* dele. Perto o suficiente para observar o cara que quer encontrar ou um comitê inteiro. Ele sempre estaciona onde há, pelo menos, duas saídas possíveis.

É uma vista bonita, a faixa extensa de praia e o píer que chega até o mar. O dia está calmo — não tem onda para os surfistas, e só há alguns pescadores e turistas no píer.

Ele vê o Dinheiro chegar ao píer, caminhar até a metade do deck e se apoiar no corrimão ao norte. Davis escaneia o terreno atrás e na frente dele, não vê ninguém o seguindo, ninguém de escolta, nenhum dos turistas e ninguém de patins parece além do que é de verdade. Ninguém falando com a mão ou a camiseta cobrindo a boca, ou com um livro ou uma revista.

Portanto, Davis sai do carro, caminha até o píer e se encosta no corrimão ao lado de Dinheiro.

Dinheiro é alto, tem cabelo claro, um cavanhaque incomum, mas aparado com esmero. Usa paletó cinza esporte e calça jeans. Camisa azul, sem gravata. Eles o chamam de Dinheiro porque é isso o que ele faz — ele pega a mercadoria crua e a converte em dinheiro.

— Mais um dia no paraíso — diz Dinheiro.

— É por isso que moramos aqui — comenta Davis. Ele coloca discretamente os papéis das joias no bolso da jaqueta de Dinheiro. — Um milhão e meio.

Não é simplesmente uma questão de confiança, embora Davis trabalhe com ele há anos. É trabalho — Dinheiro não trairia Davis, pois Davis faz com que ele ganhe... dinheiro.

Dinheiro tem pouquíssimos clientes, e cada um deles está entre os melhores ladrões do mundo. Ele é impecável com os locais onde vende as mercadorias, e imaculado com relação às contas.

Tirando a comissão de Dinheiro, sobra para Davis um milhão limpo.

Dinheiro faz o serviço completo: compra as joias, lava o dinheiro, organiza as contas no exterior com uma variedade de aliados. Ele não sabe o nome verdadeiro de Davis, onde ele mora, que carro dirige.

— Volto a falar com você em algumas semanas — garante Davis.

— Você tem alguma ideia de quanto? — pergunta Dinheiro.

— Mais do que isso.

— Isso colocará você bem perto — retruca Dinheiro, sorrindo.

Perto da aposentadoria.

O acordo entre eles.

Davis tem um número em mente. A quantia que precisa para viver bem, mas sem esbanjar.

E então, chega.

Vai se aposentar jovem.

Crime 101: sair de um trabalho cedo demais o coloca na praia. Sair de um trabalho tarde demais o coloca na cadeia.

Dinheiro pergunta:

— Esse próximo trabalho não é no sul, não, é?

— Por que está perguntando?

— Por nada, é só uma coisa que ouvi por aí.

A QUEDA / 103

Davis espera ele completar.

— Tem um tal policial de San Diego — explica Dinheiro — que aparentemente desenvolveu uma obsessão por você. Com uma teoria sobre o "Bandido da Estrada 101".

Davis sente uma corrente elétrica pelo corpo.

— Ele tem algum nome?

— Não, nada disso — responde Dinheiro. — É só uma teoria.

É, mas a teoria está certa, Davis pensa.

— Esse tal policial tem nome?

— Lubesnick. Tenente Ronald Lubesnick. É um policial muito bom.

— Como você sabe disso tudo?

— É meu trabalho saber disso — retruca Dinheiro. — De toda forma, é melhor você ficar fora daqui por um tempo.

Dinheiro aproveita a vista por mais alguns segundos e então vai embora. Ele sempre sai dos encontros primeiro, e Davis sempre espera e dá uma volta antes de voltar para o carro.

• • •

Crime 101: "confiar" é uma palavra geralmente usada por condenados e, normalmente, no passado, por exemplo, "Eu confiava nele".

• • •

Dinheiro entra em seu Jaguar, dirige até o hotel Hyatt Regency e espera no estacionamento.

Quinze minutos depois, Ormon abre a porta do carona e senta-se no banco ao lado dele.

Ormon tem cabelo amarelo.

Não é loiro, é amarelo.

É baixo — 1,67 ou 1,70 metro — e magro.

Trinta e poucos anos.

Jaqueta de couro preta de motoqueiro, calça jeans preta, bota preta da Dr. Martens.

— Era ele, não era? — pergunta Ormon. — Ao seu lado no píer.

— Sim, era ele.

— Ele disse algo sobre seu próximo trabalho? — indaga Ormon.

— Vai fazer um trabalho nas próximas semanas — responde Dinheiro.

— Ele disse o que será?

Dinheiro só olha para ele.

— Mas você vai me dizer — pressiona Ormon.

Dinheiro assente com a cabeça.

Pois Ormon não é Davis, nem de longe, mas Ormon tampouco está perto de se aposentar.

Dinheiro assiste a muito futebol. Ele conhece o jogo. Sabe que tem que trocar um veterano exemplar quando ainda consegue algo com ele.

· · ·

A loja de Sam Kassem fica em El Cajon, ou "Al Cajon", como os locais chamam o bairro do leste de San Diego desde a chegada da imigração iraquiana.

Lou nunca vai se esquecer de quando entrou numa loja de conveniência em El Cajon para comprar uma Coca-Cola e viu um bode de cabeça pra baixo dentro de um cooler.

— Tem um bode no cooler — disse Lou para o dono caldeu, na saída da loja. Cada vez mais, as lojas de conveniência, as de bebidas alcoólicas e outros pequenos negócios nos bairros nos arredores de San Diego são de caldeus, iraquianos cristãos que vieram durante a guerra.

— É o casamento da minha filha — disse o dono, entregando o troco a Lou. — Tenha um ótimo dia.

A loja de Sam Kassem fica em El Cajon, ou "Al Cajon", como os locais chamam o bairro do leste de San Diego desde a chegada da imigração iraquiana. Lou para o carro no estacionamento de Sam.

Sam tem lojas elegantes em todos os CEPs badalados — La Jolla, Fashion Valley, Newport Beach, Beverly Hills —, mas manteve sua base aqui na antiga vizinhança que o recebeu quando ele chegou do Iraque.

Lou respeita essa atitude.

— Por que você deixou que eu fosse roubado? — pergunta Sam quando Lou chega.

A QUEDA / 105

Lou se senta do outro lado da mesa do escritório nos fundos da loja. Sam olha por cima do ombro através do espelho unidirecional para ficar de olho em tudo.

— Por que *você* se permitiu ser roubado? — retifica Lou, arrancando uma página do livro de Angie. — Por que não usa um serviço de transporte direito?

— Ele é meu cunhado.

Lou deixa a pergunta no ar.

Sam responde:

— O pessoal da seguradora já perguntou isso.

— Tenho certeza.

Não é que Lou não goste de Sam. Bonito, sempre impecavelmente arrumado, com a cabeça repleta de cabelo prateado, Sam chegou de Bagdá e abriu uma joalheria. Vinte e poucos anos depois, ele tem sete lojas espalhadas por todo o sul da Califórnia.

É o tipo de história de imigração americana que Lou admira. Seus bisavós vieram de algum buraco na Polônia e trabalharam nos barcos de pesca de atum em San Diego. Seu avô abriu uma loja de sanduíches, seu pai era professor de literatura na Universidade da California em San Diego.

— Acredite em mim — afirma Sam. — Ben ficou apavorado. Diana teve que dar a ele um daqueles remédios, como é mesmo o nome? Zolpidem, ontem à noite.

— Essa merda ferra com a cabeça — fala Lou.

É a vez de Sam dar de ombros.

— Então, como? — pergunta Lou.

— O ladrão sabia o que Ben estava levando? — indaga Sam, completando a pergunta de Lou. — Você que é o investigador, você me diz.

— Quem sabia sobre o transporte?

— Ben, Houghton e eu.

— Você confia no Houghton?

— Faço negócios com ele há vinte anos.

Estou casado há quase esse tempo, Lou pensa.

— Descreva o dia de novo pra mim.

Sam respira fundo, mas obedece:

— Houghton começou a comunicação...

— Como? — pergunta Lou.

— Ele me ligou — responde Sam. — Disse que tinha um cliente antigo que estava procurando uma pedra específica, um corte imperatriz, de seis quilates ou maior. Me perguntou se eu tinha.

— E você tinha.

— Claro — afirma Sam. — Cinco que serviriam pra ele.

— E então...

— E então eu disse isso a ele. Ele me pediu fotos, e eu as enviei.

— Como?

— Por e-mail — responde Sam —, e ele me pediu que Ben as levasse até ele.

— Você faz isso? Só na confiança?

— Há vinte anos.

Sim, Lou pensa.

— E aí...?

— E aí o Ben veio até mim — explica Sam. — Eu já estava com as pedras embaladas em seus papéis. Ben pegou a encomenda e eu avisei a Houghton que ele estava a caminho.

— Por telefone ou por e-mail?

— E-mail — responde Sam. — E então recebi uma ligação de Ben, com a voz trêmula. Fiquei com medo de ele ter um infarto.

Portanto o ladrão hackeou os e-mails de Sam, Lou pensa. Ele se levanta da cadeira.

— Contrate um serviço. Alguém com carro blindado.

— Você sabe quanto isso custa?

— Imagino que menos de um milhão e meio — retruca Lou.

O cara da seguradora quer conversar com Lou.

É claro que quer, é um seguro de sete dígitos.

Eles se encontram na barraquinha de taco no centro da cidade, em El Cajon. Lou se certifica de que Mercer pague a conta. Eles sentam a uma mesa de piquenique, e Mercer diz:

— Tem que ter sido alguém lá de dentro.

Um esquema pra lá de velho, Lou pensa. Dono de joalheria planeja o roubo da própria loja, recebe o seguro da seguradora, compra a mercadoria de volta do ladrão, com desconto, e vende novamente no mercado clandestino.

A QUEDA / 107

Todo mundo ganha, exceto a seguradora, e todos já a odeiam mesmo.

— Antes de jogarmos a toalha — começa Lou —, vamos considerar a possibilidade de que *não tenha sido* alguém lá de dentro. Vamos considerar a possibilidade de estarmos diante de um profissional que sabe como agir e faz o dever de casa.

Mercer desembrulha seu segundo taco, olha para Lou e diz:

— Você vai falar da teoria do Super-Homem de novo?

— É o mesmo modus operandi.

— Digamos que você esteja certo — pondera Mercer. — Ainda assim, não exclui a possibilidade do seu lobo solitário usar fontes internas. Acho que você precisa investigar um pouco Sam e os familiares dele.

— Quer saber o que *eu* acho? — pergunta Lou. — Que você quer negar a indenização do seguro dele me colocando na frente, e acho que você pode ir se foder. Não vou colocar minha unidade entre você e seus segurados.

— Só estou fazendo uma sugestão.

— Não faça. Se você tem informações que eu possa usar, me diga quais são e eu as usarei. Se quer ser *realmente* útil, peça ao conselho da seguradora para oferecer uma recompensa, coloque medo nesse cara. Mas não me diga como fazer meu trabalho, Bill.

Mercer amassa o papel e o joga na lata de lixo.

— Isso é um "não" para a recompensa? — questiona Lou.

— Vou fazer um polígrafo em Sam e Haddad — afirma Mercer.

Lou não parece surpreso. A companhia de seguros tem o direito de pedir um depoimento sob juramento e interrogar o segurado sob pena de perjúrio.

É o movimento certo.

Se Sam e Haddad forem reprovados no polígrafo, a seguradora terá justificativa para negar o pagamento do sinistro. Mercer não pode exigir um exame para Houghton, pois ele não sofreu uma perda e não está solicitando o seguro.

Mas Lou aposta que Sam e Haddad vão passar no teste. Sam é um homem de negócios esperto, mas é honesto e trabalhador. Lou realmente acredita que as companhias de seguros têm certo preconceito contra as pessoas do Oriente Médio, pois os mercadores de tapete iranianos as enganaram bastante nos anos 1990. E quando a corda não arrebentar pro lado mais fraco, tudo apontará pra Houghton.

Se, Lou pensa, tiver sido alguém de dentro.

O que pode ser uma verdade pela metade, se o cara está lendo os e-mails deles.

• • •

Davis para no mercado de peixe em Dana Point Harbor, pergunta o que está fresco e compra dois filés de guaiuba. Vai até o Trade Joe's e compra uma garrafa de azeite importado, com infusão de limão.

Os aspargos, ele compra no Von's, assim como o chocolate amargo (85% de cacau) e amoras frescas e bonitas para a mousse.

Ele vai preparar o jantar para Traci hoje.

• • •

Lou reúne sua equipe na sala de reunião e para de pé ao lado do quadro branco, onde listou cada um dos assaltos a portadores na Califórnia nos últimos quatro anos, e onde tinha acabado de escrever o último.

— Eu *quero* esse cara — anuncia Lou.

O comentário ganha um resmungo coletivo, embora um pouco suprimido, dos investigadores, que não acreditam existir um "cara". Eles também sabem o caminho que Lou está traçando, e será uma merda, porque dos onze assaltos escritos no quadro, apenas três são da jurisdição deles.

Lou bate com o dedo no quadro.

— E para pegarmos esse cara, não podemos olhar só pra este assalto. Temos que olhar para todos esses e procurar um padrão.

Outro resmungo.

Lou e seus padrões.

• • •

Crime 101: toda série de eventos cria um padrão.

• • •

Lou sabe que há duas maneiras de se resolver um crime:

1. Um dedo-duro.

Alguém sempre fala.

Você pode fazer toda a lenga-lenga CSI que quiser — esse teatro é para os júris —, mas a maioria dos crimes é resolvida porque alguém dá com a língua nos dentes.

2. Padrões.

Com um criminoso em série, a não ser que você consiga um dedo--duro, o jogo funciona de uma maneira específica. Um criminoso esperto pode deixar pouquíssimas pistas, mas ele não consegue não deixar padrões, do mesmo jeito que não se consegue não deixar pegadas na areia da praia.

E os padrões sempre significam algo.

É uma boa notícia.

A má notícia é que os investigadores também têm padrões — formas de trabalhar, formas de pensar, formas de fazer as coisas, e seus padrões às vezes dificultam que eles *enxerguem* padrões, que olhem para uma série de fatores com um novo olhar, que diferenciem novos padrões dos já esperados.

É como olhar para uma pintura que está na sala da sua casa há vinte anos — você vê o que sempre viu; não vê o que nunca viu.

Como um casamento, Lou pensa.

Ele força sua equipe a olhar para os fatos de novo.

— Não quero que alguém faça outra coisa hoje além de *pensar* — pede Lou. — Sanchez, pesquise todos os roubos não resolvidos na Califórnia nos últimos cinco anos, elimine qualquer um que não se enquadre na teoria do lobo solitário. Rhodes, tire esse sorriso da cara e procure o que as vítimas têm em comum. Comportamentos, *modus operandi*, observem os verbos: o que ele faz, o que não faz. Geary, revise a geografia. Quero um mapa. McGuire, você revisa o fator tempo. Há um padrão no espaço de tempo entre os assaltos.

— Para o que você vai querer olhar, chefe? — pergunta McGuire.

— Quero olhar para tudo isso — responde Lou.

Vou analisar de longe a pintura.

Lou é um cara dos livros.

É como Angie o descreve, e talvez esse seja um dos problemas deles. Nos raros momentos de tempo livre, ele prefere se sentar numa poltrona com seu livro, e ela prefere sair. Normalmente, ele cede e sai, mas ela sente seu ressentimento e fica ressentida de volta.

— Você está virando seu pai — disse ela numa noite, depois de terem ido embora cedo de uma festa porque ele estava emburrado.

Isso não acontece com todos nós?, ele pensou.

Talvez não com os advogados de Del Mar.

Mas é isso o que ele planeja fazer quando se aposentar, descansar e ler livros.

Principalmente históricos.

Lou gosta de livros de História, mas também *acredita* na História, acredita que a maioria das respostas sobre o presente podem ser encontradas no passado. E é isso o que está fazendo agora — ele pega pilhas de casos antigos e começa a ler todos eles.

22 de abril de 2008:

O dono de uma joalheria em Newport Beach vai até a FedEx com um relógio customizado — no valor de 435 mil dólares — para enviar para um cliente. Ele é abordado em seu próprio estacionamento ao entrar no carro para dirigir até a agência da FedEx.

15 de setembro de 2008:

Um vendedor de Nova York voa até São Francisco com uma mala cheia de joias — pedras coloridas, diamantes — para visitar um certo número de clientes na Bay Area. Ele é assaltado com arma de fogo no estacionamento do seu hotel — 762 mil dólares.

11 de janeiro de 2009:

Um vendedor de diamantes da Bélgica vende um estoque avaliado em 960 mil dólares para uma loja de Malibu, e recebe o pagamento em dinheiro. No caminho de volta para o Aeroporto Internacional de Los Angeles, ele para num hotel na Pacific Coast Highway para encontrar uma garota e é assaltado na saída.

(Pelo menos, Lou pensa, o cara deixou que ele trepasse.)

20 de março de 2009:

Um joalheiro em Mendocino dirige até uma agência da FedEx para pegar uma encomenda de pedras coloridas enviada de uma loja em Tucson. Ele é abordado justamente quando chega de volta na sua loja — 525 mil dólares.

17 de outubro de 2010:

A QUEDA / 111

O preferido de Lou. Um negociante local vai até o Aeroporto Internacional de San Diego com uma mochila cheia de relógios, anéis, pedras coloridas e diamantes. Ele tem de passar a mochila no raio-x, e então é parado e revistado enquanto passa na fila. Quando chega ao outro lado do raio-x, sua mochila desapareceu — 828 mil dólares.

Mas Lou não sabe se deve acrescentar esse caso à lista, pois ele não se enquadra no padrão.

14 de janeiro de 2015:

San Luis Obispo. Um vendedor de diamantes sul-africano entra numa loja e insiste em receber somente em Krugerrands — moedas de ouro puro. Ele recebe e, então, é abordado no estacionamento do hotel às quatro da manhã, quando sai para pegar um voo — 943 mil dólares.

Maio de 2016:

A dona de uma loja leva uma série de amostras de diamantes para a casa de uma cliente em Rancho Santa Fe. O pneu do seu carro fura na estrada a caminho da fazenda, e ela é assaltada enquanto faz a troca — 645 mil dólares.

E então, teve este:

27 de setembro de 2016:

Um vendedor de diamantes vem do Brasil para Los Angeles com uma mercadoria que, na alfândega americana, ele alega valer 375 mil dólares. Ele aluga um carro na Alamo e dirige pela Pacific Coast Highway até uma joalheira em Marina del Rey, sua primeira parada de vendas. Ele se encontra com a joalheira em seu barco de pesca de cinquenta pés no píer, por que não? Bem, porque o ladrão entra no barco, pega a mala e sai. E o pior: o brasileiro está fodido, porque não pode solicitar um pedido pra seguradora de uma mercadoria que ele não declarou, que, segundo rumores, valia mais de dois milhões de dólares.

3 de fevereiro de 2017:

Um joalheiro de Newport Beach recebe um telefonema de um cliente em Pelican Bay, pedindo que ele vá à sua casa com uma seleção de colares de diamante para seu aniversário de 25 anos de casamento. Ele estaciona na entrada da casa e é abordado ao tocar a campainha. No fim das contas, o cliente e sua mulher estavam comemorando o aniversário de casamento em Paris e a ligação era falsa. Ele perdeu 500 mil dólares, acredite ou não.

18 de maio de 2017:

San Rafael. O dono de uma joalheria de São Francisco envia parte de sua mercadoria que não foi vendida para sua loja em Marin County. O portador é abordado ao chegar na loja — 347 mil dólares.

Por fim, 17 de outubro de 2018:

Del Mar. Um milhão e meio dos diamantes de Sam Kassem.

Se for um cara só, Lou pensa, ele já juntou cerca de oito milhões e seiscentos mil dólares nos últimos quatro anos. Mesmo que tenha pago despesas e uma comissão para os contrabandistas...

Os casos poderiam não estar relacionados, Lou pensa.

Que é o senso comum.

Lou não acredita no senso comum, porque existe um padrão claro.

O ladrão fez seu dever de casa e consegue informação interna de algum lugar, porque ele não dá uma bola fora. Todo assalto é de, no mínimo, seis dígitos, e ele caminha rumo aos sete. Ele sabe quem está levando o que, para onde e quanto vale.

O cara encontrou um nicho, Lou pensa, um local bastante específico no ecossistema criminal. Ele aborda as joalherias em seus pontos mais vulneráveis — quando estão transportando mercadoria.

É seletivo — dois ou três trabalhos por ano, sempre ganhando um valor alto, e é isso.

Ele conhece o território — o máximo que há de provas é o frame de um vídeo dos fundos de uma loja, um homem de capuz. Inútil. Ele surge e, de repente, desaparece.

Ele mistura os locais, não volta à mesma joalheria nem à mesma seguradora mais de uma vez. E move-se geograficamente, entre as jurisdições policiais, norte e sul da costa californiana.

E sempre em locais próximos a uma estrada — nunca no meio da cidade.

O que temos aqui, Lou pensa, é um ladrão de rodovias.

E um ladrão de uma rodovia específica.

A Rodovia 101.

Lou está em dúvida entre um chá gelado e um refrigerante.

Por um lado, o refrigerante é mais gostoso; por outro, contém açúcar, que se converte em gordura, e a porra do advogado de Del

A QUEDA / 113

Mar parece ter porcentagem negativa de gordura no corpo, de tanto andar na sua bicicleta italiana de sete mil dólares pra cima e pra baixo da Rodovia 101.

Lou segue a ideia do chá gelado.

E um sanduíche de peru.

— Com batata frita ou salada? — pergunta a garçonete.

— Por que você acha que estou pedindo um sanduíche de peru — retruca Lou —, em vez de um hambúrguer de verdade?

— Uma salada — fala a garçonete. — Que tipo de...

Lou a fuzila com o olhar.

— Sem molho, certo?

Lou concorda com um gesto de cabeça, e a garçonete sai para fazer o pedido.

Um jogo de hóquei passa numa TV acima do balcão, e Lou fica imaginando quem assiste a hóquei em outubro.

O cara vai seguir para o norte, ele decide.

Seu próximo trabalho.

Esse é o padrão dele.

E então, Angie chega, senta-se em frente a ele e diz:

— Imagino que você já tenha feito o seu pedido.

Lou dá de ombros.

— Você está atrasada.

— Pelo menos, não pediu algo pra mim — diz ela, olhando o cardápio.

Ele não tinha, mas poderia ter feito, pois sabe o que ela vai querer — uma salada Caesar com camarão, sem molho. Lou fica tentado a dizer isso para ela, mas não quer irritá-la, então fica de boca fechada.

Ela percebe o olhar no rosto dele quando pede uma salada Caesar com camarão, sem molho.

— Nós ficamos casados tempo demais.

— Aparentemente, essa é sua opinião.

— E então, quem vai se mudar? — pergunta Angie. — Você ou eu?

— Eu.

— Deveria ser eu — retruca Angie. — Eu sou a adúltera.

— Hester Prynne.

— O quê?

— Nada — responde Lou. — Não, eu vou sair. Preciso de uma mudança. Acho que deixei a rotina me dominar.

— Claro, *agora* — diz ela. — Era isso o que precisava, Lou, eu ter um amante? Que pena que eu não soube disso antes.

— Foi seu primeiro? — indaga Lou.

— Você acreditaria se eu dissesse que sim?

— Claro — responde Lou. — Quer dizer, o que você teria a perder?

— Você é tão previsível.

Lou dá de ombros de novo. Para irritá-la dessa vez, porque, ultimamente, ela tem dito que quando ele dá de ombros fica um "típico policial" e muito "judeu". Ele imagina se o advogado dá de ombros também.

— Agora eu estou no "tête-à-tête"? — questiona Angie. — Todos os seus amiguinhos policiais me dizem que você é muito bom no "tête--à-tête". Acho que não querem dizer na cama.

— Eu vou me mudar — afirma Lou.

— Para onde você vai?

— Como se você se importasse.

— Eu me importo, Lou.

— Estou pensando em me mudar pra praia.

Ela ri. Desvia o olhar e diz:

— Não consigo te imaginar morando perto da praia, Lou. Talvez você seja a pessoa menos praiana que eu conheço.

Justamente por isso talvez eu deva ir, ele pensa.

• • •

Davis coloca pimenta-do-reino preta moída na hora no peixe, e então sai para a varanda e checa a temperatura da churrasqueira elétrica.

Satisfeito que a temperatura está perfeita, ele apoia os filés na grelha e volta para dentro de casa. Unta a frigideira com uma fina camada de azeite com infusão de limão siciliano, corta os aspargos ao meio, lava as partes de cima e coloca-os no azeite quente.

Traci assiste a tudo isso.

— Você fará uma esposa muito feliz um dia — diz ela.

Davis chamusca os aspargos, retira-os da frigideira, passa-os para uma peneira e acrescenta pedras de gelo por cima, para impedir que continuem cozinhando no próprio calor. Então, ele volta para a varanda e vira os filés.

Olha para a Rodovia 101 e vê um cara de pé no parque ao lado das quadras de basquete da Main Beach.

Um cara baixo com um cabelo amarelo esquisito.

Davis não gosta disso, pois já tinha visto esse cara mais cedo, à tarde, em Huntington Beach. Quando ele vê uma pessoa que não conhece mais de uma vez no mesmo dia, principalmente em dois locais diferentes, quer saber por quê.

Crime 101: existe uma palavra para um homem que acredita em coincidências: o réu.

Depois vê o cara olhar para cima, para sua varanda.

Será que é o Dinheiro? Será que ele me entregou?

Ou eu cometi um erro em algum lugar?

Poderia ser um policial? Davis pergunta a si mesmo. Ele refaz mentalmente seus passos, desde o roubo em Del Mar, conferindo para ver se poderia ter sido seguido.

Acha que não, mas quem é esse cara?

Você não pode se arriscar.

Você precisa se mudar.

Ao entrar de volta em casa, Davis diz:

— O jantar está quase pronto.

— Estou faminta.

Ele pega uma garrafa de Drouhin Chablis do balde de gelo, abre e serve uma taça para cada.

Davis pega a mousse de chocolate da geladeira, coloca uma bola de chantilly por cima de cada pote e salpica amoras por cima.

— Você *fez* isso? — pergunta Traci, quando ele coloca os potes na mesa. — Do zero?

— Não é tão difícil — responde Davis.

Com a colher posicionada acima do bowl, ela diz:

— Eu não deveria.

— É chocolate amargo — retruca Davis. — Muito bom para você, cheio de antioxidantes.

— Bem, nesse caso... — Ela dá uma colherada. — Meu Deus, Michael. Um orgasmo numa colher.

Mais tarde, já na cama, ele diz:

— Tenho que ir embora de novo em breve.

Ele sente o corpo dela tensionar entre seus braços.

— O que é em breve?

— Amanhã.

— Você acabou de chegar. Achei que fosse ficar mais tempo.

— Eu também — confessa Davis.

Até que vi alguém me vigiando.

Então, Traci pergunta:

— Até onde vamos com isso?

— Nem toda viagem precisa de um destino — responde Davis.

Você dirige pela estrada para dirigir pela estrada.

— Mas é bom ter uma direção — sugere Traci.

Ela não está pedindo um anel nem uma data de casamento, só uma noção se isso vai levá-los a algum lugar. Eles estão se vendo, com pequenos intervalos, há dois anos, e ela só quer saber onde vai dar.

Davis é um jogador, mas joga de forma honesta. Uma de suas regras é nunca mentir para uma mulher. Portanto ele diz:

— Você está procurando ouro na praia, Traci.

— Está me chamando de interesseira? — pergunta ela, com os olhos raivosos.

— Essa foi uma analogia infeliz — admite Davis, sentindo-se mal por magoá-la. — O que quis dizer é que você está procurando algo num lugar que não existe.

— O que isso quer dizer exatamente?

— Que há muitas coisas "agradáveis" em mim — explica ele. — Mas não tenho muito "amor" aqui dentro.

— Entendo — diz ela. — Boa alternativa para o clássico "não é você, sou eu".

— Gosto muito de você — afirma Davis.

— Saia enquanto ainda não me magoou — diz ela. E depois, completa: — Da próxima vez que voltar, talvez seja melhor não me procurar, está bem?

Está bem.

É uma pena, mas está bem.

É a 101.

Não a 102.

• • •

O complexo chama-se Seaside Chateau, mas enquanto o portão de metal do estacionamento do subsolo se abre, Lou conclui que parece mais a prisão federal de Solana Beach.

É sombrio aquele lugar.

Muros cinza, escuridão.

É um estacionamento subterrâneo, Lou pensa enquanto estaciona. Deveria parecer o quê? Shangri-la?

Ele encontra sua vaga, número 18. Na verdade, o aluguel inclui duas vagas, mas ele só precisará de uma, pois duvida muito que Angie apareça para passar algumas noites com ele.

Como se chama isso?

Visitas conjugais?

Lou estaciona ao lado de um Dodge Challenger SRT8 preto 2011, que parece em perfeitas condições. Ele toma cuidado para não abrir demais a porta e arranhar o carro. Lou pega sua mala e sua mochila do carro e caminha até a entrada do prédio, protegido por mais uma porta de metal.

É deprimente, e ele imagina no que se meteu. Ele alugou o local sem visitar, somente olhando as fotos no site da administradora. O apartamento em si parecia bem bacana nas imagens, mas eles sempre parecem, não?

McGuire deu uma gargalhada quando Lou disse que estava alugando um apartamento perto da praia.

— Esses caras divorciados de meia-idade sempre acham que vão se mudar pra praia e arranjar uma surfistinha.

— Eu não sou divorciado e não acho isso.

— *Uma parte* de você acha, sim.

— Minha consciência é que sabe.

Lou já viu esses caras. Eles começam a frequentar a academia e a fazer clareamento nos dentes, compram roupas novas, quem sabe um carro esporte, e as mulheres jovens os veem exatamente do jeito que são.

Patéticos.

Ele não nutre tais ilusões. Só achou que seria uma mudança boa, uma espécie de benefício, pode-se dizer, morar na praia por um tempo, até ver como as coisas vão ficar.

Ou não.

Lou morou em San Diego a vida toda e nunca teve um apartamento na praia, então, se isso significa sua crise de meia-idade, que seja.

Sim, tudo bem se ele conhecer uma mulher — não uma garota atraente de vinte e poucos, mas uma adulta atraente de quarenta e poucos, que por acaso ache graça nele —, nada mal, tudo bem.

— Não se fisga uma mulher em Solana Beach sem passar por um estúdio de ioga — afirma Lou. — Então, talvez, as probabilidades não sejam tão ruins.

— Elas são, sim — retruca McGuire. — Por que você acha que as gostosas de quarenta e cinquenta e poucos se torturam desse jeito? Aquelas calças de ioga só saem daquelas bundas duras por caras de vinte e poucos anos com tanquinho.

— Deixa um homem se iludir — diz Lou.

Nem todas devem ser esposas-troféu traindo seus maridos com garotos. Há de ter uma ou duas, quem sabe, divorciadas e sozinhas, em busca de um cara legal, talvez um jantar bacana, um rala-e-rola.

"Rala-e-rola?", Lou pensa enquanto abre a porta com a cintura. Meu deus, assim vou arrumar uma de oitenta anos.

Alguns degraus levam a uma área comum do prédio — o pacote tradicional de piscina-e-hidromassagem atrás de outro portão, uma churrasqueira comunitária, algumas mesas debaixo de um telhado, para raras ocasiões de chuva.

Ele passa pela piscina e encontra o Apartamento 18 — na verdade, "Chateau 18" — após um lance de escadas, no segundo andar. Um pedante como Lou teria pensado que o nome "Seaside Chateau" é linguisticamente impossível, principalmente, no sul da Califórnia. Ele nunca vira um local menos francês do que esse em toda a sua vida.

Ele se atrapalha um pouco com a chave e abre a porta.

E, no mesmo instante, entende.

Por que as pessoas fazem isso. O motivo pelo qual gastam uma fortuna — Lou está realmente exagerando no valor do aluguel — para ter uma vista livre do mar: porque as janelas de parede inteira da frente do apartamento dão para o mar e para a praia. É como uma parede de azul — o céu, a água e a espuma branca das ondas que se desfaz na areia.

Só a vista já vale o preço.

A cozinha é pequena, mas parece decorada recentemente. Há uma saleta com uma TV de tela plana em frente a um sofá. Lou entra no quarto — também pequeno, mas com uma cama king otimista e um banheiro dentro do quarto, com um chuveiro e… uma Jacuzzi? Jura?

Ele coloca as malas no chão e se senta…

Profundamente deprimido.

Duas malas no chão e uma caixa de livros no banco de trás do carro.

Esta é minha vida agora, Lou pensa.

Eu sou o cara patético de meia-idade, quase divorciado, que se muda pra um apartamento alugado na praia.

• • •

Ormon encontra Dinheiro no Píer de Newport Beach.

— Eu entendo que você perdeu ele de vista — diz Dinheiro, olhando para o mar azul. — O que não consigo entender é por que acha que é um problema meu.

Ormon tem uma resposta pra isso.

— Porque você quer ganhar dinheiro, e esse cara não vai te fazer ganhar mais dinheiro algum. Não durante um bom tempo. E, para isso, você precisa de mim. E eu preciso dele.

— Eu não sei onde ele está — afirma Dinheiro, sinceramente.

— Você trabalhou com o cara durante quinze anos — retruca Ormon. — Deve saber de algo.

Dinheiro respira fundo.

Ele não gosta de Ormon, pois é um canalha violento, impulsivo e ganancioso. Dinheiro prefere os caras mais velhos e mais estáveis, que não gostam de machucar pessoas. Mas não se fazem mais caras assim.

120 / DON WINSLOW

E o canalha violento, impulsivo e ganancioso está certo: Davis chegou na sua data-limite.

Dinheiro dá a ele um nome.

● ● ●

Sharon Coombs é a cara do sul da Califórnia.

Loira, cabelo curto, luzes.

Corpo torneado de trinta e muitos anos, enrijecido pela ioga, aulas de alongamento e musculação. Alta, corpo desenhado por cirurgia, bunda dura, nariz esculpido. Lábios finos, em que já está pensando em colocar preenchimento na próxima vez que tiver um dinheiro extra.

Ela está com uma toalha na parte de trás do pescoço enquanto desce os degraus vindo da aula de ioga, entra no Solana Beach Coffee Company, pede um café com leite de soja e vai se sentar.

Ao perceber Lou sentado sozinho a uma mesa, ela rapidamente percebe que ele não é nem um cliente nem um amante em potencial e portanto segue andando. Sharon é eficiente — em seu trabalho, nos exercícios, em sua vida sexual. Não vai desperdiçar nem um segundo em algo nem alguém que não tenha potencial.

E ela tem coisas pra fazer ali.

Então, ela caminha até uma cadeira numa mesa com um outro homem sentado e pergunta:

— Essa cadeira está vazia? Você se incomoda se eu me sentar?

— De jeito nenhum — responde Davis.

Quem se incomodaria?

Ela senta, olha para a Pacific Coast Highway e diz:

— Acabei de escrever uma nova apólice. Cinco milhões e meio.

Sharon é corretora de seguros para empresas que fazem seguros de alto risco por excedente de responsabilidade.

Se você tem uma casa de cinco quartos, por exemplo, em La Jolla Cove, uma garagem repleta de Lamborghinis e Maseratis, alguns diamantes que valem mais do que uma rua cheia de casas do subúrbio, você não liga para um avaliador, você não liga para uma colega corretora qualquer, você não liga para um cara que já viu de tudo porque já fez todo tipo de seguro — nenhuma dessas pessoas vai aceitar esse nível de risco.

Você liga para Sharon Coombs, que vai entrar em contato em um segundo com seguradoras de alta classe e alto risco, com uma clientela de elite, que *vai* fazer contratos de seguros contra perdas imensas e cobrar de você uma pequena fortuna por isso. Mas se você pode bancar o palácio à beira-mar, a Lamborghini e as joias, pode bancar o seguro disso tudo.

Às vezes, essas empresas dividem parte do risco com outras empresas de alto padrão, e é isso o que Sharon ajuda a realizar. Às vezes, ela reúne três ou quatro seguradoras para cobrir o risco.

Para isso, ela precisa verificar o valor da propriedade a ser segurada. Ela tem que saber seu valor exato, seu tamanho, sua procedência. Ela precisa garantir que você não vai fazê-la escrever um contrato de seguro de três milhões de uma joia de dois, porque, depois, merda, você pode roubá-la de si mesmo, jogá-la no mar e lucrar um milhão.

Ela precisa saber que você está tomando medidas razoáveis para proteger sua propriedade. Se não tiver um sistema de segurança na mansão (ou se tem o hábito de grelhar hambúrgueres no meio da sala), se estaciona seu Maserati na rua (ou acha divertido participar de rachas), se guarda seus diamantes numa caixa de bombons no armário da cozinha (ou usa-os quando está caindo de bêbado em alguma boate de segunda classe), até Sharon terá dificuldade em conseguir um seguro para você.

E ela confere essas coisas — seus negócios dependem disso. Portanto Sharon sabe o que você tem, quanto vale e onde fica.

E como você pode proteger tudo o que tem.

Sharon ganha um bom dinheiro com as comissões.

Mas na 101, um bom dinheiro nem sempre é suficiente.

Custa caro viver aqui e custa mais ainda viver bem aqui, e Sharon gosta de viver bem. E sabe que, para os californianos do sul, ela está chegando na sua data de validade.

Ela é uma mulher de 38 anos nota 10, mas não é o mesmo que ser uma mulher de 28 anos nota 10, nem uma de 38 anos nota 9. E tem uns caras de 24 anos por aí que não se importam em caçar mulheres entre 40 e 55 anos.

Mas e os homens nessa janela de idade? Se têm dinheiro suficiente e não largaram completamente a vaidade, podem caçar onde quiserem.

Os homens estão frequentando as academias também, indo para a ioga, cuidando da alimentação e até fazendo botox. Corretores de 57 anos estão comparando esfoliantes.

Sharon precisa de um cara de alto nível.

Eles se conheceram na abertura de uma exposição de uma galeria de arte, cinco anos antes, em meio a copos de plástico de vinho vagabundo e aperitivos. Ele era charmoso, ela aceitou seu convite para jantar, e ele abriu a porta de seu Shelby Mustang pra ela e a levou para o Top of the Cove. Depois da sobremesa, ela o convidou para sua casa e ia trepar com ele, mas ele disse não.

— Não é que eu não queira — explicou Davis. — É que tenho uma regra sobre misturar negócios e prazer.

Crime 101: onde se ganha o pão não se come a carne.

— O quê? — pergunta Sharon.

— Você é uma corretora de alto risco, certo? Achei que pudéssemos fazer negócios. Você pode fazer sexo com qualquer um, mas eu posso fazer dinheiro pra você.

Ele explicou como.

Ela tinha dado a ele três dicas naqueles cinco anos. Mais que isso, alguém perceberia o padrão e a plantaria no meio de tudo.

Com a primeira, ela comprou seios novos. A segunda foi maior: terminou de pagar seu apartamento. E a terceira rendeu-lhe seu Lexus.

Dessa vez, ela quer dar mais uma.

A maior delas.

E a última.

E ela deixa isso claro para Davis:

— Vou lhe dar mais esta e vou cair fora.

Ele não conta a ela que está fazendo a mesma coisa.

Crime 101: nunca diga algo que a outra pessoa não precise saber.

— O que é? — pergunta ele.

— Arman Shahbazi, um bilionário iraniano, vem de Teerã para o casamento de sua sobrinha. Ele vai comprar presentes para a noiva, para o noivo, para a família inteira. Relógios, colares de diamante, um anel de diamante pra noiva.

— Valor segurado?

— Cinco milhões e meio.

Isso vai me aposentar, Davis pensa. Mesmo com a parte dela, a parte de Dinheiro, o desconto do comprador... ainda fico com dois milhões líquidos.

Grana para deixar o negócio.

— O transportador está vindo de avião de Nova York — diz Sharon —, e eles farão a entrega em L'Auberge, onde vai acontecer o casamento.

O hotel de luxo em Del Mar, Davis conclui.

Nada bom.

Isso significaria trabalhos consecutivos em San Diego, na mesma jurisdição, e isso violaria uma de suas regras principais.

Crime 101: a segunda vez na fila da comida termina no refeitório da prisão.

Principalmente, levando-se em consideração esse policial de San Diego — qual é o nome dele? — que está de olho em você.

Mas cinco milhões...

— A transportadora insistiu em uma escolta armada para o transportador até o local de entrega — afirma Sharon. — Eles vão usar uma empresa local, que vai pegá-lo no aeroporto, levá-lo até L'Auberge e ficar até que a compra seja concluída.

— E depois disso?

— Vai para um cofre no quarto de Shahbazi — conclui Sharon. — Haverá seguranças armados no casamento e na recepção. Israelitas.

Então, há dois momentos para fazer isso, Davis pensa. Quando o courier estiver indo do aeroporto para o hotel ou dentro do quarto de Shahbazi no L'Auberge, quando estiverem fazendo a transferência.

Mas a segurança armada é problemática — Davis não gosta da possibilidade de violência. Ele passou sua carreira inteira sem se ferir e sem ferir alguém. É uma espécie de orgulho pessoal, assim como uma exigência profissional.

Crime 101: se não consegue fazer sem puxar o gatilho, não deveria estar fazendo.

Então, Davis vai passar a oportunidade.

E Sharon diz:

— Tem mais uma coisa: Shahbazi vai pagar em dinheiro.

Ela dá um sorrisinho de canto de boca. Ela sabe o que Davis sabe — que o vendedor não quer que a Receita Federal descubra sobre a transação.

— Então, ele terá seus próprios seguranças — conclui Davis.

Sharon dá de ombros.

— Nós não fazemos seguro de dinheiro vivo.

Então, cinco milhões e meio acabaram de virar onze milhões, Davis pensa.

Metade em dinheiro — sem precisar de intermediário, sem comissão, só uns três ou quatro dígitos para Dinheiro lavar essa grana.

Há uma casa muito bacana na praia.

Perto da Rodovia 101.

• • •

No fim, a vida perto da praia é bem agradável.

É nisso que Lou pensa enquanto come seu burrito de café da manhã. É uma surpresa para ele — primeiro, como um devoto de bagel com cream cheese ("Existe algum estereótipo que você não carregue em você?", Angie perguntou a ele um dia de manhã), ele jamais havia unido as palavras "café da manhã" e "burrito", e jamais achou que gostaria do resultado.

Mas essa é sua nova vida, certo? Algumas semanas atrás, ele vagava pelo Solana Beach Coffee Company, a uma quadra do seu apartamento, numa pequena galeria paralela à Rodovia 101, olhou para o cardápio e pensou "foda-se, esta é minha nova vida, certo?" Saiu dali e pediu um burrito de café da manhã.

Agora está viciado.

Bacon crocante, ovos mexidos, alface, tomate e molho, as coisas são deliciosas.

Quem diria?

A combinação não pode ser superada.

Ele se acostumou a pegar seu café e sua comida e sair para o pequeno jardim, rodeado por um prédio de dois andares que, entre outras coisas, abriga uma academia de alpinismo, um estúdio de balé, um estúdio de ioga e uma dermatologista que parece só atender mulheres que, por evidências superficiais (como se possível), não precisam de tratamento algum.

A QUEDA   / 125

Lou se senta a uma das mesas de ferro e deixa que o sol bata em seu rosto, enquanto olha para a vista de 360 graus — não há local ruim para se sentar ali — e as mulheres entram e saem de suas aulas e consultas, muitas parando numa cafeteria para tomar um café rápido ou um smoothie. Os clientes que não são mulheres bonitas são, em sua maioria, homens bonitos — surfistas, alpinistas ou simplesmente viciados em academia, embora haja uma mesa de homens de meia-idade com suas bicicletas que parecem usar esse local para um encontro matinal, aposentados que tomam café e comem granola aqui antes de saírem para pedalar.

Não, a vida à beira-mar está fazendo bem a Lou.

No início, o barulho constante das ondas o incomodava, mas, hoje, virou uma canção de ninar que embala seu sono. Ele passou a gostar de acordar de manhã, fazer um café preto e sair para a pequena varanda para olhar o mar.

E então ele se arruma e passa na cafeteria antes de ir para o trabalho. Tem uma banca de jornal na pequena galeria, e Lou coloca moedas de 25 centavos na máquina para comprar um jornal de verdade, de papel, seu amado *Union-Tribune*, que ele lê enquanto toma café da manhã e observa os locais.

Às vezes, ele chega em casa a tempo de ver o pôr do sol da varanda, e é — como os jovens diriam — *bem maneiro*. Se você não acredita em Deus, o Criador, Lou pensa — como um judeu não praticante que não sabe exatamente no que acredita —, ao ver o sol se pôr sobre o oceano, você precisa acreditar em Deus, o Artista.

Os fins de semana em que ele se sente solitário, divorciado e vive maratonas de solidão impulsionadas pela raiva não têm sido tão ruins. Ele geralmente começa com uma sessão tardia e longa na cafeteria, e depois caminha até a Pacific Coast Highway ou até o Cedros District, que tem algumas lojas interessantes, mais cafeterias e uma livraria boa.

Ou ele caminha na praia.

O que é tão surpreendente para ele quanto o burrito no café da manhã.

Lou nunca foi um cara muito praiano. Ele não sabe nadar muito bem, não surfa, e a ideia de "se esticar" e se bronzear soa como morte cerebral.

— Judeus gostam mais do deserto — explicou ele a McGuire, que também desdenha da praia, pois sua pele irlandesa queima como... bacon crocante num burrito de café da manhã.

— Mas ambos têm areia — diz McGuire. — Praias e desertos.

Lou não estava convencido.

Mas a praia fica a poucos degraus do seu apartamento, portanto, um dia, ele sai e descobre que gosta de caminhar na areia, de sentir o cheiro de maresia e a brisa do mar no rosto. E se já achava as pessoas da cafeteria bonitas, na praia eram as mesmas, só que com um pouco menos de roupa.

Não são só os corpos esculturais.

Lou começa a gostar do cenário — a água azul, o céu aberto, as famílias se divertindo juntas, os surfistas, os esportes —, o cenário praiano.

— O próximo passo será você comprar uma prancha de surfe — brincou McGuire.

Não, Lou pensa, mas devo comprar uma prancha de bodyboard.

Parece divertido.

Portanto os fins de semana não são ruins. Na verdade, ele está começando a gostar deles. Esse alongamento da 101, desde Via del Valle, no sul, até a praia de Cardiff, está virando seu território. Ele gosta de dirigir pela estrada à noite a caminho de casa. Nos fins de semana, ele vai à Pizza Port ou ao bar Chief's, ao lado da estação de trem, para assistir a um jogo na televisão, e tem sempre o carrinho de cachorro-quente.

Ele sente falta de Angie, mas, para ser sincero, não tanto quanto achou que sentiria. Sim, tudo bem, ele está um pouco solitário, e o Seaside Chateau é um local meio solitário. Lou acha fascinante que, desde que se mudou para lá, já viu diversos carros na garagem subterrânea, mas pouquíssimas pessoas dentro do prédio.

Elas devem estar por lá, ele pensa, pois os carros estão lá, e eles aparecem e desaparecem, mas ele não vê as pessoas que os dirigem. Pelo que conseguiu entender, os residentes separam-se em diversos grupos: aposentados residentes, proprietários que aparentemente só frequentam no verão e pessoas transitórias — alguns turistas, outros inquilinos que estão entre mudanças de casas e/ou casamentos, que fizeram exatamente como ele: alugaram por meio de uma imobiliária.

Seja lá quais pessoas forem, pelo menos não as poucas que ele viu na baixa temporada, jamais iniciam uma conversa. Elas cumprimentam com aceno de cabeça, caso passe por elas na piscina ou na garagem, mas é só.

Lou acha curioso, mas não se incomoda. Ele está meio que gostando do anonimato para explorar sua nova vida. Se você quiser simplesmente desaparecer, ele pensa, veio para o lugar certo no Seaside Chateau.

A única fonte de infelicidade real na vida de Lou é o roubo de Haddad.

Para o qual ele não tem uma pista sequer.

O caso está frio como o coração de uma ex-mulher.

Tanto Ben Haddad quanto Sam Kassem passaram no exame do polígrafo, então a ideia de um golpe interno estava fora de cogitação. Lou estava igualmente satisfeito — ele não queria que os dois fossem perseguidos. John Houghton, o dono da loja em Del Mar, havia se voluntariado para o exame do polígrafo — ele estava de saco cheio da palhaçada da seguradora — e também havia passado.

O que deixou a seguradora devendo, mas também deixou Lou sem porra de pista alguma.

Lou está mais convencido que nunca de que foi um cara só, o "Bandido da 101", e que o tal cara é muito bom e cuidadoso. Ele roubou Haddad em menos de um minuto e simplesmente desapareceu. Como se a terra o tivesse engolido, e tivesse algum tipo de esconderijo subterrâneo...

Um estacionamento subterrâneo?

Ele se lembra da Prisão Federal de Solana Beach.

Se você quiser simplesmente desaparecer...

É isso o que esse cara está fazendo? Realizando seus roubos, dirigindo até um estacionamento subterrâneo e trocando de carro?

Lou faz um lembrete mental para conferir os estacionamentos subterrâneos próximos à joalheria de Houghton. De repente, alguém viu algo.

Talvez ainda haja alguma coisa por lá.

É nisso que Lou está pensando enquanto observa a mulher se levantar da mesa. Ele sabe que ela é muita areia para o seu caminhão — ela deixou isso bem claro ao dispensá-lo com um olhar de desprezo, mas ele também sabe que a conhece de algum lugar.

Como um cara das antigas, ele possui um arquivo rotativo na cabeça, e ele o vasculha mentalmente. Ela não é uma amiga da Angie (ou teria se aproximado dele por curiosidade ou por maldade); não é alguém que ele tenha prendido nem...

Interrogado.

Sim, você a interrogou, Lou pensa.

Você a interrogou a respeito do roubo de diamantes sete anos atrás. A mulher que estava levando diamantes para a casa no Rancho Santa Fe, o pneu do carro furou e ela foi assaltada, com pedras que valiam 645 mil dólares. Ela não era a dona da loja, não era a vítima, ela era...

Da seguradora, e você a entrevistou para determinar o valor da mercadoria e as medidas de segurança... mas ela não trabalhava na companhia de seguros, ela era...

Uma corretora.

Sharon...

Carter.

Não. Cole.

Não. Coombs.

Sharon Coombs.

Então, quem é o cara? Lou se pergunta.

Eles parecem ter acabado de se conhecer, tiveram uma conversa de cinco minutos, e ela pega seu *latte* extravagante e vai embora. Nenhuma troca de telefone que Lou tenha visto. Só mais um flerte fracassado na PCH, ele pensa. Eles se avistaram, não rolou uma empatia, e os dois seguiram em frente.

Mas tem algo dentro dele — e não é seu burrito do café da manhã — que diz que ele estava olhando para uma outra coisa.

Porque Lou não acredita em coincidências.

Crime 101: existe uma palavra para um homem que acredita em coincidências: o réu.

De dentro do seu carro, Ormon vê Coombs sair e entrar em seu Lexus.

Davis dirige.

É isso o que Davis faz.

Quando precisa pensar.

Crime 101: se a coisa parece ruim, é porque ela é ruim.

Ele sabe disso, *sabe* isso, mas...

Não tem mas, Davis diz para si mesmo, só tem os princípios básicos — Crime 101, *mas*...

Esse trabalho é sua aposentadoria. Se era para fazer uma exceção à regra, esse trabalho é... excepcional. É arriscado, Davis pensa, mas é mais arriscado do que recusá-lo e fazer três ou quatro outros trabalhos para ganhar o mesmo dinheiro?

E então, ele sabe que vai aceitá-lo.

Quando passa pela chaminé gigante de Carlsbad, ele sabe que vai quebrar suas próprias regras e fazer esse último trabalho.

Agora a pergunta é: como?

Há dois momentos em que posso fazer o roubo, Davis pensa. Um é no quarto do hotel, quando o transportador estiver entregando a mercadoria. Haverá três pessoas no quarto — Shahbazi, o transportador e o segurança.

Portanto você tem que entrar no quarto (o que não é um problema) e render três homens. Depois, tem que pegar as joias e o dinheiro, e não há mãos suficientes para fazer isso e segurar uma arma.

Pense bem.

O entregador vai entrar, realizar a troca e sair com o dinheiro. Você o aborda no corredor, rende o cara, depois entra no quarto e pega as joias. Seja no corredor ou dentro do quarto, você será um contra dois, dependendo de onde o segurança esteja com o dinheiro ou com a mercadoria.

É um pouco melhor, mas ainda não é ideal.

Pense.

Qual é o erro crítico, aquele em que não está pensando? Ele já está dentro do Oceanside quando percebe.

Não *renda* o segurança, *seja* o segurança.

A 101 sempre tem a resposta.

Naquela noite, quando Sharon sai de seu chuveiro enrolada numa toalha, um homem está sentado em sua cama. A pequena SIG Sauer 380 que ela guarda na mesa de cabeceira está na mão esquerda dele, apoiada em seu colo.

— Não grite — diz ele.

O peito dela se aperta. É como se não conseguisse respirar. Ela encosta os dedos no pescoço e consegue dizer:

— Eu tenho herpes.

— Não seja convencida — afirma ele. — Não quero o que está entre suas pernas, quero o que está entre suas orelhas.

Ela está apavorada, tremendo, e pode ver dentro dos olhos dele que ele está gostando disso.

Ele bate na cabeça com o cano da arma e a esfrega em seu cabelo amarelo esquisito.

— Você tem alguma coisa aí. Algo de valor. Algo que dividiu com Davis.

— Não sei do que você está falando.

— Vou contar pra polícia sobre você — ameaça ele. — Vai ficar dez anos presa, no mínimo, e aquelas sapatões na cadeia? A maioria é mexicana, e vão fazer uma refeição de uma *guera* como você. Que beleza!

Não vou conseguir, Sharon pensa.

Não quero ir pra cadeia.

Não vou.

Ormon sorri.

— Sei o que você está pensando, Sharon. Está pensando que vai piscar esses olhos para o juiz e ele vai dar a liberdade condicional pra uma mulher branca de Orange County como você.

Exatamente o que ela estava pensando.

— E se isso acontecer, Sharon? — pergunta ele. — Se isso acontecer, eu vou voltar, e aí vou realmente te machucar. Vou te machucar tanto que homem algum vai olhar de novo pra você. Eles vão virar a cara.

— Por favor.

— Não precisa implorar — diz ele —, só precisa fazer a escolha certa. Vou te pagar a mesma quantia que Davis pagaria. Nem um centavo a menos, e você pode continuar com esse rostinho lindo. E então, o que vai ser?

Lou resolve experimentar fazer ioga.

O que divertiu McGuire imensamente.

— Ioga? Sério? Você é tão flexível quanto um bloco de concreto.

A QUEDA / 131

— É exatamente esse o motivo de experimentar a aula de ioga.

— E você tem essa pança pendurada em cima do cinto — afirmou McGuire.

— É exatamente o motivo de experimentar a aula de ioga.

— Que tipo de ioga?

— Há vários tipos?

— Claro — respondeu o parceiro. — Tem uma tal de hot ioga, em que ligam um termostato lá no alto e você sua como uma puta na igreja. Tem uma ioga em que se faz as posturas muito rápido...

— Tem posturas?

— ...em que você faz as posições bem devagar — continuou McGuire. — Tem ioga de meditação, tem ioga de rua, tem até ioga com cabras.

— O que é isso?

— Não sei nem quero saber. E você não quer fazer ioga, só quer trepar.

— Dá pra trepar?

— Qualquer cara hétero que faça ioga vai até lá pra conhecer mulheres e trepar. Qualquer cara gay que faça ioga vai até lá pra conhecer homens e trepar. Na verdade, a palavra "ioga" significa "trepar" em hindi.

— Não significa.

— Deve significar — concluiu McGuire.

— E as mulheres? — perguntou Lou. — Elas vão à ioga pra trepar?

— Tomara.

Na verdade, as expectativas de Lou são um pouco menos ambiciosas. Se ele perder alguns quilos com o exercício, está bom.

Se encontrar Sharon Coombs, melhor ainda.

Então ele ergue a bunda pro ar pra fazer algo que o instrutor chama de "Cachorro Invertido", e se a ioga não tiver algo a ver com sexo, Lou pensa, não dá pra provar pelo Cachorro Invertido, ou pela Cobra, ou por qualquer nome de bicho.

E para piorar, a bunda que está subindo e descendo no ar bem à sua frente pertence a Sharon.

Cachorro Invertido, Cobra, Guerreiro I, Guerreiro II, Saudação ao Sol — Lou mexe os olhos, tentando tirá-los da bunda de Coombs.

E decide que o Luluzinho vai solicitar uma licença.

Quando a aula acaba, Lou está suando, cansado e com tesão. E Coombs nem sequer olhou pra ele. Mas, ao sair do vestiário, enquanto está prendendo seu distintivo no cinto, ela olha para ele uma vez.

E depois olha de novo.

E de fato fala com ele:

— É sua primeira aula?

— É tão óbvio assim?

— Não, você foi ótimo.

— Essa é uma mentira muito gentil — agradece Lou.

Agora ela olha pra dentro dos olhos dele e pergunta:

— Você quer tomar um smoothie?

— O que *quero* mesmo é um sanduíche de pastrami — responde Lou. — Mas tomo um café enquanto você aproveita seu smoothie.

— Você não gosta de smoothie? — questiona Coombs.

— Não gosto nem de *dizer* a palavra "smoothie".

Coombs ri.

Enquanto descem a escada juntos, Lou já sabe que ela não estava olhando para ele.

Ela estava olhando para o distintivo.

Alguns minutos depois, eles estão sentados do lado de fora do Solana Beach Coffee Company, ela dando goles numa gororoba verde que, para Lou, parece vômito dentro da bolsa de um cortador de grama, e ela pergunta:

— O que você faz, Lou?

— Sou policial — responde ele. — E imagino que você não se lembre de mim.

Ela olha para ele, pálida.

— Foi há alguns anos. Eu interroguei você sobre um roubo de diamantes.

— Desculpe — diz ela. — Mas eu roubei mesmo?

— Quer saber? Eu nunca descobri quem roubou aquelas pedras.

— Não? — pergunta ela. — Isso me deixa surpresa.

— Por quê?

— Você me parece o tipo de cara que é muito bom no que faz.

McGuire estava certo.

Ioga *é* mesmo sobre sexo.

— Você *é* bom — disse ela, mais tarde, de costas na cama dele, olhando para o mar pela janela.

— Você disse isso sobre a ioga.

— Então eu estava mentindo — retruca Sharon. — Estou falando a verdade agora. Como sua mulher deixou você ir embora?

— Ela gostava mais de um advogado.

— Eca.

— Exatamente a minha opinião. — Eles ficaram quietos por alguns minutos, olhando para a vista linda, até que Lou pergunta: — Sharon, você quer jantar comigo qualquer dia desses?

— Não sei, Lou — diz ela. — Quer dizer, quero *foder* com você, mas jantar… é bem íntimo.

Lou não sabe se ela está brincando ou não.

Sexo é o encontro das genitálias, jantar é o encontro das mentes, e Lou tem a impressão de que a primeira opção é mais comum na 101.

Ela desliza mais para baixo da cama e começa a fazer ressuscitação oral nele.

— Isso é bastante otimista — fala Lou.

— Eu sou otimista.

— Sharon, por que você não me diz o que quer realmente?

Ela olha para cima, para o rosto dele.

— Por que está me dizendo isso? — pergunta Lou.

Sharon tinha acabado de confessar um crime e uma conspiração de uma só vez. Ela poderia pegar de doze a vinte anos de prisão.

— Estou com medo. — Ela parecia apavorada mesmo. Talvez o fato de estar pelada a deixava mais assustada, certamente mais vulnerável.

— Você vai me proteger?

— Eu vou te proteger.

Você não precisava dormir comigo para conseguir minha proteção, ele pensa.

Mas com certeza achou que precisava. Ou achou que precisava para conseguir um acordo, pois agora ele ouve Sharon dizer:

— Eu te dei essa informação. Você vai me deixar longe da cadeia?

— Acho que podemos fazer algum tipo de acordo — responde Lou. — O que você falou pra esse cara? Para o que te ameaçou?

— Tudo o que te contei.

Portanto "Davis", como Sharon chama o cara, vai assaltar Shahbazi no quarto do hotel, e depois o cara de cabelo amarelo vai roubar Davis na saída.

Só que, Lou pensa, Davis não vai sair do quarto do hotel.

O nome do segurança é Nelson.

Robert David Nelson.

Bob.

Davis pegou o nome dele com Sharon. Ele vasculha o nome do cara para descobrir tudo sobre ele — é um policial aposentado de Milwaukee que veio para San Diego em busca de sol e da vida boa, é casado, tem dois filhos adultos.

Ficha limpa.

É um atirador.

Ele observou Nelson durante três dias — ele o viu acompanhando um transporte de mercadoria com Ben Haddad (então, Sammy ficou esperto), fazendo compras no supermercado com a mulher, Linda, no Albertson, indo para a academia e suando numa bicicleta.

Ele o observou indo para um bar logo depois para tomar uma cerveja.

E depois o cara foi para casa.

Nenhum problema com bebida.

Nenhuma garota a tiracolo.

Ele vai pra cama às 21h30.

Esse não é um cara que brinca em serviço nem que vai fazer algo leviano ou idiota.

O que é bom, Davis sabe.

Crime 101: é sempre melhor lutar com alguém inteligente do que com alguém burro.

A QUEDA / 135

* * *

Davis desapareceu.

Isso não importa para Ormon.

Ele pode não saber onde o cara está, mas sabe onde ele estará.

E quando.

O que é ainda melhor.

McGuire faz a ligação.

— Lou?

— O quê?

— Sam Kassem está ao telefone — diz McGuire. — Disse que tem um cara esquisito do lado de fora da loja dele.

Eles saem em menos de um minuto.

Somente a unidade de Lou, com carros à paisana.

Se esse for o cara, Lou não quer carros com sirenes assustando-o.

Mas não deve ser o meu cara, Lou pensa, com o estômago revirando enquanto demora um século para chegarem a El Cajon. Meu cara não assalta o mesmo local duas vezes. E meu cara tem um trabalho muito maior a caminho — ele não vai estragar tudo com um roubo pequeno de iniciante.

Isso é o Sam desconfiado depois de ter sido assaltado.

Lou dá as coordenadas para sua equipe:

— Façam um cerco amplo, mas bloqueiem o perímetro. McGuire e eu vamos entrar.

McGuire para o carro no fim do quarteirão e avista um Camaro modelo novo estacionado do lado de fora da loja de Sam.

— Ele entrou — diz McGuire. — Se vamos entrar, tem que ser agora.

Merda, Lou pensa. Será que meu cara está pirado?

Lou sai do carro, destrava sua Glock 9mm e a segura atrás do corpo. Ele não costuma destravar sua pistola numa abordagem... na verdade, nunca.

Bem nesse momento, um homem sai da loja.

Um monte de relógios de Sam numa mão, a pistola na outra.

Lou se coloca na posição padrão de atirador, mirando na direção dele, e grita:

— Polícia! Parado! Abaixe a arma!

Ele ouve McGuire gritar:

— Deitado no chão! Deitado no chão!

O cara congela.

Hesita.

Faz sua escolha.

— Não faça isso! — exclama Lou. — Não faça isso.

Por favor, não faça isso.

Mas o cara faz.

Aponta a pistola na direção deles.

Lou aperta o gatilho, e continua atirando.

Assim como McGuire.

O cara cai na calçada.

— É o seu cara — diz McGuire, de pé ao lado do corpo.

— Não é, não — retruca Lou, exausto repentinamente, a onda de adrenalina baixando.

— Como você sabe?

— Simplesmente, sei.

Alguns relógios contra dez milhões?

Não é sequer o Crime 101.

É a Matemática 101.

Olhando, pela janela, o oceano Pacífico bater nas pedras lá embaixo, Lou se sente enjoado e enojado.

Ele nunca matou alguém antes.

É uma sensação terrível.

Não só porque haverá um conselho analisando o tiroteio — ele sabe que será absolvido — e que ficará afastado até lá, mas porque ele tirou a vida de uma pessoa. Não foi por isso que se tornou policial. Ele quis ser policial para ajudar as pessoas, e agora há uma pessoa morta por cima de relógios desgraçados.

Isso faz com que ele queira desistir.

Lou sabe o que deveria fazer.

Bem, ele sabe o que *deveria* fazer.

Ele foi politicamente correto durante a vida inteira.

Mas reflete sobre isso neste momento.

Sobre ir no sentido oposto nessa situação.

Pois seu ladrão deixou uma rachadura em seu plano, e ele a descobriu.

Dez milhões em dinheiro e mercadoria?

São números seríssimos.

Números capazes de mudar a vida.

Números do tipo largar-o-emprego-e-viver-na-praia-para-o--resto-da-vida.

Ele entende porque as pessoas escolhem viver em lugares como esse. Vista bonita, pessoas bonitas.

Pôr do sol bonito.

Reflexos *insanos* de vermelhos, laranjas e roxos, enquanto o mar passa de azul para cinza e para preto. Ou seja, Lou pensa, se você vai partir em direção ao pôr do sol, que seja para este.

Ele está pensando nisso quando a campainha toca.

É Angie.

— Oi — diz ela.

Ela está linda.

Novo corte de cabelo. Um pouco mais curto, algumas luzes. Parece que perdeu alguns quilos.

— Para responder a pergunta atrás de seus olhos de policial — fala ela —, alguém estava passando pelo portão e eu entrei atrás da pessoa.

— Eu não ia perguntar.

— Posso entrar?

Ele dá um passo para o lado e a deixa passar.

Ela olha para a janela enorme.

— Uau! Olha só para você, Lou. Um morador da praia. É isso o que chamam de "vista livre do mar"?

— Acho que sim.

— Você pode pagar este lugar? Quer dizer, o aluguel deve ser...

Como se fosse da sua conta, Lou pensa.

— Por um tempo.

— E depois?

Ele dá de ombros.

— Depois a gente vê.

— Uau, você *está mesmo* virando um rato de praia — conclui Angie. — Não me diga que começou a surfar.

— Não comecei a surfar — responde Lou. — Mas estou pensando nisso. Você quer um smoothie?

— Não, não quero um smoothie.

— O que *você quer*, Angie? — pergunta Lou. — Por que veio até aqui?

Ela olha para ele por um tempo, com os olhos marejados. E então diz:

— Eu vim saber se você quer voltar.

Ah.

Isso foi inesperado, ele pensa. O que ele queria, mas certamente não o que esperava. *Claro* que quero voltar, ele pensa, mas se ouve dizer logo em seguida:

— Quer saber, Angie? Eu não quero.

E segue pelo caminho oposto.

Crime 101: nunca ser previsível.

• • •

Davis nunca fica nervoso na véspera de um trabalho, só uma onda de adrenalina, que é necessária. Mas, nesta manhã, ele se sente nervoso, agitado. É porque é seu último trabalho, ele pensa, ou será porque é um trabalho que lá no fundo ele sabe que não deveria fazer?

Não é tarde demais, ele diz para si, olhando para o mar através da janela, como uma foto.

Você pode simplesmente ir embora.

Dirigir na direção norte da 101 e desaparecer.

Não faça isso.

Lou, de pé na varanda, tomando seu primeiro gole de café, pensa exatamente na mesma coisa.

Não faça isso.

Ele segue dizendo isso para si, enquanto veste seu blazer e prende sua arma — uma Glock 9mm — na cintura.

Ele desce até a garagem e entra no carro.

Um carro novo está estacionado ao seu lado.

Um Mustang verde-escuro que parece meio retrô.

Como o daquele filme, Lou pensa. Qual é mesmo o nome?

Ah, é, *Bullitt*.

Steve McQueen.

Davis dirige o Mustang até o aeroporto.

Em um Mustang *Bullitt* 2019.

Verde-escuro. (É claro.)

5.0L Ti-VCT V8.

3.73 de torque, eixo traseiro com escorregamento limitado.

Câmbio manual de seis marchas com sistema de redução.

Escapamento duplo com quatro saídas.

Lou vê o transportador descendo a escada.

Ele vai até ele.

— Sr. Perez?

Perez confirma com a cabeça.

Sua mão direita carrega uma maleta Halliburton.

— O carro está do lado de fora — diz Lou e conduz Perez até a calçada do lado de fora.

O carregador hesita quando vê o Civic velho. Não está certo, não faz sentido. Ele se vira para Lou, que mostra seu distintivo.

— Confie em mim — diz Lou. — O melhor que você pode fazer é entrar neste carro.

Perez se senta no banco do carona, Lou vai para o do motorista.

— Nós podemos fazer de dois jeitos, sr. Perez. Eu posso prender você agora por transporte interestadual de bens não declarados...

— Eu sou só o transportador — retruca Perez. — Não sei a proveniência destes...

— E tenho certeza que um promotor jovem ambicioso vai acreditar nisso — interrompe Lou. — Ou podemos fazer do meu jeito.

Perez escolhe a Porta Número Dois.

A sutura.

* * *

Davis espera no estacionamento do aeroporto.

Ele vê Nelson sair.

O segurança está adiantado, como costumam estar sempre, bem antes do horário de pouso do voo do transportador. Tudo o que ele não quer é alguém de pé na calçada do terminal com duas malas de cinco milhões nas mãos.

Davis também tem as informações do voo.

De Sharon.

As informações do voo, o nome do transportador (Perez), e até uma foto dele.

Davis está vestido para o trabalho. Terno preto, camisa branca, gravata vermelha, sapato de couro preto. Os seguranças sempre parecem arrumados, para dar ao cliente a sensação de profissionalismo.

Um homem vai proteger sua vida e seu dinheiro, você não quer que ele pareça um bobão nem um palhaço. E você quer que seu segurança pareça seu motorista.

Davis entende — roupas desleixadas, trabalho desleixado.

McQueen sempre estava arrumado, elegante.

Ele sabia o que Davis sabe.

Crime 101: vista-se para o seu negócio.

O transportador não terá mala alguma. Ele vai sair direto do avião para a rua.

Cerca de seis minutos num passo normal.

Davis checa o aplicativo de rastreio de voos em seu celular. O avião pousou. Ele sai do carro, vai até o de Nelson, sorri e para na janela do lado do motorista.

O segurança abre a janela.

Davis inclina seu corpo só até que Nelson veja a SIG apontada para sua cara.

— Coloque as mãos no volante, Bob.

Nelson faz o que ele manda.

Davis segura seu telefone no alto com a mão esquerda e mostra a Nelson uma transmissão ao vivo de sua casa — Linda podando as plantas da entrada de carros.

— É assim que vamos fazer — avisa Davis. — Você vai me entregar seu telefone, devagar. Depois, vai se sentar aqui por duas horas e ficar com a boca calada. Após esse período, vai para casa encontrar Linda, porque se ficar aqui sentado por duas horas, ela ainda estará lá para te receber. Você vai perder seu emprego, mas ainda terá sua companheira e sua aposentadoria de Milwaukee. Estamos entendidos?

— Sim.

Davis também acha que sim. Um homem arrisca sua própria vida, mas não a de sua companheira.

— Tá certo. Seu telefone.

Nelson alcança lentamente o console do carro e entrega o telefone para Davis.

— Não machuque a minha esposa.

— Isso é você quem decide.

Enquanto Davis anda de volta e entra em seu carro, uma mensagem de texto chega ao telefone de Nelson. JÁ POUSEI E ESTOU SAINDO.

Davis digita: ESTAREI NA SAÍDA, SENHOR.

Ormon não está no aeroporto.

Está pulando as preliminares.

Ormon está do lado de fora do L'Auberge, aguardando o grande evento. Comprou uma MAC-10, que colocou por baixo de sua jaqueta vermelha de couro falso, e está louco para estreá-la.

E Ormon, ele não se importa com quantas pessoas tiver que matar.

Por onze milhões, você tá brincando comigo?

Ele olha para o telefone.

O avião pousou.

Davis deve estar entrando em ação.

Seu... como se chama? Grand finale.

Davis está esperando quando o transportador sai do terminal.

Ele sai do carro, faz um sinal e abre a porta do passageiro. O transportador olha para o Mustang um pouco confuso.

— Se eu precisar de um pouco de velocidade, senhor — afirma Davis, — preciso tê-la.

O transportador entra.

142 / DON WINSLOW

Davis fecha a porta, dá a volta no carro, senta-se atrás do volante, confere o espelho retrovisor e sai com o carro.

— Tem trânsito na Rodovia 5 — explica Davis —, então pensei em pegarmos a 101, se for tudo bem para o senhor.

— Eu sou de Nova York — responde o transportador. — Eu não saberia diferenciar a 5 e a 101 de um buraco no chão. Vocês todos falam em números aqui. Vamos pela que for mais rápida.

— Acredito que seja essa.

Porra nenhuma, pensa Lou. O cara é um doido. Para um dos melhores e mais espertos criminosos que Lou já viu, esse cara simplesmente ama a PCH. Ou talvez seja uma viagem de despedida, uma última corrida sentimental pela 101.

Talvez seja a minha também, Lou pensa, se isso não sair como planejei.

— Esse é o carro do *Bullitt*, não é? — pergunta Lou.

Eu conheço esse cara, Davis pensa.

Eu já o vi antes.

Quando Davis vê alguém que não conhece mais de uma vez — principalmente, em dois locais diferentes —, ele quer saber por quê.

Crime 101: existe uma palavra para um homem que acredita em coincidências: o réu.

Mas não consegue se lembrar do cara.

Não importa, Davis pensa. O que Crime 101 pede é que ele estacione, saia do carro e vá embora.

Mas ele não faz isso.

Lou pergunta:

— *Bullitt* ou *A fuga*?

— O que disse, senhor?

— Você é obviamente um fã de McQueen — afirma Lou. — Qual filme é melhor, *Bullitt*, *Fugindo do inferno* ou *A fuga*?

Mantenha o cara falando, Lou pensa. Pois ele está ficando desconfiado. Lou pode sentir. O cara já olhou no espelho retrovisor duas vezes, de rabo de olho, e Lou está um pouco preocupado que ele o tenha reconhecido da cafeteria. Se ele se lembrar de mim no mesmo lugar em que Sharon Coombs, ele vai descobrir tudo.

Crime 101.

— Vou ter que escolher o *Bullitt* — responde Davis. — Embora todos sejam muito bons.

Ele aproveita a oportunidade para olhar no espelho com mais atenção e tentar descobrir de onde conhece o cara.

— Aquela perseguição de carro, né? — comenta o transportador.

— Não é? — confirma Davis.

— Eu escolho *A fuga* — retruca o transportador. — O personagem do McQueen.

— Doc McCoy.

— Doc McCoy.

Davis sai da Grand Avenue, pega a Pacific Beach na direção oeste, depois vira no Mission Boulevard norte, que é o nome da PCH nesse bairro. Do Mission Boulevard ele pega a esquerda no La Jolla Boulevard, sobe a Bird Rock e entra no tão-elegante "Village".

E então ele se lembra.

A cafeteria.

O cara sentado na mesa em frente a Sharon e ele.

Ele me desvendou, Lou pensa. Posso ver em seus olhos no retrovisor, na forma como suas mãos seguram o volante, mais firmes.

Lou decide pressionar, porque é melhor saber antes do que depois.

— Sabe qual é meu filme favorito do McQueen?

— Qual?

— *Crown, o magnífico* — responde Lou.

Sorrindo para ele.

— McQueen é um ladrão-artista, não acha? — pergunta Davis.

— Exatamente — confirma Lou. — Faye Dunaway era uma corretora de seguros.

Sai dessa, Davis pensa.

Estacione o carro e vá embora.

Ou vire-se e atire na cara desse homem.

Lou vê a mão de Davis deslizar para o console central.

É onde está a arma, ele pensa.

Ele desliza sua mão para dentro do casaco, até a Glock.

Isso poderia acabar agora mesmo.

Talvez sejam os onze milhões, o dinheiro fácil, talvez seja simplesmente porque ele não gosta de ser enganado, mas Davis continua dirigindo e diz:

— Acho que ela não era corretora, não, acho que era investigadora.

— Você está certo — concorda o transportador.

Eles seguem para o La Jolla Boulevard, passam pela Caverna de La Jolla, viram na Prospect Avenue, depois em Torrey Pines, margeiam a Universidade da Califórnia de San Diego, o campo de golfe de Torrey Pines, descem pela montanha extensa que termina na Torrey Pines State Beach e, por fim, começam a subida íngreme até a cidade de Del Mar.

Ambos agora sabem que vão encarar o que vier.

Brincando de gato e rato na 101.

Davis diz:

— Estamos quase lá, senhor.

Sim, estamos, Lou pensa.

Estamos quase aonde estamos indo.

Lou toca a campainha do quarto 243.

Davis fica atrás dele, olhando para o outro lado, analisando o fim do corredor.

Shahbazi vai até a porta. Ele veste um terno cinza de linho com uma camisa branca de colarinho aberto.

— Sr. Perez?

— Sim.

— Por favor, entre.

Davis entra primeiro, checa o quarto e faz um sinal para Lou entrar.

Lou fecha a porta atrás dele.

A arma de Davis, uma SIG Sauer, já está a postos.

— Ninguém precisa se machucar aqui. A arma, debaixo do seu casaco. Coloque em cima da cama.

Shahbazi olha para Lou.

— Faça alguma coisa.

Lou faz. Ele pega sua Glock e coloca delicadamente em cima da cama.

— Abra a mala, deixe-me ver — manda Davis.

Lou coloca a mala em cima da cama, gira a combinação do cadeado e abre a tampa. Ele retira outra pistola e aponta para Davis.

Crime 101: sempre tenha um reforço.

— Abaixe a arma — diz Lou. — Sou policial. Estou de olho em você há muito tempo.

— Eu não vou pra cadeia — afirma Davis. — Vou atirar antes disso.

— Você nunca matou ninguém — afirma Lou.

— Tem uma primeira vez pra tudo. — Davis olha pra ele profundamente. — Mas você já.

— E odiei ter feito isso.

Davis sabe que está fodido. Violou as regras do Crime 101, e sua única chance é voltar a elas.

Crime 101: todo mundo tem um preço.

— Vou te fazer uma proposta — afirma Davis. — Eu fico com as joias e deixo o dinheiro. Você faz o que quiser com ele.

Lou aponta para Shahbazi com o queixo.

— O que fazemos com ele?

Todo mundo tem um preço, Davis pensa. Crime 101.

— O que ele vai fazer? Registrar uma queixa de um caso cheio de pedras ilegais? Cinco milhões, você pode desaparecer onde quiser.

A arma começa a ficar pesada nas mãos de Lou. Ele sente os braços começarem a tremer.

— Você lembra de como *A fuga* termina?

Davis está confuso.

— Sim. Doc consegue se safar.

— Isso é no filme — acrescenta Lou. — No livro há um epílogo. Doc desaparece, mas não termina bem.

— Então isso é um "não"? — pergunta Davis.

Seu dedo fica firme no gatilho.

A porta é arrombada.

Ormon está com a MAC-10 em riste. Ele vê Lou primeiro e aponta na direção dele.

Estou morto, Lou pensa.

Mas a cabeça de Ormon explode.

Lou se vira e vê que Davis atirou.

Davis aponta a arma de volta para ele.

Mas não puxa o gatilho.

— E então — pergunta Lou —, o que vamos fazer?

— Prende ele! — grita Shahbazi.

— Cala a boca — diz Lou. — Sharon disse que esse seria seu último trabalho. Você tem dinheiro suficiente para o resto da vida?

— Sem extravagâncias.

— Mas suficiente para viver — fala Lou. — Entre no seu carro e vá embora. Nunca mais volte para San Diego.

— O *quê?* — questiona Shahbazi.

— Eu não mandei você calar a boca? — pergunta Lou. Ele continua. — Vou explicar de outro jeito. O que Steve McQueen faria?

Davis sorri.

— Ele iria dirigir.

— Então dirija — fala Lou. — É Crime 101.

Crime 101, Davis pensa.

Faça sempre o que Steve McQueen faria.

Lou mantém a arma apontada para Davis enquanto ele sai pela porta.

— Você está deixando aquele ladrão se safar? — grita Shahbazi.

— O ladrão está deitado no chão — afirma Lou. — O infame Bandido da 101.

Ele olha para baixo, para o homem jovem e baixo de cabelo amarelo chamativo.

— Vou cassar sua licença — ameaça Shahbazi.

— Não vai porra nenhuma — responde Lou. Ele ouve as sirenes se aproximando, então precisa ser rápido. — O que você vai fazer quando os policiais chegarem é ouvir o que eu vou contar, concordar e dizer "Foi assim como ele disse". E então, você vai para o casamento da sua sobrinha, vai entregar os presentes e ser o grande homem do dia. Estamos de acordo aqui?

Eles estão de acordo.

Davis dirige.

Para o norte da 101.

Passa por Del Mar, pela pista de corrida.

Passa pela placa de neon rosa da Caverna Fletcher que anuncia SOLANA BEACH, passa pelo Tidewater Bar, pela Pizza Port, pela loja de surfe Mitch's e pela Moreland Choppers. Desce a montanha, até o longo trecho de praia em Cardiff, depois sobe e passa por Swami's e Encinitas, pela praia de Moonlight, pelo antigo teatro La Paloma, por baixo da placa em arco sobre a 101 onde se lê ENCINITAS.

Passa pelos trilhos de trem e pelas árvores de eucalipto da curiosa cidade de Leucadia, pela antiquada Carlsbad e pela estação elétrica abandonada, com suas chaminés que evocam tanto Springsteen quanto Blake.

Uma visão que ele sabe que jamais verá novamente.

Ele dirige por um dia e uma noite inteiros, parando somente para abastecer. Passa por San Clemente, Laguna Beach, Newport Beach, Huntington Beach, Seal Beach, Long Beach, Redondo e Manhattan. Ao redor de Marina del Rey, por Santa Monica, Malibu, Oxnard e Ventura.

Depois na direção oeste, Santa Barbara, norte de Pismo e Moro Bay. À luz do dia, ainda passa por Big Sur, Monterey e Santa Cruz.

San Francisco, cruzando a ponte.

Stinson Beach, Nick's Cove, Bodega Bay.

Jenner, Stewarts Point, Gualala.

Point Arena, Elk, Albion.

Little River, Mendocino.

Ele para em Fort Bragg.

Uma pequena casa a leste da estrada, ao norte da cidade. Ele a comprou anos antes e, para manter tudo escondido e seguro, nunca voltou.

Até hoje.

Vai virar seu lar.

Crime 101: se conseguir escapar, escape.

Lou termina a última mordida do seu cachorro-quente e limpa a mostarda no canto da boca com o dorso da mão.

Atrás dele, a placa de Solana Beach brilha, rosa como o pôr do sol.

Eles acreditaram na história dele. Por que não acreditariam? "Policial lendário desvenda roubo de joias, mata 'O Bandido da 101'". Os almofadinhas do departamento não ficaram felizes com suas táticas de "lobo solitário" e seu grande feito, mas o que podiam dizer? Ele tinha solucionado uma dúzia de roubos grandes de joias e tinha tirado dois criminosos importantes da praça.

Bob Nelson estava mais do que disposto a seguir o jogo, corroborar com a história de que o Detetive Lubesnick tinha deliberadamente o realocado naquele dia para poder organizar a emboscada. Os chefes do ex-policial na agência de segurança também não ficaram muito satisfeitos, mas não podiam demitir um funcionário que tinha ajudado a impedir um roubo multimilionário.

A última vez em que Lou ouviu falar em Sharon Coombs, ela tinha arrumado um emprego respondendo reclamações numa empresa de seguros em Pittsburgh.

E Angie?

O ex-casal seguiu adiante com o divórcio, e ele ouviu falar que ela estava namorando um consultor financeiro.

Lou permaneceu em Solana Beach, não no apartamento com vista livre do mar — ele não conseguiu bancar por muito tempo —, mas um em Seascape Chateau que não tem vista, mas é perto da praia. Ele gosta desse estilo de vida, de ir até a Solana Beach Coffee Company comer burrito de café da manhã. Ele faz até aula de ioga uma vez por semana.

Agora ele pega seu Honda Civic, sai pela PCH e dirige na direção norte, passa pelo Tidewater Bar, pela Pizza Port, pela loja de surfe Mitch's e pela Moreland Choppers.

Lou passou a amar essa estrada, como um homem ama uma mulher.

Ele poderia dirigir nela dia e noite.

A placa nova do seu carro é uma daquelas pretas californianas estilo retrô.

Nela está escrito:

CRIME 101.

PARA O SR. ELMORE LEONARD

O ZOOLÓGICO DE SAN DIEGO

inguém sabe como o chimpanzé conseguiu pegar o revólver.

Só que isso é um problema.

Chris Shea não achou que fosse problema *dele*, quando o chamado chegou pelo rádio, dizendo que um chimpanzé tinha fugido do mundialmente famoso zoológico de San Diego.

— Liguem para o Serviço de Proteção Animal — respondeu ele, considerando que fugas de macacos não eram um assunto da polícia.

E então, a central acrescentou:

— É que parece que o chimpanzé está armado.

— Armado? — questionou Chris. — Com o quê? Um graveto?

Ele tinha visto algo no canal Animal Planet sobre chimpanzés usarem gravetos como ferramentas ou armas, o que aparentemente era algo significativo por alguma razão. Chris perdeu a resposta porque levantou para fazer um sanduíche.

Ou talvez fossem babuínos.

Ou quem sabe fosse no National Geographic.

— *Testemunhas afirmam que o chimpanzé está carregando uma pistola* — confirmou o atendente na central.

Bem, *isso* Chris não tinha visto no Animal Planet.

— Que tipo de pistola?

— *Um revólver.*

É, isso é um alívio, Chris pensou. Poderia ser pior — uma Glock ou uma SIG Sauer.

— Onde está o chimpanzé agora?

O atendente não conseguia não utilizar o linguajar policial.

— *O suspeito foi visto pela última vez indo no sentido leste no The Prado.*

O que *não* é um alívio. A área central de Balboa Park fica dentro da zona de Chris na Divisão Central, e ele tem que responder ao chamado. É também uma péssima notícia, pois, numa noite quente de julho, muitas pessoas estariam andando de patins no parque, inclusive vários turistas, e a última coisa que o delegado ou o prefeito querem é uma chamada na CNN sobre um visitante na "Cidade mais Atrativa da América" tomando um tiro de um chimpanzé.

— A caminho — respondeu Chris, e entrou no parque.

Neste momento, ele está de pé ao lado de outros cinco policiais, vendo o chimpanzé escalar o muro do Museu do Homem. É disso que eu preciso esta noite, Chris pensa, um macaco com uma arma e senso de humor.

O que deixa tudo pior é que Grosskopf está gritando em um megafone:

— Abaixe a arma e desça daí!

Chris gosta de Grosskopf, que é sempre sincero ao tentar fazer um bom trabalho, mas o policial não é o cara mais inteligente do mundo.

— Fred?

— O quê? — Grosskopf abaixa o megafone e parece incomodado.

Chris fala:

— Não acho que ele entenda inglês.

— Você acha... o que... — pergunta Grosskopf — alguma língua africana? Não temos aquele somaliano na Divisão Anticrime?

— Não acho que ele entenda língua alguma, exceto... a língua dos chimpanzés — sugere Chris. E ele tem certeza de que não há um único chimpanzé no departamento inteiro. Alguns gorilas, talvez, mas nenhum chimpanzé.

Segue-se uma discussão sobre chamar o Serviço de Proteção de Peixes e Aves, mas um chimpanzé não se enquadra nessas duas categorias.

Harrison sugere chamar os bombeiros.

— Eles resgatam gatos em árvores, não é?

Ele liga para os caras do Corpo de Bombeiros, explica a situação, escuta por um instante e desliga o telefone.

A QUEDA   / 157

— O que eles disseram? — pergunta Chris.

— Mandaram eu me foder.

— Eles *disseram* isso? — indaga Chris.

— Não com tantas palavras — responde Harrison. — O que disseram foi que, sim, resgatar animais em árvores e prédios normalmente é trabalho deles, mas o fato do animal em questão estar em posse de uma arma torna o trabalho nosso. Não sei, foi difícil ouvir no meio das risadas.

Juntou uma multidão.

Chris olhou para Harrison.

— É melhor você afastar as pessoas. Fazer uma barricada.

— Por quê? — pergunta Harrison.

— E se o chimpanzé puxar o gatilho? — pergunta Chris.

— Por que ele faria isso?

— Porque ele é um chimpanzé, eu sei lá — responde Chris. — Controle de multidões. Agora.

A multidão começou a gritar:

— *Não atirem no chimpanzé, não atirem no chimpanzé.*

— Nós não vamos atirar no chimpanzé! — gritou Chris de volta. Embora ele não tivesse tanta certeza. Se o bicho puxasse o gatilho... ele iriam atirar nele.

Uma mulher vestida com uma daquelas jaquetas de safari passa pelo meio da multidão e chega perto de Chris.

— Carolyn Voight — diz ela. — Sou do Departamento de Primatas do zoológico.

— Como o chimpanzé conseguiu uma arma? —pergunta Chris.

— Culpa da ANR, a Associação Nacional de Rifles — responde Voight. Ela é bonita. Alta, olhos azuis, o cabelo loiro preso num rabo de cavalo debaixo do chapéu oficial do zoológico.

Chris comenta:

— Mas, sinceramente...

— Não faço ideia — responde Carolyn. — Também não faço ideia de como Champion tenha conseguido sair.

— Champ, o chimpanzé? — ironiza Chris.

Ela dá de ombros, como se não tivesse sido ideia dela.

Grosskopf ouve a conversa e tenta estabelecer contato. Com o chimpanzé:

— Champion, abaixe a arma e desça daí! Ninguém precisa se machucar aqui.

Novamente, Chris não tem tanta certeza disso. Champion está pendurado com uma mão (ou pata?) numa câmera de segurança e acenando com a pistola com a outra, e a arma poderia facilmente disparar desse jeito.

— Você trouxe um dardo tranquilizante? — pergunta Chris para Carolyn.

— Não.

— Mas não é isso o que vocês fazem? — questiona Chris. — Atirar neles com um dardo e deixá-los inconscientes?

— Mesmo que pudéssemos — explica Carolyn —, ele se machucaria com a queda.

— Devemos trazer os caras do departamento de reféns? — pergunta Grosskopf.

— Para negociar? — pergunta Chris.

— É.

— Com um chimpanzé?

Embora, para ser sincero, Chris pensa, eles já tenham negociado com muitos caras com um QI menor do que o do Champion, que, pelo menos, foi esperto o suficiente para descobrir como arrombar uma jaula.

— O que podemos oferecer para ele?

— Bananas? — sugere Grosskopf.

— Na verdade, isso é um mito — responde Carolyn. — Chimpanzés e bananas. É uma espécie de estereótipo.

Chris consegue ver o editorial nas notícias. POLÍCIA DE SAN DIEGO TRAÇA PERFIL DE PRIMATAS. DELEGADO PROMETE INVESTIGAÇÃO COMPLETA.

Com seriedade total, Grosskopf pergunta a Voight:

— Você tem alguma ideia do que possa ter motivado Champion a fugir?

— Pode ser sexual — responde Voight.

— Sexual — repete Grosskopf.

— Alicia recentemente rejeitou suas insinuações — explica Voight —, e ele reagiu muito mal. Tivemos que separá-los.

Cada vez melhor, Chris pensa. Temos um chimpanzé rejeitado e excitado, com uma arma e problemas de raiva. Ele pergunta a Carolyn:

— Alicia solicitou uma ordem de restrição?

— O quê? — pergunta ela. E depois, quando percebe que ele estava brincando, acrescenta: — Não acho que violência doméstica seja um assunto engraçado.

— Nem eu — responde Chris, desejando desesperadamente que o sargento Villa saísse da delegacia e viesse assumir o caso.

— Talvez — sugere Grosskopf —, nós pudéssemos trazer Alicia aqui, pois isso poderia incentivá-lo a descer até nós.

— Então esse é o seu plano — confirma Chris. — Você quer trazer *outro* chimpanzé para a cena, na esperança de que o original, *armado*, desça da torre e foda a fêmea que o rejeitou na frente de uma multidão de dezenas de cidadãos e turistas.

— Não posso permitir isso — afirma Carolyn. — De toda forma, Alicia não está no cio no momento.

— O que isso significa? — pergunta Grosskopf.

— Que ela não está a fim — responde Chris. Não sei, quem sabe um jantar e um filme. Ou talvez haja algo como "pornô primata", embora ele esteja com medo de perguntar, pois, se houver, não é o tipo de informação que ele gostaria de saber.

Grosskopf tenta outra alternativa:

— Champion assiste à televisão?

— Acho que não — responde Carolyn. — Por quê?

— Estou pensando se ele pode ter assistido algo que o ensinasse a usar uma arma de fogo — sugere Grosskopf.

Chris está a ponto de dizer algo sarcástico, quando Carolyn intervém:

— Na verdade, a cabine dos guardas do turno da noite tem televisão. Champ pode ter visto algo.

— Tem TV a cabo? — indaga Grosskopf. — Porque a HBO e o Cinemax podem ser bem violentos. Se Champion tiver assistido a, vamos dizer, *Game of Thrones*...

— Ele tem um revólver, não uma espada valiriana — interrompe Chris.

— Só estou dizendo que a matança gratuita...

O sargento Villa chegou. Ele sai do carro, observa a situação e diz para Chris:

— Atire no macaco.

Harrison fala:

— Na verdade, sargento, tecnicamente ele não é um macaco, é um chimpanzé, que é um...

O olhar de Villa o interrompe.

— Sargento Villa — diz Chris —, essa é Carolyn Voight, do zoológico de San Diego.

— Por favor, não atire nele — pede Carolyn.

— Senhora, ele está armado com um revólver. Não posso permitir que ele coloque civis em perigo.

— E se você for buscar um dardo tranquilizante e nós colocarmos uma rede embaixo? — sugere Chris. — Champion dorme, cai na rede, e nós todos vamos para casa.

— Um dardo não vai chegar até ele daqui de baixo — retruca Carolyn.

Chris olha para o prédio.

— Eu posso subir até a metade do caminho.

Villa o segura pelo cotovelo e o afasta alguns passos.

— Você está brincando, Shea? Vai fazer toda essa confusão por uma porra de macaco?

— É, vou.

Villa olha na direção de Carolyn.

— Por que tenho a sensação de que não é no macaco que você está interessado?

— Isso é extremamente cínico, sargento.

Villa caminha de volta até Carolyn.

— Você tem dez minutos para conseguir o dardo tranquilizante e montar a rede. Mas se a Chita lá em cima encostar no gatilho...

— Chita? — questiona ela.

— Tarzan? Não?

Carolyn sacode a cabeça.

— Dez minutos — conclui Villa.

Carolyn sai correndo.

Um trailer da imprensa estaciona.

— Por que a vida simplesmente não me vira de costas e me fode? — pergunta Villa. E fala para Chris — Vá falar com eles.

— Por que eu?

— Porque eu odeio esses caras.

Um repórter sai do trailer e caminha em sua direção, seguido por um cinegrafista com a câmera no ombro, como se fosse um lança-foguetes ou algo parecido. Chris reconhece o repórter — já viu o cara no jornal da noite.

— Bob Chambers — apresenta-se. — Ouvimos algo sobre um chimpanzé, certo?

Chris aponta para o Museu do Homem, onde Champ está pendurado por uma pata, gesticulando com a outra e gritando sons que Chris interpreta como um equivalente de "Vão se foder!".

— Merda — exclama Chambers. — Aquilo é uma arma?

— Creio que sim.

— Qual é o seu nome? — pergunta Chambers.

— Shea. Policial Christopher Shea.

O cinegrafista diz:

— Ação.

— Estou com o policial Christopher Shea do lado de fora do Museu do Homem, em Balboa Park, onde um chimpanzé armado com uma pistola escalou o prédio. Policial Shea, o que temos aqui?

— O que você acabou de dizer — responde Chris.

O cinegrafista filma a multidão enquanto Chambers fala:

— Manifestantes se reuniram gritando "Não atirem no chimpanzé!".

— Não são exatamente manifestantes — explica Chris.

— Não? O que são?

São pessoas sem algo melhor para fazer à noite do que caminhar pelo Balboa Park, Chris pensa, mas responde:

— São transeuntes. Eles não estão de fato protestando por alguma coisa.

— Eles estão pedindo que vocês não atirem no chimpanzé.

— Não planejamos fazer isso. A não ser que...

— A não ser que o quê?

— Que ele atire primeiro — explica Chris.

— Essa é a política oficial da polícia de San Diego? — pergunta Chambers.

— Não acho que tenhamos alguma política oficial para primatas armados — responde Chris. — Digo, não é exatamente o tipo de coisa que você...

— Então vocês não têm política *alguma*?

Chris está fodido, e sabe disso.

E então, ouve uma voz dizer:

— Bem, o regulamento King Kong, que demanda suporte aéreo, cobre somente macacos *gigantes*. E como vocês podem ver, esse é um exemplar de tamanho bastante *padrão*, portanto...

O cinegrafista vira a câmera para a pessoa que está falando, e Chris vê que é Lou Lubesnick. O *tenente* Lubesnick, detetive lendário da Divisão de Roubos e um herói para Chris, é uma das pessoas que aparentemente não tem algo melhor para fazer à noite do que caminhar pelo Balboa Park, e está vestindo uma camisa havaiana escandalosa e uma bermuda larga, e aqueles são...? Sim, são.

O tenente Lubesnick está usando Crocs.

Crocs laranja.

E meias brancas.

Ele diz:

— Ah, vamos lá, dê um tempo para o garoto, Bob.

— Consigo uma declaração sua, Lou?

— Claro. — Lubesnick olha para a câmera. — Bob, a política do departamento é de sempre lidar com qualquer situação com a menor força bruta possível, consistente com a segurança dos cidadãos de San Diego e com os visitantes que lotam a Cidade mais Atrativa da América.

— Você faz ideia de como o chimpanzé conseguiu a arma?

— Esse é o tema da investigação em curso — responde Lubesnick —, portanto não posso comentar. Basta dizer que tudo o que pode ser feito está sendo feito, e eu estou confiante de que teremos essas respostas num tempo razoável.

— Obrigado, tenente.

— Sem problemas.

Chambers e seu cinegrafista se afastam para obter um ângulo melhor de Champion, que ainda está berrando loucuras da lateral do prédio.

A QUEDA / 163

Lubesnick vai até Shea.

— O segredo com a mídia é falar um monte de merda, e depois mais merda, e então concluir com um pouquinho de merda sobre a merda. Qual é o seu nome?

— Shea, senhor.

— Shea, no futuro, deixe que seu sargento lide com a mídia.

A multidão grita enquanto Champion se balança no prédio e aterrissa em cima de uma palmeira.

Sem deixar a arma cair.

Chris está impressionado.

— Se me dá licença... — Ele caminha até o tronco da árvore e olha para cima, analisando as rotas possíveis. Ele passa todas as manhãs de sábado numa parede de escalada na academia, portanto tem boas chances de conseguir.

Maiores do que no prédio, então as coisas parecem melhores.

E então, pioram.

A SWAT chega.

Eles saem em bando de um carro de combate, e o oficial no comando — todo de preto, com um colete à prova de balas e um capacete de guerra — começa a distribuir seus homens para os prédios no entorno, para assumirem posições de atiradores de elite.

O que até então era uma palhaçada tinha todo o potencial para virar uma tragicomédia.

O comandante da SWAT está numa conversa séria com Villa, que não parece sério.

Ele só parece enojado.

Mais policiais fardados chegam e começam a afastar a multidão para trás das barricadas. O que é ótimo, Chris pensa, pois uma população chocada e horrorizada ficará um pouco mais distante da visão de Champion morrendo de tiros de pistolas automáticas e fuzis de alta performance.

Com imagens no jornal das 23 horas.

— Queremos advertir os telespectadores que as imagens a seguir são consideradas bizarras. Se você for um pai ou uma mãe de merda e seus filhos ainda estiverem acordados a esta hora, talvez você queira tirá-los da frente da televisão enquanto a equipe da SWAT explode os miolos de George, o Curioso.

Chris anda até Villa.

— Eu posso escalar aquela árvore.

— É um pouco tarde para isso — avisa o comandante da SWAT.

Chris fala com Villa:

— Sargento, você realmente quer que esses caras atirem nesse animal na frente de todas essas pessoas e da mídia?

— Não caia — avisa Villa.

Carolyn escolhe o momento perfeito para voltar com o dardo tranquilizante — na verdade, um pistola de dardo que mais parece uma MAC-10. Chris fica aliviado ao ver que vai poder atirar com uma mão só.

Algumas pessoas da equipe dela começam a montar a rede embaixo da copa da árvore.

— Pode ser que ele interfira no ângulo de tiro — diz o comandante da SWAT,

É bem essa a ideia, Chris pensa, embora ele seja inteligente e pre-ocupado demais com a carreira para responder isso. Ele quer sair da patrulha de ronda e entrar na Divisão de Roubos, onde, quem sabe, se tornará detetive.

Chris ama ser policial, mesmo na posição de ronda, porque ele gosta de ajudar as pessoas. É algo físico, movimentado, e toda noite algo diferente acontece.

Normalmente, não *desse* jeito, mas ainda assim, diferente.

— Se ele se meter na frente de um tiro e o animal matá-lo — avisa o comandante da SWAT —, a culpa não será minha.

— *Eu* deveria ir — sugere Carolyn. — É minha responsabilidade.

— Deixa comigo. — Chris coloca a pistola de dardo atravessada nas costas, caminha de volta até o tronco da árvore e começa a subir.

A multidão aplaude.

Ele abraça o tronco com as pernas e vai erguendo o corpo com as mãos. O tronco é bem vertical, e a firmeza das mãos de Chris está no limite. Mas é tarde demais para recuar. A multidão grita "Vai, policial!"

em coro, e as câmeras de TV estão gravando. Chris sabe que está diante de uma escolha binária entre ser herói ou nada.

Ele olha para cima e vê Champion olhando fixamente para baixo em sua direção, com uma expressão que Chris escolhe interpretar como preocupação.

Talvez seja desprezo, mas Chris prefere preocupação.

Escala até o que ele acredita ser uma distância possível para o dardo, tira a arma do ombro, respira fundo e mira no ombro esquerdo de Champion. Nesse momento, fica claro que o chimpanzé teve acesso à televisão, pois ele faz o que milhares de criminosos fizeram em milhares de programas policiais.

Ele solta a arma.

A três metros do chão.

Bem na cara de Chris.

Chris se desequilibra e cai.

Na rede.

A multidão vaia.

E comemora quando Champion pula atrás dele na rede — como testemunhas poderiam comprovar, com exceção de Chris, que estava quase inconsciente —, com as mãos para o alto.

Villa olha para Chris.

Puto.

— Qual palavra da frase de duas palavras que eu disse você não entendeu? — pergunta Villa. — "Não" ou "caia"?

A enfermeira da emergência está, ao mesmo tempo, cética e impressionada.

— Um chimpanzé deixou cair uma arma na sua cara.

— Sim.

— Enquanto você estava escalando uma árvore.

— Isso mesmo.

— Isso é coisa do YouTube na vida real.

Espero que não, Chris pensa.

A esperança é em vão — dezenas de versões já viralizaram, algumas com músicas de fundo como "Welcome to the Jungle".

— Meu nariz está quebrado? — pergunta Chris.

— Ah, sim.

— Tive concussão cerebral?

— Não sei — responde ela.

— Meu nariz está quebrado?

— E você teve concussão cerebral — diz ela. — Tem alguém que possa te levar para casa?

— Como eu cheguei aqui?

— De ambulância.

— Eles não podem me levar para casa?

— Claro — responde a enfermeira. — Vamos chamar uma para você, uma dessas ambulâncias da Uber. Quem é a mulher de jaqueta de safári em pé lá no canto, aquela com cara de preocupação?

— Não lembro o nome dela.

— Você não lembra o *seu* nome — completa a enfermeira. Ela olha para Carolyn. — Você pode levá-lo para casa?

— É o mínimo que posso fazer.

— Nem pense em fazer o *máximo* que consegue, então — acrescenta a enfermeira. — Ele precisa ficar quieto.

— Você não deveria checar se ele teve... algum dano cerebral? — pergunta Carolyn.

— Ele é policial — responde a enfermeira. — Já tem dano cerebral. Se ele desmaiar, começar a vomitar muito ou achar que é o Jay-Z ou algo do tipo, ligue para o 911. Do contrário, dê a ele um Tylenol e uma bolsa de gelo e deixe que descanse. E então, se for mais esperta do que parece, você vai fugir dessa roubada.

— Isso é meio maldoso — conclui Carolyn.

— Você acha? — pergunta a enfermeira. — Imagino que você seja uma funcionária do zoológico, acertei?

— Trabalho na ala dos primatas.

— Boa experiência para namorar policiais. A maioria deles é cerca de meio passo adiante na escala de evolução. Já namorei muitos deles, inclusive meu ex-marido. É uma má ideia.

— Meu nariz está quebrado? — pergunta Chris.

Chris tem um apartamento de um quarto num prédio na Kansas Street, logo acima da University Avenue, em North Park. Ele se sente sortudo por tê-lo, ainda mais com os aluguéis em San Diego subindo como se tivessem tomado um Viagra, e o bairro, que já tinha sido um semigueto esquisito, entrando na moda da gentrificação.

A maioria dos policiais não pode pagar para morar em San Diego, e fazem uma viagem diária de ida e volta de noventa minutos de Escondido, Temecula ou até de Riverside.

Como regra geral, policiais não gostam de morar perto de onde fazem patrulha, mas Chris gosta de morar em North Park. Tem cafeterias, restaurantes legais onde ele pode tomar brunch com seus amigos, bares bacanas quando ele quer uma cerveja, e, ainda assim, parece um bairro local em vez de um destino turístico, embora cada vez mais pessoas estejam alugando seus apartamentos pelo Airbnb.

A maioria das pessoas pela vizinhança, e certamente em seu prédio, sabe que Chris é policial, e quase todas gostam disso, mesmo que não admitam. Chris acha que elas gostam da segurança de ter um policial nas proximidades, e, de fato, já o chamaram por causa de alguma confusão doméstica ou invasão de propriedade.

As pessoas conhecem Chris como um cara legal.

O que ele é.

E é o que Carolyn começa a perceber quando entra com Chris pela porta e o coloca sentado no sofá de sua pequena sala de estar.

Ela já gosta dele, é claro, pois ele salvou Champ da execução, mas enquanto o acomoda no sofá e vai até a cozinha, que parece mais uma cozinha de navio, para pegar uma bolsa de gelo, ela gosta ainda mais dele.

Primeiro, pelas fotos enquadradas nas paredes.

Chris com sua mãe e seu pai.

Chris com uma pessoa que deve ser sua irmã e duas garotinhas, que devem ser sobrinhas dele, e que o olham com admiração.

Chris, com um sorriso enorme no rosto, debruçado sobre uma senhora idosa numa cadeira de rodas, que Carolyn imagina ser sua avó.

Portanto Chris é um cara que gosta de família.

E há o certificado de participação de Chris como árbitro nas Olimpíadas Especiais, uma foto de *Chris* numa cadeira de rodas em um torneio, Chris de braços dados com um monte de amigos (todos parecem pessoas felizes, normais, extremamente saudáveis, que acabaram de sair de uma sessão de CrossFit) numa mesa externa em algum lugar, e a mulher ao lado de Chris é incrivelmente atraente, Carolyn observa com — o que fica constrangida em admitir — uma pontada de ciúme.

Puxe o freio de mão, diz para si mesma.

Chris Shea é bom demais para ser verdade.

Tem que haver algo de muito errado com ele.

Ou ele é um safado de marca maior (é bonito o suficiente para se qualificar para essa categoria), ou é divorciado e tem dois filhos, ou é um gay enrustido, ou está perdidamente apaixonado por uma prostituta viciada em cocaína.

A cozinha está arrumada.

Nada de louça suja na pia nem no escorredor, nada de panelas usadas largadas no fogão.

Embora não precise abrir a geladeira para pegar gelo, ela o faz mesmo assim, mas a geladeira não deixa pistas. Uma caixa de leite, um pack com seis cervejas Modelo, um pote de plástico com o que parece alguma sobra de comida (ela abre), sim, espaguete à bolonhesa.

Então ele também cozinha?

O freezer está vazio de possíveis revelações sobre a alma obscura, soturna e secreta de Chris Shea. (O que você esperava, Carolyn se pergunta, partes de um corpo?) Algumas caixas de comida congelada, um pote de sorvete Ben & Jerry's sabor Cherry Garcia, mais alguns potes de plástico de — ai, meu deus, estão etiquetados com fita crepe — "Fricassê de atum", "Molho de tomate" e "Chili".

Portanto ou a mãe de Chris prepara refeições para ele e traz até aqui — definitivamente um sinal de alerta — ou ele cozinha seu próprio jantar e o congela. E os *etiqueta* — a letra nas fitas parece de homem.

Carolyn acha seu próprio freezer um pouco vergonhoso, por possui dentro dele...

Gelo.

Por falar nisso, ela pega um pano de prato, segura-o debaixo da máquina de gelo e enrola como uma bolsa para colocar em cima do nariz dele. Ela volta para a sala, senta-se ao lado dele e gentilmente coloca o gelo em seu rosto.

— Dói? — pergunta ela.

— Sim.

— Você tem Tylenol?

— Acho que não — responde Chris. — Não costumo ter dor de cabeça.

Claro que não, Voight pensa, e começa a ficar um pouco irritada com essa espécie perfeita.

— Se importa se eu olhar no seu banheiro?

— Vá em frente.

E ela vai.

O banheiro não tem evidência incriminatória.

Primeiro de tudo, está limpo (os banheiros das relações anteriores de Carolyn eram... bem, *não* eram), o único quadro não é um pôster de alguma modelo da Victoria's Secret, mas de um Mustang clássico, e tem uma daquelas escovas ao lado do vaso.

Pronto, ela tem bastante certeza de que ele é gay.

O armário de remédios, atrás do espelho sobre a pia, é inócuo. Nada de Vicodin nem de oxicodona, nada de prescrição de antibiótico que poderia revelar uma DST recente (ou uma sinusite, garota; meu deus, controle-se), nenhuma pilha de camisinha.

Mas também nada de Tylenol.

Nem sequer uma aspirina.

Um tubo de pasta de dente (branqueadora), desodorante e alguns potes de vitamina, que ela abriu para ver se eram vitaminas mesmo.

E eram.

Carolyn volta para a sala.

— Nada de Tylenol — diz ela. — Ah, espera, eu devo ter na minha bolsa.

Ela vasculha a bolsa e encontra um bem no fundo, debaixo de alguns lenços de papel e do que um dia havia sido um biscoito qualquer. Ela limpa o comprimido na manga da blusa e entrega a ele.

— Toma. Não acredito que você fique viciado.

— Você é médica?

— Na verdade, sou — responde Carolyn. — Quer dizer, não sou médica de humanos, tenho Ph.D. em zoologia.

Ele engole o comprimido e fecha os olhos.

— Quer assistir à televisão ou algo assim? — pergunta Carolyn.

— Eu não vejo muita TV — responde Chris.

É claro que não, Carolyn pensa, enquanto procura o controle remoto.

Ela vê bastante TV.

Muitos reality shows horríveis.

Carolyn assiste a, entre outras coisas, *The Bachelor, The Bachelorette, Bachelors in Paradise* (qualquer coisa de *Bachelor*), *Casamento à primeira vista, 90 dias para casar* e uma quantidade excessiva de episódios de *The Real Housewives*. Ela assiste a esses programas porque não tem vida além do trabalho e porque observar a vida amorosa dos outros é menos doloroso do que se aventurar na própria.

Ou na falta dela, no caso.

Ela não namora ninguém desde o término com Jon.

Que a traiu.

Que não estava com ela, como se costuma dizer, pelas razões corretas.

O arrogante, ciclista, bebedor de leite de soja, consumidor de comida em pequenas porções, que não tem *h* no nome, e cuzão nojento. Um professor de literatura comparada contratado pela Universidade da Califórnia em San Diego seria o cara perfeito para ela, certo? Educado, intelectual, sabia escolher um bom vinho, via o futuro dos dois juntos, mas também via às escondidas uma aluna da pós-graduação, a quem ele defendeu de maneira pomposa ao declarar que, pelo menos, ela não era da graduação.

Isso teria sido, você sabe, antiético.

De toda forma, ele partiu o coração de Carolyn, algo do qual ela tem vergonha, pois ele não valia (não vale) a pena.

Então, talvez, um idiota acadêmico arrogante querendo ser hipster não é o cara perfeito para mim, ela pensa, enquanto zapeia pelos canais da TV a cabo. Talvez — contrariando a enfermeira da emergência — seja um policial bebedor de leite integral, escalador de paredes de pedra e obcecado com limpeza que ame a avó.

E que história fofa de "como se conheceram" para contar para os nossos netos.

Uau, garota, ela pensa, puxe o freio de mão.

Você mal conhece esse cara.

Ela encontra um episódio da série Cops.

A QUEDA / 171

* * *

Chris acorda na própria cama.

Seu rosto dói quando levanta. Ele entra no banheiro e se olha no espelho. Os dois olhos estão roxos e inchados, e o osso do seu nariz parece um pouco achatado.

Ele entra no chuveiro e deixa a água quente bater em seu corpo. Ele se seca, veste um casaco e uma calça jeans e entra na cozinha. Um bilhete está preso na sua prensa francesa:

> Eu te coloquei na cama. Espero que se sinta melhor. Obrigada por salvar o Champion.
>
> Um beijo,
> *Carolyn Voight*
>
> PS: Posso te levar para almoçar em agradecimento? 619-555-1212.

Hum.

Ele faz café e pega seu computador.

Um pequeno erro.

Ele está na capa do *San Diego Union-Tribune*: POLICIAL MACHU-CADO AO APREENDER CHIMPANZÉ ARMADO.

Com uma foto dele caindo da árvore.

Ótimo, Chris pensa.

Ele entra no Twitter e descobre que ele *é* o Twitter, e que Champion e ele estão bombando na internet.

Chris leva seu café para a sala, liga a TV no jornal local e vê uma repórter bonita em frente ao Museu do Homem descrevendo o que aconteceu na noite passada. Corta para um clipe de Champion acenando a pistola para a multidão embaixo, depois para a SWAT chegando, e então Chris escalando a árvore...

E depois caindo.

Ele desliga a TV quando a ouve dizer "sensação do YouTube".

Ao ligar para a delegacia, ele é comunicado que está de licença obrigatória de 72 horas. Então daria tempo de aceitar o convite de Voight.

Será que ela realmente só quer me agradecer (o que é desnecessário, ele pensa, pois eu não fiz de fato algo excepcional, exceto cair da árvore enquanto Champ se entregava), ou ela está meio que me chamando para sair?

E eu quero ir mesmo assim?

Ela é muito legal e muito bonita. E, obviamente, muito inteligente (ela me disse que tinha Ph.D.?), mas talvez inteligente demais para se interessar por um policial com diploma em justiça criminal.

Quer dizer, o que uma mulher que trabalha no jardim zoológico e um policial têm em comum?

Um monte de coisas, na verdade, ele conclui, enquanto pensa nisso.

Ele decide que vai ligar para ela quando se parecer um pouco menos com um guaxinim que fez uma plástica no nariz.

Enquanto isso, fica cada vez mais obcecado com a pergunta que não quer calar: onde o chimpanzé conseguiu o revólver?

Há tantas possibilidades, todas elas exaustivamente abordadas e debatidas na internet.

Alguns comentaristas acreditam numa teoria da conspiração, que os ativistas dos direitos dos animais infiltraram a pistola na gaiola do primata. Jura?, Chris pensa, descartando este debate. A Frente de Liberação dos Primatas?

Outros acreditam ter sido um louco, um doente da cabeça, ou simplesmente alguém fazendo uma pegadinha, querendo ver o que aconteceria se uma arma fosse dada a um chimpanzé. É claro que vira um caso político. Hoje em dia, tudo vira. Os malucos da ala direitista ligam o incidente a Hillary Clinton, dizendo que ela estava tentando provar alguma teoria sobre o controle de armas e, ao mesmo tempo, desviar a atenção dos seus 33 mil e-mails desaparecidos; já os malucos da ala esquerdista culpam a ANR, dizendo que estavam tentando provar alguma teoria sobre o controle de armas e desviar a atenção das ações de Trump...

Chris não compra essas alternativas.

Ele acha que a explicação real é mais mundana. É simplesmente uma questão de descobrir o que houve.

Mas, de verdade, que tipo de imbecil descartaria um revólver num zoológico?

A QUEDA / 173

* * *

Hollis Bamburger está empolgado.

Ao olhar o Twitter em seu telefone, ele vê que finalmente viralizou. Twitter, YouTube, Facebook, todos eles — o chimpanzé com o revólver está lá.

Não *o* revólver, Hollis pensa.

Meu revólver.

Durante os seus 23 anos, Hollis Bamburger quis ser especial por alguma coisa. Ele não era especial em casa, onde era apenas um de seis filhos de três pais diferentes, nenhum deles visivelmente presente, com uma mãe viciada em metanfetamina. Não era especial no ensino fundamental nem no ensino médio, que largou após a terceira tentativa de passar do primeiro ano. Não era especial no Centro de Detenção Juvenil East Mesa, conhecido como "Ilha dos Pássaros" — pela sua localização, não pelos seus habitantes —, para onde foi detido devido à evasão escolar e a invasões de propriedades. Não era especial na prisão em Chino, para onde foi aos dezoito anos, após assaltar uma loja de bebidas.

Se você perguntasse a qualquer um nessas instituições sobre Hollis Bamburger, provavelmente receberia um olhar vazio, e seu histórico revelaria um garoto branco magro e baixo, cuja evolução parecia um catálogo crescente de tatuagens feias que começaram nos braços e, hoje, iam até o pescoço.

Se você perguntasse até para a família sobre Hollis, provavelmente, receberia o mesmo olhar vazio.

Sua irmã mais nova, Lavonne, chegou inclusive a mencionar isso para um policial.

— Não há algo especial sobre o Holly — disse ela. Pensou um segundo e acrescentou. — Exceto que ele é bem burro.

Triste, porém verdade.

A única coisa que tornou Hollis excepcional foram as merdas inacreditavelmente idiotas que fez. Era tão estúpido que, na Escola Secundária de Clark, qualquer ato fenomenal de idiotice ficava conhecido como um "Bamburger".

Se alguém jogasse papel higiênico no vaso a ponto de causar uma inundação?

Um Bamburger.

Se fizesse o download de um trabalho de conclusão de curso e o entregasse escrito Wikipedia em cima das folhas?

Um Bamburger.

Se arrombasse o carro de um professor para tirar uma soneca lá dentro?

Um Bamburger.

Mas até isso acabou no ensino médio, deixando Hollis com...

Nada.

Mas agora...

Dessa vez, Hollis era especial por algo. Era responsável pelos video-clipes do "Champ, o chimpanzé arremessador de arma".

Que estão sendo vistos pelo mundo todo.

As pessoas na África, China, Europa e França estão assistindo ao seu trabalho, rindo do chimpanzé, zombando do policial caindo na rede de proteção. Essa era a melhor parte, o macaco fazendo o policial de idiota.

Hollis odeia policiais.

A única coisa que ele odeia mais que policiais são os carcereiros. Eles são uns escrotos, brutos e burros demais para serem policiais. Mas Hollis está feliz demais para ser dominado pela raiva. A animação com sua fama recém-descoberta na internet levou embora a escuridão.

Ele entrega o telefone para Lee.

— Cara, olha só isso!

Lee Caswell, um rapaz com vinte anos, quinze centímetros, treze quilos e dois crimes a mais que Hollis, assiste ao clipe e devolve o telefone.

— Eu estou famoso — diz Hollis.

— *Você* não está famoso — retruca Lee. — O macaco está famoso.

— É, mas fui eu que preparei o terreno para o macaco — responde Hollis.

— Mas você não pode contar pra ninguém.

Esse é um golpe muito baixo.

Hollis não tinha pensado nisso.

Ele cai num buraco de desespero profundo. Finalmente, após *23 anos*, ele fez algo especial, mas não pode revelar a alguém. O mundo inteiro está assistindo ao seu feito, e ninguém poderá jamais saber que foi Hollis Bamburger.

A QUEDA / 175

Ele fica arrasado, sua alegria breve se desfaz em sua boca.

— *E* você perdeu a arma — completa Lee.

— Você *disse* pra eu me livrar dela — retruca Hollis. Mais como um resmungo.

— Não desse jeito! — grita Lee. Na verdade, ele grita muito com Hollis desde o primeiro momento, quando Hollis virou seu companheiro de cela em Chino. E ele continua gritando. — Você acha isso tudo engraçado?! Primeiro, você está sem arma! Segundo, você constrangeu um policial! Você acha que os policiais esquecem esse tipo de coisa?

Lee sabia por experiência própria que você pode mentir para um policial e ele vai achar que é o normal de sempre; você briga com um policial e ele esquece, mas você expõe um policial e ele vai odiá-lo para o resto da vida.

— Eles pegaram a arma — afirma Lee. — Vão rastrear de onde veio.

— Não vão chegar até nós.

— Você quer dizer que eles não vão chegar até *você*.

Isso é verdade, Hollis pensa. Foi ele que comprou a arma de um mexicano, em um terreno baldio na Thirty-second Street, não muito longe do hotel de merda em que estão hospedados.

Montalbo garantiu a ele que era uma arma limpa.

— E se os policiais rastrearem a arma até o mexicano? — pergunta Lee. — E o mexicano entregar você?

— Eu usei um nome falso — responde Hollis.

— Ah, é? — questiona Lee. — Você usou uma aparência falsa também?

Hollis não tinha pensado nisso.

— E a tatuagem no seu pescoço?

A que está escrito HOLLIS. Ele queria escrever BAMBURGER, mas seu pescoço não é longo o suficiente.

— Quantos Hollis você acha que constam no sistema? — pergunta Lee.

— Não muitos, provavelmente — responde Hollis.

Infelizmente.

— Portanto, quando você sair para comprar outra arma — avisa Lee —, cubra a porra do pescoço.

— Por que sou *eu* que tenho de fazer isso? — pergunta Hollis. Novamente ele resmunga, mas abaixa a cabeça quando vê a cara de Lee ficar toda vermelha e ameaçadora.

— Porque foi você que jogou nossa arma fora. E nós não podemos fazer um assalto somente com nossos paus, podemos? Pelo menos, não com o seu.

Um comentário que Hollis acha desnecessário.

Ele está arrasado agora.

Esse era para ter sido um momento triunfante, algo realmente especial. E virou um...

Bamburger.

A reação com o retorno de Chris ao trabalho é bem o que ele esperava.

Brutal.

Ele é cumprimentado com "Bem-vindo de volta, Homem-Macaco!", "Oi, Donkey-Kong!", e homens coçando o sovaco enquanto fazem sons de primatas. Ele perde a conta de quantas vezes ouviu para não fazer alguma "macacada" em seu turno.

Herrera segura o telefone no alto para mostrar um vídeo de Chris caindo da árvore, com uma tarja embaixo dizendo NENHUM CHIMPANZÉ FOI LESADO NA REALIZAÇÃO DESTE FILME.

Seu armário está infestado com pencas de banana.

Chris abre seu armário e encontra um exemplar do livro de Jane Goodall, *My Life with the Chimpanzees*, DVDs do filme *O planeta dos macacos*, um pôster do King Kong, uma foto do Michael Jackson com Bubbles, diversas máscaras de macaco, uma fantasia completa de gorila pendurada num cabide e uma lata de refrigerante de uva com um macaco desenhado.

Num pedaço de fita colado no armário, está escrito CHRIS "COCO" SHEA.

— Por que "coco"? — pergunta Chris.

— Porque os cocos caem de coqueiros — responde Harrison.

O tenente Brown quer vê-lo.

— Você está famoso agora. É um policial celebridade.

— Só quero fazer meu trabalho, senhor — responde Chris.

— Tivemos um convite do programa *Tonight* — fala Brown. — Eles querem que Champion e você apareçam juntos. O setor de Relações Públicas quer que você vá.

— Eu não quero ir, senhor.

— Eu rejeitei a solicitação — responde Brown. — Você já é uma piada. O policial que cai de uma árvore para pegar um macaco. Está em todo canto da internet.

Chris fica enjoado.

— E você fez inimigos no departamento — completa o tenente.

— Que inimigos? — pergunta Chris, sentindo-se ainda mais enjoado. — Quem? Como?

— Os caras da SWAT acham que você fez com que eles parecessem idiotas.

Eles podem fazer isso sem a *minha* ajuda, Chris pensa, mas é esperto o suficiente para ficar em silêncio. Ele só quer sair da sala do tenente sem ter de ouvir mais alguma coisa sobre sua carreira estar arruinada.

— Está se sentindo bem para cumprir seu turno? — pergunta Brown.

— Completamente.

— Está bem, então vá — diz Brown. — Mas me faça um favor? Se a Shamu fugir do SeaWorld, fique fora d'água, tá?

Tá, Chris pensa.

Ele sai da sala se sentindo o mais para baixo que já se sentiu na vida. Ele jamais vai conseguir a promoção para a Divisão de Roubos.

Lou Lubesnick nunca vai querer contratar uma piada.

Chris se prepara.

São muitos equipamentos.

Primeiro veste o colete tático de proteção, mais conhecido como colete à prova de balas (Chris sabe que não existe nada *à prova* de balas — *resistente* a balas seria mais preciso) com blindagem na frente e nas laterais. Chris optou pela versão sem blindagem na parte de trás, por ser mais leve e ter maior flexibilidade. Depois vem a lanterna, uma lata de spray de pimenta (basicamente, gás lacrimogênio), um cassetete PR-24, algemas e seu rádio.

Um coldre na cintura com sua Glock 9mm e munição extra.

O distintivo por cima do bolso esquerdo da sua camisa, e uma etiqueta com seu nome, dourada com letras pretas, por cima do bolso direito.

A Divisão Central patrulha os bairros de Balboa Park, Barrio Logan, Core-Columbia, Cortez, East Village, Gaslamp, Golden Hill, Grant Hill, Harborview, Horton Plaza, Little Italy, Logan Heights, Marina, Park West, Petco, Sherman Hights, South Park e Stockton.

Isso significa que, se acontecer qualquer coisa violenta, suspeita ou relacionada com gangues, aleatória ou simplesmente estranha em San Diego, é bem provável que seja na Divisão Central.

O que é o motivo de Chris adorar trabalhar nela.

Naquela noite, atravessando a Fifth Avenue na parte oeste do parque, ele vê:

Um homem branco, que não deve ter mais de 1,60 metro, vestido somente com um suporte atlético dourado e uma coleira, chorando, conduzido pela calçada com uma guia por um homem preto de 1,95 metro, musculoso como um linebacker da NFL, vestindo uma fantasia completa do Super-Homem com a capa.

O que seria tranquilo para Chris, se o Super-Homem não estivesse açoitando o branco com um chicote prateado. Chris encosta o carro, sai do veículo e ergue a mão em sinal para que eles parassem de andar.

— O que é isso, encontro gay da Comic-Con? — pergunta Chris ao que está sendo guiado.

— Ele chegou… no meu apartamento… — o cara choraminga — me fez usar… só isso… colocou essa coleira… e está andando comigo pela rua, me chicoteando.

— Por que você não pediu ajuda? — perguntou Chris.

— Porque… — Ele parou para dar alguns soluços de choro e uma fungada profunda. — Estou *gostando*… disso.

O homem negro diz:

— Ele é meu escravo.

— E você é o Super-Homem? — indaga Chris.

— Qual o problema? Um homem negro não pode ser o Super-Homem? — pergunta o condutor. — Quem disse que o Super-Homem tem que ser branco?

Chris se arrepende no segundo em que a frase sai da sua boca:

— Mas ele era. Nas revistas em quadrinhos, o Super-Homem era um homem branco.

— Nos filmes também — completa o outro. Ele começa a contar nos dedos. — Christopher Reeve, Dean Cain, Henry Cavill, Tyler filho-da-puta Hoechlin, famoso pela série *Sétimo Céu*. Onze Super--Homens, todos brancos. É uma conspiração.

— Está certo.

— Por que não Jim Brown? — pergunta o cara negro. — O que há de errado com Idris Elba? Que tal Denzel?

Chris comenta:

— Eu entendo.

— Batman também — continua o homem. — A mesma coisa. Adam West, George Clooney, Ben Affleck, *Michael Keaton*. Por que não Jim Brown, Idris Elba…

— Ou Denzel — complementa Chris.

— Exatamente. — O Super-Homem vira para seu escravo e fala — Da próxima vez, eu serei o Batman e você, o Robin.

— Por que *eu* não posso ser o Batman e *você* o Robin?

— Porque seria ridículo.

Esses caras estão muito doidões, Chris pensa. Ele não sabe de quê, mas a coisa deve ser muito boa.

— Bem — diz Chris —, vocês não podem ficar por aqui fazendo isso.

— Por que não? — pergunta o Super-Homem.

— Ah, por favor — fala Chris.

— Nós temos direito à nossa autoexpressão sexual — fala o escravo.

— Não numa via pública. Olha, Espártaco, estou tentando facilitar as coisas pra vocês aqui. Vão para casa. Vistam uma roupa. Se eu vir vocês dois na rua de novo hoje, vou levar os dois presos.

— Por quê? — pergunta o Super-Homem.

— Perturbação da ordem pública — explica Chris. — Atentado ao pudor…

— Você está nos chamando de indecentes? — questiona o escravo.

— Você só está fazendo isso porque sou preto e gay — fala o Super--Homem. — Você é um hater.

Chris vê onde isso pode dar. As pessoas do outro lado da rua começam a parar e olhar, e será uma questão de minutos até que outra viatura chegue. Poderia ser Harrison ou, pior, Grosskopf, ou pior ainda, Villa — que realmente odeia gays e negros, e ainda mais negros gays, e, provavelmente, super-heróis também, pois Villa odeia... todo mundo, na verdade —, e então Super-Homem e Espártaco vão para a cadeia, e Chris terá uma pilha de papéis para preencher.

Mas, se eu tiver que algemar esse cara, vou precisar de reforço, pois o Super-Homem aqui — grande como é, e alto como é —, se quiser, acaba comigo.

Ele lança uma cartada de desespero:

— Não me faça usar a kriptonita.

O Super-Homem parece preocupado.

— Você tem kriptonita?

Chris faz que sim com a cabeça.

— No carro.

O Super-Homem fica cético.

— Vermelha ou verde?

— Das duas cores — responde Chris. — É claro.

— A vermelha me deixa doido — afirma o Super-Homem.

Sim, Chris pensa, *é isso* o que deixa você doidão.

— Mas a verde pode te matar, não é?

— Deixe-me vê-las — pede o Super-Homem, apelando para o blefe de Chris.

Chris sacode a cabeça em negação.

— Se eu deixar você ver, vou ter que te *dar* a pedra. São as regras do departamento.

— *Vocês*, policiais, *todos* tem kriptonitas?

— Só os bons — responde Chris. O que era meio que verdade. — E então, como vamos fazer? Vocês vão para casa ou eu vou ter que agir como Brainiac com vocês?

Espártaco, aparentemente sem conhecer Jim Croce, puxa a capa do Super-Homem.

— Nós vamos pra casa.

Chris observa Espártaco conduzir o Super-Homem de volta pela rua. É um pouco triste.

A QUEDA / 181

* * *

Uma daquelas noites, um daqueles turnos.

São sempre piores no verão, quando os aparelhos de ar-condicionado custam a dar vazão, ou nem tem ar-condicionado, e as pessoas vão para a rua ou para os parques em vez de ficarem em casa, na cama.

O humor fica reduzido e o pavio, curto.

Discussões rapidamente se transformam em brigas físicas, punhos viram facas, facas viram armas de fogo, e acontece tudo *num piscar de olhos.* Numa fração de segundos, vidas mudam para sempre. As pessoas ficam com cicatrizes pelo resto da vida, ou mutiladas, ou são mortas, ou passam o que seriam seus melhores anos no purgatório que é um sistema prisional.

Acrescente álcool e drogas ao calor do verão e você terá uma mistura explosiva, sempre a uma faísca de pegar fogo.

Portanto, após a situação benigna do Super-Homem e Espártaco, Chris rapidamente responde ao chamado de uma briga doméstica em Golden Hill, na qual um marido bêbado de meia-idade estava espancando sua mulher bêbada de meia-idade, que, em resposta, quebrou uma garrafa de cerveja (Heineken) na bancada da cozinha e enfiou o gargalo quebrado na cara do marido. Chris pede reforço e descobre que Grosskopf e Harrison já estão com as duas partes algemadas, o marido (compreensivelmente) gritando de dor, e a mulher, apesar dos dois olhos inchados, enxergando por uma pequena abertura, gritando para Grosskopf:

— Deixe-o em paz! Ele é inocente!

— Não diga isso de novo — diz Chris. — Você vai acabar com sua possibilidade de alegar autodefesa.

Ela não está nem aí.

— Não machuquem ele! Eu amo esse homem!

Não é recíproco.

— Essa piranha idiota furou meu olho!

— Seu olho ainda está aí — afirma Chris.

Por quanto tempo é uma outra questão.

— Vamos levar os dois pra delegacia — avisa Harrison.

— Pelo *quê*? — grita a mulher.

— Está falando sério? — pergunta Harrison.

Os paramédicos chegam. Grosskopf leva o marido, prende a algema na maca e supervisiona enquanto ele é colocado dentro da ambulância. Grosskopf está puto, pois terá de ir para a emergência do hospital.

Harrison e Chris conduzem a mulher até o carro de Harrison e a colocam no banco de trás.

— Essa é a terceira vez que nós temos que vir à sua casa por esse tipo de coisa — diz Chris para ela.

— E não resolvem coisa alguma! — comenta ela.

— Acho que é disso que estou falando — explica Chris. — Quando você conversar com os detetives, diga a eles que você temia pela sua vida.

— Eu amo ele.

— Ok. — Chris fecha a porta.

— Por que você está tentando ajudá-la? — pergunta Harrison.

— Você viu o rosto dela?

— Ela vai ficar mais segura na cadeia.

Provavelmente, Chris pensa.

O acontecimento seguinte da noite é um roubo a uma loja de bebidas, entre as ruas Twenty-eighth e B, em Golden Hill.

Chris responde ao chamado e sai logo atrás de Grosskopf.

O funcionário sabe como funciona, pois roubos nesses locais são uma ocorrência quase regular.

— Cerca de 1,80 metro, vestia camisa jeans, calça cargo e bota. Parecia ser branco.

— O que quer dizer com "parecia"? — pergunta Grosskopf.

— Não vi a cara dele — responde o funcionário. — Ele estava usando uma máscara. Uma dessas máscaras de esquiar.

O assaltante colocou uma arma na cara dele e mandou que abrisse o caixa. O funcionário fez o certo e entregou o dinheiro a ele. O assaltante levou cerca de 120 dólares em dinheiro e também roubou algumas dessas garrafinhas de vodka que costumam dar em aviões e um energético.

O funcionário o viu virar à esquerda — norte — quando ele "abandonou o local".

Chris não espera o interrogatório terminar. Ele volta para o carro e segue na direção norte da Twenty-eighth, apostando que o criminoso

A QUEDA / 183

está indo para o parque. Ele faz um chamado no rádio, sabe que as outras viaturas virão, mas pretende encontrar o cara primeiro.

Após o incidente com Champ, seria bom prender um assaltante.

Como era de se esperar, ele avista um homem branco, com cerca de 1,80 metro, vestindo exatamente a roupa que o funcionário descreveu, caminhando rápido pela calçada que beira o lado leste do parque. Chris diminui a velocidade e o segue a distância, e então vê o cara fazer o "passo de ganso", aquele andar com a perna dura que os criminosos fazem quando sentem um policial atrás deles.

Chris liga o microfone:

— Pare onde está.

O cara começa a correr.

Chris encosta a viatura e vai atrás dele.

Ele sabe que deveria permanecer no carro e pedir reforço, mas se fizer isso, o sujeito vai desaparecer no parque e eles vão passar o resto do turno procurando por ele, provavelmente sem encontrá-lo.

Além disso, para ser sincero, é divertido.

Ele vê o cara colocar a mão no bolso e jogar algo no meio dos arbustos. São a arma e a máscara, Chris sabe, mas não para pra pegá-las. Ele se aproxima do cara, que não se move tão rápido naquelas botas, alcança-o e o empurra com força.

O cara cai de cara no chão, e Chris sobe em cima dele.

— Me dê suas mãos! — grita Chris.

Não é a primeira vez que o delinquente é abordado. Ele põe as mãos para a frente. Chris o algema e o coloca de pé.

— Por que você não parou quando mandei? Por que correu?

— Eu fiquei com medo.

— De ser preso pelo assalto? — pergunta Chris. Ele vê luzes onde deixou o carro e sabe que é Grosskopf. — Você acabou de roubar uma loja de bebidas.

— Não roubei coisa alguma!

— Tá, sei — fala Chris. — O que você jogou lá atrás?

— Nada!

— Você tirou algo do bolso e jogou nos arbustos. Você realmente vai me fazer ir até lá procurar? — Chris o empurra contra uma árvore. — Tem algo cortante nos seus bolsos? Algo que vá me machucar?

— Não.

Grosskopf se aproxima.

— Parece o nosso cara.

Chris coloca a mão no bolso da calça cargo e retira um monte de notas.

— Você não roubou a loja, né? Onde conseguiu isto?

— É meu.

Chris encontra as garrafinhas.

— Isso é seu também? Você tem documento de identidade?

— Deixei minha carteira em casa.

Chris coloca a lanterna na cara do homem. Ele deve ter uns quarenta anos, parece que teve uma vida difícil. Provavelmente, conhece o sistema prisional, e Chris imagina que, se olharem para os braços dele, verão tatuagens baratas típicas da prisão.

— Você vai me dizer seu nome? — pergunta Chris.

— Richard.

— Você tem sobrenome, Richard?

— Holder.

— Você tá brincando comigo agora — fala Chris.

— Não estou não.

— Seus pais... te odiavam ou algo assim?

Chris puxa a ficha criminal de Holder. E como era de se esperar, Richard James Holder tem uma lista de delitos mais longa que uma música do Queen. Furto, assalto, drogas, infrações até em Victorville e Donovan.

Chris não está nesse trabalho há tanto tempo, somente três anos, mas é tempo suficiente para saber o segredo que Richard guarda tão bem guardado que nem *ele mesmo* sabe.

O que Richard mais quer no mundo é voltar para a cadeia.

No mundo dele, é o único lugar em que se sente em casa.

Tudo o que Chris precisa dar a Richard é uma desculpa, e ele vai aceitar.

Grosskopf se aproxima do carro.

— Você vai levá-lo para a delegacia ou quer que eu leve?

— Tenho uma ideia melhor — sugere Chris.

Se eles levarem o cara direto para a delegacia e o ficharem, vai simplesmente virar uma briga de evidências. É provável que eles consigam provar o flagra da posse de itens roubados, mas perderiam as evidências de assalto à mão armada e da arma.

— Está certo, Richard, nós vamos voltar à loja de bebidas — avisa Chris.

— Eu nunca estive lá — contesta Richard.

Chris dirige de volta até a loja e entra com Richard. Mostra ele para o funcionário e pergunta:

— Foi esse o cara que assaltou a loja?

— Sim, foi ele.

Richard fica indignado.

— Não tem como ele me reconhecer! Eu estava usando uma máscara!

Esses caras são inacreditáveis, Chris pensa, são totalmente inacreditáveis. Isso explica por que tantas cadeiras nos encontros da prisão de Mensa ficam vazias. Ele diz:

— Você não estava usando máscara porra nenhuma.

— Estava sim! — grita Richard.

Chris olha para o funcionário.

— Ele estava usando máscara?

— Não, senhor.

Richard é tomado por uma indignação de honra.

— Ele está mentindo! Eu *estava, sim,* usando máscara.

— Prove — diz Chris.

— Vou provar.

Eles voltam para o carro, dirigem até o parque e vão até onde Richard jogou algumas coisas. Ele caminha até uma fileira de arbustos e aponta com o queixo.

— Ali.

Chris se agacha e pega uma máscara de esquiar.

— Isso não é seu.

— É sim!

— Nem cabe em você.

— Coloque a máscara em mim e você vai ver.

Chris veste a máscara de esquiar na cabeça de Richard. Eles entram no carro e voltam para a loja de bebidas. Chris conduz Richard para dentro e pergunta:

— Bem, é esse o cara que assaltou a loja?

— Sim, é ele — responde o funcionário.

O queixo dele cai.

— Está bem, você me pegou.

Chris dirige de volta para o parque mais uma vez, sai do carro e caminha pela via onde perseguiu Richard. Com a lanterna apontada para o meio dos arbustos perto de onde encontraram a máscara, ele vê algo brilhante. Veste uma luva, se agacha e levanta com uma pistola automática calibre .22, e a joga dentro de um saco de coleta de evidências.

De volta ao carro, Chris mostra a Richard a arma.

— Foi isso o que você usou para assaltar a loja?

Richard pensa, e então pergunta:

— Posso tomar uma dessas vodkas?

— Sim, pode. Chris abre uma das garrafinhas, Richard abre a boca, e Chris despeja a bebida, como se estivesse alimentando um filhote de pássaro.

E então, o cara confessa:

— Sim, essa é a arma.

O policial leva Richard para a delegacia e o ficha. Ele está no fim do processo quando ouve que o tenente Brown quer vê-lo. Chris entra em sua sala esperando ouvir "excelente trabalho" e um tapinha nas costas. Bom trabalho em tirar um assaltante reincidente das ruas, bom trabalho em tirar uma arma das ruas...

Não.

Em vez disso...

Brown pergunta:

— Você simplesmente quer deixar *todo mundo* puto?

— O que foi que eu fiz?

— Foi o que você não fez — responde Brown. — Você não trouxe o suspeito direto para cá e o entregou à Divisão de Roubos. Essa investigação era deles.

— Mas eu consegui uma confissão, consegui a arma...

— E eu consegui um telefonema da Divisão de Roubos me perguntando por que um dos meus policiais está sacaneando eles — retruca Brown. — A Divisão vai continuar com o caso a partir de agora.

— Sim, claro.

— Ah, está claro pra você? — pergunta Brown. — Fico feliz. Faça o seu trabalho e não o dos outros. Shea, se eu ouvir seu nome mais uma vez hoje à noite, não será nada bom. Agora, saia da minha frente.

Menos de trinta minutos depois de sair da sala, Chris recebe outra chamada, dessa vez, uma confusão de bar em Gaslamp que passou para a calçada.

Gaslamp, mais conhecido como "The Lamp", no centro da cidade, perto do cais, é a zona do pecado original em San Diego desde a fundação da cidade, uma área de bares, clubes de striptease e bordéis. Conta-se que os patronos da cidade tentaram limpar a região, em 1915, e expulsar todas as prostitutas, e depois tiveram que chamá-las de volta quando a Marinha disse que não enviaria mais navios, o que teria destruído a economia da cidade.

É uma área bem organizada hoje, um destino turístico, mas ainda é uma região aonde as pessoas vão para ficar doidonas.

Quando Chris chega, a rua já está um festival de luzes, com viaturas de polícia e curiosos segurando o celular para obter um vídeo de lembrança da noite louca que viveram em The Lamp.

Jantar, bebidas, uma briga de rua...

O que, falando especificamente, ocorre na calçada.

A polícia de San Diego já está com tudo sob controle, com arruaceiros imprensados contra a parede sendo algemados. Villa tem outros policiais afastando os curiosos, mas o evento principal ainda está acontecendo, dois caras rolando no concreto.

Uma espécie de jiu-jitsu amador, Chris pensa, enquanto passa no meio da multidão.

Um dos homens é obviamente o brigão, com um uniforme semioficial de segurança, uma camiseta preta apertada no pescoço e nos músculos do braço. O outro é um bobo da corte, com a cabeça raspada e uma camiseta da Tapout indicando que é um fã de MMA que acha que, porque assiste a lutas de artes marciais e vai à academia duas vezes por semana, pode *praticar* artes marciais e bater em algo que bate de volta nele. O que o brigão está fazendo nesse instante, batendo com o cotovelo na cara de seu oponente com um *ground-and-pound* básico.

— Controle de multidões — diz Villa para Chris, que se vira de costas para a briga e olha para a rua.

O que foi ótimo, pois bem nessa hora um bêbado enorme vem saltando pela calçada lançando socos no ar e se preparando para entrar na briga.

Chris ergue a mão aberta.

— Já chega, pare bem aí.

— Que se foda! — grita o homem. — Aquele é o meu amigo!

O bêbado deve ter 1,95 metro, mais de cem quilos, e a maior parte é de músculo. Parece que ele poderia ser realmente um lutador de boxe, e Chris não tem vontade alguma de descobrir.

— Fique fora disso — fala Chris.

— Ele é meu camarada! — grita o bêbado. — Eu levaria um tiro por ele!

— Essa é uma possibilidade real — avisa Chris. — Para trás, senhor.

— Vai se foder.

O bêbado dá um empurrão, atingindo o ombro direito de Chris.

O corpo de Chris gira com a força, ele abre as pernas e joga todo o seu peso nas costas do bêbado.

Os dois caem juntos na calçada, Chris por cima, enquanto tenta pegar a mão direita do bêbado para torcê-la para trás.

Nã-não, o cara é forte demais.

É um rodeio agora — tudo o que Chris pode fazer é tentar segurar firme até alguém chegar, e então Perez aparece no chão ao seu lado, puxando o braço esquerdo do bêbado para trás, como um remo em um simulador de remo. O cara é forte e parece não sentir qualquer coisa. Então, ajoelha-se no chão e se levanta, com Chris ainda segurando seu braço.

Chris faz a "guarda", como se diz no MMA. Enroscando suas pernas ao redor da cintura do bêbado, ele tenta aplicar um estrangulamento, que parece animar a empolgação da multidão, mas não faz nem cócegas no bêbado, que começa a girar enquanto Perez puxa sua arma de choque e espera para dar um tiro que atinja o arruaceiro, e não Chris.

— Ei, esse é o cara do macaco!

Chris ouve alguém dizer.

— É o cara do macaco!

Perez atira.

Chris sente o bêbado tremer.

Na verdade, é mais como um chacoalho.

Mas ele não cai.

Villa atira com sua arma de choque.

Assim como Herrera.

O bêbado é todo alfinetado, com fios saindo dele como se fossem antenas de um rádio velho, seus olhos se esbugalham e ele se encolhe.

E então, cai no chão.

Para a frente.

Como uma árvore derrubada.

Com Chris ainda por cima dele.

É um tombo forte.

Chris sente o impacto reverberar em seu peito, em sua coluna. E em sua cabeça, que explode de dor com o nariz quebrado e a pancada.

Ele fica cego por um instante, mas permanece consciente.

Sai de cima do bêbado, que ainda treme, e vê que o evento principal acabou, o brigão de pé, seu oponente algemado, enquanto Herrera e Perez se apressam, algemam o bêbado por trás e o colocam de pé.

— Você está bem? — pergunta Perez.

— Sim, tudo bem — responde Chris.

Herrera está dizendo ao bêbado os seus direitos. Se não houvesse uma multidão ao redor, Perez e ele, provavelmente, teriam erguido seus cassetetes e espancado o cara, pois eles não estão para brincadeira, e Villa teria ido dar uma volta no quarteirão.

Villa está olhando para Chris, e diz:

— Você luta tão mal quanto escala.

Chris não sabe o que dizer, então fica calado.

A cara do bêbado está arranhada e ensanguentada.

— Perez vai preencher a papelada — afirma Villa. — Você leva o cara para a emergência. O que acontecer no caminho eu não preciso saber.

Chris, Herrera e Perez conduzem o cara até o carro de Chris e o empurram para o banco de trás. Herrera fica um pouco surpreso quando Chris prende o cinto de segurança do bêbado, pois a outra opção é deixá-lo sem cinto, afundar o pé no acelerador e depois no freio, deixando o seu rosto bater na grade divisória.

E isso é tentador, Chris pensa.

Meu deus, é bem tentador.

Ele se senta atrás do volante, dirige até o hospital e conduz o bêbado até a emergência.

A enfermeira do balcão é a mesma mulher que cuidou de Chris quatro noites atrás.

— É algum tipo de desculpa esfarrapada pra me ver de novo? Porque eu não namoro policiais.

— Nem eu — responde Chris.

Ela olha para a cara do ferido, vê que não é sério, e pergunta para Chris:

— E como você está? Está bem?

— Eu estou bem.

— Como vai a moça do zoológico? — pergunta ela. — Você está saindo com ela?

— Não, acho que não.

— Você é mais burro do que parece — diz a enfermeira.

Não sei, Chris pensa, eu pareço bem burro. Primeiro, sou ridicularizado por um primata, depois sou mal visto pela Divisão de Roubos, *depois* entro numa briga com um bêbado. Meu chefe acha que sou um destruidor crônico e talvez ele não esteja errado.

— Enfim — continua a enfermeira —, ela deve estar melhor sem você.

Provavelmente, Chris pensa.

E então recebe um chamado para voltar à delegacia.

O tenente Brown segura o telefone no alto e mostra a Chris o vídeo dele sendo girado nas costas de um bêbado.

— O que eu disse sobre não ouvir seu nome outra vez hoje?

— Que você não queria que isso acontecesse.

— Você tá virando a sensação do YouTube — diz Brown. — Essa é a sua intenção, ganhar seguidores?

— Não, senhor.

— Eu não gosto de ver meus policiais na mídia — avisa Brown —, seja ela social ou qualquer outra.

— Eu entendo, senhor.

— Entende mesmo? — indaga Brown. — Não sei, não. Você acha que pode vir amanhã cumprir seu turno sem fazer um espetáculo público ou pisar no calo de alguém?

— Sim, senhor.

— Vamos ver.

Ele começa a dirigir para casa para dormir. Seria bom ficar um pouco inconsciente, porque a consciência está sendo dolorosa.

Eu deixei o tenente puto, ele pensa, deixei os caras da Divisão de Roubos putos — as pessoas que menos quero aborrecer — e minhas merdas viralizaram. Vou ficar na viatura de patrulha pelo resto da minha carreira, a não ser que me forcem a pedir demissão antes.

A enfermeira da emergência estava certa.

Eu sou um idiota.

Ele pega o telefone.

— Sei que você disse almoço — fala Chris —, mas que tal um café da manhã?

Tudo bem, no fim das contas.

Eles se encontram no adequadamente nomeado Breakfast Republic, na University Avenue.

É um local claro e animado, com janelas grandes que dão para a rua, cadeiras de madeira amarela e esculturas curiosas de ovos quebrados.

Chris já está lá quando Carolyn chega, aguardando educadamente do lado de fora da porta de entrada. É claro que sim, ela pensa.

— Que surpresa agradável! — diz ela.

Sim, uma surpresa agradável que deu a ela pouquíssimo tempo para decidir o que vestir. É claro que ela não queria aparecer como a "moça do zoológico", em sua roupa de safári, mas também não queria se vestir de maneira exagerada nem deixar transparecer que ela pudesse ter achado que isso era mais do que um gesto de gratidão, como um encontro.

Carolyn não vai dar *essa* cartada primeiro.

Então, resolveu vestir uma bela blusa preta de seda, uma calça jeans mais apertada do que o necessário e sandália. E o cabelo não estava preso com rabo de cavalo, como no trabalho, mas solto e comprido, caindo sobre os ombros.

O zoológico exige que todas as funcionárias mulheres pareçam "adequadas".

Ela não quer parecer adequada essa manhã. Mas também não quer parecer uma largada, como se fosse um café da manhã após uma trepada, então pegou leve na maquiagem.

— Que bom que conseguiu vir — diz Chris, segurando a porta aberta.

Esse é diferente, Carolyn pensa. O Professor Escroto nunca seguraria a porta aberta, ia considerar um gesto condescendente, paternalista e passivo-agressivo, que se perpetua na estrutura de poder masculina. Ele estava *elogiando* Carolyn ao não abrir a porta.

Chris vai até a recepcionista e pede uma mesa para dois na janela.

Ele puxa a cadeira para ela.

O Professor Escroto nunca puxaria uma cadeira, consideraria um gesto condescendente, paternalista...

— Você é tão educado — comenta Carolyn.

Ele olha para ela com curiosidade.

O rapaz não entende, ela pensa, por que eu acharia isso notável.

Chris se senta de frente para ela. Há um momento estranho de silêncio antes de ele dizer:

— Você está bonita. Linda.

Então talvez seja um encontro, Carolyn pensa.

Ou, talvez, ele só esteja sendo... educado.

— Você está parecendo menos com um guaxinim — diz ela. E se sente muito idiota. *Você está parecendo menos com um guaxinim?*

— Que bom, acho.

— E então, como *você* está se sentindo? — pergunta Carolyn.

A QUEDA / 193

— Tudo bem.

Carolyn já o conhece o suficiente para entender que isso significa *Eu não quero falar sobre isso*. Ela fica surpresa ao achar isso estimulante. O Professor Escroto queria conversar sobre tudo — sua carreira, suas ideias, sua escolha de roupa, seus medos, suas ansiedades, sua sinusite, seus *sentimentos*.

Meu deus, eu estava namorando uma mulher.

Esse rapaz caiu de uma árvore, acabou de terminar seu turno de trabalho da noite — e, pela aparência dele, foi um turno bastante duro — e tudo o que tem a dizer é "Estou bem". Estoico, o que poderia ser algo bom ou ruim. Talvez seja difícil ter uma conversa de verdade com ele quando ele chegar em casa...

Quando ele chegar *em casa*?

Puxe o freio de mão, garota.

Felizmente, a garçonete aparece com os cardápios.

Chris pede um omelete de frango, manga e salsicha com cheddar e cebola, Carolyn pede uma panqueca de abacaxi coberta com manteiga de abacaxi.

— E então, como vai o trabalho? — pergunta ela. E por que estou começando todas as frases com "E então"? Por favor, não responda *Tudo bem*.

Para o alívio dela, ele não responde isso. O que diz é:

— Ontem aconteceu uma coisa engraçada comigo.

Ele conta para ela o que foi, de fato, uma história engraçada sobre o Super-Homem e o Espártaco.

— Você realmente disse que tinha kriptonita? — pergunta Carolyn.

Chris dá de ombros.

— Eu não sabia mais o que fazer.

A comida chega.

Carolyn percebe que Chris espera, com o garfo na mesa, até que ela dê a primeira garfada, antes de começar a comer.

Eu quero conhecer a mãe desse cara, ela pensa.

Puxe... o... freio... de... mão.

— Como está o seu prato?

— Ótimo — diz ela. — Mas vai ser brutal quando o açúcar bater.

— Não é? — concorda Chris. Ele come um pedaço de salsicha, toma um gole de café, e diz: — Me conte sobre você.

Ela segue com a resposta clichê:

— O que sobre mim?

— De onde você é — fala Chris —, qual escola frequentou, como começou a trabalhar com isso, o que gosta de fazer quando não está trabalhando...

Ela se vê dizendo a ele, entrando num monólogo sobre ser de Madison, Wisconsin, ter frequentado a faculdade lá e depois decidido que já tinha aguentado frio e neve o suficiente para a vida toda, para sempre, e então ido fazer mestrado em Stanford e doutorado na Universidade da Califórnia em San Diego, e descoberto seu emprego dos sonhos na ala dos primatas do zoológico. Que seus pais são professores em Wisconsin, ele de química, ela de literatura francesa, que tem uma irmã mais velha — casada, com filhos — e um irmão mais novo, e que, quando não está trabalhando, ela gosta de correr, ir ao cinema, ir à praia, nada de mais, e então percebe que está falando sem parar há pelo menos dez minutos e que ele está sentado ouvindo, e provavelmente sabe mais sobre ela nesses dez minutos do que o Escroto soube em três anos.

Carolyn sente o rosto ruborizar, e diz:

— Desculpa. Estou aqui falando, falando.

— Eu perguntei — retruca Chris.

Sim, ela pensa. Perguntou.

— Então... sua vez.

— Não tenho muito para contar. — Ele dá de ombros de novo. — Nasci e cresci aqui, em Tierra Santa. Meu pai é engenheiro de software, minha mãe, professora do terceiro ano do ensino fundamental. Pessoas boas. Tenho duas irmãs mais velhas, sou o bebê da família. Frequentei a Universidade Estadual de San Diego. Sou policial, sempre quis ser policial. E é isso.

— Do que você gosta em ser policial? — pergunta Carolyn.

— De tudo. Estou sempre em movimento, cada turno é diferente, e acho que gosto de ajudar as pessoas.

Sim, acredito que sim, ela pensa.

— Do que você gosta em *seu* trabalho? — pergunta Chris.

A QUEDA / 195

— Eu amo os animais. Eles não podem falar em sua defesa, portanto precisam de mim. E eles são sempre verdadeiros. Nunca são uma farsa. Sabe, às vezes acho que gosto mais dos primatas do que das pessoas.

Carolyn se preocupa com o porquê disso. Será que é porque os primatas não rejeitam as pessoas, não traem, dão "amor incondicional"? Será que é porque ela gosta que precisem dela? Será que ela vai virar uma daquelas mulheres solitárias de meia-idade que só conseguem se relacionar com animais? E então, diz:

— Apesar de jogarem cocô em mim de vez em quando.

— Já tive *pessoas* que fizeram isso comigo — diz Chris.

— Que merda é essa?

Os dois começam a rir.

Terminaram de comer, e se isso foi ele aceitando educadamente um gesto de agradecimento, os dois vão se levantar e seguir seu caminho.

Ela faz um sinal pedindo a conta e, quando chega, Chris pega.

— Era para ser um agradecimento — diz Carolyn.

— Também era para ser um almoço — afirma Chris. — Eu *convidei* você.

Outro acerto passivo-agressivo da estrutura de poder masculina, ela começa a pensar, e então se lembra que o Professor Escroto não está aqui para dizer isso e que ela realmente não se incomoda que Chris pague a conta.

— Posso pelo menos deixar a gorjeta? — pergunta ela.

— Tudo bem.

— Cinco?

— Que tal dez? — sugere ele.

Ela coloca uma nota de dez na mesa e se levanta.

— Bem, foi...

— Sim, foi ótimo.

Ótimo, ela pensa. O beijo da morte. Ótimo é levar sua avó a uma cantina italiana, ou...

— Você quer ir à praia? — pergunta ele.

— Oi?

— Você disse que gosta de ir à praia — fala Chris. — Estou perguntando se você quer ir à praia.

— Você quer dizer agora?

— Está um dia bonito — diz ele.

Sim, está mesmo, Carolyn pensa.

Sim, está um dia bonito.

Hollis Bamburger é realmente idiota. *Tão* idiota que volta ao mesmo parque, ao mesmo homem, para comprar uma arma nova.

Bem, uma arma *usada*.

Tomara que não tenha sido usada em algum crime. Hollis já está marcado o suficiente pelos crimes que *ele mesmo* cometeu, imagine pelos de outra pessoa. Então, está contando com Montalbo para vender para ele uma arma limpa.

Eles se encontram no mesmo terreno baldio.

— Preciso de um ferro — diz Hollis.

— Por que você está usando gola rolê? — pergunta Montalbo. — Está fazendo 39 graus.

— Não pude lavar minhas roupas — explica Hollis, pensando rápido.

— Está escondendo um microfone aí embaixo? — pergunta Montalbo.

— Não — responde Hollis, pensando rápido. — Preciso de um ferro.

— Já vendi um pra você — retruca o mexicano.

— Preciso de outro.

— Por quê?

É uma boa pergunta, porque se esse *guero* usou a arma em um crime e se rastrearem quem a vendeu para ele, Montalbo pode estar em apuros por sei lá que merda que esse cara fez.

Que é provavelmente uma idiotice.

— Eu me livrei dela.

— Por quê?

— Por que você acha? — pergunta Hollis.

Agora Montalbo está mais nervoso, pois também é possível que o *guero* tenha sido pego por algo e tenha trocado a pena por entregar um traficante de armas mexicano. Ele sabe que há algumas coisas que os policiais de San Diego gostam mais do que traficantes de armas mexicanos. Montalbo lista:

Donuts
Traficantes de drogas mexicanos
Traficantes de armas mexicanos

— Não posso te ajudar — diz Montalbo. — Diga aos policiais que não terá troca.

— Ah, por favor, cara.

— Saia daqui antes que eu te espanque até te matar.

Hollis olha ao redor e vê amigos mexicanos começando a fazer um círculo, como lobos, um comportamento que é familiar para ele, do pátio de Chino. Ele está com medo, mas nem tanto quanto de voltar até Lee sem uma arma.

Lee não lida bem com frustração.

Pensando rápido, Hollis tem uma ideia genial:

— Vou te dar uma parte.

Montalbo pergunta:

— De quanto?

Montalbo tem um conflito de interesses — ele não pode ser preso, mas também precisa do dinheiro —, e esses interesses estão em conflito direto um com o outro. Montalbo tem um problema sério com apostas, ou, mais precisamente, ele tem um problema sério com apostas ruins, e deve dinheiro para Victor Lopez, agiota grande que está perdendo a paciência. Montalbo deve a ele alguns milhares de dólares, mas se desse a ele algumas centenas, ganharia um pouco mais de paciência.

— Dez por cento — responde Hollis.

— Consigo uma S&W 39 automática — afirma Montalbo.

— É mais velha que minha avó.

— Você quer ou não?

— Quanto? — pergunta Hollis.

— Quinhentos.

Vale no máximo duzentos e cinquenta.

— Te dou trezentos — barganha Hollis. Se ele pagar quinhentos, o último serviço não valeu porcaria alguma, e isso não vai deixar Lee feliz, e Lee já vai ficar infeliz por dar a Montalbo uma parte da grana.

Lee tem baixa tolerância à infelicidade.

198 / DON WINSLOW

Mas Hollis tem uma solução para o problema — ele vai pagar Montalbo com a sua parte.

— Quatrocentos — retruca Montalbo. — E mais os dez por cento. Última oferta.

— Tá limpa? — pergunta Hollis.

— Como a xoxota de uma freira — responde Montalbo. Ele não faz ideia se está limpa ou não. Pelo que sabe, pode ter sido usada no assassinato de Lincoln.

— Me dá seu telefone — pede Montalbo. — Vou te mandar uma mensagem quando estiver com ela.

— E a munição?

— Você comprou uma arma — diz Montalbo. — Ninguém disse algo sobre munição.

— De que adianta uma arma sem munição? — indaga Hollis.

— De nada, imagino.

Hollis respira fundo.

— Quanto?

— Dez cada bala — responde Montalbo.

— Que derrota.

— Assim como um assalto sem munição — retruca Montalbo. — Veja no que dá.

Hollis pensa. Na verdade, ele já fez um assalto sem munição, pois normalmente a arma em si já é suficiente para assustar as pessoas e fazer com que abram o caixa.

Lee não concorda com essa filosofia.

— O único lugar onde uma arma vazia funciona — disse ele — é em *Perseguidor implacável*.

Hollis dá seu número para Montalbo.

Chris respira fundo e resolve entrar na delegacia de polícia na Broadway.

Ele ainda não tem certeza se é uma boa ideia.

Carolyn achou que sim.

Na verdade, foi ideia dela.

Para a surpresa dele, eles passaram a tarde inteira caminhando em Pacific Beach e, para sua surpresa maior ainda, ele se viu contando a ela sobre seus problemas no trabalho.

— Por que as pessoas da Divisão de Roubos ficariam irritadas por você resolver um roubo? — perguntou ela.

— Porque é trabalho deles fazer isso — respondeu ele. — E acho que eu fiz com que parecessem incompetentes. É como se, talvez, você fosse até... sei lá, o departamento de répteis ou algo assim e resolvesse um problema com uma jiboia.

— É, eles não iam gostar.

— Não é? — confirmou Chris. — O que é muito ruim é que essa é a unidade para onde eu gostaria de ir, e eles estão putos comigo.

— Vá conversar com eles — sugeriu Carolyn.

— Não funciona assim — explicou Chris. — Nós falamos quando alguém fala *com a gente*.

— E como *isso* está indo?

Nada bem, Chris teve de admitir. Ele também precisou admitir que estava realmente começando a gostar de Carolyn Voight. Inteligente, bonita e... legal. E talvez ela só esteja sendo legal comigo porque eu resgatei o chimpanzé dela, pois a mulher tem Ph.D. e, provavelmente, é inteligente demais para namorar um policial. Ela deve ter vindo até a praia porque se sentiu mal pelo meu nariz quebrado.

Já no fim da tarde, ele queria chamá-la para sair de novo, mas a última coisa que queria era um encontro por pena.

Então não falou nada.

Mas decidiu seguir o conselho dela sobre ir conversar com Lubesnick, pois ela estava certa — o que ele tinha a perder?

Ele mostra seu distintivo, entra na Divisão de Roubos e pergunta para a recepcionista:

— O tenente Lubesnick está?

Ela sorri para ele.

— Quem gostaria de falar com ele?

— Policial Shea — responde Chris. — Christopher Shea.

— Está bem, policial Christopher Shea — diz ela —, deixe-me ver se ele está disponível para atendê-lo.

Mas então, a porta se abre e Lubesnick aparece. Ele vê Chris e diz:

— Eu conheço você.

— Sim, senhor.

— Mas de onde?

— Ah, nós nos conhecemos em Balboa Park.

Lubesnick olha para ele por um segundo, e então abre um enorme sorriso sacana e fala bem alto:

— O cara do macaco! Ei, pessoal, temos uma celebridade no meio de nós!

Um monte de detetives olham de suas mesas e ou dão um sorriso sarcástico ou olham de cara feia para Chris. Ele percebe e fica todo vermelho — essas são as mesmas pessoas com quem ele pretende trabalhar um dia.

Ele se ouve dizer:

— Na verdade, não é sobre isso que eu gostaria de falar com o senhor.

— Está bem, entre — fala Lubesnick. Ele olha para a recepcionista e diz, com a voz baixa, como se estivesse falando em segredo: — Espere dois minutos, ligue para a minha sala e finja que tem uma ligação que preciso atender.

— Pode deixar, Lou.

Lubesnick conduz Chris à sua sala, gesticula para ele se sentar e pergunta:

— E então?

— É sobre uma prisão que fiz outro dia — começa Chris. — Eu gostaria de me desculpar. Passei do limite.

— Você assiste a futebol americano, policial Shea?

— Até o Chargers ser eliminado, senhor.

— Você sabe o que acontece quando um jogador da defesa deixa sua zona do campo e vai para a de outro jogador? — pergunta Lubesnick. — O outro time faz um touchdown. Veja bem, se você fizer o nosso trabalho, o que haverá pra gente fazer? Nós ficaríamos sem trabalho.

— Eu entendo, senhor.

Lubesnick olha para ele por um momento.

— Na verdade, você foi muito bem com o infrator. Você tem talento. Brown me diz que você quer vir pra Divisão de Roubos em sua próxima transferência.

— É isso o que eu desejo, senhor.

— E você acha que expor o nosso departamento é uma forma de fazer isso acontecer? — indaga Lubesnick.

— Eu não estava tentando expor ninguém.

— Assim como não estava tentando cair de uma árvore? — questiona Lubesnick. — Assim como não estava tentando brincar de MMA em The Lamp? Sei, estou de olho em você, Shea.

O que poderia ser algo bom ou ruim, Chris pensa. Bom, se ele estiver reparando o meu talento para me trazer para sua divisão; ruim, se estiver me observando para se certificar de jamais, jamais me trazer para sua divisão.

O telefone toca.

— Lou, você tem...

Lubesnick pisca para Chris.

— Ellen, diga à pessoa inventada que ligou que eu inventarei uma ligação de volta para ele.

— Pode deixar, chefe — responde Ellen. — Vou pegar o telefone inventado dele.

Lubesnick desliga e fala para Chris:

— Enfim, vou repassar suas desculpas sinceras à divisão e garantir que eles saibam que você não teve má intenção. Respeito você ter vindo até aqui, isso me mostrou muitas coisas. Agora vá embora.

Chris se levanta.

— Obrigado, senhor.

— Sabe qual é a pergunta que ainda precisa ser respondida? — pergunta Lubesnick. — De onde veio aquela arma?

Chris sai da divisão sentindo os olhares de zombaria em suas costas.

Mas no que está realmente pensando é em Lubesnick. O que o tenente quis dizer para ele? Para rastrear de onde veio a arma? Ou para *não* rastrear? É ambíguo, pois ele claramente ouviu Lubesnick dizer para ele seguir sua pista.

Sim, Chris pensa, mas a minha pista não me leva aonde quero chegar. Talvez Lou Lubesnick esteja me dizendo para trocar para uma pista que me leve.

Carolyn está brava.

E brava consigo por estar brava.

Porque Christopher Shea a deixou em casa, agradeceu pela ótima tarde e não a convidou para outro encontro.

Ela passou aquela noite inteira — e era sábado, mais uma noite sozinha assistindo à Netflix — brava, tomou banho e foi dormir (às onze horas, pelo amor de Deus), e acordou no dia seguinte brava.

Estava brava durante sua longa corrida de domingo.

Assistiu a *90 dias para casar* (talvez ela encontrasse um príncipe nigeriano legal para sair) brava.

Acordou na segunda de manhã e foi para o trabalho após ter feito a sutil, mas importante, transição de estar brava com Christopher Shea para estar brava consigo.

Por que eu deveria me importar?, ela se perguntou.

Se ele não está interessado em mim, tenho certeza de que não estou interessada nele também.

Quem ele pensa que é?

Ele não é um bom escalador de árvores, com certeza. Provavelmente, beija muito mal também. Ela percebe que voltou a sentir raiva de Shea e se força a voltar sua negatividade para onde ela pertence.

O que eu fiz?, ela pergunta para si. O que eu não fiz?

Falei de mim, deixei que ele falasse dele (o homem me contou seus problemas profissionais), eu estava bem fofa caminhando na praia, achei que tivesse deixado claro que eu estava ali pelas razões corretas.

O que eu não tenho que ele quer?

— O que tem de errado comigo? — pergunta ela.

Champ não tem a resposta.

Mas ele estende a mão para ela.

A arma, Chris descobre, foi registrada por um cidadão respeitável e foi roubada em um assalto domiciliar que o cidadão corretamente reportou à polícia.

Portanto é um beco sem saída.

Chris visita o Laboratório e percebe certa resistência quanto ao que um policial de patrulha sem uniforme estava fazendo perguntando essas coisas. Para a sorte dele, a mulher do plantão percebeu que ele era o Homem do Macaco, ficou com pena dele e mostrou os resultados do teste.

— Na verdade — disse ela —, você é o primeiro a perguntar.

A arma em questão era um Colt Cobra Special .38 de ação dupla e uma empunhadura Hogue.

O cabo tem as digitais de Champ em toda a sua extensão, e só.

Então, Chris tem que estabelecer uma tática diferente — isto é, o que estava acontecendo nas imediações do zoológico naquela noite?

Ele vai até o Sistema de Dados e pede uma cópia das chamadas recebidas pela Divisão Central antes da de Champ.

— Um detetive enviou você aqui? — pergunta o policial do Sistema de Dados Schneider.

— Não.

— Então não posso ajudar você — responde Schneider. — A não ser que você seja o investigador de um caso ativo, e você é um policial de patrulha, certo?

— E se Lubesnick tivesse me enviado? — pergunta Chris.

— Enviou?

— Você quer ligar para ele para perguntar? — Isso é uma caixa de surpresa, isso é ele metendo o nariz onde não é chamado. Se Schneider ligar para a Divisão de Roubos e Lubesnick responder "Que porra é essa?", a carreira de Chris acaba.

Ele está apostando que Schneider não vai fazer a ligação, pois se Lubesnick realmente tiver enviado Chris, ele vai acabar com a raça de Schneider.

— Central? — pergunta Schneider.

— Certo.

Alguns minutos depois, Chris está olhando para todas as chamadas de rádio da Divisão Central antes de Champ entrar no modo Scarface. Algumas brigas domésticas, um louco pelado em Balboa Park, a briga de rua de todo dia em The Lamp, mas nada sobre um assalto à mão armada ou uma arma.

Talvez *tenha sido* um ativista de direitos animais, Chris pensa.

E então ele pensa melhor. Balboa Park fica na fronteira mais ao leste da Divisão Central.

Faz fronteira com a Divisão Local de Mid City.

E se algo tiver acontecido, vamos dizer, em North Park, o suspeito pode ter fugido para Balboa Park.

— E em Mid City? — pergunta para Schneider.

Ele dá um suspiro de saco cheio e entrega as chamadas de Mid City. E lá está.

Bem, lá *poderia* estar, Chris pensa. Uma loja de bebidas entre as ruas Thirtieth e Utah foi assaltada à mão armada uma hora e meia antes de Chris receber a chamada sobre Champ. Somente a oito quadras do lado leste do parque.

Os registros mostram que dois policiais responderam — Herrera e Forsythe —, mas quando chegaram lá, o suspeito já tinha fugido.

Portanto o caso está em aberto.

A Divisão de Roubos teria assumido o caso, mas até então não houve prisão alguma.

Os registros de rádio não mostram o que foi feito depois — essa informação só poderia estar na Divisão de Roubos, e Chris não tem coragem de voltar lá para perguntar. Mas é curioso que ninguém pareça estar procurando a arma.

Ninguém apareceu para investigar as digitais.

Chris acha que entende por que — a coisa toda do Champ foi um constrangimento enorme para a divisão, que provavelmente estava rezando para que a história fosse esquecida.

Mas Lubesnick está me instigando a investigar, Chris pensa.

Por que não fez isso com um dos seus caras?

Ele está de folga no dia seguinte, então espera o turno da noite e vai para Mid City.

Chris encontra Forsythe perto de seu armário, arrumando-se para seu turno.

— Policial Forsythe, Chris Shea. Divisão Central.

— Sei quem você é — diz Forsythe. — Você é o cara do macaco. Como posso ajudar?

— Você atendeu a um chamado de um assalto na Thirtieth outro dia.

— E? — questiona Forsythe.

— Posso perguntar o que houve?

— Nada de mais — responde Forsythe. — Eu respondi ao chamado. Herrera chegou um segundo depois. O infrator ameaçou o funcionário com uma faca, o funcionário entregou o dinheiro. Fizemos uma busca na área, não encontramos o cara. Passamos o caso para a Divisão de Roubos.

— Foi com uma faca? — pergunta Chris. — A chamada no rádio dizia que era uma arma de fogo.

— Não, está certo — corrige-se Forsythe. — O funcionário achou que chegaríamos ao local mais rápido se dissesse que havia sido uma arma. Sabe como é.

Chris sabe. As pessoas exageram nas chamadas o tempo todo, achando que os policiais vão chegar mais rápido.

— Por que está perguntando? — indaga Forsythe. — Você tem alguma pista do cara, ou algum caso relacionado?

— Não.

— Quer dizer, você é da patrulha, não é? — pergunta Forsythe. — Tem algum interesse pessoal?

Forsythe está forçando muita a barra, Chris pensa.

— Não, moro naquela redondeza. Só fiquei curioso.

Porra nenhuma, e Forsythe sabe disso.

— Faça a todos nós, inclusive a você mesmo, um favor. Não fique curioso.

— Não?

— Não — responde Forsythe. — Volte para a Divisão Central, vá perseguir primatas, seja lá o que vocês façam por lá, mas não venha para Mid City enfiar o nariz onde não foi chamado. Sem ofensas, Shea.

— Sem ofensas.

Sem ofensas, mas Chris dirige até a loja de bebidas para falar com o funcionário.

— Claro que sim, era uma arma — diz o funcionário. Ele é um homem loiro de uns cinquenta e poucos anos. — Você acha que eu não saberia diferenciar uma faca de uma arma de fogo?

— Não, eu...

— E digo mais — interrompe o funcionário. — Era um Colt Cobra Special .38.

Exatamente a arma que Champ estava sacudindo pra todos os lados.

— Uma automática, certo? — pergunta Chris.

206 / DON WINSLOW

O funcionário olha para ele em choque.

— Que tipo de policial você é? O Colt Cobra Special .38 é um revólver. Ação dupla. Cano de cinco centímetros, empunhadura Hogue. Eu tenho armas.

— Imaginei.

— Tenho uma bem aqui debaixo do balcão — afirma o funcionário. — Uma Glock 9mm. Você acha que ia deixar um cara me roubar com uma faca? O único motivo de eu não ter usado é que ele estava com ela apontada para mim.

— Você consegue descrever o suspeito?

— Suspeito? — pergunta o funcionário. — Não foi um "suspeito". Ele cometeu o assalto.

— Você pode descrevê-lo?

— Já fiz isso para os detetives — responde o funcionário. — Vocês não conversam entre si?

Aparentemente não, Chris pensa.

— Branco — começa o funcionário. — Cerca de 1,70 metro. Cabelo castanho cortado bem curto. Uma daquelas camisas com estampa havaiana, calça jeans e Keds. Você quer saber marcas distintas?

— Claro.

— Uma tatuagem no pescoço. H-O-L.

— Hol? — questiona Chris.

— Foi tudo o que vi por cima da gola.

— E você disse isso para os detetives?

— Claro que sim.

— E da arma?

Ele já sabe a resposta. O cara mal podia esperar para dividir seu conhecimento sobre armas.

— Claro que sim.

— E os dois policiais que responderam o chamado — continua Chris — fizeram a queixa...

— Quando voltaram — interrompeu o funcionário.

— Voltaram?

— Da perseguição — respondeu ele. — Ele tinha acabado de sair pela porta quando eles chegaram. Fugiu correndo. Eles saíram correndo atrás dele. Para ser sincero, achei que tivessem pegado o cara.

É, eles também, Chris pensa.

Então, a arma que acabou nas mãos (patas?) de Champ claramente veio do assalto à loja de bebidas.

A pergunta é: como ela foi parar com Champ?

A outra pergunta é: por que Forsythe está mentindo dizendo que foi uma faca?

No turno seguinte, Chris está indo em direção à sua viatura quando o sargento Villa vai até ele.

— Que porra que você tava fazendo em Mid City?

— Forsythe ligou para você?

— Herrera ligou — responde Villa. — Nós estávamos em Eastern juntos. Ele é um cara bacana. Assim como Forsythe.

— Sargen...

— Seja lá o que você estiver prestes a me contar — avisa Villa —, não o faça. O que você ia dizer, não diga a quem quer que seja.

O chefe de Chis acabou de mandá-lo calar a boca e portanto ele cala.

— Você é um cara legal — diz Villa. — Um bom policial. Não seja um escroto.

Ótimo, Chris pensa ao entrar no carro. Meu sargento está me dizendo para fazer uma coisa, um tenente me diz outra. Villa pode tornar minha vida terrível no meu trabalho atual. Lubesnick pode fazer com que eu jamais tenha um trabalho novo.

Mas o fato é que ele não juntou realmente os pontos sobre o que aconteceu com a arma, nem vai. Os detetives da Divisão de Roubos não estão dando informações e parecem não se importar. Herrera e Forsythe não vão dar o braço a torcer, o suspeito está por aí livre, e Champ não vai ajudar.

A divisão parece preferir deixar a história morrer.

Então, deixe a história morrer, Chris pensa.

Só que parece que ele não consegue fazer isso.

Lubesnick atende seu oitavo telefonema.

— Por que você está me incomodando, Homem do Macaco?

— Preciso ver o arquivo da Divisão de Roubos sobre um assalto numa loja de bebidas.

— Por quê?

— Você estava procurando uma arma? — Ele dá uma pista para Lubesnick.

Silêncio, e então Lubesnick responde:

— Te ligo de volta.

Para a surpresa de Chris, ele liga, uns cinco minutos depois.

— Esse caso é do Detetive Geary. Ele é um bom investigador.

— Tenho certeza disso, senhor, mas...

— Toda palavra que se diz depois de "mas" significa que tudo o que foi dito antes é merda — afirma Lubesnick. — Mas... se você quiser vir aqui e dar uma olhada...

— Acho que seria melhor se eu pudesse ver o arquivo sem o detetive Geary e os outros saberem — sugere Chris.

— Você quer que eu foda minha própria equipe — conclui Lubesnick.

— Quero responder sua pergunta sobre a arma.

Outro silêncio, e então:

— Você se lembra da minha recepcionista, Ellen? Encontre-a no Starbucks entre a Broadway e a Kettner em uma hora. Não a deixe esperando.

— Obrigado, senhor.

— Não me agradeça — avisa Lubesnick. — Porque se você me foder nessa, vou afundar tanto sua carreira que nem James Cameron a encontrará.

Chris corre para o Starbucks. Já está lá esperando quando Ellen entra, olha para ele e entrega uma pasta de arquivo.

— Sente-se ali e leia — diz ela.

— E depois?

— Depois me entregue de volta — fala Ellen. — Você tem dez minutos.

Ela vai até o balcão e pede um latte. Ela não pergunta se Chris quer alguma coisa.

Ele não leva dez minutos. O arquivo é fino, e diz o que Chris achou que diria. Repetia o relatório de Forsythe sobre chegar à cena do crime e o funcionário afirmar que era uma faca. Diz que o suspeito já tinha fugido, que Forsythe e Herrera fizeram uma busca na área mas não o encontraram.

O Detetive Geary não tinha mais outras pistas.

Então, Chris pensa enquanto entrega o arquivo de volta para Ellen, Geary conspirou com os dois policiais de Mid City para encobrir o que realmente aconteceu. E Lubesnick quer que eu responda perguntas que ele não pode perguntar para sua própria equipe.

— Você sabe que isso nunca aconteceu — afirma Ellen.

— Sei. Posso fazer uma pergunta?

— *Perguntar* pode.

— Onde Geary trabalhava antes de vir pra Divisão de Roubos?

— Eastern, acho — responde ela.

Então, o antigo grupinho da Divisão Local de Eastern formou um cerco para proteger o que quer que Herrera tenha feito ou não naquela noite, Chris conclui. E a única chance que Chris tem de descobrir é encontrando um cara com H-O-L tatuado no pescoço.

Mas, ele imagina, como é que eu vou fazer isso?

Richard Holder, inconscientemente feliz por estar atrás das grades de novo, está conscientemente feliz por receber uma visita.

Até descobrir que é um policial.

— O que você quer? — pergunta ele.

— Quero te ajudar.

— Os policiais sempre falam isso — retruca Richard. — Me ajudar como?

— Quem vendeu a arma pra você? — pergunta Chris. — A AMT .22.

— Arma boa — afirma Richard.

— Se você for roubar um pombo — sugere Chris. — Onde você a arrumou?

Richard sacode a cabeça em negação.

— "Ratos se dão mal".

Chris já ouviu isso centenas de vezes e tem uma resposta pronta. Normalmente, ele argumenta que *Ratos conseguem pena reduzida*, mas, para um reincidente como Richard, ele diz:

— Ratos talvez possam escolher onde vão se dar mal.

Isso de fato chama a atenção de Richard.

— Você pode fazer isso? — pergunta ele. — Você consegue me mandar pra Donovan?

Então, Richard tem amigos, ou quem sabe um namorado na prisão de Donovan; em ambos os casos, ir para lá seria como ir para casa.

— O que posso fazer é o seguinte — explica Chris. — Posso escrever um memorando de cooperação para o juiz da sentença, com uma recomendação para que você cumpra sua pena em Donovan. Ou... posso escrever uma carta diferente pedindo que um infrator reincidente como você deveria ir para Q.

San Quentin.

Chris vê a onda de ansiedade se espalhar pelo rosto de Richard.

— Se conseguir que eu vá pra Donovan — diz Richard —, eu te dou o nome do traficante de armas.

— Não, eu preciso agora.

— Como sei que posso confiar em você?

— Eu te dei aquela vodka, não foi? — pergunta Chris. Ele sente que está quase conseguindo, então pressiona um pouco. — Olha, nós dois sabemos que você vai ser preso, porque você já confessou, nós temos a arma com as suas digitais. Você vai cair, então que seja no lugar em que você quer.

— Eu não sei o nome do cara.

— Me dê um local e uma descrição — pede Chris.

Terreno baldio perto da Rua 32, Richard diz a ele. Um mexicano alto e forte, uns 30 e poucos anos, com cavanhaque, tatuagem de gangue nos braços, usa um boné do Raiders.

— Raiders — repete Richard com um barulho de nojo.

— Ei, os Chargers foram embora.

— Isso acabou comigo.

— Comigo também — confessa Chris. — Mais uma coisa. Nas suas viagens pelo sistema prisional, você já cruzou com um cara branco, cerca de 1,70 metro, com H-O-L tatuado no pescoço?

— Você diz Hollis?

Chris dá de ombros.

— Talvez.

A QUEDA   / 211

— Não, é ele mesmo — diz Richard. — Hollis Bamburger. Claro, conheci ele na prisão de Chino.

— É b-*e*-r-g-e-r ou b-*u*-r-g-e-r? — pergunta Chris.

— Com *U*, eu acho — responde Richard.

— Bamburger vai conhecer o cara da 32?

— *Todo mundo* conhece o cara da 32 — afirma Chris.

Está certo, Chris pensa. E então, pergunta:

— O que mais você pode me dizer sobre Hollis Bamburger?

Richard ri.

— Ele é um idiota.

Palmas para Richard, Chris pensa, o cara do "Eu *estava, sim,* usando máscara".

Esses caras são inacreditáveis.

Chris vai com seu próprio carro até o terreno baldio na 32 e vê um monte de latinos de gangue por ali.

Eles também o veem.

Não importa que esteja de roupas comuns em seu próprio carro, eles sabem na hora que ele é um policial.

Prática, prática, prática.

Todos eles o fuzilam com os olhos, principalmente um cara alto e forte, com um cavanhaque, boné do Raiders e tatuagens nos braços.

Chris sai do carro, coloca as mãos pra cima, como se dissesse *Não quero machucar ninguém,* e caminha até o cara.

— Só quero conversar.

— Conversar sobre o quê? — pergunta o cara. — O tempo? Tá uma merda. O San Diego Padres? É uma merda. Sua irmã? Ela chupa meu pau.

— Que tal sobre um cara com um H-O-L tatuado no pescoço?

Dá certo.

O cara tem uma boca afiada, mas olhos burros. Eles o entregam na hora.

E ele sabe disso.

— O que que tem ele?

— Você vendeu uma arma pra ele? — pergunta Chris. — Um Colt Special?

— Como se eu fosse te dizer isso.

— Olha, eu já sei que você tem contato com ele — afirma Chris.
— Se eu encontrá-lo sem a sua ajuda, vou fazer com que ele te entregue, e vou enfiar um taco de beisebol no seu rabo, começando pela parte grossa. Mas se eu pegá-lo *com* a sua ajuda, talvez eu possa mudar de ideia.

— Não sou dedo-duro — diz o cara.

Não sou um traidor.

Chris vê que o cara fala sério. A ameaça não vai funcionar.

— Qual é o seu nome? — pergunta Chris. Quando o cara hesita, Chris continua: — Vamos lá, não podemos fazer do jeito mais fácil? Ou vou precisar achar uma desculpa esfarrapada pra te prender e conseguir de qualquer jeito?

— Policiais escrotos.

— Não é?

— Montalbo. Ric.

— Sou Chris Shea. Policial Christopher Shea.

— Você não é detetive? — pergunta Montalbo.

— Ainda não — responde Chris. — Então, Ric, podemos fazer negócio?

Montalbo olha para ele por alguns segundos, e diz:

— Todo dia de manhã eu acordo e me faço a mesma pergunta. Sabe qual é?

— Mal posso esperar pra descobrir.

— "O que as outras pessoas podem fazer por mim?" — diz Montalbo. — O que você pode fazer por mim, Christopher?

— Estou aberto a ideias.

Na verdade, Montalbo tem uma.

Ela surge como uma luz brilhante.

Uma solução para todos os seus problemas.

— Tem esse cara, Lopez, sabe? — diz ele. — Se você abordar o cara dentro do carro dele, ele vai ter *hierba* na mala suficiente para ser preso.

— Você deve dinheiro pra ele ou ele comeu sua namorada?

— Dinheiro — responde Montalbo. — Minha namorada é a mulher mais feliz dos Estados Unidos.

— Você tem a localização de Hollis Bamburger?

— Ah, tenho algo melhor que isso.

Chris anota as informações sobre Lopez.

E então Montalbo olha para ele, rindo.

— Ei, eu conheço você.

— Acho que não.

Montalbo ri.

— Você é o policial com o chimpanzé.

— Não sou, não.

— É, sim — retruca Montalbo. — Você é o cara do macaco.

Chris pode até ser o cara do macaco, mas não é idiota. Ele não vai cometer o mesmo erro duas vezes fazendo uma apreensão fora da sua zona.

Ele liga para um amigo da escola — um veterano quando ele era calouro — com quem jogava beisebol, e que está na Divisão de Narcóticos.

— Você pode fazer uma apreensão?

— Sempre — responde seu amigo. — Meu chefe está no meu pé.

Chris diz para ele as informações sobre Victor Lopez, o carro, a placa, os detalhes — tudo. Essa será a quinta prisão de Lopez, então ele não vai conseguir uma fiança viável, que é, sem dúvida, com o que Montalbo está contando.

— Obrigado, Chris — fala o amigo. — Posso fazer alguma coisa por você?

— Só me avisa quando tiver prendido o cara.

— Pode ficar tranquilo.

Ainda não, Chris pensa.

Mas estou no caminho.

Hollis recebe uma mensagem.

ESTOU COM A SUA PEÇA. ME ENCONTRE HOJE ÀS DEZ.

Ele responde. ÓTIMO. MESMO LUGAR?
Resposta. NÃO. ESTACIONAMENTO DO ZOOLÓGICO.
OK.

Montalbo vira o celular pra Chris.

— Feliz?

— Ainda não — responde Chris.

214 / DON WINSLOW

* * *

Chris está indeciso.

Ele sabe que o que deveria fazer é ir até a Divisão de Roubos e entregar essa prisão em potencial para eles.

Uma merda dessas, envolvendo um venda de arma com criminosos profissionais armados, normalmente exige força total — policiais à paisana, reforço, talvez até a SWAT. É contra todos os procedimentos seguir adiante sozinho, sem a permissão do comando e um plano tático.

Mas há problemas nessa abordagem.

Primeiro, ele teria de admitir que estava fazendo exatamente o que lhe foi pedido que não fizesse — investigar um caso da Divisão de Roubos. Ele olhou arquivos que não era para olhar, entrevistou vítimas com quem não era para falar, ofereceu um benefício que não estava autorizado a fazer para um preso (ou, para constar, sequer podia falar com o criminoso), e então fez um acordo com um criminoso para organizar a prisão de outro criminoso em troca da tocaia do criminoso original para um flagra que ele não deveria estar fazendo.

É isso.

A outra coisa é que ele teria que levar tudo para o detetive Geary, que está encobrindo uma história que Chris está tentando desvendar.

Portanto isso não daria certo.

Sua outra opção seria levar a situação para o tenente Lubesnick, que poderia passar por cima de Geary e trazer toda a força-tarefa que quisesse para a emboscada de Hollis, mas Chris não tem certeza se o tenente quer fazer parte disso a não ser que seja trazido para ele embrulhado num laço de fita.

Outra possibilidade é manter tudo dentro da Divisão Central.

Mas aí ele teria que falar com Villa.

Que não ficaria nada feliz.

Ou levar o caso acima de Villa, para o tenente Brown, que já disse para ele ficar fora de confusão e não ficaria, de jeito nenhum, feliz em ver todo o fiasco do Champ, o chimpanzé, de volta aos olhos do público.

A outra possibilidade, Chris pensa, é parar onde está e deixar a coisa toda morrer.

Mas Lubesnick não quer que eu faça isso.

E você também não quer que você faça isso, ele pensa.

Você começou essa história — quer ir até o fim.

Sem falar em retirar um assaltante das ruas. O que é, no fim das contas, o trabalho que é pago para fazer.

Então, às 21h45, ele estaciona em uma vaga do estacionamento do zoológico.

Lee dirige em direção ao zoológico.

— Diga — diz ele.

— Eu já disse — fala Hollis.

— Então me diga de novo.

Lee respira fundo.

— Eu dou o dinheiro para o mexicano. Ele me entrega a arma. Eu aponto a arma para ele e mando que ele me devolva o dinheiro.

É lindo, Lee pensa, usar a arma que o traficante lhe vendeu para roubar o dinheiro que você usou para pagar a arma para ele. Lee não sabe o significado da palavra "simetria" (ou, nesse caso, "ironia"), mas, inconscientemente, admira o conceito.

Hollis não está entusiasmado.

— Você sabe que isso significa que não podemos voltar nele para comprar outra arma.

— Foi um erro ir até ele pela *segunda* vez — afirma Lee.

E foda-se ele, Lee pensa. Cobrar trezentos dólares da gente e mais a munição por uma merda de uma S&W 39. Ele está roubando a gente, merece ser roubado de volta. É justiça, é isso o que é.

Lee acredita em justiça.

E na Regra de Ouro.

Eles estão simplesmente fazendo com o mexicano o que o mexicano está fazendo com eles.

Mas ele vê que Hollis está com medo. Primeiro, seu pé está batendo como o de um coelho drogado. Segundo, Hollis está *sempre* com medo.

— Não se preocupe — diz Lee. — Eu te cubro.

— Eu sei.

Ele não parece ter tanta certeza.

— Quando eu não te cobri? — pergunta Lee, novamente sem nenhuma consciência nem noção de ironia.

Isso é verdade, Hollis pensa.

Na prisão, se alguém, com exceção de Lee, tentasse me espancar, Lee espancava a pessoa de volta.

Lee sempre me deu cobertura.

Lee está ficando positivamente hipócrita com relação a isso. Emotivo a ponto de chorar.

— Você é meu irmão. Eu te amo. Não importa o que aconteça, eu sempre apoiarei você. Se esse filho da puta tentar fazer alguma coisa com você, eu resolvo.

Como? Hollis pensa. Lee não tem uma arma.

Ele fala isso para Lee.

Lee pensa por um segundo, franze a testa, depois sorri e diz:

— Tenho um carro, não tenho? Se esse cara tentar alguma coisa, saia da frente e eu passo por cima dele. Não se preocupe. Vai dar tudo certo.

Hollis não para de se preocupar.

Quer dizer, ele não é um idiota.

Chris se abaixa atrás do volante e vê Montalbo entrar no estacionamento em uma picape Toyota branca.

Montalbo sai do carro e se encosta na porta do motorista.

Um minuto depois, um Nissan Sentra verde com o para-choque dianteiro esquerdo solto para no estacionamento a cerca de quatro metros de Montalbo.

Chris vê Hollis Bamburger sair do banco do carona e dar a volta no carro. Algo que Chris não imaginou, um segundo cara dirigindo, e se sente um imbecil, porque agora vai ter que prender dois caras em vez de um, e não tem reforço algum.

Pelo que parece, ele pensa, Hollis e eu estamos numa disputa de idiotas.

Não é tarde demais para desistir, ele pensa.

Não é tarde demais para simplesmente ir embora e entregar o caso para a Divisão de Roubos ou simplesmente deixar pra lá.

Só que ele sabe que Hollis e seu comparsa estão comprando uma arma por um motivo, e esse motivo é, provavelmente, mais um assalto, e dessa vez alguém pode sair ferido.

E não dá para ignorar isso, Chris pensa.

Você se meteu nessa história, então tem que ir até o fim.

A única mensagem que o pai lhe deu foi essa: termine o que começou.

Então, ele desliza sua arma para a mão direita e coloca a mão esquerda na maçaneta, pronto para sair, enquanto vê Hollis caminhar até Montalbo.

Hollis entrega a Montalbo o dinheiro.

Montalbo vai até seu carro, volta com uma pistola e a entrega para Hollis.

Hollis aponta a pistola para a cara de Montalbo e diz algo.

Montalbo acerta um soco no seu queixo com um gancho de esquerda.

Hollis cai como se tivesse sido nocauteado.

Chris sai do carro, segurando a arma ao lado do corpo, ergue seu distintivo e grita:

— Polícia! Parados!

Montalbo aparentemente está ressentido demais com a tentativa de traição para ouvir. Ele segura Hollis pela camisa e estapeia sua cara de um lado para o outro.

Hollis berra:

— Lee! Lee! Ajuda!

Lee pisa no acelerador.

E vai embora do estacionamento.

Chris segue adiante.

— Polícia! Parados!

Montalbo larga Hollis, entra de volta no carro e vai embora.

Hollis está de quatro no chão.

Ele olha para cima, vê Chris se aproximando, fica de pé...

E faz um Bamburger.

Levanta a pistola.

Chris para, aponta a arma para ele e grita:

— Não está com munição, Hollis!

Hollis fica confuso por o cara saber seu nome. Mas, se o cara sabe seu nome, ele deve ter alguma informação interna, como a que o mexicano filho da puta vendeu a arma sem munição para ele.

Ele baixa a arma.

E, com a adrenalina sendo uma coisa maravilhosa…

Corre.

Meio que corre.

Mais como tropeços, como um passo de pombo, pois Montalbo o acertou em cheio. Então Hollis não vai muito longe até que Chris pula em cima dele e o joga no asfalto.

— Me dê as suas mãos — diz Chris.

Hollis estende as mãos junto com a clássica resposta dos perdedores:

— Eu sou inocente!

— Você é um criminoso que acabou de comprar uma arma ilegal — avisa Chris. — Você está preso. Tem direito a permanecer em silêncio, tem direito a…

— Conheço meus direitos —diz Hollis, enquanto Chris termina de algemá-lo e o coloca de pé. — Eu caí numa emboscada.

— Você também está preso por assalto à mão armada — acrescenta Chris.

— Também não fiz isso.

Chris o conduz em direção ao carro.

— E o artigo 2876 do Código Penal.

— O que é isso?

— Deixar uma arma ao alcance de um chimpanzé.

Hollis fica com os olhos esbugalhados.

— Você é aquele policial! O Homem do Macaco!

— Bingo! — diz Chris. Ele empurra Hollis para o banco de trás do carro e pergunta: — Por que você fez aquilo, Hollis?

Hollis se cala.

— Vamos lá — insiste Chris. — Nós te pegamos. O funcionário da loja de bebidas identificou você e sua arma. E eu te peguei comprando essa merda de arma aqui. De qualquer forma, você vai pegar uma pena longa. Então por que simplesmente não me conta o que aconteceu naquela noite?

— Por que eu deveria? — Pergunta Hollis.

Chris pensa um pouco, porque de fato não há motivo algum para Hollis falar algo para ele. E então, fala:

— Hollis, você já foi preso antes. Conhece o sistema. Então, me deixe perguntar uma coisa. Este é um carro de polícia? Eu reportei você pelo rádio? Eu podia te levar pra dar uma volta no cânion, podia te dar um tratamento terapêutico no banco de trás...

E então tenta uma cartada.

— Eu poderia te levar até Mid City, trazer os policiais Forsythe e Herrera até o carro, ver se eles querem falar com você. Porque ninguém sabe que eu estou com você.

Hollis parece assustado.

— Você faria isso?

Não, ele não faria.

Chris jamais faria nenhuma dessas coisas. Ele só espera que Hollis não saiba disso. Ele diz:

— Ou você pode me contar o que aconteceu aquela noite, e eu levarei você para a minha Delegacia Central, onde ninguém está puto com você.

Hollis conta a ele a história.

— Está certo. Eu assaltei o lugar — ele começa. — Os policiais chegaram tão rápido que eu não tive tempo de entrar no carro. Simplesmente saí correndo. Um dos policiais, um cara espanhol, saiu do carro e me perseguiu. Eu pulei a cerca pra dentro do zoológico, imaginando que ele não ia me seguir, mas ele continuou. Eu estava sem ar, então apontei a arma pra ele.

— E?

— Ele parou. — Hollis sorriu, irônico. — Ele recuou. Então esperei algum segundos e corri mais um pouco. Eu não queria ser pego com a arma, então eu a joguei naquela, como se chama, jaula.

Isso explica tudo, Chris pensa.

Herrera ficou com medo, e seus antigos colegas de Eastern encobriram tudo para ele.

— Você está me contando a verdade, Hollis? — pergunta Chris, embora ele já saiba que sim.

— Eu juro.

— Preciso saber mais uma coisa — diz Chris. — O motorista. Quem é ele, e onde eu posso encontrá-lo?

— Não vou te dizer isso.

— Demonstração de lealdade? — indaga Chris. — Ele acabou de te largar, fugiu e te deixou em apuros.

— Lee — responde Hollis. — Lee Caswell.

Ele diz a Chris o nome do hotel também.

Lee, provavelmente, é esperto o suficiente para não voltar para lá, mas Chris tem a placa do carro. E ele tem a história para levar para Lubesnick. Deve levar algum tempo, mas ele já tem sua entrada na Divisão de Roubos.

Ele pergunta:

— Essa história que você acabou de me contar, não conte para outra pessoa, nunca mais. Você assaltou a loja com uma faca, está bem?

— Claro — responde Hollis, feliz com essa obrigação. Uma faca no lugar de uma arma de fogo reduz consideravelmente sua pena.

Chris dirige até a Delegacia Central e entra com Hollis.

— O que você tem aí, Shea? — pergunta o policial. — Não sabia que você estava trabalhando hoje à noite.

— Não estou — responde Chris. — Você pode ficar de olho nesse cara? Preciso falar com Villa um minuto.

Ele entra à procura do sargento.

Quando vê o identificador de chamadas, Carolyn pensa em deixar a ligação ir para a caixa postal.

Chris Shea deixou passar mais do que os três dias regulamentares sem ligar para ela, mas ela se convenceu de que se ele não está interessado, ela também não está.

Se ele não está interessado, por que está ligando?

Ela atende e diz, com voz profissional:

— Dra. Voight.

— Policial Shea.

— Ah, oi, Chris. — Com aquele tom de voz de *Por que você está ligando? Mas eu realmente não me importo. Estou um pouco surpresa depois de cinco dias.* Muita coisa para ser dita em três sílabas, mas ela consegue.

Todos os bons policiais são conhecedores da variação de tom verbal, e Chris fica impressionado. Ela saca no tom dele, quando ele pergunta:

— Você gosta de beisebol?

— Acho que sim. — Perfeito. Descompromissado, sem entusiasmo, mas deixando a porta aberta.

A QUEDA / 221

— Meu tenente tem dois ingressos em assentos excelentes para o jogo do San Diego Padres amanhã à tarde — diz Chris. — Contra o Arizona Diamondbacks. Estava pensando se você gostaria de ir.

Ela não consegue resistir.

— Com o seu chefe?

— Não, *comigo* — responde ele, rápido. — Ele me deu os ingressos.

— Você quer dizer, tipo um encontro? — pergunta ela.

Ela vai obrigá-lo a fazer do jeito certo. A porta pode estar destrancada, mas ele ainda precisa tocar a campainha.

— Tipo um encontro — responde Chris. — Estou convidando você para sair. Você gostaria de ir a um jogo de beisebol comigo?

— Estou de folga amanhã à tarde.

— Ótimo. Então quer ir?

Ela quer. Na verdade, ela está um pouco surpresa com o quanto quer.

— Encontro você lá?

— Não — responde Chris. — É um encontro. Vou te buscar. Se você estiver de acordo.

Estou de acordo.

Ele a busca em sua casa na tarde do dia seguinte, e é fofo — está vestido um pouco formal demais para um jogo de beisebol. Uma camisa bonita para dentro da calça cáqui e um boné do San Diego Padres. Ela está um pouco arrumada demais também — uma bata com os ombros de fora e uma calça jeans da True Religion, que ela sabe que deixa a sua bunda bonita.

Ele já deixou pago o estacionamento no Omni Hotel, uma caminhada curta até o estádio, mas param na farmácia antes.

— Você vai precisar passar protetor solar nos seus ombros — diz ele.

— Estou com a roupa errada? — pergunta ela.

— Não, você está linda — responde ele. — Só não quero que tenha queimaduras de sol.

Ele compra um frasco de protetor 50, e eles caminham até o estádio.

— Você já veio aqui? — pergunta Chris.

—- Não — responde ela. O Professor Escroto estava sempre tagarelando sobre beisebol como uma metáfora, além de ter um casaco retrô falso do Brooklyn Dodgers, e falava que já tinha visitado todos os estádios de beisebol do país, mas nunca tinham ido a um jogo de verdade.

O estádio é lindo.

O gramado do campo, aparado com tanto cuidado, parece uma esmeralda. Uma antiga fábrica de tijolos vermelhos, Western Metal Supply, construiu parte do que até ela sabe ser a parede do lado esquerdo do campo. Atrás do estádio há o escritório da diretoria e alguns apartamentos, e atrás deles, a baía de San Diego.

— Uau — exclama ela.

Ele vê alegria nos olhos dela e fica encantado.

— Precisamos comprar um boné pra você.

— Você acha?

— Com certeza.

Ele caminha com ela até um quiosque e escolhe um boné azul com *SD* escrito. Ela prende o cabelo num rabo de cavalo, veste o boné e, apesar de não haver um espelho para se arrumar, ela sabe que está muito bonita.

Ela pode ver nos olhos dele.

Ele está feliz e orgulhoso.

— Nossos assentos são perto da linha da primeira base — avisa ele, com o que ela entende como um entusiasmo de menino. — Algumas filas pra cima.

— Ótimo.

Eles vão até seus assentos: seção 109, fileira 12.

— Uau — repete ela —, são lugares ótimos *mesmo*.

— Normalmente eu fico lá na arquibancada — explica ele.

— Você vem muito aqui?

— Bem, eu trabalho à noite — diz ele —, quando ocorre a maioria dos jogos. Mas venho sempre que posso.

Ele faz uma pausa por um segundo, e acrescenta:

— Talvez seja o meu lugar preferido do mundo.

Carolyn sente que ele contou a ela algo importante, íntimo.

— Você quer um cachorro-quente e uma cerveja? — pergunta Chris.

— Quero os dois — responde ela. E ri de si mesma. — Não é muito feminino, acho.

— Não, é ótimo — afirma ele. — Já volto. Mostarda? Ketchup? Molho? Cebola?

— Sem ketchup.

Ela se senta e observa o campo, o estádio se enchendo de gente, a sensação de... de quê?... *contentamento* que permeia o local. E então, Chris volta segurando dois copos plásticos de cerveja com colarinho e dois cachorros-quentes.

— Obrigada.

— É um prazer.

Ela estudou ontem à noite e descobriu que o Padres está firme na última posição, com pouca chance de escapar da lanterna da liga, mas isso não diminui o prazer de Chris em estar ali.

— Vamos passar aquele protetor solar em você — diz ele, quando acabam de comer. E então, ele fica tímido e completa — Quer dizer, você deveria, sabe...

— Não — interrompe ela, virando as costas para ele. — Você se importa?

Ele é tão delicado, tão... *respeitoso*... e, ao mesmo tempo, tão... cuidadoso. Ela adora sentir o protetor esquentando em sua pele, a sensação das mãos dele...

— Vire-se — diz ele. — Deixe-me passar no seu nariz.

Ela se vira para ele e levanta o queixo. Ele coloca uma gota de protetor no dedo indicador e, cuidadosamente, passa no osso do nariz dela.

E então, gentilmente esfrega um pouco.

— Pronto.

Prontíssimo, ela pensa.

Talvez tenha sido a coisa mais sexy que ela já sentiu.

De repente, ele exclama:

— Ah, não.

— O que foi?

Ele aponta discretamente para três homens com cervejas na mão, espremendo-se a caminho dos seus lugares, somente duas fileiras abaixo deles.

— Quem são eles? — pergunta Carolyn.

— O primeiro é o tenente Lubesnick — responde Chris. — Espero que ele não me veja.

— Por quê?

— Eu o decepcionei bastante com uma coisa — responde Chris.

— Ah.

— Você conhece o cara ao lado dele.

— Conheço? — Ela olha para o cara de meia-idade grande, de camisa florida e cabelo castanho cacheado.

— Claro, a cara dele está na TV o tempo todo — responde Chris. — Deve aparecer hoje na tela em algum momento. É Duke Kasmajian, o rei da fiança. "Chame o Duke"?

— Ah, sim.

— Não conheço o outro cara.

O outro cara vira para trás, e Carolyn diz:

— Eu conheço. É o Professor Carey. Fiz uma aula com ele. Literatura Inglesa do século XVIII.

— E como você foi?

— Nota máxima, claro.

Carey vê Carolyn, a reconhece e acena em sua direção.

Kasmajian e Lubesnick olham para cima para ver para quem ele está acenando.

O tenente vê Chris, faz uma cara feia e se vira de volta.

Carolyn percebe o olhar no rosto de Chris.

Ele está arrasado.

O que deixa tudo ainda mais desconfortável quando Chris vai até o banheiro liberar um pouco da cerveja e o tenente Lubesnick está lá fazendo a mesma coisa.

Chris não sabe o que fazer.

Diz algo?

Não diz algo?

Acena com a cabeça?

Não acena com a cabeça?

Chris acha que tem que cumprimentá-lo de algum jeito.

Ou será o contrário?

Lubesnick quebra o gelo.

— E então, Homem do Macaco, falei com seu tenente sobre você.

Merda, Chris pensa. O que ele mais queria era sair dali, mas está no meio da empreitada (por assim dizer). Então, exclama:

— Ah.

— Ele concorda em, a partir do mês que vem, me emprestar você durante sessenta dias. — Lubesnick se sacode, fecha o zíper e vai lavar as mãos. — Vamos chamar de um período de teste. Se você for bem, e eu acho que você irá, vamos torná-lo permanente. Tudo bem pra você?

Chris estava chocado.

— Sim. Quer dizer, sim, senhor.

— Preste atenção no que está fazendo aqui. — Lubesnick puxa uma folha de papel e enxuga as mãos. — Você fez a coisa certa, garoto. Você poderia ter passado por cima de um colega policial para ser promovido, e não fez isso. Isso me mostrou muito sobre você. Você começa na semana que vem. Compre um paletó e uma gravata.

Ele joga o papel na lixeira e sai do banheiro.

Foi um teste, Chris pensa.

Lubesnick estava me testando para ver o que eu faria.

E eu passei.

Fim da sétima entrada, Padres 4-2. Craig Stammen vai para o montinho.

Chris diz:

— Algo lindo pode acontecer aqui.

— O que seria? — pergunta Carolyn.

Chris explica:

— Stammen vai lançar uma bola rápida para o rebatedor e tentar fazer com que ele acerte uma bola baixa. Se ele conseguir, você verá algo lindo.

Tal como dito, na segunda bola, Stammen lança a bola rápida e Descalso acerta uma tacada precisa. Fernando Tatís Jr., que corre, pega a bola e a lança para a primeira base para encerrar a partida.

— Ele é o jogador de beisebol mais sensacional que já vi — afirma Chris.

Chris estava certo, ela pensa.

Foi gracioso, quem sabe até elegante.

Certamente lindo.

Carolyn se ouve dizer:

— Outra coisa linda pode estar para acontecer.

Ela se inclina sobre ele e o beija.

* * *

A vida está boa para Chris Shea.

Ele vai para sua última semana na Divisão Central em grande estilo. O tenente Brown não está mais no seu pé, a zombaria do macaco está começando a se dissipar e ele volta para casa depois do seu turno para os braços de uma bela namorada.

Até os Padres conseguiram conquistar uma pequena sequência de vitórias.

Falta meia hora para o fim do seu último turno — *tão pouco* —, quando recebe uma chamada.

Uma 10/35.

Alerta de pessoa armada e perigosa.

Nesse caso, um homem com uma faca na ponte Cabrillo, que conecta os extremos de Balboa Park sobre a Route 163.

Chris chega primeiro dessa vez e vê um homem atacando o ar não com uma faca, mas com um facão. Ele comunica um 10-97 pelo rádio — que chegou à cena do crime — e sai do carro. Não tem outras pessoas na ponte. Se tinha mais alguém ali àquela hora da noite, o Homem do Facão deve ter botado para correr.

O cara parece ter uns quarenta anos — cabelo bagunçado, camisa amarrotada — e veste uma calça cáqui larga presa com uma corda no lugar do cinto. Ele balança o facão fazendo um número oito no ar, enquanto grita com um adversário invisível (pelo menos, para Chris).

Fica óbvio para Chris que o homem vê seu inimigo claramente.

Chris envia um 11-99 — policial precisa de ajuda — no rádio, saca sua arma, mas a segura perto do quadril. Com a mão direita na pistola e a esquerda levantada à frente, com a palma aberta, ele caminha lentamente até o Homem do Facão.

— Coloque a faca no chão!

O homem vira a cabeça e olha assustado para ele. Chris já viu esse olhar centenas de vezes. Muitas pessoas com quem ele se depara são psicóticas, e elas têm um certo tipo de olhar quando estão sem seus remédios.

Dessa vez, Chris pensa, seu inimigo sou eu.

O Homem do Facão caminha lentamente na direção dele, balançando a faca, gritando:

A QUEDA / 227

— Eu conheço você, diabo!

Chris ergue sua arma e aponta para ele.

Três anos nesse trabalho, essa é a primeira vez em que ele aponta a arma para alguém. Ele detesta a sensação, a possibilidade terrível e real de que ele pode ter que apertar o gatilho de fato para se proteger.

Civis estão sempre perguntando sobre essas situações, por que o policial não atira na mão ou na perna do homem. Mas as pessoas não sabem nada sobre situações como essa, a onda de adrenalina inebriante que vem, o coração acelerando. Elas não entendem como é difícil, até para policiais altamente treinados, acertar a mão ou a perna numa situação de combate. Você mira para o meio da massa corporal — o peito — porque se errar, pode morrer.

Chris para, mas o Homem do Facão segue avançando.

— Não faça isso! — grita Chris. — Não! Pare onde está!

Seus dedos firmam no gatilho.

O Homem do Facão para.

Graças a Deus, Chris pensa, mas mantém a Glock apontada para o peito do homem.

— Largue o facão!

Mas o Homem Facão não larga. Em vez disso, ele grita:

— Me deixe em paz! — vira-se de costas para Chris e corre para a grade norte da ponte, começa a balançar a faca no ar de novo, gritando com o diabo.

Eu adoraria deixá-lo em paz, Chris pensa, mas meu trabalho não é esse. Ele caminha firme, mas devagar, na direção do homem, que se vira para vê-lo e se volta para a grade da ponte de novo, passando uma perna para o outro lado.

— Eu disse para me deixar em paz!

— Eu sei que você disse, mas eu não posso fazer isso — responde Chris. — Deixe-me pedir ajuda pra você.

O homem olha para ele, triste.

— É tarde demais.

— Não, nunca é tarde demais — retruca Chris. — Vamos lá, deixe-me ajudar você.

O Homem do Facão passa a outra perna para fora da grade e está empoleirado, de um jeito meio torto, para pular.

Ou cair, Chris pensa.

Seja lá o que for, ele vai cair de trinta metros de altura em uma via expressa, com tráfego vindo dos dois lados.

Chris está a cerca de três metros dele, perto o suficiente para dar o bote, se precisar. Mas precisará das duas mãos, então ele prende a arma. De toda forma, o homem não consegue balançar o facão no ar nessa posição.

Ele olha para Chris outra vez e estende a mão aberta, como se dissesse "não se aproxime mais":

— O diabo está dentro de mim. Eu tenho que matá-lo.

— Não — fala Chris, aproximando-se um pouco. — Eu conheço um padre... exorcista. Nós vamos até ele. Ele vai te ajudar.

O Homem do Facão pensa. Ele olha para baixo, para a via expressa abaixo dele, e de volta para Chris.

— Você está falando a verdade?

— A verdade — responde Chris.

O Homem do Facão assente com a cabeça.

De repente, luzes surgem quando os carros da equipe de Grosskopf chegam em alta velocidade pelo lado oposto, em resposta ao chamado de Chris pelo rádio. As luzes cobrem o Homem do Facão com um brilho vermelho demoníaco.

Ele se vira para Chris com um olhar de traição.

E se solta da grade.

Chris dá o bote.

Sua mão direita consegue agarrar a corda amarrada, mas o Homem do Facão já está no ar, e seu peso e impulso puxam Chris por cima da grade.

Chris se segura e agarra a grade com a mão esquerda.

Segura-se do jeito que dá, para salvar sua vida.

Porque dessa vez ele não vai cair de quatro metros numa rede, mas de trinta metros em uma estrada de concreto e tráfego intenso.

O que ele deveria fazer é soltar o Homem do Facão, mas ele não faz o que deveria e sente sua mão na grade começar a escorregar, seus braços queimando, seus dedos ficando dormentes, e ele sabe que vai cair, ele e o Homem do Facão, e então...

Uma mão segura seu punho esquerdo.

Chris olha para cima e vê...

Batman.

Ele tem 1,60 metro e é magro, mas, definitivamente, é o Batman. E então Robin, com seu 1,95 metro e todo musculoso, segura firme o antebraço de Chris, e a Dupla Dinâmica puxa Chris e o Homem do Facão por cima da grade, de volta para a ponte.

— Caralho, Batman! — diz Robin.

— Nós devíamos convidá-los para jantar aqui — sugere Carolyn.

— É o mínimo — concorda Chris.

Ele está caminhando no zoológico numa tarde de sábado, depois de sua primeira semana na Divisão de Roubos, com sua linda, inteligente e charmosa namorada, em vez de ser uma mancha no asfalto da 163, portanto, sim, eles deveriam convidar os dois caras que salvaram sua vida, pelo menos para uma noite com muitos tacos.

— Vou fazer estrogonofe de carne — diz ela.

— Melhor do que o que eu estava pensando.

Eles param na ala dos primatas.

Champ olha para eles, reconhece Carolyn e dá um grito para cumprimentá-la. Ele não parece reconhecer Chris.

Puxa, Chris pensa, é um trabalho ingrato.

Ninguém nunca descobriu como o chimpanzé conseguiu o revólver.

PARA O SR. RAYMOND CHANDLER

PÔR DO SOL

om um charuto apagado nos lábios, Duke Kasmajian se senta em sua varanda e olha para a praia, que ele nunca frequenta.

— Areia demais — responde ele, quando alguém pergunta por que não.

É difícil caminhar na areia, principalmente se a sua figura de 1,78 metro tem de carregar 130 quilos, seus joelhos são ruins, a nova válvula do seu coração não tem garantia alguma e, aos 65 anos, você não está ficando mais jovem. Acrescente isso tudo ao fato de que Duke gosta de sapatos caros e não gosta de vê-los cheios de areia, e então você sabe o motivo pelo qual ele olha para o mar somente da varanda de sua casa em Bird Rock.

Apesar de seu cardiologista recomendar que ele faça caminhadas.

Duke tem uma esteira e um simulador de escada, e não os usa. São os cabides de roupa mais caros do mundo.

Ele parou *de fato* de fumar.

Também ordens médicas.

Por isso, o charuto apagado.

Um copo com uísque em cima de um banco à sua esquerda. Duke não vai largar esse prazer de jeito algum — nem pelo médico, nem pelos filhos, todos adultos, nem pelos inúmeros funcionários que ele tem na maior agência de fiança de San Diego, se não de toda a Califórnia.

Duke é uma lenda em San Diego.

Seu rosto está em outdoors nas estradas, na TV local e nos anúncios de rádio.

"Precisa de um truque? Chame o Duke."

Ele patrocina times da Liga Júnior de beisebol, torneios de softbol para pessoas em cadeira de rodas e um local secreto para mulheres abusadas, que seus recrutas mais experientes guardam a sete chaves.

Duke não se gaba das bolsas universitárias que distribui, das gorjetas que deixa nas barracas de limonada das crianças, das caixas de Natal para as famílias de policiais e bombeiros assassinados ou das despesas médicas de funcionários que ele pagou.

Ninguém sabe dessas coisas.

Ninguém precisa saber.

Tudo o que as pessoas necessitam saber é que se você precisar de fiança, ligue para o escritório de Duke Kasmajian e ele vai tirar você da cadeia. Duke é um agente de fiança com oportunidades igualitárias, que não discrimina baseado em raça, gênero, orientação sexual, níveis de culpa e inocência ou histórico criminal. Duke, na verdade, prefere os reincidentes, pois eles são uma base de receita constante, e ele até oferece descontos para "passageiros frequentes".

— Mas não voe para longe de Duke — avisa ele.

Não se engane pelo rosto redondo e amigável, ou pelo cabelo macio, cacheado e grisalho, ou pelo sorriso rabugento ao redor do charuto. Se você fugir de Duke Kasmajian, ele vai atrás de você. Pois você está fugindo com o dinheiro dele no bolso. Se você sumir com uma fiança de Duke, ele vai procurá-lo até encontrar você, ou um dos seus morre.

Ele não desiste jamais.

Assim como não desiste do seu amado uísque.

Ou do seu vinil.

Que, as pessoas mais jovens dizem para ele, está voltando à moda.

Porra nenhuma, Duke pensa, enquanto escuto Jack Montrose Sextet tocar "That Old Feeling" (Pacific Jazz Records, 1955) — discos de vinil nunca foram a lugar algum. A coleção de Duke do gênero normalmente conhecido como "jazz da Costa Oeste" ocupa a maior parte do segundo andar de sua casa, e o marido idiota da sua sobrinha — filha da sua irmã — tem medo de que o peso de todos os discos faça o chão ceder.

Uma idiotice, Duke pensa.

Sua casa foi construída em 1926, quando construíam coisas para durar.

Quando a maioria dos caras da sua idade olha para o mar, a trilha sonora na cabeça é Beach Boys, Jan and Dean, Dick Dale ou, quem sabe, os Eagles.

Não Duke.

Ele ouve coisas antigas boas.

Pacific Jazz Records.

Art Pepper, Stan Getz, Gerry Mulligan, Hampton Hawes, Shelly Manne, Chet Baker, Shorty Rogers, Howard Rumsey's Lighthouse All Stars, Lennie Niehaus, Lee Konitz, Bud Shank, Clifford Brown, Cal Tjader, Dexter Gordon, Wardell Gray, Harold Land, Dave Brubeck, Paul Desmond, Jimmy Giuffre, Red Mitchell, Stan Kenton, Benny Carter...

Charlie Parker estourou aqui.

Todos eles estouraram.

Bird tocava no antigo San Diego Box Arena, em 1953, tempo demais até para Duke ter frequentado, mas significa algo para ele. Assim como significa para ele que Harold Land era de San Diego.

Esse disco?

Jack Montrose no saxofone tenor, Conte Candoli no trompete, Bob Gordon no saxofone barítono, Paul Moer no piano, Ralph Pena no baixo, Shelly Manne, é claro, na bateria. Duke sabe tudo isso sem olhar para a capa do disco, ele sabe a maioria desses detalhes de cor, pois são importantes, ora, saber os nomes dos caras da gravação. Assim como no seu trabalho, detalhes são importantes, detalhes são tudo, se não fizer as chamadas coisas pequenas direito, vai ferrar as maiores. Portanto Duke lembra quem toca em quase todos os discos, mas se não se lembrar, ele pode olhar na porra dos encartes, o que não é possível fazer no iPad ou mePod ou sei lá que merda que se chama essa coisa que o marido da sua sobrinha está sempre tentando fazê-lo comprar.

— Duke — diz o garoto —, você pode levar toda a sua música para qualquer lugar.

Mas eu não quero levar minha música para qualquer lugar, Duke pensa. Quero ouvir minha música na minha casa, bebendo meu uísque, no vinil, do jeito que foi feito para ser ouvido.

238 / **DON WINSLOW**

Sou conservador nesse sentido.

Um dinossauro.

Sou conservador de outras maneiras também, ele pensa enquanto mastiga seu charuto na ponta do lábio e olha para o oceano Pacífico, pois o estado da Califórnia acabou de aprovar uma lei banindo o pagamento de fiança em dinheiro, o que vai fazer com que a empresa de Duke acabe, além de deixar seus funcionários sem emprego.

Duke não está preocupado consigo — ele sabe que seu dinheiro vai durar mais tempo que a válvula do seu coração.

Mas a empresa que construiu, a vida que construiu, está se aproximando do fim.

E o fim é o fim — não tem como voltar atrás.

A vida não é um vinil.

Ela não gira e gira até voltar para o início.

Duke sabe muito bem disso.

Quantas vezes Marie e ele se sentaram na varanda e viram o pôr do sol? Era um ritual quase diário. Ela vinha com o uísque dele e sua taça de vinho tinto, ele colocava um jazz para tocar, e os dois esperavam e assistiam aos vermelhos e laranjas flamejantes sumirem na paz plena do crepúsculo oceânico.

Era como se o mundo parasse para aqueles dez ou quinze minutos de deslumbramento.

Outros casais saíam para a varanda, ficavam em pé em silêncio, e assistiam. Até os surfistas paravam de tentar pegar onda, viravam suas pranchas na direção do sol se pondo e se sentavam nelas, em admiração silenciosa, ou até veneração.

Depois, quando Marie estava muito doente e os dois sabiam que seus pores do sol juntos estavam com os dias contados, ele a envolvia num casaco e numa coberta, um gorro de lã para sua cabeça careca, fazia uma xícara de chá quente para ela, pois estava sempre com frio, e eles se sentavam e assistiam ao pôr do sol, sabendo que estava se pondo para os dois.

Hoje, ele se senta e assiste sozinho, embora ainda sirva uma taça de vinho tinto para ela, que joga fora pela varanda, lá embaixo, nos arbustos, quando está pronto para entrar.

É sempre lindo e triste o sol se pondo.

A QUEDA   / 239

* * *

Duke entra na sala e, com relutância, pega o arquivo de Maddux.

Terry Maddux é um canalha.

De estatura baixa, cara de neném, incrivelmente bonito, cabelo loiro bagunçado, olhos azuis brilhantes e um sorriso que poderia encantar uma pedra, Terry é também, Duke pensa, analisando seu arquivo, um vagabundo drogado. Ladrão, viciado e, além de tudo, mentiroso, e Duke adora ele.

Todo mundo adora ele.

Tanto que Boone Daniels, um dos caçadores de recompensa de Duke, tatuou TAT, "Todos Amam Terry". Pois Terry é carismático, engraçado, incrivelmente bondoso quando não está doidão, e foi o melhor surfista que alguém já viu.

Uma lenda.

Duke nunca subiu numa prancha de surfe na vida, mas sabe distinguir beleza quando a vê (ou ouve), e admirar Terry numa onda era pura beleza. Ele tinha uma graça, um estilo. Subia numa onda como se fosse um grande trompetista fazendo um solo, tocando um *riff,* pegando uma melodia antiga e tornando-a nova, tornando-a sua, fazendo arte.

Rompendo barreiras.

Segundo Boone — surfista e um ardente historiador do esporte —, toda onda grande da Costa Oeste tinha as pegadas de Terry gravadas. Ele era um garoto, literalmente um menino, quando começou a remar em Trestles. Não muito mais velho, foi o primeiro a surfar a grande onda em Todos Santos. Um dos primeiros caras em Mavericks.

Ele já era mais velho quando os meninos levaram um barco para depois da arrebentação mística de Cortes Bank e foi Terry Maddux o primeiro a pular naquela onda de dezoito metros, em águas geladas e cheias de tubarão, e surfá-la.

E com aquele sorriso no rosto.

"Alegre" foi como Boone descreveu.

"Ele ficava alegre numa onda."

E fora dela.

Terry nunca foi a uma festa que não gostasse.

240 / DON WINSLOW

Fosse cerveja na praia ou drinques num bar, Terry estava sempre lá — rindo, brincando, virando bebida e cantando garotas, muitas das quais iam para casa com ele, sendo sua casa uma van, dirigindo para cima e para baixo da 101, pegando onda, animando festas, nunca acabando com elas.

Terry estava na crista da onda — o mundo inteiro o admirava. As revistas de surfe, os fotógrafos, as marcas de roupa, todo mundo amava Terry. Ele estava em capas de revista, em vídeos de surfe, tinha patrocínios e padrinhos. Quando precisava de dinheiro para financiar suas viagens de surfe, tudo o que tinha de fazer era vestir uma roupa com a logomarca, um chapéu, um par de sapatos, e eles doavam dinheiro para ele.

Dinheiro para surfar.

Dinheiro para curtir.

E esse foi o problema.

Terry gostava demais de festas.

Era como se estivesse sempre em busca de uma onda maior ainda. O álcool não era suficiente, e depois a maconha também não. E a cocaína não dava mais a onda que costumava dar, e a anfetamina não conseguia deixá-lo chapado.

A heroína conseguiu.

A heroína é a grande onda do mundo das drogas.

A sedutora imbatível.

Você não surfa essa onda enorme, é ela que surfa em você.

Ela derrubou Terry Maddux, arrancou-o da sua prancha e o segurou embaixo d'água, girando-o num caixote até cuspi-lo na areia.

Acabado.

Ele se drogava e faltava torneios, aparições públicas, sessões de foto. No início, o mundo do surfe arrumava desculpas para ele — "É só Terry sendo Terry". Enquanto ele conseguisse surfar e parecer bem, estava tudo certo.

Até que ele não conseguiu mais.

A questão sobre surfar — foi Boone que havia explicado isso para Duke — é que você tem de estar em forma para fazer bem. E para surfar ondas grandes, você precisa estar com o preparo máximo — precisa conseguir remar, nadar, segurar a respiração por mais de três minutos se uma das gigantes o mantiver embaixo d'água.

Você precisa ser forte, e a heroína deixa você fraco.

Deixa você magro.

Você precisa de foco total, *insano*, para surfar aquelas ondas, e a heroína deixa você *sem* foco e *sem* sanidade.

Além disso, sua aparência fica uma merda.

Não como a de um garoto capa-de-revista.

Ou de um herói de videoclipe.

Comportamentos que faziam com que Terry parecesse descolado quando surfava bem, mas que geravam uma péssima impressão quando ele surfava mal. Seu charme virou manipulação; suas histórias, mentiras; suas piadas, infames; suas tentativas de chamar atenção, bizarras; suas explicações, desculpas.

Esse é o problema de envelhecer, Duke pensa enquanto que observa o arquivo novamente. Um comportamento que é bacana quando você tem uns vinte anos fica grave nos trinta, é patético aos quarenta e trágico aos cinquenta.

Ninguém gosta de uma criança de cinquenta anos.

Principalmente, quando você está perdido na vida.

Um perdedor três vezes:

Uma prisão por posse de drogas.

Outra por furto.

Um terceiro crime por posse criminosa com intenção de tráfico.

E, dessa vez, Terry tinha fugido.

Não apareceu para o julgamento.

Duke tem de encontrá-lo antes da polícia ou abrir mão de trezentos mil dólares. O que seria financeiramente irresponsável, o que Duke nunca é. Principalmente, quando vê o fim da sua empresa e tem de se certificar de cuidar dos clientes que tem por aí, antes que a nova lei entre em vigor.

Duke liga para Boone.

A última coisa que Boone Daniels quer fazer é colocar Terry Maddux na prisão para o resto da vida.

Terry foi um dos seus heróis.

Boone cresceu ouvindo as histórias de Terry Maddux. Uma vez, quando jovem, ao saber que o cara estava em Bird Rock, ele pedalou furiosamente sua bicicleta até lá, ficou no meio da multidão durante horas só para ver um relance da sua lenda. Ele lembra até hoje quando Maddux chegou, a prancha debaixo do braço, acenou com a cabeça para Boone e continuou andando.

No dia seguinte, ele foi para o mar e tentou imitar o que tinha visto Maddux fazer nas ondas.

Não conseguiu, é claro, mas essa não era a questão.

Boone era um policial de patrulha novato quando viu Terry Maddux outra vez.

Dizem "Nunca conheça seus heróis", e talvez as pessoas estejam certas. Maddux estava tão bêbado que mal conseguia ficar em pé, muito menos surfar. O dono do bar queria ele *fora dali*, e Boone e outro policial conduziram Terry até o carro, onde ele vomitou no sapato de Boone, e depois pediu desculpa com uma sinceridade tão humilde que Boone não podia ficar bravo com ele. Eles não o levaram para a delegacia — porque ele era Terry Maddux —, mas para a casa da namorada dele, pois ele não conseguia se lembrar onde tinha estacionado sua van.

Uns três anos depois, numa manhã nublada de inverno, Boone viajou até sua casa ao norte de Crystal Pier para surfar, e viu Terry lá de pé, tomando café num copo de papel e parecendo doente.

— Você vai para o mar? — perguntou Terry.

— Sim — respondeu Boone, um pouco chocado. — E você?

Terry deu seu sorriso famoso.

— Parece que perdi minha prancha.

— Você pode pegar uma das minhas emprestada — falou Boone.

— Jura? — disse Terry. — Isso é muito legal da sua parte.

Boone foi com ele até sua van, abriu a porta de trás e mostrou a Terry suas pranchas. Terry escolheu uma de 1,80 metro e três quilhas.

— Tem certeza de que não se importa?

— Seria uma honra.

Terry estendeu a mão.

— Terry Maddux.

Claramente ele não se lembrava de Boone, menos ainda de ter vomitado em seu sapato.

— Sim, eu sei — disse Boone, sentindo-se um fã bobo. — Boone Daniels.

— Prazer em conhecê-lo, Boone.

Eles deram um tapa nas costas um no outro, e Boone apresentou Terry para o resto da Patrulha do Amanhecer, aqueles que surfavam naquela hora todas as manhãs antes de ir para o trabalho — Johnny Banzai, Maré Alta, Dave Ama-Deus, Surfista Nua e Dia de Sol. Quando pegou uma onda, Dave bateu no ombro de Boone.

— Você conhece *Terry Maddux?!*

Boone não mencionou que tinha resgatado Maddux de um bar.

— Acabei de conhecer. Bem agora.

— Não é ele em uma das suas pranchas?

— Ele esqueceu a dele.

A primeira de muitas desculpas que Boone inventaria por Terry, mas isso veio depois. Naquele momento, Boone simplesmente surfou com seu herói.

Foi maravilhoso.

Mesmo com suas habilidades diminuindo, Terry surfava com uma elegância etérea. Ele fazia os movimentos mais difíceis parecerem fáceis, e os movimentos mais mundanos parecerem arte.

— Não sei como descrever — disse Boone para Duke depois, tentando colocar em palavras que o coroa pudesse entender. — Foi como, sei lá, um jovem saxofonista tocando com Miles Davis.

— Acho que você quer dizer Charlie Parker — consertou Duke. — Mas entendo o que quer dizer.

Dizem "nunca conheça seus heróis". Deveriam acrescentar: e, pelo amor de Deus, jamais torne-se amigos deles.

Não de um amigo como Terry.

Um amigo que podia ser tão encantador num momento e tentar pegar sua namorada no outro (embora seja com uma cantada tão infantil que tanto você quanto sua namorada o perdoavam na hora), e depois deixar a conta para você pagar.

Que começava a dormir no sofá da sua casa e comer toda a sua comida.

Tudo isso era tolerável, mesmo gerando uma irritação crescente.

E então, outras coisas começaram a acontecer.

A nota amassada de dinheiro que você deixava sobre mesa começou a encontrar um caminho até o bolso de Terry. Você encontrou

Terry deitado em posição fetal não no seu sofá, mas na porta da sua casa, em cima de uma poça de vômito. Ele ligou pedindo para você pagar a fiança na delegacia, não de uma briga num bar, mas de uma acusação de furto.

Duke o aceitou como cliente.

Boone colocou o dinheiro.

A acusação deu em nada.

Mas a seguinte deu. Terry foi preso por um ano e meio, e Boone precisou admitir para si, com relutância, que era um alívio não ter mais seu herói aparecendo do nada e fazendo merdas constrangedoras e exaustivas.

Mas foi para Boone que Terry ligou quando foi solto.

Era no sofá de Boone onde ele costumava dormir até que conseguisse "se reerguer".

Boone, para quem ele jurou que tinha parado com as drogas para sempre dessa vez.

Foi Boone que o encontrou desmaiado por overdose no chão da sua casa.

Boone correu com ele para o hospital.

Foi Boone que, quando Terry ligou novamente pedindo para ele pagar sua fiança na delegacia, engoliu em seco com muita dificuldade e disse não.

Amor de verdade e essa merda toda.

E é para Boone que Duke liga para encontrar Terry.

— Você pagou a grana de garantia? — perguntou Boone.

— Uma mulher chamada Samantha Harris pagou os dez mil — responde Duke —, mas sim, eu paguei o resto. Não posso perder essa grana. Principalmente, agora.

— Não, eu entendo — fala Boone. Duke está prestes a perder sua empresa, seus funcionários vão perder seus empregos, e Boone vai perder uma grande parte de suas economias. Ele conhece Duke, sabe que o homem não vai deixar seus funcionários saírem pela porta sem um envelope gordo nas mãos para ajudá-los a se reconstruir.

Terry não tem o direito de tirar a comida da mesa deles.

— Eu já dei todas as chances pra ele — diz Duke.

— É verdade.

— Sei que ele é seu amigo — afirma Duke, — mas você é a melhor pessoa para tentar encontrá-lo.

Também é verdade, Boone pensa. Ele conhece a comunidade do surfe, conhece a maioria das pessoas que Terry conhece — as pessoas que idolatram Terry e as pessoas que Terry já ferrou, geralmente as mesmas. Ele sabe como a cabeça de Terry funciona, os lugares para onde vai, os lugares onde não é mais bem-vindo, que são um número grande.

Duke sabe das relações de Boone com os surfistas. Eles contam para ele coisas que não contariam para um caçador de recompensas qualquer, pois Boone não é um caçador qualquer que surfa, ele é um surfista que, às vezes, caça criminosos fugitivos, um investigador particular que faz alguns trabalhos para Duke (não é um personagem desconhecido no meio da comunidade de surfe de San Diego) e um "delegado" respeitado no seu pedaço de praia, um desses caras que mantém as coisas suaves, aplicando a lei com mão leve, porém firme.

Boone Daniels é uma lenda em seu universo.

Assim como sua equipe, a Patrulha do Amanhecer, equipe que também ajuda a trazer fugitivos para Duke, pois é formada por pessoas muito atléticas que tendem a ficar tranquilas em qualquer circunstância. Não vão se irritar e exercer violência desnecessária, mas não vão embora, de jeito algum, quando são confrontadas por um fugitivo raivoso.

Dave Ama-Deus faz alguns trabalhos para Duke, normalmente em parceria com Boone. Assim como Maré Alta, o samoano de 130 quilos cuja aparência costuma persuadir o fugitivo mais rebelde a entrar calmamente no banco de trás do carro. Até Dia de Sol, uma mulher de 1,80 metro, com porcentagem de gordura negativa, de vez em quando ajuda a trazer uma fugitiva mulher.

As regras de seu trabalho impedem Johnny Banzai, um policial detetive nipo-americano, de fazer uns bicos de caçador de fugitivos de fiança, mas ele é conhecido por passar umas informações de tempos em tempos.

Então, quando Duke contrata Boone, ele ganha toda a Patrulha do Amanhecer de bônus.

Eles são unidos, fortes, do jeito que pessoas que confiam a vida umas às outras em águas profundas são.

— Ele poderia estar no México — diz Boone.

Um dos grandes problemas de ser um caçador de fugitivos de fiança em San Diego é que a fronteira internacional fica a alguns quilômetros de distância e é fácil de atravessá-la. Mas, se você se aventurar pelo México, é melhor ir a fundo, pois Duke tem ótimas relações com policiais de Tijuana e com a polícia estadual de Baja, ambas conhecidas por já terem capturado um dos fugitivos dele, colocado o cara na mala do carro e o levado de volta até os braços de um dos caçadores de recompensas de Duke.

Entregar o fugitivo, pegar uma grana e estar em casa de volta para o jantar.

Terry Maddux sabe disso.

Ele não vai ficar perambulando por TJ nem por Ensenada nem por Todos Santos, todos lugares que ele conhece bem, pois as pessoas o conhecem nesse lugares, e os dedos curtos e atarracados de Duke podem alcançá-lo e capturá-lo em qualquer um dos seus antigos locais de fuga. Não, se ele foi para o sul da fronteira, está indo para Guanajuato, ou até para a Costa Rica.

Mas isso requer dinheiro, e Boone não acha que Terry tenha algum.

— Por que você não vai até a sra. Harris? — pergunta Duke.

Normalmente, Duke ligaria para outra pessoa, mas, nesse caso, talvez seja melhor que Boone vá até a casa dela ver se Terry está lá.

Pois, muitas vezes, a mesma pessoa que pode ser convencida a pagar a fiança também pode ser persuadida a acobertar um fugitivo.

O infrator usa a mesma tática.

Culpa.

"Se você me ama, faça isso por mim."

Pela experiência de Duke, as mães são as piores. Elas quase sempre os acobertam, ou se começam a discordar, há o argumento similar: "Se você me ama, não faça isso comigo."

Ou seja, colocá-lo para fora de casa ou entregá-lo para a polícia.

As namoradas são as segundas piores.

Elas, geralmente, estão em uma de duas categorias: uma mulher hétero comum que se apaixona por um criminoso que ela acha que vai salvá-lo desse mundo; ou a mulher criminosa — viciada em drogas como o namorado —, então ela vai escondê-lo por ser simplesmente um hábito.

Mas a segunda categoria de mulheres não costuma ter dez mil dólares para pagar a fiança.

E então existem as esposas. A não ser que sejam, como mencionado antes, co-criminosas, elas tendem a desistir do marido porque têm responsabilidades — filhos, aluguel, hipoteca — e não podem cogitar perder o dinheiro da fiança. Para muitas mulheres, é quase um alívio quando o marido é preso — um descanso do caos.

Duke confere o endereço.

Para um pequeno conjunto de letras e números, endereços podem contar histórias. Este — Coast Lane, 135, La Jolla — revela uma história interessante.

Primeiro, é em La Jolla, a cidade costeira que tem alguns dos endereços mais caros do país. Segundo, Coast Lane é, como o próprio nome indica, uma propriedade à beira-mar — a diferença entre "beira-mar" e "vista da praia" muda o valor de seis para sete zeros.

Boone sabe exatamente onde é o local, perto de Nicholson Point, ao sul de Tide Pools, ao norte da Clínica Médica La Jolla.

Local de propriedades de luxo.

Samantha Harris tem dinheiro.

É uma notícia boa e ruim. Boa, porque Samantha tem dinheiro para pagar a fiança; ruim, porque ela pode se dar ao luxo de perder esse dinheiro. É provável que não haja pressão financeira alguma para que ela entregue Terry à polícia, que é como muitos fugitivos são capturados. Se ela é dona da propriedade 135 na Coast Lane, ela poderia estar bancando a fuga de Terry.

É necessário dinheiro para desaparecer do radar.

Boone vai até a casa de Samantha Harris em sua van.

Que é conhecida na comunidade de surfistas de San Diego como "Boonemóvel", mas, seja lá do que é chamada, é uma desgraça.

Com vinte anos, enferrujada nas extremidades, lotada até o teto de pranchas, roupas de surfe molhadas, quilhas, máscaras, sandálias e restos de refeições compradas em barraquinhas de taco, em In-N-Outs e no Rubio's, o Boonemóvel parece, para dizer o mínimo, deslocado em La Jolla. Se você vir o veículo estacionado na frente da propriedade 135 da Coast Lane, você vai achar que ele está lá para cortar grama, consertar um vazamento ou elaborar um plano doentio e influenciado por metanfetamina para roubar o local.

A casa tem um estilo neocolonial espanhol em estuque rosa, com um telhado azul. A porta é uma antiguidade espanhola imensa de madeira talhada.

Boone sai do carro, caminha até a casa, percebe que a câmera de segurança o observa e toca a campainha.

Uma empregada num uniforme impecável abre a porta.

— Sim?

— Estou aqui para ver a srta. Harris.

— Ela está esperando o senhor? — Seu sotaque é latino, talvez mexicana, talvez guatemalteca ou hondurenha. Ela parece ter uns trinta e poucos anos.

— Não — responde Boone. A ideia é essa.

— A srta. Harris não recebe vendedores.

— Diga a ela que é sobre Terry Maddux — avisa Boone.

A empregada fecha a porta e some por cerca de um minuto. E então a porta se abre e ela o conduz até uma sala de estar cinco vezes maior que a casa inteira de Boone. Ela aponta para um sofá branco e diz:

— Espere ali, por favor.

Uma janela enorme dá para um jardim, uma piscina e, mais além, para a praia. Boone nunca entendeu por que as pessoas que moram a cinco passos da praia querem uma piscina, que não *serve* para nada. Mas ele pode imaginar Terry naquela espreguiçadeira, na sombra, bebendo um drinque.

Samantha Harris chega alguns minutos depois.

Ela é linda daquele jeito que as mulheres ricas de San Diego são. Cabelo loiro preso firme para trás, como se fosse um chapéu dourado, suéter preto — pois é inverno na Califórnia — e uma calça preta. Camadas de pulseiras de ouro cobrem seus pulsos, óculos de sol imensos cobrem seus olhos.

Investigador e ex-policial, Boone sabe o que isso normalmente quer dizer.

Samantha vai direto ao ponto:

— O que é que *tem* Terry?

— Ele está desaparecido.

— Mas ele não está sempre? — Ela gesticula para Boone se sentar de novo, e senta-se ela própria numa poltrona acolchoada.

— Mas dessa vez ele fugiu do agente que pagou a fiança — responde Boone.

— E você é o quê? — pergunta ela. — Algum tipo de caçador de recompensas?

— *Tipo* isso — diz Boone.

— Bem, ele não está aqui.

— Você sabe onde ele está? — questiona Boone.

Ela sorri e sacode a cabeça em negação.

— Quando você o viu pela última vez?

— Você é policial, senhor... ?

— Daniels.

— Sr. Daniels?

— Não — responde Boone.

— Então eu não tenho que responder suas perguntas.

— Não, não tem — concorda Boone. — Mas é interesse seu nos ajudar a encontrá-lo. Se isso não acontecer, você perde os seus dez mil dólares.

Ela dá de ombros.

Boone tem consciência de que ela está usando mais do que isso em seus pulsos. E que, se ele bem conhece Terry, dez mil dólares é, provavelmente, a menor das contribuições dela para o fundo TAT.

— E é do interesse do Terry também — acrescenta Boone.

— E por quê?

— É melhor para ele que a gente o encontre antes da polícia.

— É difícil acreditar nisso — conclui ela.

Boone está ficando cansado de seu comportamento de Donzela do Gelo de La Jolla. É uma das personalidades-padrão de San Diego — Garota Surfista Tranquilona, Mãe Gostosa, Donzela do Gelo de La Jolla. Clássicos. Ela faz esse papel muito bem, mas ainda assim é um estereótipo ultrapassado.

Ele se levanta e deixa um dos cartões de Kasmajian na mesa de canto, ao lado da poltrona dela.

— Acredite no que quiser. Se tiver informação para nós, ligue para esse número. Obrigado pelo seu tempo.

Ele se encaminha para a saída.

— Espere — diz ela. E acrescenta — Por favor.

Ele se vira e olha para ela. Dá de ombros.

— Você acha que vão machucá-lo? — pergunta ela.

— Pode ser que não queiram — diz Boone —, mas toda prisão tem riscos, principalmente de alguém tão errático quanto Terry pode ser.

— Não sei, não.

— Foi Terry que bateu em você? — pergunta Boone.

Ela tira os óculos para mostrar o hematoma roxo intenso abaixo do seu olho esquerdo.

— Eu o provoquei.

— Não há motivo para um homem bater numa mulher — afirma Boone. Quando um cara faz isso, ele rasga seu direito de ser homem.

Samantha diz:

— Acho que ele faz isso quando se sente mal consigo mesmo.

— Ele tem muitos motivos para se sentir mal consigo — reitera Boone. — Você deveria nos ajudar a encontrá-lo, antes que ele machuque outra pessoa.

— Uma outra mulher, você quer dizer?

Dessa vez é Boone que dá de ombros.

— Eu sei que ele tem outras mulheres — confessa Samantha. — Mas eu realmente não sei onde ele está. Eu o vi pela última vez há dois dias. Ele passou a noite aqui. Bem, a maior parte da noite. Quando acordei, ele já tinha ido embora.

— O que ele levou?

Ela olha para ele, como se reavaliando.

— Como você sabe?

— Conheço Terry.

— Um pouco de dinheiro — respondeu ela. — Um colar de diamante. Um relógio.

— No valor de... ?

— Quarenta mil.

— Quanto em dinheiro?

— Algumas centenas de dólares — diz ela.

A QUEDA / 251

— Você tem que prestar queixa — sugere Boone.

— Não posso provar que foi ele.

— Você pode, quando ele tentar vender.

— Não quero que ele seja prejudicado — lamenta ela. — Eu o amo, sr. Daniels. Se ele voltasse, eu o aceitaria de novo. É triste, não é?

Sim, é triste, Boone pensa.

Porque às vezes eu me sinto do mesmo jeito.

— Você pode me dar uma descrição do colar e do relógio?

— Eu tenho fotos. Para o seguro.

— Se você reportar o roubo — diz Boone —, a seguradora vai prestar queixa.

— Eu disse que vou reportar? — Ela sai durante alguns minutos e volta com as fotos, que entrega a Boone.

— Vou trazer estas fotos de volta para você — avisa Boone. — Você se importa se eu fizer cópias?

— Estas são cópias.

— Obrigado.

Ele se levanta para ir embora novamente.

— Sr. Daniels…

— Sim?

— Se você encontrá-lo — pede Samantha —, diga a ele que… eu não estou brava com ele.

É engraçado, Boone pensa enquanto a empregada o conduz até a saída. Terry Maddux pode fazer as merdas mais absurdas, e a preocupação é sempre que ele não ache que você está bravo com ele.

Como se, de alguma forma, você precisasse que ele *o* perdoasse.

Na porta, ele diz para a empregada:

— Eu sou Boone. Qual é o seu nome?

— Flor.

— Você conhece Terry?

Ela assente com a cabeça.

— O que você acha dele?

— Ele é um vagabundo — responde ela.

Mas ele é um vagabundo com dinheiro, Duke pensa quando desliga o telefone depois de falar com Boone e as fotos das joias roubadas aparecem em sua tela.

Terry Maddux tem um pouco de dinheiro (vai saber o que "um pouco de dinheiro" significa para uma mulher como Samantha?) e mercadorias valiosas que vai tentar vender em algum lugar. A grana pode ser suficiente para ele comprar uma passagem para algum lugar longe daqui, talvez até para outro país.

Por precaução, Duke já avisou às pessoas na rodoviária, na estação de trem e nos dois terminais do aeroporto de San Diego. São boas pessoas, e se Terry aparecer em algum desses lugares, elas irão pegá-lo.

Duke sai da sua sala e entrega as fotos para Adriana.

Com cinquenta e poucos anos, ela é o braço direito dele há vinte anos. Ele não poderia ter construído a empresa sem ela. Cabelo preto, magra, vestida como se ganhasse mais dinheiro do que ganha, ela coordena o escritório com estilo, humor e sem loucuras.

— Circule essas fotos entre o pessoal — pede Duke.

Ele não precisa ser mais específico do que isso. Ela vai enviar as fotos para todas as joalherias e lojas de penhores e todos os vendedores ilegais em San Diego. Dessa forma, eles ficarão avisados que, se alguém aparecer querendo vender, a mercadoria é quente. E Duke sabe que ela avisará que é um assunto de urgência e que vai enviar as fotos pedindo que, se um vendedor aparecer, avisem para o escritório de Kasmajian imediatamente.

A maioria deles honrará o pedido. É um bom negócio, e muitas pessoas devem favores a Duke.

Adriana parece um pouco chorosa nessa tarde.

Duke sabe por quê.

Esse lugar não é só seu trabalho, é sua vida.

Ele também sabe que, se ela desmoronou, foi até o banheiro feminino chorar e ajeitar a maquiagem para voltar à sua mesa.

— Não se preocupe com isso, Ad — diz ele. — Vai dar tudo certo.

— Claro que vai.

— Quem está no comando hoje à noite? — pergunta Duke.

— Valeria.

— Se chegar qualquer informação, quero que ela me ligue — avisa Duke. — Estarei no Carey.

— Hoje é quinta-feira, onde mais você estaria? — brinca Adriana. Toda quinta-feira, nos últimos zilhões de anos, é dia de pôquer na casa do dr. Carey. Fugitivos fugiram e foram encontrados, casamentos começaram e acabaram, mas o jogo continua firme.

Adriana os chama de "O Trio Improvável" — Duke, Neal Carey e Lou Lubesnick. Um agente de fiança, um professor universitário e um policial que jogam pôquer, vão a jogos de beisebol e têm debates filosóficos intermináveis sobre assuntos inúteis.

Por exemplo, a ética do refil de restaurantes nas redes de fast-food.

— Aqui diz refil grátis — disse Lou, em uma das discussões sem fim.

— Isso não significa pra sempre — respondeu Neal.

— Não há limite de tempo no aviso.

— Talvez não legalmente — fala Neal —, mas eticamente.

Duke o desafiou nessa, pois Carey tem uma mania irritante de apelar para o campo moral.

— Tá bem, qual é o intervalo de tempo ético em que usar o refil é aceitável?

Neal pensou por um momento e determinou a seguinte regra:

— Uma vez que sai do local, você encerra o direito ao refil daquela sessão.

— Digamos que eu tenha esquecido algo no carro — propôs Lou —, saio para pegar e volto. Quando eu volto, perdi o direito ao refil?

— Aí é diferente — retrucou Neal —, porque constitui a mesma visita.

— Mas eu saí do local.

— Temporariamente.

— Mas esse é *sempre* o caso — afirmou Lou — se eu voltar.

— Sim, mas não se for uma semana depois — disse Neal. — Isso constitui uma outra visita.

— Então é uma questão temporal — concluiu Duke, para seguir com a conversa.

— Exatamente — exclamou Neal.

Lou estava irredutível. Não que ele algum dia fosse voltar para utilizar seu refil de bebida uma semana depois, mas estava teimoso com relação ao princípio da coisa.

— Em nenhum lugar do copo está determinado um limite de tempo.

— Então é pra sempre? — perguntou Duke.

— Durante a vida útil do copo — disse Lou. — Eu comprei o copo.

— Mas isso constitui direito perpétuo ao líquido que vai dentro dele? — indagou Neal. — Não acho.

— Mas eles não contam pelo líquido — disse Duke. — Eles contam pelo copo.

— Mas ainda assim dão o líquido.

— Assim como fariam se eu passasse o dia inteiro lá bebendo — concluiu Lou. — Isso seria mais ético, se eu sentasse lá durante o dia inteiro preenchendo meu refil de bebida *e* ocupando espaço? Quando penso na situação dessa forma, estou fazendo um favor a eles.

O debate se seguiu por meses. Assim como a discussão sobre ketchups, mostardas e guardanapos que o garoto no balcão coloca na bandeja. A saber, se houver ketchups, mostardas e guardanapos que você não usar, é aceitável levá-los para casa?

— Eu paguei por eles — afirmou Lou.

Neal é o guardião da ética.

— Você pagou por ketchup e mostarda suficientes para colocar no seu hambúrguer, e por guardanapos suficientes para limpar sua boca.

— Mas se eles me deram extra, querem que eu os use — disse Lou. — Além disso, não acho que a Vigilância Sanitária deixe-os reutilizar embalagens que já foram entregues para clientes.

— Então você está fazendo um serviço público — ironizou Duke.

— Alguém tem que fazer — finaliza Lou.

Duke estaciona na entrada da garagem dos Carey. A casa é um bangalô em El Paseo Grande que eles compraram vinte anos antes dos preços das propriedades ficarem insanos. O Honda Civic aos pedaços de Lubesnick já está lá.

Os esforços de Duke para fazer Lou trocar por um carro novo — isto é, *decente* — resultaram num fracasso atroz.

— Você é um tenente da polícia de San Diego — disse para Lou. — Pode pagar um carro melhor.

— Poder pagar é irrelevante — respondeu Lou. — Eu posso pagar por uma tiara de ouro também. Isso significa que eu deva comprar uma?

— Ele não estava falando de poder pagar — esclareceu Neal. — Ele estava falando de uma necessidade que você pode arcar.

— Defina "necessidade" — pediu Lou. — Meu carro me leva de A até B. Isso é o que necessito que um carro faça.

— Mas ele está uma merda — retrucou Duke.

— O que é irrelevante, assim como poder pagar por algo — disse Lou.

— Não, necessariamente — discordou Neal. — Se no seu cargo de tenente policial a aparência do seu veículo faz com que você perca prestígio, isso torna-se um risco que você não pode correr.

— Ou — complementou Lou — torna-se um tipo de marca. Um símbolo charmoso da minha recusa em me conformar com uma demanda da sociedade por itens de prestígio. Como o Cadillac do Duke.

— Eu dirijo um Cadillac porque sou um homem grande.

— Você dirige um Cadillac — disse Neal — porque você é nostálgico, porque você acha que ele te leva de volta para uma época que considera melhor do que a atual.

— Eu realmente considero os velhos tempos melhores do que os atuais — concordou Duke.

Assim como deveria pensar qualquer ser humano que já ouviu Hank Mobley tocar "No Room for Squares".

— Acho que é mais uma questão de imagem — afirmou Lou. — Criminosos crônicos veem o Duke dirigindo por aí livremente seu Cadillac velho enorme e acreditam que podem ser livres também.

— Eu posso.

— Essa é a questão.

Ele acabara de desperdiçar mais uma tentativa de pressioná-lo a comprar um carro novo.

Karen atende à porta.

Incrivelmente atraente aos 68 anos — alta, com pernas longas —, seu cabelo comprido branco está preso sob uma viseira.

— Boa noite, bundão. Entre.

Tanto Neal Carey quanto Lou Lubesnick são jogares *terríveis* de pôquer, talvez porque estejam mais interessados nos debates talmúdicos do que nas cartas.

Mas não Karen.

Ela é uma jogadora de cartas brutalmente eficiente, rápida, de olhares precisos, que não poderia se importar menos com a ética e só quer ganhar. No fim da noite, em geral, ela está com uma pilha de fichas à sua frente. Às vezes, Duke tem que lembrar que a mulher de Neal é de Nevada, apesar de não ser de Vegas, e sim, de uma cidade pequena ao norte, repleta de fazendas.

— O outro bundão já chegou — diz Karen.

— Lou ou o seu marido? — pergunta Duke.

— Os dois — responde ela, conduzindo-o para dentro.

A cozinha exala um cheiro ótimo. A famosa "Pasta de Feijão Matadora" da Karen está borbulhando em fogo baixo, uma pilha de quesadillas aguarda num prato grande, e seu ainda mais famoso "Chili Ainda Mais Matador" cozinha lentamente em uma panela.

A primeira vez que Duke comeu o Chili Ainda Mais Matador de Karen — uma receita que ela conseguiu, de forma improvável, de um restaurante chinês em Austin, Nevada —, ela o avisou sobre a pimenta forte. Ele levou uma colher cheia até a boca. E então, seus olhos lacrimejaram, suas bochechas ficaram vermelhas, e ele sentiu como se seu cabelo estivesse pegando fogo.

Duke levanta a tampa e puxa o vapor com as mãos para o nariz.

Tem algo diferente.

— Eu fiz com peru — diz Karen.

— *Por quê?* — pergunta Duke, consternado.

— Porque não quero que você caia duro na nossa mesa de jantar — responde ela.

— Meu coração está ótimo.

— Vamos mantê-lo desse jeito.

Karen Carey é uma das melhores pessoas que Duke conhece. E uma das mais bondosas. Quando Marie foi diagnosticada, era Karen que deixava caçarolas de comida na casa deles, era Karen que a levava para a quimioterapia quando Duke não podia, era Karen que segurava a cabeça dela quando ela vomitava.

Quando Marie faleceu, foram Karen, Neal, Lou e Angie que ajudaram Duke a passar pelo luto, recebendo-o em suas casas, indo à casa dele e bebendo vinho na varanda para encurtar aquelas noites infinitas. Foi após a morte de Marie que as noites de pôquer às quintas-feiras começaram, assim como os ingressos para os jogos dos Padres, apesar de Neal ter sido um fã caloroso dos Yankees a vida toda.

Isso foi — será que é possível? — há cinco anos.

A QUEDA / 257

Ele não conseguiria ter passado nem um ano — especialmente o primeiro, terrível — sem essas pessoas.

Elas são muito preciosas para ele.

Assim como esta casa. Ele passou tantas horas aqui, primeiro nos jantares de casais, quando Marie ainda estava entre eles, e antes de Lou e Angie se divorciarem, depois nas quintas-feiras de pôquer, ou simplesmente nas noites em que ele vinha só assistir à TV ou ouvir música enquanto Neal fingia interesse em jazz da Costa Oeste.

É uma casa de acadêmicos — cada pedaço de parede é preenchido por prateleiras de livros do chão ao teto, a maioria delas com os livros de literatura inglesa de Neal — "Lit Brit", como ele chama —, algumas com a coleção de livros infantis de Karen — ela era professora do ensino fundamental — e uma pequena prateleira de livros que Neal havia escrito.

Livros altamente acadêmicos, com títulos como Tobias Smollett e a origem do herói da literatura moderna; Samuel Johnson e o início da "literatura"; *Amazing Grace: A poesia da escravidão* — livros que Duke fingia com persistência que tinha lido, e Lou fingia, com a mesma persistência, que não.

Neal é, aparentemente, um cara importante no meio acadêmico.

Duke entra na sala de jantar, onde Neal e Lou estão de pé ao lado da mesa com uma toalha de feltro verde em cima.

As cartas e fichas já estão lá.

— O que você quer beber? — pergunta Neal.

— Suco de toranja com uma folha de couve — responde Duke.

Neal serve para ele um uísque e faz um brinde com sua garrafa de cerveja.

Neal Carey, aos 65 anos, tem um cabelo igualmente castanho e branco, na altura do colarinho, sem estilo, que condiz com a persona desordeira que ele cultiva para compensar o estereótipo intelectual. Mas a coisa do desordeiro não é pose — Neal não fala muito sobre quando era jovem, mas, ao longo dos anos, Duke entendeu que ele cresceu com dificuldade no Upper West Side, em Nova York, quando *lá* era barra pesada, que ele nunca conheceu o pai e que sua mãe era uma viciada em heroína que se prostituía para pagar seu vício.

Alunos que assistem à aula de Neal pela primeira vez ficam surpresos com o sotaque de Nova York, a jaqueta de couro preta, o uso da expressão "pra cacete" ("Vocês nunca ouviram falar em Smollett, mas ele é importante 'pra cacete', e aqui está o porquê") — uma expressão que ele nunca usava fora de sua sala de aula. O sotaque também desaparecia ou, pelo menos, diminuía muito.

— Seus alunos têm que poder imitar você — explicou para Duke.

Lou Lubesnick tem uma filosofia similar — além do carro velho, ele tem um cavanhaque preto que combina com seu cabelo preto todo puxado para trás, isso no Departamento de Polícia de San Diego, famoso por ser conservador, tradicional e branco, onde até os mexicanos e os policiais negros ouvem música country. Em um departamento cheio de republicanos que pensam que democratas são comunistas, Lubesnick é um membro-contribuinte da ACLU — União Americana pelas Liberdades Civis.

Duke sabe que nenhum dos seus amigos manteria o comportamento iconoclasta se não fossem tão bons no que fazem. A Divisão de Roubos de Lou tem uma das taxas de resolução de crimes mais altas do país, e a Universidade da Califórnia em San Diego tem medo de perder Neal para Columbia, a uma viagem curta de metrô até o Yankee Stadium.

Eles vão até a cozinha e "se munem de comida", nas palavras rústicas de Karen, e voltam para a sala de jantar para comer e jogar cartas.

Duke está surpreso que o chili de peru não é tão ruim quanto ele temia.

A sra. Carey joga pôquer fechado de cinco ou Seven-Card Stud e não entra em jogo com frescura de cartas ou jogadas inventivas, nem nada dessas loucuras, portanto não esconde seu desprezo quando é a vez de Lou e ele anuncia:

— Pôquer fechado de nove, melhores cinco cartas, vale empate, dama vermelha pode ser Ás, última carta do monte.

— E qual monte seria, Lou? — pergunta Karen. — A sua barriga imensa?

Ela acaba com todos eles.

Mais do que de costume, e depois de umas dez rodadas, ela diz: — Vocês está jogando pior do que normalmente, Duke. Eu espero isso desses dois, mas você geralmente aguenta uma briga.

— Devo estar distraído.

Neal pergunta:

— Por...?

— Um fujão importante — responde Duke.

— Ele tem nome? — questiona Lou.

— Teddy Maddux.

Lou abaixa suas cartas.

— Você já deveria saber dessa possibilidade.

Duke assente com a cabeça.

— Agi contra meu bom senso.

Karen pergunta para Lou:

— Você conhece o cara?

— O departamento inteiro conhece Terry — responde Lou. — Nós o prendemos de vez em quando. Por que o bunda-mole aqui pagou a fiança dele é um mistério pra mim.

— Você acertou em cheio — fala Duke. — Eu estou mesmo virando um bunda-mole.

— Quanto ele está te devendo? — pergunta Neal.

— Trezentos. Mil.

— Ai.

— Coloquei Daniels atrás dele — conta Duke. — Nós vamos encontrá-lo.

Ele coloca a mão no bolso da sua camisa e leva o charuto à boca.

Boone passa a noite atravessando a Pacific Coast Highway.

Os fujões são engraçados. Ou eles se mandam para bem longe, ou ficam muito perto, e quando são encontrados, quase sempre é próximo de casa, em lugares que conhecem.

Terry é surfista.

Ele conhece a PCH.

Ele tem um pouco de dinheiro, poderia estar em uma das centenas de hotéis espalhados por uma cidade turística como San Diego. Ele poderia estar no centro, em Gaslamp, ou poderia estar nos subúrbios ao norte, mas Boone duvida.

Terry vai ficar perto do mar.

Surfistas ficam nervosos quando não podem sentir o cheiro do mar.

Então, Boone dirige a van para cima e para baixo na PCH, pois é possível que Terry espere o sol nascer e coloque a cabeça para fora, em busca de comida. Ele iria até uma das dezenas de barraquinhas de taco ou restaurantes de fast-food.

Terry Maddux tem duas necessidades conflitantes.

Como fujão, precisa de um local para se esconder.

Como viciado, precisa de drogas.

A forma como usuários encontram traficantes mudou. Costumava ser em determinadas quadras ou partes específicas de parques ou até praias, onde vendedores ficavam por ali, esperando os compradores. Antigamente, Boone passava nesses locais para encontrar seu alvo, mas esses pontos de venda não existem mais. Com o advento do celular e das redes sociais, os viciados ligam ou mandam mensagem para seus traficantes e combinam de se encontrarem dentro de lugares fechados, fora da vista.

Portanto Boone precisou adotar um ângulo diferente.

Ele foi até Maré Alta. O membro número um da Patrulha do Amanhecer de Pacific Beach cresceu como um samoano membro de gangue em Oceanside. Já como um santo, apesar das atividades dos últimos anos, Maré Alta ainda tem suas conexões de gangue, então Boone pediu a ele para contatá-los e avisar que se Terry aparecer procurando drogas, é melhor entregá-lo, se quiserem que Duke volte a pagar a fiança deles um dia.

Enquanto Boone espera a resposta, ou por Terry ir até uma loja de joias ou de penhores, ele atravessa a costa para ver se o surfista se aventura em algum lugar.

Dave Ama-Deus está com ele.

Se encontrarem Terry, capturá-lo será um trabalho para dois. Além disso, eles têm um monte de gente para interrogar, sendo, pelo menos, a metade de mulheres, e as mulheres gostam de Dave, talvez porque sintam que com ele o sentimento é recíproco.

— Não estou gostando disso — diz Dave.

— Nem eu — concorda Boone. — Mas Terry passou dos limites. E Duke nos sobrecarregou.

Eles começam em Ocean Beach — "OB", para os locais — e seguem na direção norte, parando nos hotéis e nas barracas de fast-food. Eles se revezam, um fica esperando no carro enquanto o outro sai e mostra a foto de Terry e pergunta aos funcionários e serventes se o viram.

A QUEDA | 261

Ninguém em OB viu Terry, ou se viu, não quer dizer.

Idem em Mission Beach.

Eles seguem para o território familiar em Pacific Beach, PB, e finalmente dão sorte em um pequeno hotel ao sair do Mission Boulevard.

Boone entra e fala com a recepcionista, uma mulher indiana de meia-idade que também é a dona. Ele mostra uma foto e pergunta:

— Você viu esse homem?

— Você é da polícia?

— Não, senhora, mas sou uma espécie de delegado.

— Nós respeitamos a privacidade dos nossos hóspedes — diz ela.

— Então ele é um hóspede aqui?

— O que ele fez? — pergunta ela.

— Entre outras coisas — responde Boone —, ele bateu numa mulher.

Ela pensa por um instante e fala:

— Ele chegou ontem à noite.

— Qual quarto? — pergunta Boone, sentindo a adrenalina subir. Dave está lá fora, no estacionamento, de olho caso Terry apareça, veja Boone e fuja.

— Quarto 208.

— Você sabe se ele está aqui agora? — indaga Boone.

— Ele fez check-out hoje de manhã — responde ela. — Bem, hoje à tarde, e eu tive que ligar para ele às 12h30.

Terry foi embora da casa de Samantha com as coisas que roubou e dormiu aqui, Boone pensa. Foi esperto para passar uma noite só, pois ele conhece o processo. Já deve estar procurando outro lugar para se esconder até poder trocar o relógio e o colar pelo dinheiro que permitirá que ele fuja de verdade.

Nós estamos numa corrida.

— Você sabe se ele estava sozinho? — pergunta Boone.

Ele sabe que ela sabe. O escritório do hotel é arrumado e imaculado. Uma proprietária dessa vê quem chega e quem sai do seu estabelecimento.

— Uma jovem. Ela chegou e foi até o quarto dele.

— Ela estava lá quando ele fez o check-out?

A mulher estava constrangida.

— Sim.

Então Terry se meteu com outra mulher. Ele tem transporte e, quem sabe, outro lugar onde ficar.

— Você sabe me dizer que carro ela dirigia?

— Não entendo muito de carros — responde ela.

Ele agradece à mulher e volta para a van.

— Ele esteve aqui até o meio-dia de hoje — reporta Boone. — Ele está em movimento.

— Para onde vamos? — pergunta Dave.

— Vamos seguir pressionando. Alguém com quem falarmos vai ligar para Terry e dizer que estamos perto. Se nos mantivermos em movimento, temos uma chance.

Eles estão em Solana Beach quando o telefone toca.

É o Maré Alta.

Terry vai comprar drogas.

Maré está esperando por eles no estacionamento do condomínio Carlsbad Shores, entre a Washington Avenue e a Chestnut Street, em North County, a três quadras de Tamarack Beach. A caminhonete dele está parada do lado leste de um prédio de dois andares, ao lado de um canteiro estreito de arbustos com um caminho de pedestres sujo ao longo dos trilhos de trem.

Boone estaciona do lado dele.

Maré abre a janela.

— Você conhece Tommy Lafo?

Boone responde que não.

— Melhor assim — diz Maré. — Ele é um desperdício de gente, um traficante de drogas.

— Ele mora aqui?

— Os avós dele.

— Eles estão em casa? — pergunta Boone. Pois isso poderia ser um problema. Ele não quer envolver pessoas idosas nisso, que podem se machucar.

Maré sacode a cabeça em negação.

— Eles estão em Palauli, visitando a família. Morreriam de vergonha se soubessem.

— Por que ele entregou Terry?

— Ele tá encrencado com a Organização dos Samoanos Unidos — responde Maré. — Ele trepou com a sobrinha de um figurão, e eles querem puni-lo. Ele precisa de ajuda.

Ele veio ao lugar certo, Boone pensa. Maré Alta saiu da Organização dos Samoanos Unidos anos atrás, mas eles ainda o veem como um "tio" respeitável que funciona como pacifista com os Filhos de Samoa, os Tonga Crips e outras gangues da ilhota. Ele consegue que eles deixem Tommy em paz, talvez com uma viagem até o altar em vez de uma passagem rápida para um terreno baldio.

— É melhor entrarmos logo — diz Maré. — Maddux está a caminho.

— Como ele está vindo até aqui?

— Tommy não disse. Acho que ele não sabe.

Boone e Maré entram no prédio. Dave espera do lado de fora para vigiar Terry caso ele fuja. O prédio é uma construção simples e sem graça de tijolos de cimento. Eles pegam o elevador até o segundo andar.

Maré bate na porta de Tommy.

Tommy Lafo tem uns vinte e poucos anos, é pequeno e magrelo. Seu cabelo preto longo está preso com um coque no alto da cabeça. Tatuagens começam no seu pescoço e entram por sua camiseta preta, cobrindo os braços como se fossem mangas. Ele parece nervoso.

E deveria estar mesmo, Boone pensa.

Maré Alta não é um homem com quem se brinca.

Tommy olha para cima, para Maré, e diz:

— E aí, irmão?

— Não sou seu irmão, cuzão — responde Maré. — Eu apresentaria vocês, mas você não merece conhecer meus amigos. Maddux está vindo?

— Em cinco minutos — diz Tommy. — Ele acabou de me mandar mensagem.

Maré olha ao redor do pequeno apartamento — a sala de estar e a cozinha onde estão, uma porta aberta para um quarto, outra porta para um banheiro.

— Nós vamos esperar no quarto. Deixa Maddux entrar, fecha a porta. Onde estão as drogas?

Tommy aponta para uma mochila em cima de uma cadeira.

— Ali dentro.

— Pega o dinheiro e entrega a droga pra ele — fala Maré. — Ele vai ficar todo ocupado com ela, nós entramos e pegamos ele. Você só sai da frente, entendeu?

— Claro.

— Se você estragar essa parada — avisa Maré, com os olhos engolindo o garoto —, *ou e fasioti oe.*

Tommy fica pálido.

Boone não fala samoano, mas não tem dúvidas de que Maré acabou de dizer a Tommy que iria matá-lo.

Eles entram no quarto, deixando a porta entreaberta.

O telefone de Boone vibra. Ele atende e ouve Dave dizer:

— Terry acabou de sair do carro. Uma garota está dirigindo. Ela não saiu do carro.

Boone clica para desligar e assente com a cabeça para Maré.

Maré puxa as algemas que estão debaixo da blusa.

Boone ouve o telefone de Tommy apitar, uma mensagem de texto. Provavelmente é Terry lá de baixo avisando que está subindo.

Um minuto se passa...

Noventa segundos...

Boone sussurra:

— Ele nos fodeu.

Eles saem pela porta quando Dave liga:

— Ele está no estacionamento, correndo para o carro. Vou interceptá-lo.

Boone sai correndo do apartamento, não espera o elevador, desce de escada, ouvindo Dave no telefone:

— A garota fugiu. Estou seguindo Terry no sentido sul.

Ao chegar ao estacionamento, Boone vira à direita e vê Dave correndo num terreno baldio, depois numa viela estreita entre um galpão velho e um prédio. Boone vai atrás dele. A viela fica mais estreita entre dois outros prédios, e então Boone ouve Dave gritar:

— Ali!

E vê Terry pular da viela para o jardim de alguém.

E ele perde Terry de vista.

Dave grita:

— Direita! Direita!

Boone corre atrás dele no jardim até uma rua larga que dá num beco sem saída. Ele vê Terry sair do beco por uns arbustos baixos na direção sul, pelo caminho de terra ao longo dos trilhos.

Dave está a cerca de vinte metros atrás dele.

Não tem chance. A vantagem inicial não vai favorecer um viciado em heroína de meia-idade contra um lendário salva-vidas de trinta e poucos anos em perfeita forma. Em constante treinamento para salvar pessoas em águas turbulentas, correntes fortes e arrebentação violenta, os batimentos cardíacos de Dave Ama-Deus está no nível dos melhores atletas do mundo.

Os de Boone, não, mas ainda são eficientes graças às sessões de surfe pelo menos uma vez ao dia. Remar parece fácil, como se o surfista estivesse deslizando sem esforços pela superfície, mas alguém que nunca fez isso não pode nem imaginar o trabalho exaustivo que é.

E Maré, carregando 160 quilos, não é um atleta fora da sua prancha, mas ele está correndo atrás, puto e determinado, com o DNA de pessoas que remaram em canoas por milhares de quilômetros em mar aberto.

Terry não vai conseguir fugir desses três e ele está sem novas opções de lugares onde se enfiar, com os arbustos diminuindo e o trilho ficando mais largo e a região mais árida.

Boone sabe que é só uma questão de tempo, e não muito mais.

E então, ele ouve uma buzina.

E vê a luz de um trem vindo do sul.

Percebe que Terry enxerga o trem também, pois Maddux para, olha para trás, para os seus perseguidores, e está claramente pensando em fazer algo radical.

Para dizer o mínimo.

Boone grita:

— Terry, não!

É, como se *Terry, não!* tivesse parado ele alguma vez. *Terry, não reme para dentro daquela onda. Terry, não tome outro pico. Terry, não injete heroína.* Terry Maddux passou sua vida inteira desafiando os pedidos de "Terry, não!" e transformando-os em "Terry, sim!", e está calculando as probabilidades de atravessar os trilhos na frente de um trem em alta velocidade e colocá-lo entre ele e seus perseguidores.

Terry fez coisas similares em jet skis, correndo contra uma onda gigante para salvar um amigo da zona de impacto. Porra, ele fez isso numa prancha, voando numa onda mortal e passando por dentro do tubo antes que ele pudesse quebrar e esmagá-lo.

Ele sempre saiu do outro lado.

Mas Boone grita de novo:

— Terry, não! Não vale a pena!

Aparentemente, vale para Terry.

Para o terror de Boone, ele respira fundo e se lança na frente do trem em alta velocidade.

Para o terror maior ainda de Bonone, Dave começa a ir atrás dele.

Boone se joga para a frente, agarra-o e o puxa para trás.

Eles ficam parados e veem Terry voar enquanto o motorista do trem faz um estrondo com a buzina e os freios arranham o trilho numa tentativa inútil de parar a tempo.

Terry sai do trilho um metro e meio antes de o trem passar.

— Meu Deus do céu! — exclama Boone.

E ouve, sobre o barulho de ferro do freio da composição, uma risada maníaca e Terry gritar:

— Vai se foder, Boone!

Dave fica puto.

— Eu podia ter atravessado.

Talvez, Boone pensa. A crença firme de Dave de que ele pode fazer o impossível salvou muitas vidas nas águas de San Diego. Mas ele diz:

— Não vale a pena.

Maré se aproxima, se apoia nos joelhos e respira fundo.

Boone fala:

— Ele está ficando desesperado. Não conseguiu a droga, não conseguiu vender as joias e ele sabe que nós estamos chegando perto. Ele vai cometer um erro e nós vamos pegá-lo.

Ele diz isso, mas não tem tanta certeza.

Eles caminham de volta ao estacionamento do prédio.

Maré entra para dar uma surra em Tommy Lafo.

— Para onde você acha que Terry foi? — pergunta Dave para Boone.

— De volta para a garota que o trouxe aqui?

— Eu anotei a placa do carro.

— Imaginei que faria isso.

Eles ligam para Duke, que liga para um (dos tantos) contato na polícia, e liga de volta para sua equipe em vinte minutos com um nome e um endereço.

Sandra Sartini.

Missouri Street, 1865, Pacific Beach.

Duke atende a campainha.

Stacy tem quase trinta anos, pernas longas, é ruiva e rechonchuda. Tem uma aparência um pouco antiga, nada surpreendente para um homem de gosto retrô como Duke. Chet Baker está tocando ao fundo, "But Not for Me".

Duke a conduz para dentro.

Ela já esteve aqui antes, coloca a bolsa no sofá e dá um sorriso largo. Stacy gosta de Duke — ele é um cavalheiro, não é esquisito e dá boas gorjetas. Ela percebe a música tocando e pergunta:

— É Harry Connick Jr.?

— Chet Baker.

— Ah! — exclama ela. — Da última vez era... Gil Evans?

— Boa memória.

Duke caminha até o bar e serve um copo de uísque para cada, entrega um copo a ela e faz um gesto para ela se sentar. Ele não está com pressa para chegar aos finalmentes, e ela fica confortável por saber que ele vai pagá-la por esse tempo.

Stacy sabe que Duke não é um desses caras que só gosta de conversar — ele definitivamente vai querer o sexo, mas gosta de um pouco de papo antes. Ela entendeu que ele aprecia a civilidade e então aprendeu um pouco de música também.

Duke é cuidadoso com seus prazeres. Apressá-los é desperdiçá-los, então ele saboreia o uísque, a música, o cheiro do perfume dela, a curva da sua perna por baixo da saia, o brilho dos seus olhos verdes. Em alguns minutos, ele vai colocar o copo na mesa, pegar a mão dela e levá-la para o quarto lá em cima.

Um homem do meio profissional de Duke conhece muitas garotas de programa, e ele conhece as melhores. Stacy é uma das suas preferidas, mas ele não nutre ilusões de homem bobo e velho de que isso seja uma experiência amorosa. Ele sabe e gosta que isso seja uma transação estritamente comercial e não se sente culpado por isso, com Stacy nem com alguma das outras.

Ele nunca traiu Marie, nunca pensou nisso, não ficava tentado, apesar de centenas de mulheres terem oferecido sexo a ele em troca de fiança. Mas Marie não está mais aqui, e já há um tempo, e Duke é realista.

Um homem tem necessidades.

Essa é a forma mais simples e fácil de alcançá-las. Ele não quer um relacionamento, sabe que nunca mais vai se apaixonar. Isso é só sexo. Sexo é divertido, sexo é bom, sexo é necessário, mas é só isso. Stacy é o pacote completo. Ela faz seu trabalho bem feito, com charme e carinho, e depois toma um banho, se veste e vai embora.

Ele vai acordar sozinho. Ir para a cama com alguém não parece uma traição à memória de Marie, mas acordar com alguém, sim, por razões que ele não consegue explicar, e uma ética que ele não quer debater, nem com Neal e Lou.

A música acaba, e Chet parte para "That Old Feeling".

Duke apoia o copo na mesa de canto e estende sua mão.

— Estou preocupada com Duke — diz Karen, enquanto se deita na cama.

— O Duke está bem — afirma Neal, erguendo o olhar do seu thriller de Val McDermid. O especialista em literatura picaresca desenvolveu uma paixão por ficção policial, e uma pilha de livros — Ian Rankin, Lee Child, T. Jefferson Parker — o aguarda na mesa de cabeceira.

— Não tenho tanta certeza — retruca Karen. — Como está o coração dele?

Neal dá de ombros.

Karen franze a testa em resposta.

— Nós temos uma regra — diz Neal —, não falamos de problemas de saúde.

Karen balança a cabeça em negação. Esses são os homens que discutem se o ângulo do lançamento está destruindo o beisebol, a eficácia, ou a falta dela, de cartões de fidelidade, mas não discutem sobre algo tão vital quanto a saúde deles.

— Achei que ele parecia cansado.

— Ele está preocupado — fala Neal. — Com a empresa e esse tal de... como é o nome dele? Terry Maddux.

Karen está na página 85 do livro de Michelle Obama. Ela acha o local em que parou, começa a ler, e então pergunta:

— Você pode ajudar a encontrar esse cara?

— Estou a muitas léguas de distância dos meus dias de caçar pessoas.

Antes de obter seus diplomas e virar um acadêmico, Neal procurava pessoas desaparecidas para uma agência de detetives que ajudava pessoas ricas com seus problemas.

— Talvez seja como andar de bicicleta — sugere Karen.

— Eu nunca andei de bicicleta — responde Neal. — Nem pretendo começar. Duke é profissional, tem pessoas competentes que conhecem os cantos da cidade. Se Maddux tivesse desaparecido na sala de professores da universidade, talvez eu pudesse encontrá-lo, mas além disso...

Karen volta a fingir que está lendo.

— Só achei que você quisesse ajudar seu amigo.

— Você estava louca para eu deixar aquele trabalho, lembra? — pergunta Neal.

Ela se lembra. Eles ficaram separados durante anos por causa desse trabalho, porque ele estava sempre viajando, procurando alguém, fazendo coisas secretas que não podia dividir com ela. Foi só quando ele prometeu sair, e manteve a promessa, que ela concordou em reatar. E ela é muito mais feliz como esposa de um professor universitário, portanto está ciente da hipocrisia do que está sugerindo.

— É um trabalho para jovens — afirma Neal. — E eu odeio ter de lhe dar essa notícia, mas eu não sou um homem jovem.

— Você é jovem o suficiente — diz ela, fechando o livro e virando-se para ele.

Ela é uma *boa* jogadora de pôquer.

Um pouco depois, ele responde:

— Está bem, eu vou ligar para ele.

270 / DON WINSLOW

* * *

Ele fica ali sentado a noite toda.

Boone em seu Boonemóvel, do lado de fora do número 1865 da Missouri Street.

Mais um condomínio, mais um beco sem saída, Boone pensa.

Um complexo grande de dois blocos, em formato de U, com um jardim central e uma piscina.

Sandra está em casa, pelo menos seu carro está parado no estacionamento subterrâneo. O Boonemóvel está na rua, do outro lado da entrada que leva ao edifício. Dave está estacionado em Chalcedony e Maré na Academy, caso Terry chegue pela entrada dos fundos.

É a coisa certa a fazer, Boone pensa, mas provavelmente inútil, pois um fugitivo experiente como Terry vai imaginar que eles pegaram a placa do carro e ficará longe desse endereço. Ainda assim, ele deve estar no fim da linha, ou desesperado por um lugar para ficar, ou sem pensar direito porque está em abstinência. Então ele vai dar uma bobeira ou fazer uma tentativa de voltar para Sandra.

Boone já tinha pedido para o pessoal do Duke puxar a ficha dela. Sandra é enfermeira da emergência do hospital Sharp Grossmont. Portanto é inteligente, ganha um bom dinheiro e não vai entrar em pânico.

Mais por tédio do que por qualquer outra razão real, Boone liga para Dave:

— Encontrou algo?

— Não sei — responde Dave. — Terry é do tipo que muda de aparência?

— Não que eu saiba.

— Então posso desconsiderar o gato que acabei de ver — diz Dave.

O pôr do sol está próximo. Logo, Surfista Nua, Johnny Banzai e Dia de Sol estarão remando na Patrulha do Entardecer e imaginando onde estão todos.

O telefone toca.

Dave pergunta:

— Você acha que Maddux pode estar aí? Chegou antes de nós e está se escondendo?

— É possível, acho.

— Será que devemos entrar?

É cedo demais, Boone pensa. Ele não quer assustar Sandra, homens batendo na sua porta no meio da noite, fazendo uma cena que vai chamar a atenção tanto dos vizinhos quanto da polícia. É melhor esperar até que as luzes estejam apagadas e uma hora em que Terry, se estiver lá dentro, provavelmente estará dormindo.

É sempre melhor ser o pesadelo que desperta o alvo.

Então, pelo espelho retrovisor, ele vê um carro estacionar a cerca de seis metros atrás dele. Um cara usando um boné de beisebol sai do carro, coloca as mãos dentro do bolso da jaqueta de couro preta, caminha até a van e bate na janela.

Boone abre.

— Boone Daniels? — pergunta o cara.

— Sim.

— Sou Neal Carey. Duke Kasmajian me pediu para vir aqui ver se eu podia ajudar com alguma coisa.

Eles entram às 7 horas.

Ou Terry está lá dentro ou ele não vem. Deixando Maré e Dave dando cobertura caso o fugitivo saia por alguma janela, Neal e Boone vão até o jardim central, dão a volta na piscina e tocam a campainha do apartamento de Sandra, no térreo.

Ela demora dois minutos para chegar à porta, e Neal imagina se ela usou esse tempo para acordar Terry. O que não seria um problema, pois, nesse caso, ele está fugindo pela janela do banheiro e caindo nos braços dos caras de Boone, que parecem ser completamente capazes de lidar com um fugitivo.

Porém, Sandra veste moletom e calça jeans, e não parece com sono. Ela é bonita, sardas espalhadas pelo nariz aquilino e sobrancelhas grossas e escuras. Ela tem uma xícara de café na mão esquerda e tenta parecer surpresa com alguém batendo em sua porta a essa hora.

— Sim.

— Srta. Sartini — diz Neal —, Terry Maddux está aí dentro?

— Quem?

— Não vamos seguir nesse jogo — sugere Neal. — Ontem à noite você levou Terry Maddux até o apartamento de um traficante de heroína.

— Não sei do que você está falando — falou ela.

— Podemos entrar? — pergunta Neal.

— Não — responde ela. — Agora saiam daqui ou eu vou chamar a polícia.

— Sim, faça isso — aconselha Neal. — Nós todos podemos falar sobre o fato de você estar acobertando um fugitivo. E se Terry estiver aí dentro se escondendo, você vai perder seu registro de enfermeira. Ou você pode nos deixar entrar; nós daremos uma olhada rápida e, se ele não estiver aí, deixaremos você em paz. E não vamos ver nada que não seja o Terry.

Ela dá um passo para o lado e deixa que eles entrem.

É um apartamento pequeno de um quarto. Um bar divide a cozinha estreita da sala. A porta do quarto está aberta.

— Podemos entrar? — pergunta Boone.

Sandra dá de ombros.

— Vocês já estão aqui.

Neal fica no canto da porta, e Boone um pouco para trás, pois Terry podia tentar esperar Neal passar pela porta, trombar nele e sair rápido pela porta da frente.

De qualquer forma, Neal não acha que Boone vá deixar ninguém passar por cima dele, e os dois já concordaram que Neal faria a maior parte do diálogo e Boone lidaria com a parte física, se chegasse a esse ponto.

Neal espera que não.

Ele nunca gostou de violência.

— Terry, se estiver aqui, apareça — pede Neal. — Não vamos fazer isso, é humilhante pra cacete.

Sem resposta.

Neal entra no quarto.

Terry não está lá.

Nem em cima nem embaixo da cama, nem no armário pequeno.

Também não está no banheiro, nem no chuveiro.

A QUEDA / 273

De volta ao quarto, Neal vê que a janela está fechada e trancada, mas Sandra poderia ter feito isso depois que Terry saiu. Mas se fosse esse o caso, Maré já teria avisado.

Neal volta para a sala.

— Felizes agora? — pergunta Sandra. Ela está sentada no sofá.

— Não há como estar feliz com essa situação — afirma Neal. — Quando você o viu pela última vez? Quando ficou com medo e fugiu do estacionamento em Carlsbad? Ou ele ligou e pediu para você buscá-lo e levá-lo para outro lugar?

— Eu não tenho que responder suas perguntas — diz ela.

Neal se senta ao lado dela e fala:

— Por favor, não me diga que você pegou medicamentos no hospital para ele.

— Eu não faria isso.

— Mas ele pediu para você fazer.

Sandra dá de ombros. Claro que pediu, ele é viciado.

— Terry fez isso com você? — pergunta Neal.

— Fez o quê? — questiona ela, encostando instantaneamente uma das mãos no pescoço.

— Esses hematomas debaixo do seu cabelo — diz Neal. — Quando você disse a ele que não, ele perdeu o controle e a enforcou. E depois pediu desculpas, implorou pelo seu perdão e disse que, se você o amava, o mínimo que podia fazer era levá-lo até o traficante. Ele prometeu que seria a última vez antes de se entregar à polícia e ficar limpo.

— Como você sabe?

— Minha mãe era drogada. Conheci drogados a minha vida inteira. A questão que importa, Sandra, é o que você faz agora.

— O que quer dizer?

— Bem, você tem duas opções — diz Neal. — Você pode ficar com a boca calada e deixar que ele fique solto por aí até ter uma overdose, ou você pode me dizer onde o deixou e talvez a gente possa encontrá-lo vivo em vez de gelado e morto com uma seringa no braço.

Neal não diz nem mais uma palavra enquanto ela pensa. Ele só olha para ela.

Demora um minuto, e então ela fala:

— Eu o deixei no Longboard.

Neal olha para Boone, que esclarece:

— É um bar de surfe em Pacific Beach.

— Por que ele quis ir para lá?

— Ele disse que o dono é amigo dele.

— Brad Schaeffer — completa Boone. — "Shafe". Os dois são amigos de longa data.

Neal entrega a Sandra um cartão de Duke.

— Se Terry entrar em contato, você vai ligar para esse número? Ela fala:

— Eu amo Terry.

— É uma merda, não é? — pergunta Neal, levantando-se. — Se tiver algum problema um dia, Duke Kasmajian te deve uma.

E então entrega a ela outro cartão.

— Esse é um tenente da polícia chamado Lubesnick. Ele é de uma divisão diferente, mas vai te indicar a pessoa certa para você prestar queixa de abuso.

— Eu não vou fazer isso.

— Ele bateu em outra mulher — fala Neal. — Ele enforcou você. Alguém vai precisar morrer antes de uma de vocês fazer algo? Pense nisso, ok?

No jardim do lado de fora, Boone diz:

— Você foi muito bom lá dentro.

— Eu leio muitos livros — conclui Neal.

Eles dirigem até o Longboard, a uma quadra e meia da praia, na Thomas Avenue.

Um bar de surfista clássico — cerveja na caneca, shots, nachos, tacos, frango à passarinho, um bom hambúrguer. Recentemente, Shafe desistiu e aceitou a moda da cerveja artesanal. Boone já foi ao Longboard milhares de vezes.

Está fechado, às 7h30, nenhum sinal de vida.

— Me conte sobre Shafe e Terry — pede Neal.

— Nos velhos tempos, os dois pegavam ondas grandes juntos — conta Boone. — Todos Santos, Cortes Bank, Mavericks. Terry fez carreira com o surfe, viajou o mundo com patrocínio de empresas do ramo, fez todas as capas de revistas, os vídeos. E Shafe, não.

— Por quê?

— Ninguém é talentoso como Terry era — responde Boone. — E Shafe é um típico cara da Califórnia. Queria ficar perto do seu bar e dos amigos locais. E ele era um pai dedicado. Teve quatro filhos e não queria perder os torneios de surfe deles e os jogos da Liga Júnior. Então, Terry foi ser uma estrela, Shafe ficou aqui sendo uma lenda local.

— Ele ficou amargurado?

— Não com isso.

— Com o quê? — pergunta Neal.

— Seu filho mais velho, Travis, morreu por overdose de heroína há três anos. Shafe nunca se recuperou.

— E quem se recuperaria? — indaga Neal.

Boone foi ao velório.

Foi cruel.

— Com esse histórico — diz Neal —, por que Maddux iria pensar que Schaeffer o esconderia?

Boone conta a história a ele. Em Mavericks, anos atrás, Shafe foi engolido por uma onda de nove metros. Ele ficou fora do ar, atordoado, desorientado, rolando na água escura e gelada, incapaz de entender como sair nem de seguir a corda da prancha até a superfície. E a onda o estava levando em direção a um recife submerso, onde o impacto iria matá-lo, se ele não morresse afogado antes.

Terry foi de jet ski até a zona de impacto. Com a onda se formando por cima dele como uma faca afiada pronta para aniquilá-lo, ele seguiu e resgatou Shafe, enquanto a onda estourava em cima dos dois. E então Terry reapareceu, saindo com o jet ski do tubo com Shafe na prancha de resgate atrás dele.

Um movimento absolutamente clássico e épico de Terry Maddux.

— Então Schaeffer acha que deve sua vida a Maddux — conclui Neal.

— Ele não *acha* isso — afirma Boone. — Ele deve.

— Onde Schaeffer mora? — pergunta Neal.

— Na Cass — responde Boone. — Não acho que Terry esteja lá. Ellen, a companheira de Shafe, baniu Terry da casa deles. Ela não queria um usuário de drogas perto de seus filhos.

— Ai.

— É.

— Então, ou Terry está no bar — sugere Neal —, ou... Schaeffer o levaria de carro até o México?

— Sem pestanejar.

Neal respira fundo.

— Se Maddux conseguiu o dinheiro com o roubo das joias, ele se mandou. Nós o perdemos.

Eles se sentam do lado de fora do bar, caso Terry ainda esteja ali e coloque a cabeça para fora.

Mas se Boone conhece Terry, ele já está numa praia em Rosarita, bebendo uma margarita e rindo do quão idiotas nós somos.

Terry sempre sai do outro lado do tubo.

Duke recebe um telefonema.

Sam Kassem é dono das maiores joalherias de San Diego e ele diz:

— Aquelas joias suspeitas. Um cara veio aqui hoje de manhã tentando vendê-las. Meu funcionário pediu que ele esperasse, entrou na sala dos fundos e ligou para a polícia. Quando ele votou, o cara tinha ido embora.

— O que a polícia disse?

— Que não podem fazer nada, pois as joias não foram declaradas como roubadas.

— Era Terry Maddux? — pergunta Duke.

— Não sei quem ele é — responde Kassem. — Mas ele aparece na câmera de segurança.

— Sam, obrigado — agradece Duke. — Eu te devo uma.

— Você não me deve coisa alguma.

Duke assiste ao vídeo que Kassem o enviou. Mostra um homem branco com cerca de 1,85 metro, de mais ou menos cinquenta anos, cabelo preto bem curto, vestindo camiseta preta e calça jeans.

Não é o Terry.

Mas ainda assim é uma boa notícia, pois significa que Maddux ainda não transformou a mercadoria na grana que ele precisa para se mandar.

Duke manda o vídeo para o celular de Boone.

* * *

A QUEDA | 277

Por ser uma manhã de inverno, Boone encontra uma vaga no estacionamento pequeno do Neptune Place, nas falésias de Windansea Beach.

É um local icônico, um desses raros com pedigree de tradição tanto na literatura quando no surfe. Tom Wolfe tornou-o famoso em seu livro *The Pump House Gang*, mas, bem antes disso, os surfistas tornaram o lugar conhecido como o centro do surfe em San Diego.

O antigo galpão não existe há tempos, muitos dos surfistas já morreram, mas a reputação permanece.

Terry Maddux surfava aqui.

Alguns dos seus velhos amigos ainda surfam.

Só os corajosos estão lá hoje.

Está frio, o vento está a noroeste, com um *swell* enorme se formando. O mar está cinza-escuro, ardósia, um tom mais escuro do que o céu nublado. Os surfistas na água estão de roupa de borracha, alguns até de capuz.

Outros não vão de jeito algum. Alguns mais velhos ficam satisfeitos em apreciar o sangue jovem, e só ficar por aqui contando histórias. É evidente que, quanto mais velho você fica, mais gelada fica a água. Homens mais velhos lembram dos verões, não dos invernos.

Boone não tira uma prancha da van.

Ele coloca o capuz na cabeça e segue pelo caminho de terra até a praia, onde, como esperava, um grupo de surfistas mais velhos está conversando. Alguns estão animados e têm pranchas, como se estivessem se preparando para entrar na água. Outros sequer fingem que têm a pretensão.

Boone recebe um cumprimento breve, mas amigável.

Ele é da geração seguinte, mas tem uma boa reputação, então eles demonstram respeito. Todo mundo nessa costa sabe que Boone Daniels surfa muito bem, ele fez sua história, então eles não são duros como seriam com um estranho.

Um dos que tem a reputação de ser duro com os novatos é Brad Schaeffer.

Shafe é das antigas. Seu cabelo preto, raspado rente à cabeça, está bastante grisalho, mas o cara é musculoso, como uma corda tensionada, e todo tatuado. Se você estiver procurando um delegado em Windansea, Schaeffer é o cara. Ele mantém os intrusos longe e os moradores na linha.

Ele não vai para o mar hoje, mas Boone tem certeza de que irá amanhã.

Quando as ondas vão estar maiores.

— Você não devia estar fazendo o que está fazendo — diz Shafe. — Entregando um irmão por dinheiro.

— Mas ele está dando um golpe no Duke de trezentas pilas — afirma Boone.

Duke pagou a fiança de Shafe mais de uma vez. Quando Shafe bebe, ele pode ficar agressivo. Porra nenhuma, quando Shafe *não* bebe, ele pode ficar agressivo. Ele já se meteu em brigas em seu próprio bar, já se meteu em brigas a alguns metros de onde eles estavam, quando achava que um novato estava ultrapassando os limites. Ninguém quer brigar com Brad Schaeffer, Boone sabe. Não costuma terminar bem.

Shafe diz:

— Duke pode bancar essa perda.

— Você sabe onde Terry está? — pergunta Boone.

— Não — responde Shafe. — E se soubesse, não te diria merda nenhuma.

Eles ficam em silêncio por alguns segundos, e Boone sente Shafe se acalmando. E então, diz:

— Shafe, tem um vídeo de você tentando vender as merdas que o Terry roubou.

— Talvez ele não tenha roubado, talvez tenham sido um presente.

— Se você achasse que isso é verdade — afirma Boone —, não teria ido embora da loja. Seu grande amigo Terry está colocando você no meio de um crime pesado. Ele vai te deixar na merda pra salvar o próprio rabo.

— Ele me tirou da merda. — Os olhos de Shafe ficam raivosos. — Cai fora daqui antes de *se* colocar na merda.

Boone não responde, mas também não se mexe. Se você recuar, só vai provocar a briga. Os amigos de Shafe, membros leais do seu grupo, começam a se aproximar, ficando por perto da conversa, prontos para entrarem em ação se Shafe precisar deles.

E então todos ouvem quando Shafe diz em alto e bom som:

— Terry é um cara legal.

Boone pergunta:

A QUEDA / 279

— Você sabe que ele bate em mulher?

Talvez você saiba de fato, Boone pensa. Talvez você saiba e não se importe.

Talvez todos vocês saibam.

Isso o deixa puto.

— Você está escondendo Terry no seu bar — diz Boone. — Você conseguiu droga pra ele também?

— Você está me provocando, Daniels.

— Você, de todas as pessoas, sabe o que a heroína faz — continua Boone. — Entregue ele, talvez ele possa conseguir a ajuda que precisa.

— Na prisão? — questiona Shafe.

— Pelo menos, ele estará vivo.

Ele se arrepende no segundo em que fala, pois não quis dizer da maneira que soou, como uma referência ao filho de Shafe.

Shafe leva o braço para trás, depois para a frente, um gancho de direita no queixo de Boone. Boone bloqueia com facilidade, mas a esquerda soca forte a sua barriga. A direita seguinte o atinge no ombro esquerdo e deixa seu braço dormente, e ele se atrapalha para bloquear o mesmo punho direito em cheio no seu rosto. Boone vai para trás e tenta continuar em pé, mas Shafe dá uma rasteira em seu tornozelo direito e Boone cai no chão.

Eles vão para cima dele como um bando.

Chutando, pisando, xingando.

Boone ergue o antebraço para cobrir a cabeça e chuta para cima com as duas pernas, tentando mantê-los longe, mas não consegue cobrir os 360 graus, então fica em desvantagem. Ele tenta se levantar, mas chutes o levam de volta para o chão, e então Shafe, de pé ao lado dele, agacha-se com o punho direito fechado, com a intenção de socar sua cara. Boone vira a cabeça, e o soco vai na areia ao lado do seu rosto. Boone agarra o braço dele e puxa Shafe para perto, para que ele não tenha força para dar um soco pesado e para usá-lo como escudo, mas chutes ainda seguem atingindo suas costelas por baixo de Shafe.

E, de repente, param. Boone sente o peso saindo de cima dele, olha para cima e vê Maré levantando Shafe como um guindaste, e Dave ao lado com as mãos estendidas à sua frente, como se perguntasse se mais alguém queria ser o próximo.

Ninguém queria.

Eles se afastam.

Dave ajuda Boone a se levantar.

— Você está bem?

— Melhor agora.

Shafe olha para Boone com uma raiva profunda.

— Eu não comprei droga pra ele.

— Diga a ele para se entregar — avisa Boone.

Dave o ajuda a voltar até o estacionamento.

Adriana pressiona uma toalha com pedras de gelo sobre a bochecha inchada de Boone.

Boone se sente como... bem, como se tivesse apanhado muito. Poderia ter sido pior, muito pior, se Dave e Maré não tivessem chegado. Neal Carey, que vigiava o Longboard até eles chegarem para substituí--lo, disse a eles aonde Boone tinha ido, e eles acharam melhor ir até lá, caso ele se metesse em confusão.

Carey tinha ficado no bar.

— Tem certeza? — perguntou Dave. — Vai ficar bem aqui?

— Tenho um livro — respondeu Carey.

Eles o deixaram lá e partiram no carro de Dave, estacionado do outro lado da rua.

Duke olha para o rosto de Boone e diz:

— Eles te acertaram uns golpes.

— Eu meio que imaginei que isso pudesse acontecer — fala Boone. — Eu disse uma coisa que não deveria ter dito.

— Vou ligar pra polícia — afirma Adriana. — Você tem que prestar queixa.

Boone diz a ela para não ligar.

— Isso vai colocar certa pressão em Schaeffer — fala Adriana —, para entregar Terry.

— Se ele não vai fazer isso por ter sido intermediário de itens roubados, não fará por isso — conclui Duke. — De qualquer forma, Boone não vai violar o código de honra esquisito dos surfistas.

— Não, Boone não vai fazer isso — afirma Boone.

A QUEDA / 281

— E agora? — pergunta Dave.

— Ligue pra polícia — diz Adriana, novamente. — Peça a eles um mandado, entre no Longboard e pegue Terry.

— *Eu* quero pegá-lo — diz Duke. Ele pega um charuto do bolso da camisa e começa a morder a ponta. — Não gosto que alguém que trabalha comigo apanhe.

— Eu estou bem — garante Boone.

— Essa é a sua opinião — retruca Dave. — Você vai pra emergência fazer um check-up.

— Não vou, não.

— Você vai, se quiser receber seu pagamento — diz Duke. Ele olha para Dave. — Você pode levá-lo até lá?

— Claro que sim.

Todos ficam ali parados.

— Quem sabe *agora*? — sugere Duke.

San Diego, ele pensa.

Uma cidade onde praticamente ninguém aperta a buzina.

Já na saída, Boone pergunta:

— O que você vai fazer com Maddux?

— Encontrá-lo — responde Duke.

Terry Maddux está no bar, ele pensa. Há quarenta anos neste meio, eu *sinto*. Ele está lá, está em abstinência e ficando cada vez mais desesperado. A estação de trem, o terminal de ônibus e o aeroporto estão bloqueados. A comunidade de surfe de San Diego é unida, e a fofoca de Boone ter apanhado vai se espalhar. Alguns vão aprovar, mas a maioria não vai, pois Boone Daniels é adorado por aqui. Portanto muitas portas que poderiam estar abertas para Terry vão se fechar na sua cara.

Terry está encurralado, e sabe disso.

Ele também sabe que nós sabemos onde ele está. O que temos de fazer é continuar pressionando para que ele se sinta obrigado a fugir.

E quando fizer isso, eu estarei lá para algemá-lo.

Uma boa maneira de sair.

Porque agora é pessoal.

Ele joga fora o charuto.

* * *

Neal Carey percebe que é feliz.

Empoleirado num telhado onde ele consegue ver todas as saídas do Longboard, ele se dá conta de que está satisfeito só assistindo, fazendo praticamente nada, que é parte da missão, o tédio que costumava levá--lo à loucura.

Mas isso foi há muito tempo.

Neal não faz esse tipo de trabalho há... o quê? Trinta anos?

Não que ele queira voltar a fazer isso. Ele gosta da sala de aula, gosta de ensinar e, principalmente, gosta de fazer pesquisa para os seus livros acadêmicos que ninguém lê. Até Karen finge que lê, mas ele sabe que ela só passa o olho para poder fazer alguns elogios e comentários. Não, ele é feliz com suas escolhas de carreira.

Mas ele precisa admitir para si mesmo que isso é divertido, que ele sentiu falta da adrenalina da perseguição (Que "perseguição"?, ele pensa. Você está num telhado), do suspense, da alegria adolescente do ilícito.

O telhado é mais divertido do que a sala dos professores.

O telefone toca, e é Duke.

— Você está bem?

— Estou ótimo.

— Não precisa mijar?

— Por incrível que pareça, não.

— Aquela garota com quem você falou, Sandra Sartini. Ela prestou queixas. Então acho que você não perdeu suas habilidades. Vou mandar alguém aí para substituí-lo.

— Sem pressa, estou bem aqui.

— Você está se divertindo, não é, professor? — pergunta Duke.

— Estou — responde Neal.

— Como nos velhos tempos.

— Um pouco.

— Bem, aproveite. Não vai durar pra sempre.

Neal desliga.

Uma caminhonete com uma prancha de surfe na caçamba estaciona na vaga estreita atrás do Longboard. Um homem — com uns cinquenta anos, Neal estima — sai pela porta do motorista, olha ao redor, põe as mãos no bolso e entra no bar.

Neal já viu aquele olhar nervoso, o andar tenso, milhares de vezes. Ele poderia apostar o adiantamento de seu próximo livro, as duzentas pratas, que o cara tem droga.

E que Terry Maddux está prestes a se dar bem.

Duke monta um cerco ao redor do Longboard.

Ele nem sequer se dá ao trabalho de disfarçar — ele quer que Shafe e Maddux saibam que eles estão do lado de fora, como índios ao redor de um trem nos filmes antigos. Duke está em seu Cadillac, estacionado do outro lado da rua. Dave está na van decrépita de Boone na Thomas, Maré Alta está em sua caminhonete no estacionamento dos fundos. Carey recusou-se definitivamente a sair do terraço, somente fazendo um rápido intervalo para ir ao banheiro e pegar mais café.

Duke obriga Boone a ficar em casa.

Duas costelas quebradas, contusões severas, e o médico está um pouco preocupado com algum possível sangramento interno. Boone falou que ficaria bem com alguns comprimidos de Tylenol e uma bolsa de gelo, mas Duke mandou que ele ficasse quieto.

É hora de aguardar.

Eles ficaram ali a porra do dia inteiro e ficarão durante a porra da noite inteira se precisar. O que deve acontecer, já que — se Carey estiver certo — Shafe trouxe o que vai deixar Terry sossegado. Duke sempre fica, ao mesmo tempo, entristecido e sensibilizado pelo que as pessoas são capazes de fazer por amor ou por lealdade. Amor e lealdade passam por cima da lei, da moral pessoal, das crenças, do bem-estar das pessoas. Não sei, Duke pensa, talvez seja uma coisa boa.

É o melhor e o pior da natureza humana, mas ele viu muito de ambos nos últimos anos.

Ele pensa se sentirá falta disso.

Enfim, é uma pena que Shafe tenha conseguido drogas para Terry, pois isso vai somente prolongar o inevitável.

Duke sabe que a sua equipe tem paciência e disciplina, qualidades que faltam entre os criminosos crônicos, ou não seriam criminosos crônicos. Idiotas como Maddux são incansáveis por natureza. Eles não têm a paciência nem a disciplina para esperar por algo. E Terry é tão viciado em adrenalina quanto é em heroína, então ele vai entrar em ação. Eles não precisarão fechar o cerco ao redor dele, ele simplesmente sairá dali.

Por outro lado, Duke pensa, enquanto liga o rádio do carro e sintoniza na 88.3 FM, a estação de jazz, ele tem seus próprios viciados em adrenalina para administrar. Os colegas de surfe de Boone — Dave e Maré — gostam de entrar em ação, e estão ansiosos, putos por verem o amigo levar chutes e socos.

A cada hora, mais ou menos, Duke recebe uma ligação de um dos dois, dizendo:

— Foda-se, vamos entrar e pegá-lo.

Apesar de saberem que isso significa uma briga com Shafe e sua gangue, que também passou o dia evitando esse confronto. Duke se preocupa que seus caras queiram entrar apesar disso ou por causa disso. Eles querem revanche pelo amigo. Ele entende, mas não pode permitir.

Paciência e disciplina.

Ele fica feliz quando o dj da rádio toca "Jam-bo", de Nat King Cole, gravado com a orquestra de Stan Kenton. Maynard Ferguson e Shorty Rogers no trompete, Bud Shank e Art Pepper no sax alto.

Capitol Records, 1950.

O sol está começando a se pôr.

Duke gostaria de estar em sua varanda.

Boone está deitado no sofá vendo o sol se pôr no horizonte.

Normalmente, nesse horário, ele estaria do lado de fora, na varanda de casa, preparando peixe na grelha para fazer tacos, mas ele está muito dolorido para isso.

Então ele apenas olha para fora da janela.

E ouve música.

Dike Dale e sua banda.

Boone poderia ficar o dia inteiro deitado no sofá assistindo à televisão, só que ele não tem uma.

Ele não vê razão para ter uma televisão.

— E o clima? — perguntou Surfista Nua, a neo-hippie, com queimaduras de ácido, surfista de alma, membro da Patrulha do Amanhecer.

— Você não quer saber como está?

A QUEDA | 285

— Se eu quiser saber como está o clima, eu vou do lado de fora de casa — respondeu Boone. — Clima é isso.

— Mas você não quer saber como ficará? — questionou ela. — A... como se chama?... previsão do tempo.

— É San Diego — disse Boone.

A previsão do tempo é sempre a mesma, dependendo da época do ano. Chove um pouco no inverno, fica nublado na primavera, o que os locais chamam de "Maio Cinza", seguido de "Junho Triste", e depois fica ensolarado e quente pelo resto do ano. Às vezes, a camada de nuvem acima do mar dura até umas onze da manhã, deixando em desespero os turistas que pagaram uma fortuna pela Califórnia Ensolarada, mas ela se dissipa e todo mundo se acalma e se diverte.

Os caras da previsão do tempo na televisão fazem *de fato* uma análise das condições para os surfistas, mas Boone consegue uma melhor na internet. De qualquer forma, ele mora em Crystal Pier, portanto, se quiser saber como estão as ondas, ele faz o que está fazendo neste momento — olha pela janela.

Além disso, ele pode sentir o surfe abaixo dele.

O grande *swell* noroeste do inverno está chegando, cheio e pesado, impregnado de força. De manhã, ele estará batendo debaixo do píer como um trem frenético, e os surfistas estarão na água em peso. A Patrulha do Amanhecer vai estar lá, é claro.

Mas sem você, ele diz para si mesmo.

Você é um fracote que foi espancado, e não há possibilidade de remar naquelas ondas com suas costelas idiotas quebradas. Porra, neste momento você não consegue sequer levantar a prancha sem se lamentar.

Mas a Surfista Nua vai estar lá, e Johnny.

E Dave e Maré, se essa história do Maddux se resolver hoje à noite.

E se resolverá, ele pensa.

Terry está esperando o sol se pôr, esperando a escuridão, quem sabe um pouco de chuva para deixar a visão turva; se for muito sortudo, um pouco de neblina.

E então ele vai tentar fugir.

Mas para onde? Mesmo se conseguir passar pelo cerco de Duke, o que é duvidoso, para onde ele vai?

Seja aonde for, ele não vai conseguir fugir de si mesmo.

Boone surfou a vida toda — inclusive antes de nascer, na barriga da sua mãe — e uma coisa que aprendeu é que não há onda que o leve para algum lugar que não seja de volta para si mesmo.

Terry Maddux se senta no estoque do Longboard, com as costas encostadas nas caixas de Jack Daniel's e as pernas esticadas para a frente.

A onda agradável da sua última dose de heroína começa a se esvair.

Ele não sabe se é dia ou noite do lado de fora — não há janelas no estoque, só um concentrado de luzes fluorescentes no teto — nem há quanto tempo ele está lá dentro.

Terry sabe que não pode ficar lá muito mais tempo.

Primeiro, eles vão entrar para removê-lo — tanto a tropa de Duke Kasmajian quanto a polícia. Segundo, ele sabe que logo não será mais bem-vindo, nem mesmo por Shafe, pois Terry é especialista nisso.

Terceiro, ele está ficando louco.

Principalmente à medida que a onda vai terminando.

Ele precisa sair dali.

Ele precisa sentir o cheiro do mar.

Ele precisa se drogar de novo.

A porta se abre.

É o Shafe.

— Como você está? — pergunta Shafe.

Terry dá de ombros.

— Eu queria mais uma dose.

— Não consigo outra pra você — diz Shafe. — Os caras do Duke estão em cima de mim.

Terry espera pela próxima bomba, Shafe falar que ele precisa ir embora. Mas Shafe não diz isso. Ele fala:

— Eles cercaram o quarteirão inteiro, passaram o dia todo aqui.

Terry sorri.

— Acho que Duke quer a porra do dinheiro dele.

— Você tem amigos — afirma Shafe. — Eles não vão passar por cima de nós.

Sim, eles vão, Terry pensa. Se os policiais entrarem, eles definitivamente vão passar por cima de um monte de surfistas de meia-idade.

A QUEDA / 287

E se Boone Daniels está trabalhando para Duke, isso significa que sua equipe também está — aquele Dave e o samoano enorme.

Não seria fácil impedi-los.

Terry lamenta que Shafe e seus amigos tenham batido em Daniels.

Boone é um cara legal, Terry pensa. Ele fez muito por mim. Mas não devia ter se metido nisso. Um veterano como Daniels deveria saber que você tem de ficar fora das ondas dos outros.

— Tenho que sair daqui — afirma Terry.

— Você pode ficar o quanto quiser — diz Shafe.

Mas Terry pode ouvir o alívio na voz dele, sabe que Shafe quer que ele saia daqui também. Ah, Shafe iria para a cadeia, mas não quer, e quem poderia culpá-lo por não querer ser preso por "abrigar um fugitivo". Merda, se os policiais encontrarem alguém no estoque com um kit de heroína, podem suspender a licença de venda de bebidas de Shafe.

Não, não há dúvida de que é hora de ir embora.

A pergunta é: como?

Estou encurralado, ele pensa.

É, mas você já esteve encurralado antes.

Você esteve encurralado ontem nos trilhos, e aí o trem passou e você não estava mais encurralado.

Você esteve encurralado em Mavericks quando entrou na água para salvar Shafe, mas encontrou a espuma na onda, acelerou no meio dela, e não estava mais encurralado.

Dessa vez, está encurralado nesse bar com seus inimigos todos ao redor.

Você precisa encontrar sua chance e agarrá-la.

E se não conseguir encontrá-la, precisa criar uma.

Quase sempre há um jeito de sair de uma onda, se você conseguir prender a respiração por tempo suficiente para encontrar a saída.

E se não houver...

Bem, aí você morre.

Neal ajeita a gola da sua jaqueta de couro ao redor do pescoço e coloca seu boné dos Yankees na cabeça. Faz frio em San Diego nas noites de inverno, e está úmido também, ameaçando chover. Um vento gelado está vindo do mar.

Ele olha para o relógio.

21h17.

Ele está aqui há mais de doze horas.

Não é mais divertido. Ele lembra exatamente por que não faz esse tipo de trabalho, mas não vai encher mais o saco de Duke. Além disso, ele está ficando teimoso, puto com esse Maddux, e quer ver como tudo acabará.

É claro que ele não quer admitir que está velho demais para isso.

Duke não se importa. Ele liga para Neal e diz exatamente isso:

— Estamos ficando velhos demais pra essa merda.

— Fale por você — retruca Neal.

— É nesse momento que separamos os garotos dos homens — diz Duke. — Os garotos ficam, os homens vão pra casa.

— Você quer desistir? — pergunta Neal, de certa forma esperançoso.

— De jeito nenhum — responde Duke. E questiona — E você?

— De jeito nenhum.

Os dois começam a rir.

— O que o Lou diria se nos visse aqui do lado de fora? — pergunta Duke.

— Ele diria que somos uns imbecis — responde Neal. — E estaria certo.

— Maddux vai sair logo — garante Duke. — Posso sentir.

Neal acha que ele está certo.

Porque ele pode sentir isso também.

Eles chamam de "escalar o *leash*".

Se você estiver embaixo de uma onda, às vezes literalmente não sabe onde fica a superfície, então você segura a *leash* e ergue seu corpo na direção da prancha flutuante, que normalmente já subiu à superfície.

Na maioria das vezes, funciona, a não ser que a *leash* tenha se soltado. Nesse caso, você está fodido.

Terry escala.

Não a *leash*, porque, infelizmente, ele não está na água, mas um tubo de ventilação. Ele pressiona a palma das mãos e a sola dos pés contra as laterais de metal enquanto sobe. É exaustivo, e teria sido muito mais fácil se ainda fosse jovem e estivesse sóbrio, mas Terry tem certeza de que consegue escalá-lo até o teto.

Na verdade, é sua única chance.

Os babacas estão esperando que ele saia pela porta da frente ou dos fundos e fuja. Sabem que ele vai sair de lá, mas não por cima, e se ele conseguir chegar ao telhado do Longboard, consegue pular para o prédio ao lado e depois para o outro e sair da porra do cerco de Duke antes de descer.

Desaparecer no tubo e sair do outro lado.

Mas está ficando sem ar.

Os músculos dos braços e das pernas estão queimando.

Envelhecer é uma merda, ele pensa.

Mas é melhor que a alternativa.

Ele para, respira fundo duas vezes e começa e escalar de novo.

Neal o vê sair pelo tubo de ventilação.

Liga para Duke.

— Ele está no telhado.

— O quê? Tem certeza que é ele?

— Se não for, é uma baita de uma coincidência — diz Neal. Ele observa Maddux cambalear, recuperando a respiração.

— Ainda assim, ele precisa descer — afirma Duke.

Verdade, Neal pensa. Mas o que Maddux está pensando? Ele sabe que o bar está todo cercado. Ele acha que vai descer pela escada de emergência e fugir?

Aparentemente, não.

Maddux estica a coluna, fica de pé com o corpo ereto e corre na direção de Neal, saindo do telhado do Longboard.

Terry já mergulhou de algumas pranchas antes, e de uma altura maior do que dois andares, mas, pelo menos desta vez, não tem uma parede de água que vai desabar em cima dele. Tudo o que precisa fazer é atravessar alguns metros no ar e aterrissar no telhado ao lado.

Ele respira fundo, estica as pernas, e salta mais uma vez.

Ele se sente livre no ar.

Viver, morrer, foda-se.

A sensação é boa, como nos velhos tempos.

Peahi, Teahupoo, Tombstones — ele surfou em todos elas.

Ele aterrissa e rola no chão.

Levanta-se e vê um cara a uns três metros dele, com uma jaqueta de couro preta e um boné dos Yankees, olhando para ele.

Neal sempre foi um lutador de merda.

Mesmo antigamente, quando trabalhava com isso, Neal Carey era conhecido pela falta de habilidades de boxe, assim como a falta de interesse em adquiri-las, sem constrangimento. Ele era adepto da teoria de que, se você não conseguisse resolver um problema na conversa, provavelmente já estava na merda, e, seguindo a filosofia de luta ensinada a ele por seu mentor, o duende de um braço Joe Graham: "Assim que conseguir, pegue algo duro e pesado e bata no cara com isso."

Infelizmente não há nada duro e pesado à mão, apesar do potencial para uma piada imoral.

Ele diz pelo telefone:

— Ele está no telhado comigo.

— O quê?

— O que você quer, legenda?

— Se afaste dele, Neal — diz Duke. — Deixe que ele faça o que quer fazer.

— Ele vai fugir, Duke — afirma Neal.

— Então deixe que ele fuja — responde Duke.

Seu peito parece apertado.

Seus dentes mordem o charuto com força, e ele cai no chão do carro.

Duke não quer mais um amigo machucado, e um deles está no telhado com um idiota drogado, e sabe-se lá o que poderia acontecer. Ele sai do carro, liga rápido para Dave e fala:

— Ele está no telhado do prédio vizinho. Suba pela escada de emergência.

— Pode deixar.

Duke sai do carro.

Ele subiria a escada de emergência, mas sabe que seus joelhos não vão aguentar.

Tudo o que pode fazer é esperar e rezar para que Neal não faça algo estúpido.

— Ninguém precisa se machucar aqui — diz Neal, estendendo a mão aberta à frente dele.

— *Você* precisa — retruca Terry —, se não sair da porra do meu caminho.

— Veja bem, eu não posso fazer isso.

— Por que não?

É uma boa pergunta, Neal pensa. Para a qual ele não tem uma resposta racional. Na verdade, a resposta racional é que pode totalmente fazer isso, ele deveria estender o braço como um maître que acabou de receber a maior gorjeta do século e deixar que Terry Maddux faça o que ele quiser.

Você tem 65 anos, ele diz para si mesmo.

Por outro lado…

Racionalidade tem seus limites. É preciso também levar em consideração, como Boswell disse…

— Não tenho muito tempo — avisa Terry. — Você vai sair da minha frente ou eu vou ter que acabar com a sua raça?

— Acho que você vai ter que acabar com a minha raça.

Ele abaixa a cabeça e dá um golpe. Acerta o peito de Maddux, que, surpreso, cai de costas no chão.

Neal fica mais surpreso do que ele, e tenta colocar todo o seu peso, ou a falta dele, no meio do peito de Maddux, com o intuito de mantê-lo no chão. Ele não está tentando ganhar a batalha, só segurá-lo nessa posição até que a cavalaria chegue.

Ele viu alguns rodeios com Karen. A ideia é ficar em cima do touro por oito segundos, e depois outro cowboy entra e substitui você.

Maddux tem uma ideia diferente.

Ele solta seus braços, soca Neal na parte de trás da cabeça, enrosca um pé ao redor do tornozelo de Neal, dá um impulso e se vira, prendendo Neal embaixo dele. Segurando Neal com o antebraço esquerdo, ele dá dois socos de direita na cara dele, e então se alavanca do chão com os pés como se tivesse ficado em pé numa prancha.

Neal vê Maddux correr para a ponta da cobertura. Por razões que ele não consegue articular, ele se levanta e corre atrás dele.

Duke olha para o alto e vê Terry Maddux voando acima dele.

E então vê Neal Carey voando acima ele.

E o que ele pensa é: o que eu vou dizer para Karen?

Neal aterrissa com dificuldade.

Ele fica grato simplesmente por conseguir estabilizar os pés no chão, no telhado, e não na ruela dois andares abaixo. Pois, você sabe, o que ele diria a Karen?

Maddux está ali de pé, com o corpo curvado. Ele vê Neal e diz:

— Porra, *é sério?*

Aparentemente, sim, Neal pensa. Ele vai na direção dele para entrar numa outra briga, mas, dessa vez, Maddux se vira e corre para a escada de emergência. Neal dá dois passos largos e pula, agarra Maddux pela calça com a mão direita e segura firme.

O fugitivo o arrasta e dá coices como uma mula, tentando soltá-lo.

O telefone de Neal toca.

Sério, Duke? *Sério?*

O chute seguinte de Maddux faz com que a mão de Neal se solte, e vai direto em seu rosto. Neal estende a mão esquerda e agarra a outra perna quando Maddux chega ao topo da escada e se vira para descer.

Maddux torce o tornozelo.

— Que *merda!*

Ele segura o corrimão, chuta a mão de Neal e desce.

Duke está ficando doido.

— Onde ele está?

Dave fica em pé no telhado e olha ao redor.

— Não vejo nenhum dos dois.

Duke se sente do mesmo jeito de quando descobriu o diagnóstico de Marie.

Com medo.

* * *

A QUEDA / 293

Terry desce mancando a Reed Avenue em direção à praia.

Seu tornozelo dói muito, uma fratura. Ele quase não consegue colocar o peso em cima dele.

Ao atravessar a Mission, ele vira a cabeça e vê aquele filho da puta louco atrás dele, falando no telefone.

Neal limpa o sangue do rosto com o punho enquanto fala no telefone.

— Ele está indo para a parte oeste da Reed, atravessando a Mission... Eu estou uns seis metros atrás...

— Deixe ele fugir — diz Duke.

— Porra nenhuma — afirma Neal. Ele segue Maddux e atravessa a Mission. Ele não percebe que começa a chover.

O cinza da rua brilha sob os postes de luz.

Do outro lado da Mission, Maddux se vira e para.

— Eu não queria fazer isso — diz ele, colocado a mão dentro da jaqueta. — Eu não queria, mas você me obrigou.

Ele aponta a arma para Neal.

E puxa o gatilho.

Neal vê o cano disparar um flash vermelho violento e forte.

Ele sente como se alguém tivesse batido no seu peito com um taco de beisebol.

E então ele está deitado de costas na calçada, olhando para a luz acima dele, enquanto a chuva cai em seu rosto.

Está frio.

Terry manca pela areia.

Mas é bom estar na praia, no mar.

É onde ele precisa estar.

Ele sabe para onde está indo, para onde precisa ir.

A campainha toca.

— Um segundo! — grita Boone do sofá. Ele levanta-se lentamente, as costelas doem com o esforço, e caminha em direção à porta.

É provável que seja Dave, ou Maré, ou até Duke para contar a ele que pegaram Maddux.

Ele abre a porta.

É Terry.

Dave chega primeiro, o que é muito bom, pois ele, como salva-vidas, tem certificado de socorrista.

Ajoelhado ao lado de Carey, ele vê a entrada da bala na parte da frente da jaqueta, gira delicadamente o corpo e não vê um buraco de saída. Ele checa os batimentos na carótida. Estão fracos, desaparecendo, e o homem está inconsciente.

Maré aparece ao seu lado e liga para o 911.

Dave começa a fazer massagem cardíaca.

Terry se senta numa cadeira e segura a arma apontada para Boone.

— Preciso de um último favor.

— Não vou levar você de carro até o México.

— Não pedi isso — diz Terry.

— Então o que que você quer?

Terry está acabado. Está ensopado, mancando, e sua mão está tremendo, se de frio ou de abstinência Boone não sabe dizer.

— Eu acabei de matar uma pessoa — confessa Terry.

Boone sente um choque de preocupação. Foi Dave? Maré? Duke?

— Quem? Quem você matou?

— Não sei — responde Terry. — Um cara. Cabelo grisalho. Cavanhaque. Fã dos Yankees. Que diferença isso faz?

Parece Carey, Boone pensa, envergonhado de sentir alívio.

— Quer dizer, como as coisas chegaram a este ponto? — pergunta Terry. — Tudo o que eu queria era surfar as maiores ondas, sabe? Como fui disso para matar uma pessoa?

Boone ouve uma sirene na Mission.

— Eu fui o seu herói um dia, não fui? — questiona Terry.

— Sim.

— Mas não mais.

— Não — responde Boone.

— Não — repete Terry. — Agora *eu* queria ser *você*. Digo, olha só pra mim. Sou um viciado, mal posso andar, não tenho qualquer coisa no meu nome, e estou encurralado. Eles estão na minha cola, Boone.

A QUEDA / 295

Não vou conseguir sair desta onda e vou passar o resto da minha vida patética na prisão.

— Você quer que eu sinta pena de você, Terry? — pergunta Boone. — Porque eu não sinto. Quantas pessoas vão se machucar por sua causa?

— Vou falar o que eu quero — fala Terry. — Quero pegar uma das suas pranchas pela última vez.

— Você vai *remar* até o México, Terry?

— Não — responde Terry. — Vou simplesmente remar.

— Meu deus, Terry.

— Eu não vou te entregar pra polícia — avisa Terry. — Eu tinha uma arma, você foi forçado a me dar uma prancha. Faça isso por mim, Daniels.

— Você tirou a vida de uma pessoa. Uma pessoa inocente e boa. Você tem que ir a julgamento, tem que ser punido.

— O nobre Boone Daniels em seu cavalo branco — diz Terry. — Eu tive um julgamento na praia, eu me julguei culpado. Agora quero executar a sentença. Me dê a prancha ou eu vou atirar na porra da sua cara. Você tem uma longboard? O mar está revolto.

— Uma Balty de 2,80 metros.

— Vai dar certo.

— É minha prancha preferida.

— Ela vai voltar pra praia.

Boone vai mancando até uma parede distante, abre o zíper da capa e puxa a prancha.

— Aqui está.

Terry se levanta.

— Obrigado, tá?

— Ei, Terry — diz Boone. — Se eu ouvir dizer que tem um cara parecido com você em Todos Santos, ou em qualquer lugar, vou até lá e te mato.

— Justo, eu acho — responde Terry. — Você não teria bebida por aqui, teria? Um uísque ou um bourbon ou algo para me aquecer um pouco?

— Não sei — diz Boone. — Olhe no armário acima da pia. Talvez tenha alguma coisa.

296 / DON WINSLOW

Terry encontra uma garrafa de Crown Royal que alguém deve ter trazido em alguma festa. Ele serve três dedos da bebida num copo e vira goela abaixo.

— Caramba, isso foi bom.

Ele coloca o copo sobre a mesa, vai até Boone, pega a prancha, coloca debaixo do braço e faz um gesto com a cabeça para Boone abrir a porta. Terry passa por ele em direção ao píer, equilibra a prancha no parapeito, olha para a frente e diz:

— Eu era bom, não era? Digo, antigamente. Eu era o melhor, né?

Boone não responde.

— É, tudo bem — conclui Terry. — Eu sei. Você está puto comigo. Tudo bem.

Ele empurra a prancha e Boone a vê cair na água e boiar.

É uma prancha linda, e ele a adora.

Terry sobe no parapeito, se vira, faz um *hang loose* para Boone, sorri e diz:

— Continue surfando por aí, cara.

E pula. Ele nada até a prancha e sobe em cima dela.

Boone assiste a Terry remar na direção da arrebentação, além das luzes do píer, e desaparecer na escuridão.

Um homem fazendo cooper com seu cachorro encontra o corpo de Terry em Windansea Beach quatro dias depois.

A prancha de Boones não volta para a praia.

Karen Carey não é uma enfermeira solícita nem amável.

O fato do quarto deles ser no segundo andar não ajuda a sua paciência, enquanto sobe e desce com as refeições, as bebidas, os livros, os artigos — seja lá o que o seu marido tolo, infantil (ela rejeita a descrição alternativa de "garoto charmoso") e idiota precisa durante a recuperação do tiro que levou no peito.

Ou do tiro que se deixou levar no peito, como ela prefere dizer.

Neal tem de admitir que a reação da sua mulher é "totalmente justificável", o que desencadeou um debate extenso no pôquer de quinta, que foi transferido para a sala de jantar, para o que Karen se refere como o "leito de morte" dele.

— Eu não acho — começa Lou — que você possa usar um modificador para a palavra "justificável". Ou algo é justificável ou não é.

— Não há graus de justificativas? — pergunta Duke.

— É algo absoluto — explica Lou. — Você pode pesar os prós e contras da justificativa, mas uma vez que a decisão é tomada, ela simplesmente é ou não é justificável.

— Eu não estava usando "totalmente" como um modificador — diz Neal —, mas como um intensificador para enfatizar a veracidade da justificativa dela.

— Um intensificador é um modificador — afirma Lou, atendo-se a suas armas retóricas para seguir com a diversão.

— Distribua a porra das cartas — fala Karen.

Ela está sentada na cama ao lado de Neal, não mais com tanta delicadeza, pois ele está melhorando. Embora tudo isso vá se transformar numa história boa para se contar, ela não fica impressionada pela ironia de ter sido um livro que, provavelmente, salvou a vida do seu marido professor de literatura, que a edição de bolso de *The Adventures of Roderick Random* desgastada, guardada no bolso da sua jaqueta, tenha desacelerado a bala que iria matá-lo.

— Então — diz ela —, isso foi o ápice de uma crise de meia-idade ou devo esperar um voo de asa-delta, ou artes marciais, ou uma Harley aparecendo na nossa garagem?

— Eu poderia ter tido um caso — brinca ele.

— Ah, tá — ela ri. Neal é tão leal quanto um golden retriever.

Ele diz, meio encabulado:

— Até que foi divertido.

— Você não está pensando em voltar a fazer isso.

— Nãããão, já deu. — Ele coloca seu livro na cama, vira para o lado e se recosta nela.

— O quê? — pergunta ela.

— A não ser que você prefira que eu consiga um catálogo da Harley.

Do lado de fora, o sol se põe.

Mas ainda não se pôs, ele pensa.

Boone vira o peixe na churrasqueira e admira o show de luzes sobre o oceano.

Vermelho, amarelo, laranja, o céu se estreitando num tom de azul que ele não sabe nomear, mas só pode observar.

A chuva cessou por um ou dois dias, mas as ondas ainda batem forte debaixo do píer.

Ele vai remar de manhã com a Patrulha do Amanhecer, mas sem sua prancha preferida. Terry Maddux levou sua prancha embora, junto com seu último senso de veneração de um herói, e junto com um pedaço da sua alma. Nenhuma dessas coisas vai voltar, nem com as ondas, nem com a maré, nem com o nascer do sol.

Ele coloca um pedaço de peixe dentro de uma tortilha e entrega a Dave.

É um ritual, feito na maioria dos fins de tarde, Boone cozinhando para seus amigos na varanda, do lado de fora de sua casa, enquanto eles assistem ao sol se pôr.

Dave está lá, e Maré, Johnny Banzai e Surfista Nua.

A Dia de Sol, não.

Ela está em algum lugar do circuito profissional.

Ele sente falta dela, todos sentem.

Mas ela vai voltar.

Boone alimenta seus amigos e a si mesmo, e então pega o último pedaço de peixe, coloca dentro de uma tortilha e lança no mar por cima do parapeito do píer.

— Você acha que ele está com fome? — pergunta Dave.

— Não estamos todos? — fala Boone.

Eles se sentam e comem e assistem ao sol se pôr.

Mastigando seu charuto apagado, Duke Kasmajian senta-se na sua varanda e olha para o mar.

Chega, acabou.

Sem um retorno improvável da legislação antiga, seu negócio está acabado. Ele pegou o dinheiro guardado da fiança de Maddux e dividiu entre seus funcionários. E distribuiu os bônus em dinheiro. Não vai durar para sempre, mas vai segurá-los até que encontrem outra coisa.

Adriana recebe uma pensão e diz que vai se aposentar.

Duke imagina quanto tempo isso vai durar.

O pôr do sol hoje está magnífico, o uísque hoje está particularmente defumado e acalentador, a música — o sax tenor suave de Harold Land tocando "Time After Time" com o Curtis Counce Group — está especialmente bonita.

Ele deseja que Marie estivesse aqui, só isso.

Alguém que nunca perdeu a mulher amada jamais entenderá o sentido literal de "dor no coração".

Ele sente frio, levanta-se — seus joelhos protestam com esse esforço —, pega a taça de vinho tinto de Marie e lentamente despeja o líquido nos arbustos lá embaixo.

O sol se põe.

PARAÍSO

As aventuras medianas de Ben, Chon e O

• • •

Havaí, 2008
Foda-se todo mundo.

• • •

É o que O pensava deitada na praia da baía de Hanalei.

Foda-se todo mundo, eu estou em férias.

Férias de *que* já é uma outra questão, pois, quando não está em férias, O faz praticamente

NADA.

Vinte e três anos, desempregada, não cursou faculdade, vive com uma mesada da sua mãe, da parte sul de Orange County (leia-se rica) — a quem se refere como "Rupa" (Rainha do Universo Passiva-Agressiva) —, além da sua parte das ações de uma empresa multimilionária de cannabis hidropônica que ela ajudou a começar com seus dois amigos e amantes da vida inteira, Ben e Chon.

("Chon" é a pronúncia de "John" de quando O tinha cinco anos, e ficou para sempre.)

O (apelido de "Ophelia" — sim, sua mãe escolheu o nome de uma garota que se suicidou se afogando) é uma criatura pequenina.

304 / DON WINSLOW

Um metro e sessenta e cinco descalça — como ela está neste momento, é claro, na praia —, cabelo loiro e curto, no estilo Peter Pan (junto com Ben e Chon ela tem um pequeno grupo dos Garotos Perdidos, mas recusa-se positivamente a exercer o papel materno entediante de Wendy) e magrinha (apesar das tentativas de Rupa de "presenteá-la" com implantes de silicone nos seios), ela está pensando em fazer uma tatuagem — uma grande no ombro —, talvez um golfinho.

Nem todo mundo vai gostar, ela pensa.

Mas eu vou.

Foda-se todo mundo.

• • •

Ben escolheu Hanalei para passar as férias porque quer fazer negócios na região.

Ele teve a ideia com Peter, Paul e Mary.

(Seus pais eram hippies.)

Ben explicou isso para O em Laguna.

— Peter, Paul e Mary — repetiu ele, diante da expressão de incompreensão dela.

— Os pais de Jesus — falou O.

— É, não exatamente — retrucou Ben, sem parecer surpreso por O achar que Jesus tinha vários pais. — Peter, Paul e Mary era um grupo de folk dos anos 1960.

Chon fez cara feia. Ele sempre teve uma reação meio John Belushi/Bluto com relação à música folk. (*Clube dos cafajestes.* Se você nunca viu... bem, não sei nem o que dizer.)

Ben foi até seu computador e colocou uma música.

— Nós usávamos esta música para interrogar talibãs — disse Chon, e então cantou alguns trechos de "Puff the Magic Dragon". Ele serviu diversas vezes no Afeganistão e no Iraque, voltou para casa ferido e foi dispensado. — Eles entregavam tudo no primeiro verso.

— Fica quieto — disse O, completamente dentro da música. Ela chorou quando Puff morreu. — Ele nunca mais tocou perto das cerejeiras?

— Acredito que não — respondeu Ben.

— Porque a Jackie nunca mais voltou?

— Exatamente.

— Mas o Pequeno Jackie Paper *amava* o malandro do Puff — afirmou O. — Ele levou cordas e cera e outras coisas chiques.

— Os vivos vão invejar os mortos — concluiu Chon. — Então por que nós estamos ouvindo essa merda?

— É escrita em códigos — explicou Ben. — A música é sobre maconha.

— Como assim? — perguntou Chon.

— "Puff the Magic Dragon"?— indagou Ben. Ele fez uma pausa dramática e completou: — Puff, o trago mágico.

Ele colocou a música para tocar de novo.

— Uma música dos anos 1960 sobre drogas — refletiu Chon. — Você acha isso peculiar?

— Acho interessante — respondeu Ben. — Hoje nós fazemos nosso próprio produto em estufas. É caro, e eu me preocupo com o impacto ecológico de toda essa eletricidade e água que usamos.

— E...

— "Uma terra chamada Honahlee". Eu pesquisei um pouco. Hanelei, no Havaí, recebe mil milímetros de chuva por ano. A temperatura média varia entre 25 e 29 graus. De seis a oito horas de luz do sol por dia, o índice de UV vai de sete a doze. Solo rico em ferro.

— Cannabis sativa — disse Chon.

— Bingo — confirmou Ben. — Além disso, nós não vendemos muito para o Havaí. Mataríamos dois coelhos com uma cajadada só. Temos que encontrar um parceiro de mercado e adquirir uma terra para plantio. Quando essa merda for legalizada, e será, nós já estaremos aqui.

— *Três* coelhos — falou O.

— Qual é o terceiro? — perguntou Ben.

— Férias — respondeu O.

• • •

Em uma falésia na ponta norte da baía de Hanalei, com a prancha de surfe, Chon observa o melhor surfista que ele já viu.

Chon sempre se achou muito bom nas ondas, mas, neste momento, percebe que não é.

Comparado a esse jovem.

As ondas na arrebentação conhecida como Lone Pine são grandes e fortes, como de costume no outono, e esse cara está esculpindo-as como um Michelangelo doidão. Ele faz um *cut back*, gira em cima da onda e desce com a parte de trás da prancha, depois faz um Super--Homem, girando no ar e segurando a prancha com as duas mãos, e termina entrando de novo na onda.

— Meu deus! — exclama Chon.

— Quase — diz um cara que chega por trás dele. Ele é havaiano, com a pele bronzeada e o cabelo comprido e preto preso num coque masculino. — É o Kit.

— Quem?

— Kit *Karsen* — responde o cara, como se fosse óbvio. — K2.

Como a montanha, Chon pensa.

Tudo a ver.

É difícil julgar à distância, mas Karsen parece ter quase dois metros de altura, com ombros largos, cintura fina, corpo musculoso, definido depois de horas intermináveis dentro do mar, cabelo comprido clareado pelo sol. Ele seria o Tarzan, Chon pensa, se o Tarzan fosse mais jovem, mais bonito e um nadador melhor.

E ele parece um adolescente.

O que significa, Chon pensa, que é sequer o surfista que ainda será. Meus deus!

— Imagino que ele seja local — sugere Chon.

— Todo mundo aqui é local, brou — afirma o cara. — Menos você. Você não deveria estar aqui.

— Só estou assistindo.

Pelo que Chon pode ver, a maioria dos surfistas na água parece havaiano. Karsen talvez seja o único *haole*. Ele observa Karsen remar para dentro de outra onda, fazer um *line down,* girar por trás e deslizar de novo.

— Não observe tanto, brou — avisa o cara, levantando sua prancha e se posicionando na ponta de uma pedra. — Não é um lugar seguro para um *malihini*.

— O que é um *malihini*? — pergunta Chon.

— Um estranho — responde o cara. Ele joga a prancha lá embaixo na água e pula logo em seguida.

Por um segundo, Chon acha que o cara acabou de cometer suicídio, mas depois ele o vê surgir, pegar sua prancha e remar.

Chon decide voltar outra hora.

Chon está sendo Chon, ele *tem* que sair daquele penhasco.

• • •

Kauai é uma ilha pequena, Hanalei é uma cidade ainda menor.

Algumas horas depois de conhecer o *haole* no penhasco, Gabe Akuna descobre que o nome dele é Chon, que está alugando uma casa em Hanalei com dois amigos da Califórnia — um cara chamado Ben e uma mulher chamada O, seja lá que merda de nome é esse. Ele liga para alguns parceiros em LA e descobre que Chon, Ben e O são grandes traficantes de marijuana.

E que eles vendem maconha para Tim Karsen.

Tim negocia pequenas quantidades de maconha em Kauai há anos e a Empresa tolera porque Tim é local, Kauai é um local isolado, seu negócio é de pequeno porte, e ele é o pai do K2.

Mas as coisas estão mudando.

A Empresa está ficando mais agressiva no controle de toda a venda de drogas nas ilhas — todas as ilhas e todas as drogas: maconha, metanfetamina, cocaína e heroína.

É dinheiro demais para permitir vazamentos.

Sendo pai de K2 ou não, Tim tem que se adequar ou deixar os negócios.

E aí tem esses novos *haoles*.

Isso é um problema.

Será que estão tentando aumentar as negociações de maconha com Tim? Começar uma distribuição mais ampla com mais produtos?

Isso seria ruim.

Pior seria se eles estiverem pensando em começar uma operação de plantio aqui.

Isso não pode acontecer.

A Empresa está comprando terrenos também, e Kauai não é conhecida como a Ilha Jardim à toa. Açúcar, abacaxi, arroz e inhame eram as plantações de maior rentabilidade, mas a marijuana é a próxima. Legalizada ou não, a Empresa ficará a postos para plantar essa verdinha.

E não uns *malihinis* do continente.

Californicação? Gabe pensa.

Vão se foder.

A Empresa não gosta de californicação.

• • •

O crime organizado no Havaí costumava ser restrito aos asiáticos.

Primeiro as tríades chinesas, depois a japonesa *yakuza*.

Mas no fim dos anos 1960, Wilford Pulawa, um havaiano nativo, decidiu tornar as coisas locais e recrutou um monte de garotos para fazer isso.

Jogatina, prostituição, associações, tudo típico da máfia — a Empresa tinha tudo nas mãos.

Pulawa foi para a prisão em 1973, seus sucessores brigaram entre si e a Empresa perdeu muito do seu poder no início dos anos 1990. Algumas pessoas dizem que já era, outras acham que ela está voltando com a epidemia da metanfetamina.

E então há o seguinte:

Alguns anos atrás, um grupo mafioso do continente enviou dois homens de Las Vegas para tomar no braço o território da Empresa. Conta-se que a Empresa esquartejou os dois espertos e os enviou por correio de volta a Vegas, com um bilhete que dizia "Delicioso, mandem mais".

• • •

Quando ele chega de volta na casa, Chon quer contar a Ben que acabou de ver o futuro do surfe, mas Ben tem outras coisas na cabeça.

— Nós precisamos fazer negócios aqui — diz Ben.

— Acho que vou pra praia — fala O. Paternalismo, sexismo ou somente cuidar da segurança dela (escolha uma ou todas as alternativas), os "garotos" raramente a incluem nos detalhes dos negócios. Ela tira uma colherada de poke, mistura com patê Spam e coloca na boca.

Não é tão ruim.

Ela decide chamar de "Spamoke".

Os garotos entram no seu Jeep alugado e dirigem para o norte de Hanalei pela Kuhio Highway, uma autoestrada de duas pistas que engloba toda a costa. Chon dirige, eles passam pelo local onde ele viu K2 fazendo sua mágica, e então passam por Lumahai Beach, até chegarem a Wainiha, onde pegam uma estrada de terra para dentro da ilha por alguns quilômetros em meio a uma floresta densa.

A estrada termina num descampado.

Uma casa que poderia ser descrita como uma espelunca está à esquerda. De um andar só, ela se estende ao longo do limite da floresta como uma série de vagões de trem, como se cada seção tivesse sido uma ideia tardia. Do lado direito do descampado há outra casa, que se parece com uma oficina. Suportes de pranchas de surfe dispostos na frente, a porta de garagem aberta revelando mais pranchas lá dentro. Um pequeno barco e um jet ski estão à esquerda da oficina, ao lado de um suporte de painéis solares.

No fim da estrada sem saída tem uma figueira enorme, e no meio das folhas e dos galhos tem... bem...

Uma casa.

Em construção.

Não uma casa da árvore que uma criança poderia construir, mas um *lar*, com andares em diferentes níveis, cuidadosamente construída, bonita, as tábuas lixadas e polidas.

Galinhas correm soltas na entrada dos carros.

O local é isolado, então tudo o que se vê é a vegetação grossa e uma única palmeira na grama pequena e cortada.

Um homem sai da casa.

Ele parece ter uns cinquenta e poucos anos, tem cabelo preto grosso e comprido, com alguns fios brancos, puxado para trás da cabeça. Uma pequena cicatriz em z acima da sobrancelha direita. Camisa floral havaiana, bermuda larga de surfe e chinelo. Óculos anatômicos completam o modelo.

Ele está sorrindo. Levanta os óculos e diz:

— Aloha!

Eles saem do Jeep.

O cara estende a mão.

— Meu nome é Tim.

— Eu sou Ben. Esse é Chon.

— É um prazer conhecê-los finalmente — diz Tim.

Eles só se falaram antes por telefone por satélite e trocaram e-mails criptografados.

Tim Karsen é o distribuidor deles em Kauai.

Eles se conectaram da maneira mais comum — amigos de amigos de amigos, mas essa é a primeira vez que se encontram pessoalmente.

— Estou admirando a casa na árvore — afirma Ben.

Tim sorri.

— Meu filho. Ele está construindo sua própria casa.

— Muito legal — diz Ben.

— Entrem — fala Tim.

Eles o seguem pela porta da frente, que dá direto na cozinha. Dada a aparência improvisada do lado de fora, o interior da casa é uma surpresa — espaçosa, organizada, arrumada. O piso é de tábuas de madeira polida, as paredes de madeira lotadas de arte havaiana.

Uma mulher está de pé atrás de uma bancada de madeira, fazendo uma salada.

— Essa é Elizabeth — apresenta Tim.

Ela é linda.

Cabelo ruivo comprido, olhos castanhos profundos, magra, de calça jeans e camisa.

E aquela voz, Chon pensa. Baixa, doce, totalmente sexual, mesmo quando diz algo totalmente mundano, como:

— Fiz uma salada de almoço. Espero que baste.

Chon pensa que ela poderia ter feito cocô de cachorro no cascalho e bastaria.

Eles se sentam a uma mesa comprida na sala de jantar, que foi arrumada com duas jarras de chá gelado e suco de goiaba, embora Tim venha da cozinha com três garrafas de cerveja gelada.

— IPA da Captain Cook — diz Tim. — É local.

— Local significa muito por aqui, né? — diz Chon.

Tim concorda.

— Nós estamos aqui há doze anos, e ainda somos um pouco *malihinis*.

— Na verdade, as pessoas aqui são muito amigáveis — afirma Elizabeth. — Contanto que você respeite a cultura local.

— Que é basicamente não ser escroto — completa Tim.

— Como em qualquer lugar — afirma Chon.

Eles brindam com as garrafas.

O engraçado é que...

Chon acha que conhece esse cara.

Ele sabe que eles nunca se encontraram, mas...

Ele conhece Tim de algum lugar.

E seu nome não era Tim.

• • •

Tim caminha com eles até uma estrada de terra estreita, mais como uma trilha, por dentro da floresta densa.

Começou a garoar, e a terra vermelha se transforma em lama vermelha nos tênis, enquanto sobem as montanhas.

Um riacho corre à direita deles.

Estão caminhando há dez minutos quando chegam a um descampado coberto de grama, com cerca de dois acres, rodeado de vegetação alta.

— É aqui que eu estava pensando — sugere Tim.

— Está à venda? — pergunta Ben.

— Eu já comprei — responde Tim. — Mas sim, nós podemos negociar.

— Está registrado? — questiona Ben.

— Eu só *pareço* burro — responde Tim. — Fiz a compra por cinco empresas de fachada. Nunca poderá ser rastreado.

— Localização perfeita — afirma Ben, olhando ao redor. — Privativa... Nós precisaríamos fazer testes no solo.

— Claro — concorda Tim. — Mas tudo cresce aqui. Você pode enfiar um carro da Chrysler aqui no chão e vão crescer pequenos carrinhos. A grande questão será não deixar a selva invadir.

— Tem potencial — conclui Ben. — Nós podemos abrir mais espaço para plantação, se precisarmos?

— Eu comprei quinze acres — diz Tim.

— Você consegue mão de obra? — pergunta Ben.

Tim assente com a cabeça.

— Pessoas em quem podemos confiar? — indaga Chon.

— Essas pessoas são *ohana* — responde Tim.

— O que isso significa? — pergunta Chon.

— Família.

Assunto encerrado.

Eles caminham de volta para a casa na chuva.

Quando chegam, Chon vê Kit Karsen colocar sua prancha num suporte na oficina.

Kit olha de volta, vê Tim e sorri.

— Oi, pai!

• • •

O pai de Chon é um filho da puta dos grandes.

Um dos membros fundadores da Associação, a maior gangue de drogas da história da Califórnia, ele não era muito presente na vida de Chon, e quando aparecia, não era exatamente de forma positiva.

Uma vez, alguns de seus associados fizeram o jovem Chon de refém até que John pagasse o dinheiro que lhes devia.

Uma das únicas vezes em que Chon se sentiu realmente valorizado.

Chon sempre soube que seu velho fazia parte desse negócio, mas Ben e O descobriram só recentemente que eles (também) eram a *segunda* geração de traficantes de drogas, e não os pioneiros que achavam que fossem.

Ah, a bela e ignorante arrogância (e arrogante ignorância) da juventude — pensar que eram os primeiros.

Rupa e os pais psicoterapeutas de Ben eram os grandes investidores — no conselho de diretores, como era chamado — da Associação, e o pai biológico de O não era o homem que ela achava, mas o (recentemente) falecido Doc Halliday, que um dia colocou o Orange County no epicentro dos negócios americanos de marijuana, haxixe e cocaína.

A QUEDA   / 313

Provando mais uma vez que:

A. Nós não sabemos as nossas origens.
B. Nada é novo na Terra.
C. As drogas estão por aí há milênios.
D. Todas as alternativas anteriores.

Chon e seu velho têm uma relação baseada no seguinte acordo: o quanto menos se virem, melhor.

Mas Kit claramente ama Tim.

Tão óbvio quanto Tim ama Kit.

Chon pode ver quando eles se abraçam, como se fizesse anos, e não horas, que tinham se visto.

Isso deixa Chon um pouco triste.

— Esses são Ben e Chon — diz Tim. — Esse é meu filho, Kit.

— Aloha — fala Kit, cumprimentando os dois com um aceno de cabeça.

— Ben e Chon são da Califórnia — explica Tim. — De Laguna Beach.

Kit comenta:

— Eu gostaria de ir lá um dia.

— Quando quiser — fala Ben. — Você sempre terá um lugar onde ficar.

— Cuidado, pode ser que eu aceite — responde Kit.

Elizabeth aparece e sorri para seu filho.

— Malia ligou da cidade. Sua bomba d'água chegou.

— Excelente — diz Kit.

É uma família, Chon pensa.

Ele nunca viu uma de verdade.

Mas quem são essas pessoas?

De verdade.

• • •

Gabe está muito puto porque os *haoles* estão conversando com Tim Karsen e porque ele mostrou a eles o terreno que comprou.

Não é um bom presságio, então ele faz uma ligação.

314 / DON WINSLOW

•••

O cabelo de Red Eddie é mais laranja que vermelho, e seu nome de verdade é Julius, mas ninguém vai chamar o dono da Empresa de Orange Julius.

Graduado em Harvard e na Wharton Business School, Eddie é um empresário anglo-havaiano-japonês-chinês-português, com escritórios em Honolulu, North Shore e San Diego. No momento, ele está em Honolulu e não está feliz com o que está ouvindo ao telefone.

Um trio de *haoles* californianos começando uma plantação em Kauai?

Nem a pau.

— Diga a eles para irem embora.

— E se eles não quiserem ir? — pergunta Gabe.

— Você realmente me perguntou isso?

Ele desliga e toma um Tylenol.

Administrar a Empresa pode ser uma dor de cabeça às vezes.

•••

Ben está completamente encantado pela casa da árvore.

Esse é o tipo de coisa que ele gosta, bem a sua onda, pode-se dizer que — qualquer coisa do tipo, alternativas sustentáveis, independente, granola crocante —, é para Ben!

(Não há como discutir com o DNA.)

— Kit e eu estamos construindo — explica Tim. — Para ele morar.

Ben pede para ver.

— Vou te mostrar as plantas — diz Kit, imensamente satisfeito. Eles entram na oficina e o jovem abre os papéis numa mesa. — Eu quero viver o mais próximo possível da natureza.

— Acho que não dá pra ficar mais próximo do que viver numa árvore — afirma Ben.

Almas gêmeas, Chon pensa.

As plantas incluem uma estrutura de três andares, conectadas por escadas e passarelas. No andar de baixo será a cozinha, com paredes de

A QUEDA   / 315

cortina que podem ser levantadas ou abaixadas, forno e fogão à lenha, uma pia antiga com água bombeada do riacho.

Uma passarela retrátil feita com madeira de coqueiro vai dar no segundo andar, uma saleta com chão de tábuas largas de madeira de acácia e paredes de verdade feitas de madeira de árvore-da-chuva, com janelas grandes que dão para a floresta. Outra série de passarelas e uma escada levam ao último pavimento, um quarto com chão de tábuas corridas, paredes de madeira de mangueira e telhado de palha, com uma claraboia. Um banheiro acoplado ("suíte", Kit brinca) com um vaso sanitário com escoamento por gravidade e um chuveiro alimentado por uma bolsa coletora de água da chuva.

Kit tem orgulho de toda a madeira ser local, de árvores que caíram naturalmente ou que foram derrubadas por motivos de segurança. Isso significa que eles tiveram que esperar anos por determinados tipos de madeira, mas queriam fazer do jeito certo. Compraram a madeira crua e, com todo o carinho, eles a serraram, aplainaram e lixaram sozinhos. Também estão construindo todos os armários com madeira de *kamani*, as prateleiras e uma mesa grande para a área da cozinha feita de pau-ferro.

— É tudo com energia solar — fala Kit.

— O telhado recebe luz solar suficiente? — pergunta Ben.

— Suficiente para alimentar as baterias — responde Kit. — E quando não tiver energia suficiente, temos lampiões de querosene. E não temos muitos aparelhos elétricos.

Não há televisão, por exemplo.

— Eu gosto de livros — explica Kit.

Sem excesso de iluminação.

— Vou pra cama cedo — diz ele. — Levanto junto com o sol.

Kit leva Ben para fazer um tour.

O primeiro andar está quase finalizado. O chão está pronto, o forno e o fogão já posicionados, as cortinas pesadas de bambu, instaladas e levantadas durante a visita.

Eles sobem por uma passarela para o andar seguinte, um cômodo de três por quatro metros, com chão polido e lindas paredes de madeira vermelha com janelas amplas. Duas das paredes estão prontas, as outras duas só têm a base. Na parede ao norte há um vitral com a imagem de uma mulher havaiana entrando no mar com sua prancha de surfe.

— Você que fez isso? — pergunta Ben.

— Malia — responde Kit. — Minha namorada.

— Isso é maravilhoso, Kit — diz Ben. Ele se sente como se estivesse em um apartamento, não numa casa na árvore, e ainda assim as folhas roçam nas janelas e o lugar é tomado pelo canto dos pássaros.

Foi tudo feito com tanto carinho, com tanto amor.

Eles sobem para o andar onde será o quarto e ficam em cima da estrutura, pois as tábuas do chão ainda não foram colocadas.

— Sei que meu pai faz negócios com você — diz Kit. — E eu sei o que são.

— Você se sente tranquilo com isso? — pergunta Ben.

— Sou bem protetor com meus pais, sabe?

— Eu respeito isso.

— E tenho questões éticas — afirma Kit.

— Respeito isso também.

— Contanto que seja só erva, estou tranquilo — conclui Kit. — Mas se envolver cocaína, metanfetamina, heroína...

— Não vai envolver — Ben garante. — Estamos de acordo.

Eles dão um aperto de mão.

Kit não está nem tentando fazer força, mas Ben sente como se sua mão tivesse sido esmagada.

Seria uma boa ideia não mexer com Kit.

• • •

Na volta para casa, Chon diz:

— Eu conheço aquele cara.

— Tim? — pergunta Ben. — Não é possível. Ele não sai da ilha há doze anos, e você nunca esteve aqui antes.

— Eu sei, mas eu conheço ele.

— Chonoia.

Chon admite com prazer quando está sendo paranoico — múltiplas operações especiais no Afeganistão e no Iraque o deixaram assim —, mas ele não acha que é o caso agora.

Porque ele já se lembra de onde conhece Tim, por que ele parece tão familiar.

É a cicatriz em formato de z.

Um antigo parceiro de negócios do seu pai. Chon não o vê desde... bem, no mínimo há doze anos — mas Tim é a cara de Bobby Zacharias.

O lendário Bobby Z.

Bobby Z era um surfista conhecido, um dos maiores da Costa Oeste. Chon lembra de ser pequeno e admirá-lo. E Z era um dos maiores traficantes de maconha da Califórnia.

E aí ele desapareceu.

Há cerca de doze anos.

Simplesmente, sumiu da face da terra.

Aterrissou, Chon pensa, no paraíso.

E de volta aos negócios com drogas.

Tudo faz sentido.

Chon lembra de outra coisa sobre Bobby Z.

Ele era um escroto.

— As pessoas mudam — diz Ben, quando Chon conta para ele.

— Não mudam, não — retruca Chon.

• • •

O rejeita a ideia (a observação, a atribuição, a acusação) de que ela seja hedonista.

— Eu não sou hedonista — disse ela para Ben e Chon um dia. — Eu pratico *a* hedonism*a*.

Há uma diferença.

• • •

O ama o Havaí.

A baía de Hanalei é o lugar mais bonito que ela já viu. À sua esquerda, montanhas verde-esmeraldas: à sua direita, a praia dourada se estende até um antigo píer que passa por cima de um rio que desce do meio das montanhas. O oceano (Pacífico, para os que têm dificuldade com geografia) à sua frente é de um azul-celeste (O gosta dessa palavra, "celeste"), e o cenário todo é cercado por palmeiras e ocupado por mulheres e homens lindos.

Os homens havaianos são inacreditavelmente belos, assim como as mulheres, O pensa, que é bi por natureza e por tendência.

A beleza não lhe é estranha; ela cresceu (ou falhou em crescer) em Laguna Beach, a cidade mais bonita da Califórnia (sem reclamações) entre as pessoas belas, mas Hanalei é de uma ordem diferente.

O cenário, as pessoas, a comida...

Acrescente a isso o fato feliz de que Rupa está a milhares de quilômetros e a um oceano de distância, lá em Laguna, e aqui poderia ser o paraíso.

Chove em algum momento todos os dias. O não se incomoda — na verdade, ela gosta de caminhar durante os banhos efêmeros e depois curte o calor do sol subsequente.

Ela ama a casa que alugaram, em frente a um pequeno parque que dá na praia, um bangalô lindo de dois quartos, com uma sala grande, ventiladores de teto e uma varanda que envolve a casa toda, que ela aprendeu que se chama "lanai".

O adora o fato de poder comer fruta fresca — mamão, goiaba, manga — no café da manhã, com café Kona forte, e gosta de andar alguns quarteirões até a cidade e almoçar um prato de salada de arroz e macarrão com frango grelhado ou Spam (mais sobre isso a seguir).

Eles normalmente vão jantar em um ótimo restaurante local para comer um peixe, apesar de, nas últimas duas noites, Ben e Chon terem cozinhado.

Os dois são bons na cozinha.

O não é.

O sabe fazer:

Um bowl com cereais
Um bowl com cereais coloridos
Lasanha (de micro-ondas)
Frango frito congelado (idem)

Mas ela gosta de comer. Quando Rupa uma vez falou que "Ophelia come como um pássaro", Chon argumentou que o pássaro era um urubu-de-cabeça-vermelha. A menina come como uma égua prenha, mas ninguém sabe para onde essa comida toda vai. Parece que as calorias simplesmente somem, como o dinheiro do orçamento de um filme de Hollywood. Mesmo assim, a mãe reclama que O está carregando um excesso de bagagem na cintura e nas coxas, gordura imaginária que Rupa congelou fora do seu próprio corpo.

— Dando ainda mais crédito para a imagem da Donzela do Gelo — observou O.

Rupa tem uma atitude de sabe-tudo quanto aos hábitos alimentares de O — sua filha come muito ou pouco, está magra demais ou gorda demais, mas nunca "o ideal", outro motivo para O estar feliz em colocar um oceano Pacífico entre elas.

Por causa dos pratos do almoço, O desenvolveu certo gosto por Spam.

— O que é Spam? — perguntou a para Ben um dia.

— Ninguém sabe — respondeu ele.

— Nem as pessoas que fazem? — questionou O.

— *Principalmente* as pessoas que fazem.

O não se importa muito com o que colocam no Spam, contanto que ela possa comer. Ela simplesmente ama aquilo. E poke — pedacinhos de peixe cru no molho shoyu, óleo de gergelim e pimenta.

Enfim, O ama Kauai.

Ela ama a cultura criada por uma miscelânea de tradições havaianas, japonesas, chinesas, portuguesas e inglesas.

Ela acha a comida, o clima, as pessoas…

Calorosas e delicadas.

Algo que procurou durante sua vida inteira.

• • •

Antigamente de madeira, o píer hoje é feito de concreto, e estende-se por cem metros até uma floresta.

Um homem velho está lá pescando.

320 / DON WINSLOW

Ele é bonito, O pensa. Cabelo e barba brancos, bronzeado, um boné antigo acima dos olhos mais doces e gentis que ela já viu. Ela é tímida demais para abordá-lo, mas o homem a vê e diz:

— É lindo aqui, não é?

— É, sim.

— As pessoas me chamam de Pete — apresenta-se ele, estendendo a mão.

— Eu sou O.

— Apelido de... ?

— Ophelia.

Pete sorri.

— O é melhor.

— É mesmo — concorda ela. — Você pesca todas as manhãs?

— Não — responde Pete. — Às vezes, eu pesco à noite. Depende da hora em que eles aparecem. Você quer tentar?

— Não sei como.

— Posso te ensinar — sugere Pete.

Ela está acostumada com um monte de caras mais velhos — alguns deles padrastos — querendo ensiná-la alguma coisa, só que nunca a pescar.

Mas isso é diferente, e ela concorda.

Ele entrega a ela a vara e o molinete e fica trás dela, mostrando como agir. Não é assustador, O pensa, nada parecido com um abuso de homem-velho-sujo, é só um cara legal ensinando algo para ela.

É legal.

• • •

O conta a Pete sobre sua infância.

A mãe que estava ausente ou obsessiva e sufocantemente presente, os diversos padrastos, crescer achando que seu pai era outra pessoa...

— Parece ter sido difícil — afirma Pete, colocando outra isca no anzol.

— Foi.

— Por outro lado — continua Pete, ajeitando-se e olhando para ela —, você não era pobre, era? Tinha um teto sobre sua cabeça e comida na mesa. Você teve muitas vantagens. O que fez com elas?

Boa pergunta, O pensa.

A QUEDA   / 321

Pergunta excelente e irritante.

Nada, ela pensa enquanto caminha de volta para casa. Eu não fiz absolutamente nada com minhas vantagens.

Mas O rejeita a ideia de que seja niilista.

— Na verdade — disse ela, quando Chon trouxe essa ideia pela primeira vez —, eu sou Cleópatra.

— Isso é uma falácia— retrucou Chon.

— Nem um pouco — esclareceu O. — Eu sou a Rainha dos Niilistas.

• • •

Quando Ben e Chon voltam para casa, O os está esperando para fazer um anúncio:

— Estou me juntando à Madre Teresa.

— A Madre Teresa está morta.

— Ah. — Ela pensa por um segundo. — Tudo bem, quem *não* está morto?

— As pessoas com quem jantaremos hoje à noite — responde Ben. — Queremos a sua opinião sobre elas.

— Vocês querem a minha opinião? — indaga O.

— Você é boa em sacar as pessoas — fala Chon.

O que me torna, ela pensa, meio que útil.

• • •

Eles se encontram num restaurante chamado Postcards.

Tim Karsen ou Bobby Zacharias ou seja lá quem ele for aparece bem vestido em uma camisa branca Henley e uma calça jeans.

Elizabeth, O acha, está simplesmente deslumbrante. Uma simples blusa preta e uma calça jeans (apertada).

E Malia...

Malia *é* o Havaí, O determina.

Alta e esbelta, cabelo preto comprido, brilhante como uma noite estrelada, pele morena, olhos grandes amendoados castanhos, uma voz doce e sutil, como um pôr do sol.

Esperta, engraçada.

Ela fala com Kit como se ele não fosse o integrante da espécie masculina mais bonito que O já tinha visto.

Eu não vou embora nunca, O pensa.

Nunca mais.

• • •

Eles vieram para Hanalei quando ele tinha uns seis anos de idade, Kit conta durante o jantar.

No início, foi difícil e ele odiava, era a única criança *haole* da escola. Os garotos nativos batiam nele praticamente todo dia, não brincavam com ele, implicavam com ele.

— O que mudou? — pergunta O, debruçada sobre a mesa, comendo-o com os olhos.

— O surfe — responde Kit.

Ele foi para a praia um dia e os garotos da escola estavam lá surfando. Alguns tinham suas próprias pranchas, mas a maioria dividia, revezando-se. Primeiro eles o ignoraram, depois disseram para ele ir embora, mas ele ficou, esperando na praia, até que finalmente...

Um garoto mais velho chamado Gabe se aproximou com sua prancha e perguntou se Kit queria tentar. Ele mostrou a Kit como se deitar na prancha, como remar, como se levantar. Depois foi com ele até a água e o ajudou a pegar ondas pequenas.

Na terceira tentativa, Kit levantou na prancha.

Ele ficou viciado.

Ia para a praia todos os dias.

Ficou bom.

Os garotos havaianos viram, começaram a deixá-lo quieto, pararam de implicar com ele, em parte porque viram que Kit sabia surfar, mas também porque Gabe ameaçou dar uma surra neles.

Gabe começou a frequentar a casa. Às vezes, ele levava os outros garotos, mas, na maioria das vezes, ia sozinho.

Kit azucrinou os pais até ganhar uma prancha.

Ele trabalhava para o pai — Tim estava se restabelecendo como faz-tudo e com trabalhos em construções —, fazia bicos diversos, limpando, qualquer coisa que pudesse ganhar dinheiro para comprar a prancha. Levou um ano. Numa manhã de Natal, ele acordou e lá estava ela, usada, porém linda, uma Hobie de 2,30 metros e uma quilha.

— Tenho ela até hoje — diz Kit, sorrindo para Tim e Elizabeth.

Ele virou uma sensação, um desses prodígios que estão na *Surfer*, recebem patrocínio da Billabong, aparecem em vídeos. Mas ele nunca entrou em uma competição ou um torneio.

— O surfe nunca teve a ver com isso pra mim — explica Kit. — Eu nunca o vi como uma competição ou um negócio. É só algo que amo fazer, e não quero estragar isso.

De qualquer forma, ele tem uma reputação.

Editores de revistas, fotógrafos e fãs do surfe vêm de todas as partes do mundo para ver Kit surfar. Mas Kit não iria até eles. Ele foi a Maui pegar ondas grandes em Jaws e ao Taiti fazer a mesma coisa, mas voltou direto para Kauai e aqui permaneceu.

— É a minha casa — afirma Kit. — É tudo o que eu sempre quis. Sou feliz aqui.

Ele amava a ilha, e a ilha o amava.

Kit não era mais um estrangeiro, um *haole*, mas um local, parte da *ohana*, um irmão.

Ele está namorando uma garota havaiana. Na verdade, Malia é a única menina que ele namorou.

Então ele fica em Hanalei, faz carpintaria ou trabalha com seu pai de vez em quando, grava um vídeo praticando surfe, ganha honorários das empresas de surfe para usar as roupas das marcas, para surfar em suas pranchas ou para posar num anúncio, recomendando uma roupa de borracha, uma prancha, uns óculos de sol.

Ele tinha quinze anos quando saiu na capa da *Surfer*.

Mas ele não é só surfista — é um cara da água: nadador, mergulhador, salva-vidas. É tão habilidoso num jet ski, num caiaque, num barco quanto é numa prancha.

Kit Karsen é o mais feliz que alguém pode ser.

— Você veio pra cá quando tinha seis anos — diz Chon. — Onde morava antes disso?

Califórnia, responde Elizabeth.

Nós viemos da Califórnia.

324 / DON WINSLOW

• • •

Ben e Tim saem do restaurante.

— Então vamos mesmo fazer isso? — pergunta Tim.

— Não sei.

— Qual é a sua hesitação?

— Não posso fazer negócios com quem não é honesto comigo — responde Ben.

— Com o que estou sendo desonesto?

— Bem, vamos começar com quem você é, Bobby — fala Ben.

— Você acha que eu sou Bobby Z — diz Tim.

— E não é? — questiona Ben.

— Não — responde Tim. — Quer dizer, eu fui durante um tempo.

— De que porra você está falando? — indaga Ben. — Vamos parar de jogar aqui?

— Meu nome verdadeiro é Tim Kearney — fala Tim.

Ele conta uma história para Ben.

• • •

O sempre foi adepta do provérbio "ignorância é uma benção".

Isso faz dela, em seu próprio julgamento, uma das pessoas mais deliberadamente felizes do planeta.

É claro, ela não sabe a origem do provérbio.

Isso seria contraproducente.

("*Ode on a Distant Prospect of Eton College*", poema de Thomas Gray, se quiser saber.)

— Você conhece meu amigo Pete? — pergunta O, sentada à mesa, saboreando um sorbet de manga.

— Pete, o cara da isca? — indaga Kit. — Claro.

— Todo mundo conhece Pete — diz Malia.

— Qual é a história dele? — pergunta O.

Elizabeth dá de ombros.

— Ele veio pra cá há cerca de um ano. E ficou. Praticamente, só pesca e vende isca para turistas. Acontece muito. As pessoas vêm visitar, apaixonam-se pelo lugar e nunca mais vão embora.

Eu entendo, O pensa.

• • •

Tim Kearney (Tim usa a terceira pessoa, como se estivesse falando sobre alguém) era uma derrota tripla, um expert em invadir locais, cuja maior habilidade era ser pego. Nem um período com os fuzileiros navais mudou seu caminho, e ele foi do Kuwait para as drogas.

Sua única salvação era que ele carregava uma semelhança física impressionante com um conhecido traficante de marijuana chamado Bobby Zacharias.

Um cartel mexicano tinha um refém que era agente do DEA e estava disposto a trocá-lo por Bobby Z. O problema é que Z tinha morrido de um infarto no chuveiro — pelo menos, foi isso o que o DEA disse para Tim.

Eles fizeram a cicatriz de Z nele e o levaram para a fronteira para realizar a troca.

Onde as coisas ficaram insanas e deram errado.

Parece que o cartel não queria resgatar Bobby Z, eles queriam matá-lo. Portanto a troca de reféns era uma emboscada. Mas Tim fugiu e acabou num esconderijo no deserto, onde conheceu Elizabeth, que estava cuidando do filho de Z.

— Kit — concluiu Ben.

Tim fez que sim com a cabeça e sorriu.

— A melhor coisa que já me aconteceu. Afinal, os mexicanos queriam matar Z por ter engravidado a mãe de Kit. Eu tomei uma iniciativa, peguei Kit e Elizabeth e acabei vindo para cá. Sou feliz há doze anos.

— E os mexicanos desistiram de procurar Bobby?

— Todos os caras estão mortos hoje.

— Kit sabe que você não é o pai verdadeiro dele?

— Kit sabe que eu *sou* o pai verdadeiro dele — retruca Tim. — Ele sabe que Bobby Z foi o doador de esperma.

— Ele te ama de verdade — diz Ben.

— Eu amo Kit de verdade — acrescenta Tim. — E agora?

— Preciso conversar com Chon e O.

• • •

O que ele faz, a caminho de casa.

— O que você achou deles? — pergunta Ben.

— Não consigo decidir — responde O — com qual deles quero dormir. Tim é mais um ursinho gato, Elizabeth é a mulher mais sexy que já vi, Malia é excêntrica, e Kit... Kit é um deus grego jovem.

Ben conta a história de Tim.

— Você acredita nele? — questiona Chon.

— Quem poderia inventar um negócio desse? — pergunta Ben.

— Então o verdadeiro Bobby Z está morto — diz Chon.

Ben dá de ombros.

— As lendas morrem. O que você acha?

— Acho que devemos fazer negócios com eles — sugere O. — Acho que devemos fazer negócios com eles e morar aqui para sempre.

— Você não pode trepar com eles — fala Ben.

— E a Madre Teresa está morta. — O respira fundo.

— Então nós vamos fazer isso? — pergunta Ben.

— Nós vamos fazer isso — responde Chon.

Tá tudo certo.

●●●

Chon fica à beira do penhasco...

(Não, não é simbolismo. Ele está à beira da porra do penhasco, tá? De que outra maneira ele vai pular? Meu deus.)

... e lança sua prancha.

E então ele pula.

Olha, Chon não é o melhor surfista do mundo, ele não é Kit Karsen Zacharias Kearney, mas ele é um ex-SEAL, o grupo de elite da Marinha americana (estou ciente de que isso virou um clichê velho, e também estou ciente de que "clichê velho" é um autoexemplo, mas é o que ele é), portanto ele sabe se virar em penhascos e na água.

Ele foi para o mar cedo, bem ao amanhecer, para não interferir no surfe dos locais, e está na água sozinho enquanto afunda por baixo de uma onda forte, luta para passar por ela, agarra a prancha e prende o estrepe no tornozelo. E então rema em direção à arrebentação. As ondas não estão grandes como ontem, mas, ainda assim, são grandes, típicas do Havaí, e ele precisa se esforçar para pegar uma delas.

Quando consegue, é

Maravilhoso

Uma palavra utilizada em excesso, Chon sabe, gasta a ponto de perder o sentido, mas, se alguma coisa pode inspirar uma admiração genuína, é uma onda grande no litoral norte de Kauai. Se você não ficar impressionado com isso, você não tem coração nem alma.

Ele não tenta fazer uma manobra — nada de *top turns*, *tail-slides* ou Super-Homens, ele só tenta ficar em cima da prancha na onda, rápida e instável, e então mergulha antes que ela o carregue para as pedras.

Ele consegue pegar quatro ondas boas, é tudo o que é possível, e rema de volta para a praia, do outro lado das pedras do penhasco, e é onde a confusão começa.

Na verdade, a confusão está esperando por ele.

• • •

Pete se inclina para baixo, alcança sua caixa de ferramentas e pega algo enrolado em papel-alumínio.

— Você já experimentou um desses? — pergunta para O, abrindo o embrulho.

— O que é isso? — indaga O.

— Um ovo frito num bagel de cebola — responde Pete. — Prove. Se não experimentou isso, você não sabe o que é viver.

O prova.

E decide que não sabe o que é viver.

• • •

Eles são seis, e estão esperando Chon sair do mar.

É *O resgate do soldado Ryan* numa praia em Kauai.

O líder, que caminha até Chon assim que ele sai da água, é o havaiano que falou com ele outro dia. Ele veste uma bermuda de surfe preta, uma camiseta branca com a frase DEFENDA O HAVAÍ em preto e um boné preto com os números 808 — o código telefônico do Havaí — em branco.

Os outros cinco, todos musculosos, vêm logo atrás.

— Oi — cumprimenta Chon.

— Você mora aqui? — pergunta o líder. — Se não mora, não surfe aqui. Vocês *haoles* vêm do continente e acham que são donos de tudo. Este é o *nosso* canto.

— Já entendi — responde Chon. — Estou indo nessa.

Ele vai passar pelo lado do líder, mas o caras vão na direção dele.

— Você sabe quem a gente é?

— Não.

— Somos os Palala — avisa o líder. — Sabe o que isso significa?

— Não.

— A Irmandade — responde ele. — Nós somos irmãos. Eu sou Gabe Akuna.

Chon imagina que isso deva significar algo, mas não consegue disfarçar o sorriso irônico.

— Tá bem.

— Você acha isso engraçado? — pergunta Gabe. — Você vai parar de rir em um minuto, maluco.

— Não quero confusão. — Chon tenta passar por ele mais uma vez.

— Mas encontrou uma — fala Gabe, bloqueando o caminho de novo.

Dizem que o que não conhecemos não pode nos machucar.

(Ignorância é uma benção.)

Estão errados.

(Apesar de O.)

Por exemplo, Gabe não sabe que Chon tem um impulso violento inato.

Não sabe que Chon é um lutador altamente treinado.

Não sabe que Chon usou esse treinamento para machucar e matar inúmeras pessoas.

Não sabe que Chon, na verdade, gosta de brigar.

Não sabe que Chon não tem o costume de se deixar ser manipulado.

Não sabe que Chon tem pavio curto.

Não sabe que Chon está prestes a explodir.

O que não conhecemos pode nos machucar.

E muito.

— Você está no meu caminho — afirma Chon.

— Me tire da sua frente — provoca Gabe.

— Somos você e eu aqui? — pergunta Chon. — Ou você e eu e todos os seus garotos?

Gabe ri.

— Você chama o lobo e recebe a matilha.

Chon concorda com a cabeça.

Antes que Gabe pudesse sair da frente (ou piscar), Chon o agarra pela camiseta, o levanta e o lança em cima de dois caras atrás dele. Ele se posiciona e acerta três socos de direita na cara do quarto homem.

Outro babaca surge de trás, prende os braços ao redor de Chon e o levanta. Chon prende a perna esquerda ao redor da perna esquerda do cara, puxa o pé direito para cima com força e acerta o saco dele.

O cara solta Chon.

Outro homem aparece, chutando as pernas de Chon para tentar derrubá-lo. Chon firma as pernas na areia, afunda os polegares nos olhos do cara, força seu pescoço para trás e, com um golpe de antebraço, derruba-o no chão.

Ele se vira rápido o suficiente para ver outro cara vindo até ele. Chon dá um passo para o lado e dá um chute na virilha dele, vira-se de novo e atinge outro local no nariz.

Dois dos Palala estão de joelhos na areia, recuperando-se. Outros dois estão deitados, inconscientes. Outro está no chão de costas, segurando seu nariz quebrado.

Você chama a matilha e recebe o lobo (solitário).

O que faz com que Gabe ande até seu carro e volte com uma arma.

• • •

O nunca teve um pai de verdade.

Ela teve um, é claro — nem Rupa conseguiu ser a segunda Virgem Maria, apesar dos seus máximos esforços, mas O nunca o conheceu, nunca soube quem ele era até recentemente.

O teve sete padrastos, mas nunca se importou em aprender seus nomes depois dos dois primeiros, então só os chamava por números.

Em algum momento após o Três, O deu à sua mãe um massageador.

— O que é isso? — perguntou Rupa. — Um tipo de vibrador?

Sim, O pensou, assim como a Ferrari é um tipo de carro.

— Transforme-o no Quatro — disse O. — Eu imploro. Ele não vai trazer um monte de merda para a nossa casa, não vai determinar um monte de regras novas e não vai tentar ser meu pai. E o melhor de tudo: quando você terminar, pode simplesmente desligá-lo. Nada de advogados, de tribunal, de conflitos sobre os bens.

Rupa não aceitou nem o presente nem o conselho.

Casou-se com o Quatro, que era um vibrador ambulante, um idiota de Indiana com quem ela ia abrir um negócio de joias cristãs. O achava que eles deveriam ter aberto um negócio de joias *usadas*, que poderia se chamar "Joias Ressuscitadas". Mas, aparentemente, nem os negócios, nem o Quatro deram certo, e Rupa se mudou de volta para Orange County, mais perto do seu cirurgião plástico.

Enfim, O nunca teve uma figura paternal, até conhecer Pete.

Pete a ensinava a pescar.

Pete a ouvia.

Pete dava a ela bagel com ovo frito e cebola.

Ela se apaixonou profundamente, um amor de filha, por Pete.

• • •

Chon fica a postos.

Ele vê a pistola na mão de Gabe e só consegue pensar: "Vem, filho da puta. Chegue perto demais de mim com essa arma que eu a pego da sua mão, enfio na sua goela e faço você engolir seja lá o que saia daí de dentro."

Mas Gabe é esperto demais para isso.

Ele mantém distância.

Aponta a arma para o peito de Chon.

Chon passa por um processo mental.

A QUEDA / 331

As pessoas acham que é fácil atirar em alguém de perto. Não é — é difícil. A maioria dos atiradores, até policiais treinados, normalmente, erram o primeiro tiro. Isso é parte do cálculo de Chon conforme se aproxima.

A outra parte da equação é tempo versus distância — Chon está tentando calcular se consegue chegar em cima de Gabe antes de ele disparar o segundo tiro.

Porque o segundo, normalmente, é certeiro.

Uma coisa que ele tem certeza:

Ficar ali em pé esperando Gabe atirar não é uma opção.

Ele está prestes a agir, quando...

• • •

— *Pau ana!*

Kit grita "Pare!" em havaiano.

Gabe para.

Abaixa a arma e se vira para Kit, estático na ponta da praia.

— *He aha ana la?* — pergunta para ele.

O que está acontecendo?

— Esse *haole* nos desrespeitou — fala Gabe. — Ele estava ultrapassando a nossa área. Tivemos que dar uma lição nele.

Kit escaneia a cena, vê alguns Palala tentando se levantar do chão, outros estendidos, desmaiados.

— Não tenho certeza de quem foi o professor. Precisaram de seis de vocês? Para não conseguir ensinar nada? E uma porra de uma arma, Gabe. É isso o que nós somos agora? Isso é *pono?*

Chon repara no "nós".

— Vamos resolver agora — afirma Gabe.

— Não vão, não — fala Kit. — Ele está comigo.

— O *quê?*

Chon entende a dinâmica — Gabe está muito puto, mas não vai ficar contra Kit.

Kit Karsen é o macho alfa aqui.

— Está *pau* — avisa Kit.

Acabado.

Chon pega sua prancha e passa por Gabe.

Eles entram no carro de Kit e ficam sentados em silêncio por um minuto, enquanto Kit dirige na direção de Hanalei. E então o motorista diz:

— É, talvez seja melhor você não surfar mais ali.

•••

— *Quem* são esses caras? — pergunta Ben.

Tim e ele estão sentados na *lanai* da casa. Chon está encostado no corrimão no parapeito.

— Os Palala — responde Tim. — Uma gangue local. Começou com surfistas se protegendo, depois evoluiu para uma outra coisa.

— Que outra coisa? — questiona Ben.

— Dizem que estão traficando drogas.

Ben dá de ombros. Como se dissesse "*nós estamos* traficando drogas".

— Não é só maconha — explica Tim. — É metanfetamina, cocaína e heroína.

— Metanfetamina está matando as ilhas — diz Malia, saindo de dentro da casa com Kit.

— E esses caras são seus amigos? — pergunta para Kit.

— Eu cresci com eles. Fui para a escola com eles, surfei com eles. E sim, eu os ajudei a patrulhar as praias. A impedir os *haoles* de acabar com tudo.

— Mas você não *é um haole?* — indaga Ben.

— De sangue, sim — responde Kit. — Embora de *sangue*, na verdade, eu seja havaiano. Esses caras são meus irmãos, minha *ohana*. Eu confiaria minha vida a eles.

Ele aponta para o mar.

— Lá no fundo. Se eu fosse puxado para a zona de impacto, quem iria até lá me salvar? Você, Ben? Alguns turistas? Algum corretor de imóveis? Gabe iria. Gabe *teria que ir.*

— Portanto é tranquilo que ele venda metanfetamina para seus irmãos e suas irmãs? — pergunta Malia.

— Eles entraram no mau caminho — diz Kit. — Vou colocá-los de volta no prumo.

Tim está preocupado.

Para colocar alguém no prumo você precisa entrar no mau caminho junto. Às vezes, você se perde.

Além disso, ele ouviu que Gabe está envolvido com a Empresa.

• • •

O saboreia outro bagel com ovo frito e cebola.

— O que foi que eu te disse? — pergunta Pete.

— Estou viciada — diz O. — Obcecada.

Pete se agacha, alcança sua caixa de ferramentas e pega uma isca nova. O fala:

— Eu estive pensando.

— Em quê?

— Eu nunca tive a chance de crescer — afirma ela.

— Ou teve a chance — retruca Pete, enquanto prende cuidadosamente a isca em sua linha — e nunca a aproveitou.

Vá se foder, Pete, O pensa. Mas reflete sobre aquilo por um minuto, limpa as migalhas de bagel da boca e fala:

— Você está certo. Acho que nunca *quis* crescer.

— E por que você acha isso?

— Acho que eu queria que alguém me criasse — confessa O. — Quando ninguém fez isso, eu simplesmente fiquei brava e me recusei a me criar sozinha.

— Você é uma menina inteligente, O.

— E o que eu fiz com toda a minha inteligência? — pergunta ela. — Desperdicei a minha vida.

Pete fica quieto por bastante tempo. Só olhando para o mar. E então ele comenta:

— Assim como eu.

— Não acredito nisso — fala O. — Você é uma das pessoas mais legais que eu já conheci.

Agora, Pete pensa.

• • •

334 / DON WINSLOW

Quase todo mundo que chega a uma ilha, Pete pensa enquanto observa O caminhar de volta ao píer, chega como um refugiado.

Não chegamos de forma muito diferente do que se tivéssemos aportado num local.

Eu não sou diferente, ele reflete.

Eu levava uma vida que não era mais possível, deixei para trás uma pessoa com quem não podia mais conviver.

Eu mesmo.

Todo refugiado, por definição, precisa de refúgio.

Os sortudos encontram.

Eu tive muita sorte.

Ele deseja o mesmo para essa jovem garota.

• • •

Gabe está puto.

Puto porque suas costas doem do *haole* tê-lo lançado como um frisbee. Puto por esse mesmo *haole* ter feito com que eles parecessem um monte de palhaços. E mais puto ainda porque o *palala* K2 ficou do lado do *haole*.

Do que *isso* se trata?, ele pensa.

• • •

Ben se senta na *lanai* e lê um romance de Borges.

Chon o sacaneia.

— Realismo mágico.

— O que é que tem? — pergunta Ben, descansando o livro no colo.

— Qual dos dois? — indaga Chon. — Não se pode ter ambos. Ou é real ou é mágico. Realismo mágico é um oxímoro.

Ben fala:

— É um paradoxo.

— Não existe realismo mágico — repete Chon. — Não há mágica no mundo real.

— Mas não há realismo no mundo mágico — retruca O.

— Este é o mundo real — afirma Chon.

A QUEDA   / 335

— Como você sabe? — pergunta O.

Ela pegou ele nessa.

•••

Kit está na casa da árvore encaixando tábuas no chão quando ouve o motor de um carro, olha para baixo e vê Gabe em sua picape.

— Aqui em cima! — grita Kit.

Um minuto depois, Gabe sobe a escada.

— Preciso falar com você.

Kit puxa dois banquinhos de madeira de três pés e gesticula para Gabe se sentar.

— O que foi aquilo ontem, brou? — pergunta Gabe. — Por que ficou do lado daquele *haole*?

— Seis contra um? — questiona Kit.

— Você chama o lobo...

— É, eu sei — Kit interrompe.— Mas não é quem somos. Armas não têm nada a ver com a gente.

— Com a *gente*? — pergunta Gabe. — Estou começando a pensar quem é *você*.

— O que quer dizer?

— Achei que você fosse havaiano — fala Gabe. — Um *kanaka*. Um *palala*.

— Eu sou.

— Então por que está ajudando esses *haoles* a se mudarem pra cá? — pergunta Gabe.

— Eles estão fazendo negócios com meu pai, não comigo.

— Mas você está protegendo eles — retruca Gabe. — Isso tem que parar.

— Quem disse?

— Por favor, brou. Você vai me fazer dizer?

Kit sacode a cabeça.

— Eu ouvi dizer, mas não quis acreditar.

— O quê?

— Que você tá envolvido com a Empresa — responde Kit.

— A Empresa luta pelo Havaí.

— Então por que estão vendendo veneno para os havaianos? — indaga Kit.

— Porque se eles não fizerem isso, os *haoles* vão fazer — responde Gabe. — É melhor manter o dinheiro entre nós, não?

— Não — diz Kit. — É melhor não vender essa merda. Se os Palala quiserem fechar o cerco e expulsar os traficantes de metanfetamina pra fora da ilha, eu estou dentro. Cem por cento dentro. Mas se envolver com eles? Não vou fazer isso. E você também não deveria, Gabe.

— Então a gente simplesmente deixa os *haoles* tomarem tudo? — pergunta Gabe. — Eles já roubaram nossas ilhas, agora vamos deixar que eles lotem nossa terra, nossas praias, nossas ondas, nossos *breaks*, nossos negócios? É isso o que você quer?

— Quero meu pai em paz.

— Ninguém quer machucar seu pai — fala Gabe. — Nós queremos trabalhar com ele. Vamos deixar que ele distribua nossa maconha na ilha. Vamos comprar o terreno dele, prover capital ou simplesmente mercado para o produto dele, se ele quiser. Tim pode fazer sociedade com irmãos, mas não com estranhos.

— Ele não vai fazer parceria com traficantes de metanfetamina.

— Converse com ele — pede Gabe.

— Eu concordo com ele.

Gabe se levanta. Termina sua cerveja e abaixa a garrafa.

— Você decide de que lado vai ficar. Precisa decidir quem você é, um *haole* ou um havaiano. E então, o que você vai fazer, K2?

— Vou construir minha casa e surfar — responde Kit. — O que *você* vai fazer, Gabe?

Gabe não responde.

Kit o observa descer a escada e entrar no carro.

Eu sei quem sou, Kit pensa.

• • •

Sou filho do meu pai, Kit pensa.

Não "Bobby Z", o cara que abandonou a mim e à minha mãe, mas o cara que me resgatou de tudo isso, arriscou a vida para me manter ao seu lado e me trouxe para cá.

A QUEDA   / 337

Para este lugar que eu amo.

Tim é meu verdadeiro pai.

Assim como Elizabeth é minha mãe.

Ele sabe que sua mãe biológica era a filha de um figurão do tráfico no México. Que ela morreu de uma overdose de heroína depois que Z a deixou. Que ela o deixou aos cuidados de Elizabeth numa das últimas vezes em que saiu para comprar drogas.

Kit mal se lembra dela.

Ele nunca conheceu seu pai biológico.

Ele tinha seis anos quando Tim apareceu. Um garoto de seis anos que vivia num deserto com um monte de traficantes de drogas e Elizabeth, quando Tim o resgatou de lá. Teria sido muito mais fácil, muito mais seguro, que Tim simplesmente o tivesse abandonado, como todo mundo o fez — mas Tim não é assim.

Foi Tim que cuidou de mim.

Tim que me colocou na minha primeira prancha de surfe.

Tim que nos trouxe para cá, construiu uma vida para nós.

Fez tudo o que um pai faria.

Assim como Elizabeth fez tudo o que uma mãe faria. Me colocava na cama à noite, preparava café da manhã, me abraçava quando eu chegava da escola, depois de as crianças havaianas me baterem, me mandando para lá de volta para torná-los meus amigos.

Que me explicou que "pai" e "mãe" são funções antes de serem títulos.

Eu sei quem eu sou, Kit pensa.

• • •

Na manhã seguinte, na formação dos surfistas em Lone Tree.

Kit pega uma onda, está descendo na crista dela quando Israel Kalana entra na sua trajetória e corta sua frente.

Kit tem que mergulhar.

Na onda seguinte, a mesma coisa acontece.

Dessa vez é Palestine Kalana, irmão gêmeo de Israel.

Na vez seguinte é Kai Alexander, que entra na onda bem na frente de Kit, forçando-o a sair dela.

Eles estão indo pra cima dele.

Depois do quarto corte, Kit rema até Gabe.

— Que porra é essa?

— Você fez sua escolha — avisa Gabe. — Você decidiu que não era um de nós. Então, não é um de nós. Aqui não é mais seu lugar.

Kit olha ao redor.

Os caras que estão na água, Israel, Palestine, Kai e os outros — seus irmãos — sequer olham para ele.

— Então é assim que vai ser? — diz Kit.

Gabe dá de ombros. É assim que vai ser.

Kit rema, vira-se e pega a segunda onda da sequência seguinte. Gabe entra na onda pela direita e o corta de novo.

Kit não sai dessa vez.

Ele segue na onda, pegando uma linha reta na direção de Gabe. Disputa mano a mano numa onda de quase cinco metros, e Kit aponta a sua prancha bem para a cabeça de Gabe. Se colidirem a essa velocidade, os dois vão se machucar.

Gabe sai da onda no último segundo.

A prancha de Kit passa por cima dele, a quilha quase corta seu pescoço.

Se vai ter sangue na água, Kit pensa, não será o meu.

Após deixar isso claro, Kit sai da água e guarda a prancha no carro. Há vários *points* em North Shore — Tunnels, Kings and Queens, Dump Trucks, Cannons.

Se eles não o querem aqui, ele não quer estar aqui.

Mas isso o machuca.

Muito.

● ● ●

O está caminhando no píer para encontrar Pete quando um homem grande havaiano entra na sua frente.

— *Aloha, wahine* — diz ele. — Tudo beleza?

— Estou bem — responde O.

— Você estar bem é o que importa.

O dá um passo para o lado, para passar por ele.

A QUEDA   / 339

— Com licença.

— Só estou tentando ser amigável — diz ele, colocando-se no caminho dela. — O que foi, você não gosta de mim? Se não gosta de mim, talvez deva ir embora. Você e seus amigos. Talvez vocês devessem ir embora da ilha.

— Quem é você? — pergunta O. — O que você quer?

— As coisas podem ficar perigosas aqui — avisa o homem. — Ondas grandes, tubarões grandes... Coisas podem acontecer com uma garota jovem e bonita.

— *Tudo bem por aí, O?*

É Pete.

— O que você quer? — o homem pergunta para ele.

— Deixe a garota em paz.

O homem ri.

— O que você vai fazer, seu velho? O que vai fazer se eu não deixar?

— Eu disse para deixá-la em paz.

Tem algo no olhar de Pete que O nunca tinha visto.

Aquilo a amedronta.

O homem havaiano ri de novo.

— Tá tudo bem, velhote. Tudo certo. Tudo na paz. Mas lembre-se do que eu disse, *wahine. A hui hou.*

Até breve.

Uma promessa e uma ameaça.

• • •

Ben sai do mercado Big Save com uma sacola em cada mão.

Um homem grande havaiano esbarra nele.

— Opa — diz Ben.

— Olhe por onde anda — fala o homem.

— Tá certo — fala Ben. — Me desculpe.

— O que você disse?

— Eu disse "me desculpe".

— Estou te incomodando? — pergunta o cara. — Você gosta de bife, garoto?

Ben não entende muito as gírias havaianas, embora tenha quase certeza de que esse cara não esteja falando sobre suas compras, mas perguntando se ele quer brigar.

— Não quero problemas — afirma Ben.

— Eu estou te observando — diz o cara. — Sabe o que eu não consigo entender?

— O quê?

— Qual dos dois você come — fala o cara. — A piranha loira ou o outro *mahu*?

Bicha.

— Foi bom falar com você — diz Ben.

— Saia da minha ilha — avisa o cara. — Você e seus amigos.

O dono do mercado aparece.

— Algum problema por aqui?

— Problema algum, tio. Só contando história pra esse *buggah*. — Ele olha de volta para Ben. — Você não quer me ver de novo, *haole*.

Ele se vira e vai embora.

— Você conhece esse cara? — Ben pergunta para o dono.

— Palala — responde o dono.

• • •

Eles vêm na direção de Chon com mais cautela.

Já sabem do que ele é capaz de fazer.

Ele está correndo na Kuhio Highway, que é uma estrada estreita de pista dupla que acompanha a costa, às vezes afunilando para uma só pista nas pontes que cruzam os riachos.

Está chovendo.

Chon não se importa.

Ele está aproveitando a corrida e a chuva fria. Ele se sente sortudo por poder correr nesse lugar tão incrivelmente belo.

Carros passam devagar, tentando dar a ele o máximo de espaço possível. E então ele ouve um motor se aproximar e diminuir a velocidade. O Jeep não o ultrapassa, mas segue atrás dele, chegando cada vez mais perto.

Chon continua correndo.

O Jeep fica colado nele e encosta em seus calcanhares.

Ele ouve risadas.

E depois:

— *Corra, fortão! Corra!*

Chon olha para trás por cima do ombro, vê quatro Palalas enormes dentro do Jeep.

Ele corre mais rápido.

Mais risadas.

— *Você é mais veloz que um Jeep?*

Não há como ele sair da estrada. Para a direita, do lado do mar, há um penhasco íngreme. Ele não pode se arriscar a atravessar a rodovia e deixar que o Jeep o atropele.

Além disso, ele está puto.

Chon é teimoso.

Continua correndo.

O Jeep continua se aproximando.

Encostando nele, recuando, encostando de novo.

Uma ponte se aproxima.

É pista única, o Jeep terá que parar se houver carros vindo, e é isso o que Chon deseja. De fato, ele vê uma picape branca entrando na ponte na direção oposta.

Ele pode atravessar a pista correndo e despistar os caras.

Mas a picape fica atravessada na pista, bloqueando-a.

Dois outros Palalas saem.

Com tacos de beisebol.

O Jeep acelera atrás dele e fica atravessado na pista, bloqueando qualquer tentativa de recuo. Os Palala saem em bando, com tacos, porretes e chaves de roda.

— *Ei, fortão! O quão forte você é agora?*

Não *tão* forte, Chon pensa, enquanto eles andam até ele pelos dois lados.

Estou fodido.

Ele olha para o riacho lá embaixo. Se for raso demais, ele vai quebrar a perna ou, pior, o pescoço ou a coluna.

Mas se a queda não fizer isso, esses caras o farão.

Ele sobe no parapeito e pula de pé.

Na esperança de que a água seja...

f
u
n
d
a.

...

Chon afunda, agradecido.

Ele se estica numa posição de mergulho para permanecer debaixo d'água pelo máximo de tempo possível, caso os idiotas tenham armas.

A correnteza o empurra na direção do mar.

Depois de um minuto, ele se permite emergir para respirar, olha para cima e vê os idiotas no parapeito, apontando para baixo e rindo.

A água o empurra para a arrebentação.

Talvez eles estejam achando que eu vou me afogar, Chon pensa.

Merda, talvez eu me afogue.

Ele deixa a correnteza o empurrar para a arrebentação.

...

Ben está preocupado.

— Você viu o Chon? — pergunta para O. Se aqueles caras confrontassem Chon, ele não seria amigável nem tentaria acalmar a situação. Se os caras quisessem brigar, Chon iria ser o primeiro a se jogar na briga. — Não consigo encontrá-lo, ele não atende o telefone.

— Ele vai ficar bem — fala O. — Afinal, ele é o *Chon*.

...

É uma longa distância a nado, todo o percurso atravessando a baía de Wainiha e ao redor do Kolokolo Point, mas Chon o aprecia.

Bem, ele aprecia muito mais do que as pernas quebradas por uma chave de roda.

A QUEDA   / 343

Não é a distância que o incomoda — ele foi treinado pela Marinha nas águas geladas de Silver Strand —, são os tubarões que o preocupam.

(Não deveria — são os tubarões que deveriam estar preocupados com Chon.)

Ele pega uma onda em direção à praia de Lumahai e vai de jacaré até a areia.

• • •

Tim e Elizabeth estão sentados na *lanai*, tomando um drinque, quando Gabe aparece em seu carro.

Gabe sai.

— Tio Tim. Tia Liz.

— Gabe! — exclama Tim. — O Kit não está aqui. Ele está surfando.

Gabe já sabe disso. Ele não teria vindo se Kit estivesse aqui.

Tim sabe disso também.

— Eu vim para falar com *você*.

— O que posso fazer por você?

Gabe se aproxima da *lanai*, mas não sobe. Apoia-se no parapeito e pergunta:

— Há quanto tempo você mora aqui, tio?

— Uns doze anos — responde Tim.

Gabe fala:

— Minha família vive aqui desde antes de os *haoles* aparecerem.

— *Haoles* como nós? —pergunta Elizabeth.

— Eu achava que não — afirma Gabe. — Mas agora...

Ele deixa a resposta no ar.

Elizabeth diz:

— Você costumava se sentar no jardim e comer sanduíche de manteiga de amendoim e banana com o nosso filho.

— Esta é a nossa casa — fala Tim.

— Então por que vocês estão vendendo ela para estranhos? Vocês poderiam fazer negócios com as pessoas daqui.

— Você quer dizer com a Empresa? — questiona Tim. — Não, obrigado.

— Eu não estou *pedindo*, tio. — Ele aponta com a cabeça para o carro, cheio dos seus caras.

— É assim que vai ser? — pergunta Tim.

— Não precisa ser assim — responde Gabe.

— Creio que precise, sim — Tim confirma.

— Vocês não precisam ir embora — conclui Gabe. — Não quero que vocês se machuquem.

— Quem vai nos machucar, Gabriel? — pergunta Elizabeth. — Você?

Gabe vira-se de costas e entra de volta no carro.

• • •

Kit desce a rua principal de Hanalei a passos largos.

Chon o vê da *lanai* do Bubba's Burger. Ele pula da varanda e caminha atrás dele.

— Precisa de ajuda? — pergunta Chon.

— Não. — Kit sequer olha para ele. Kit passa pela porta da frente do bar Blue Dolphin e vê Gabe sentado a uma mesa bebendo cerveja com os Palala. Desviando-se da multidão, ele segura Gabe, levanta-o como se ele pesasse um grama, vai até o lado de fora e o lança para fora da *lanai*. E então Kit pula o parapeito, agarra Gabe pela camiseta, arrasta-o até rio e afunda sua cabeça na água.

Inclinando-se, Kit diz:

— Você ameaçou os meus pais, Gabe?! Você ameaçou *minha mãe e meu pai?*

Ele tira a cabeça de Gabe da água.

Gabe tosse sem ar.

Kit afunda a cabeça dele de volta.

Israel Kalana tentar puxar Kit. Ele o afasta com o braço esticado, e Kalana recua.

— Fique fora disso! — grita Kit.

Kalana e o resto dos Palala recuam.

Kit segura Gabe debaixo d'água, até suas pernas começarem a tremer, depois puxa a cabeça dele e o levanta até ficarem cara a cara.

— Se você se aproximar novamente dos meus pais, eu te mato. Eu te quebro em pedaços com minhas próprias mãos.

Ele joga Gabe no chão e olha para a matilha.

— Isso vale para todos vocês — avisa Kit.

• • •

— Nós deveríamos cancelar nossas negociações — diz Ben, de volta à casa alugada. — As pessoas vão se machucar. Não tenho certeza se esse mercado vale a pena.

— Essa não é a questão — fala Chon. — Se nos permitirmos ser perseguidos, as pessoas vão fazer emboscadas conosco *em todos os lugares* que vendermos nosso produto. Vamos acabar falindo. Vamos lutar.

— Essa é sempre a sua solução.

— Como a sua é sempre correr.

Ben pergunta para O:

— O que você acha?

— Acho que isso não cabe a nós — responde O. — Cabe a Tim, Kit e Elizabeth. Aqui é a casa deles, nós somos só turistas.

— Ela está certa — concorda Ben.

— Ela está certa — afirma Chon.

Eu estou certa?, O pensa.

Hã?

• • •

Eles se encontram no Blue Dolphin.

O que já é, por si, um comunicado. Em questão de minutos, todo mundo na cidade vai saber não só que os Karsen não vão romper os negócios com seus amigos do continente, mas também, que vão esfregar isso na cara de Gabe — estão jantando juntos no mesmo lugar em que Kit transformou o líder dos Palala num brinquedo de praia.

— Eu deveria ter te falado sobre a possível conexão de Gabe com a Empresa — diz Tim, para começar a conversa. — Falha minha.

— E o que você quer fazer? — pergunta Ben. — Nós entenderemos se você quiser voltar atrás com nosso acordo. Sem ressentimentos, ninguém vai pensar algo de ruim de você.

Tim Kearney era um fracasso de longa data.

Ele sabe disso.

Três invasões de propriedade, três condenações, três penas na prisão. Matou um membro de uma gangue de moto na última prisão (em vez de se unir à Irmandade Ariana), e estaria cumprindo perpétua sem direito à condicional se não se parecesse tanto com Bobby Z.

Sim, Tim estava perdendo tudo até a vida lhe trazer Kim e Elizabeth, e foi cuidar deles que o tornou um homem digno. Chegou sem pretensões aqui em Hanalei, trabalhou como operário, cozinheiro, carpinteiro, vendeu um pouco de *pakalolo* e construiu um lar.

Uma vida.

Uma família.

Kit — seu filho — é uma lenda do cacete.

Malia — sua futura nora — é uma joia.

A vida é boa.

Então por que arriscar isso tudo, ele pensa, enfrentando a Empresa?

Mas tem uma coisa sobre Tim.

Ele não responde bem a ameaças.

Pergunte ao motociclista na cadeia que o mandou juntar-se à Irmandade Ariana ou se ferrar.

Tim escolheu se ferrar.

E você *não pode* perguntar ao motociclista, porque ele está morto.

Portanto, quando Ben oferece a ele voltar atrás, Tim fica tentado a dizer...

Não.

Porra, não.

Ele não vai deixar um fedelho como Gabe dizer a ele como deve viver. E com certeza não vai deixar a Empresa dizer a ele como deve viver. Mas ele olha para o resto da sua família:

— O que vocês acham?

Kit olha para Malia.

Gabe é primo dela, e ela é a única havaiana nativa na mesa.

— Eu acho — diz ela — que vocês nem deveriam estar mexendo com drogas. Certamente não com a Empresa e, sem ofensas, Ben, Chon, O, nem com vocês. Nós não precisamos ser ricos, precisamos ser uma família. E... nós íamos esperar para contar para vocês, mas... bem, nós vamos ter um bebê.

Ah.

A QUEDA | 347

•••

— Vocês têm dezessete anos — diz Elizabeth.

Bebês tendo bebês, ela pensa.

— Sim, nós não planejamos isso — explica Kit. — Eu fui descuidado. Mas acho que podemos nos virar. Sei que podemos nos virar.

Eu *não* sei, Elizabeth pensa. Kit é fisicamente um homem e é mais maduro do que deveria ser para sua idade, mas ainda é uma criança, um *garoto*. Por outro lado, as pessoas tendem a começar uma família cedo nas ilhas, e... bem, já está feito, não está?

Então Elizabeth passa os braços ao redor de Malia.

— Querida.

Tim diz para Ben:

— Aqui está sua resposta.

— Desculpe por desperdiçar o tempo de vocês — fala Kit.

— De forma alguma, nós tivemos ótimas férias — afirma Ben.

•••

— Vocês imaginam — pergunta O, enquanto caminham para casa — a cara dessa criança?

Sem resposta.

— Quer dizer, *maravilhosa* — conclui O.

— Você está tranquilo com isso? — pergunta Ben para Chon.

— Claro.

— Está preocupado com a sua reputação — afirma Ben.

Chon dá de ombros.

— Acho que podemos relaxar com isso.

— E a revanche? — indaga Ben.

— Nem todo mundo precisa de revanche — responde Chon.

— Quero ver sua carteira de motorista — diz Ben. — Quem é você e o que você fez com Chon?

— Talvez eu tenha evoluído.

— É o Spam — afirma O.

•••

Gabe pega uma lata de gasolina da caçamba de sua caminhonete.

O restante da matilha pega mais latas e eles vão até a casa da árvore.

Gabe não queria fazer isso, mas ouviu dizer que Kit estava provocando a merda toda, saindo para jantar com os *haoles* no Blue Dolphin.

Você me obrigou a fazer isso, ele pensa enquanto sobe a escada.

Você não me deu outra opção.

Ele desenrosca a tampa e espalha a gasolina pela casa.

• • •

Kit vê as chamas.

Um fogo no céu.

Primeiro não sabe o que está vendo — não faz sentido algum, como se alguém acendesse uma tocha numa torre de vigilância.

De repente ele entende.

— NÃO!

Ele pisa fundo e acelera o carro pela estrada. Pula do veículo enquanto ainda está entrando na rua sem saída, pega uma mangueira na parede da casa, liga a torneira e corre em direção à casa da árvore pegando fogo.

Os dois andares de cima da casa da árvore estão tomados pelas chamas.

— Kit, não há o que você possa fazer! — grita Tim.

Kit não escuta. Ele puxa a mangueira na direção da árvore e joga água.

Não adianta.

Ele larga a mangueira e começa a subir a escada.

Tim puxa-o de volta.

— Não, filho! É tarde demais!

Kit se solta do braço do pai e escala a árvore em chamas. Até o primeiro andar. Ele joga para baixo pedaços de móveis, arranca objetos das paredes, tábuas do chão, qualquer coisa que possa pegar no meio do fogo, qualquer coisa que consiga soltar com as mãos.

Tim escala atrás dele.

Ele o ajuda a arrancar uma pia e lançam-na lá embaixo.

Um espelho.

A QUEDA   / 349

As chamas estão ficando maiores, mas Kit corre para o andar de cima.

— Nós temos que ir! — grita Tim.

— NÃO! — Kit está tentando arrancar o vitral de Malia.

— Agora! — exclama Tim.

— Eu preciso pegar isso!

Tim segura o outro lado do vitral e, juntos, os dois o arrancam da parede.

— Leve lá pra baixo! — grita Kit. — Eu vou subir!

— Tá bem! — Tim coloca o vitral debaixo do braço e chuta Kit por trás.

Kit cai da plataforma, aterrissa de quatro no chão, olha para cima, vê Tim descendo a escada e tenta subir de novo.

O pai o segura firme.

— Você tem um filho agora. Pode reconstruir isso tudo.

Kit pega a mangueira de novo e começa a jogar água.

Não adianta contra o fogo ativado por gasolina.

Ele finalmente desiste, larga a mangueira e assiste à sua adorada casa se desfazer, ruir e desmoronar no chão.

Malia o abraça.

— Está tudo bem, está tudo bem.

Ela nunca o tinha visto chorar.

• • •

A chuva cai sobre as cinzas.

De onde nada nascerá.

Só o odor já enjoa, a fumaça da gasolina perdura, o carvão acre coça o nariz.

Debaixo da chuva com Ben e Chon, olhando para a devastação, O não consegue deixar de pensar que foram eles que trouxeram aquilo para essas pessoas.

Destruição para o paraíso.

• • •

O homem da seguradora chega tarde nessa manhã.

Ele sai de seu Jeep e caminha até Tim.

— Jack Wade, dos Seguros de Vida e Incêndio.

O Jeep tem uma prancha longboard presa em cima.

— Sinto muito pela sua perda — diz Wade. Enquanto eles caminham para a cena, ele pergunta — Como o fogo começou?

Tim olha para Kit.

Kit dá de ombros.

— Nós não sabemos.

Wade pisa no tronco carbonizado da árvore e diz:

— Vou fazer alguns testes, mas posso dizer desde já que foi causado deliberadamente.

— Não por nós — afirma Tim.

— Sinto cheiro de gasolina aqui — diz Wade.

— Nós não provocamos o fogo — retruca Kit.

— Vocês sabem quem foi? — pergunta Wade.

Sem resposta.

Wade faz a inspeção, pegando diversas amostras de cinza dos diferentes andares da árvore.

Quando ele desce, vai até Tim e fala:

— Olha, vocês parecem pessoas bacanas, e eu não quero prejudicá-los, mas é o caso mais óbvio de incêndio planejado que já vi. Preciso fazer uma investigação para determinar se vocês provocaram o fogo. Se fizeram isso, o seguro não cobre.

— Então, basicamente, vocês não vão pagar — sugere Elizabeth.

— Eu gostaria de pagar — responde Wade —, eu quero pagar. Mas não posso até que investigação seja concluída e eu possa determinar que vocês não atearam o fogo para receber o pagamento do seguro.

— Nós somos culpados até que se prove o contrário — diz Tim.

— Nada disso — afirma Wade. — A não ser que eu prove que vocês tiveram motivo, meios e oportunidade, nós pagaremos o sinistro. Espero que tudo termine desse jeito, de verdade. Se vocês me disserem que alguém teve um motivo...

Kit interrompe-o rapidamente:

— Não que eu saiba.

A QUEDA / 351

Wade vai embora, dizendo que entrará em contato para agendar uma Perícia de Incêndio, e sugere que eles contratem um advogado.

Tim olha para Kit.

— Não vou dedurar o Gabe — afirma Kit. — Ele ainda é meu irmão.

— Seu irmão incendiou a sua casa — retruca Tim.

Ben diz:

— Nós vamos pagar os custos para reconstruir.

— Não há o que reconstruir — fala Kit. — A árvore está destruída demais para suportar qualquer coisa. Ela, provavelmente, vai morrer.

— Eu sinto muito — diz O.

— Não é culpa sua — conclui Kit.

O não tem certeza se ele realmente acha isso.

Tim diz que tem uma coisa para fazer.

• • •

Tim pressiona a faca na garganta de Gabe.

Gabe não viu Tim, sequer o ouviu. Só entrou no carro para ir surfar e, de repente, havia uma faca contra sua traqueia.

Ele ouve Tim Karsen dizer:

— Me dê um motivo para eu não fazer isto, Gabe.

— Esse não é você, tio.

— Você acha que eu nunca matei ninguém? — pergunta Tim. — Pense de novo. A única razão para eu não cortar a porra da sua garganta é que eu quero que minha família tenha uma vida. Tim e Malia vão ter um filho. Você sabia disso?

— Não.

— Aquela seria a casa deles. E você incendiou tudo. O mais idiota é que você sequer precisava fazer aquilo. Nós íamos vir até você contar que estávamos desfazendo o negócio. Você acabou com o sonho do meu filho por nada.

Tim alivia a pressão da faca.

— Vá até a Empresa contar isso — diz Tim. — Diga a eles que acabou. Nós não vamos nos vingar, só queremos seguir com nossas vidas.

Ele tira a faca da garganta de Gabe.

— Tarde demais — afirma Gabe.

...

— A Empresa quer tudo agora — diz Tim, quando volta para casa. — Eles estão exigindo que a gente venda o terreno para a operação de plantio deles.

— É como eu sempre disse — afirma Chon. — Você dá um passo para trás, eles te obrigam a dar mais dois. Porque você deixa que eles pensem que podem.

Nós precisamos mudar o jeito de eles pensarem, Chon pensa.

...

Kit quer ir com eles.

Chon não deixa.

— Por quê? — pergunta Kit. — Eu sou maior, mais forte e mais rápido do que você. E eu conheço o território muito melhor do que você.

— Tudo isso é verdade — responde Chon. — Você treina para surfar e nadar. Mas isso é o que eu faço da vida. Todos os dias eu treino exatamente para isso.

— Matar pessoas? — indaga Kit.

— Ou machucá-las ou sequestrá-las — fala Chon.

— Qual das opções? — questiona Kit.

Chon dá de ombros.

— Depende.

Kit diz:

— Eu vou com você, ou vou sair e vou sozinho.

Ele o deixou numa enrascada.

...

Israel Kalana teria ficado bem, se não tivesse que mijar.

A QUEDA / 353

Mas ele precisava mijar e foi do lado de fora para isso, pois Palestine estava ocupando o único banheiro, tentando resolver um episódio de constipação.

Enfim, Israel está do lado de fora tirando água do joelho debaixo da copa de uma casuarina quando é atingido na parte de trás da cabeça. Ele acorda na caçamba da picape de Kit com as mãos amarradas nas costas, os pés presos com uma corda e um pano na boca.

O erro de Palestine foi sair para ver o que havia acontecido com Israel. Ele caminha na grama até a beira da calçada e vê um cigarro aceso mais para cima da rua, à esquerda. É a última coisa que ele vê antes de acordar ao lado de Israel, amarrado e preso da mesma maneira, na caçamba do carro de Kit.

• • •

Kai se pergunta para onde todos foram.

Ele pega sua Glock 9mm e vai para o lado de fora.

A arma de Chon está subitamente em seu pescoço.

— Eu vou explodir sua cabeça — avisa Chon.

Kai larga a arma.

Chon diz:

— Me leve até o seu líder.

Ele esperou a vida inteira para dizer isso.

Na verdade, ele disse diversas vezes no Iraque, mas... é aquilo, ninguém entendeu.

• • •

Gabe está sentado em sua casa, no canto sul da baía em Weke Road.

Ele está curtindo um baseado muito bom e assistindo a *Miami Vice* em sua TV de tela plana de 65 polegadas, quando recebe uma ligação de Israel.

— Preciso falar com você.

— Você achou aquele tal de Chon?

— Sim — responde Israel.

O que é verdade.

— Onde você está? — pergunta Gabe.

— Do lado de fora da sua casa.

— Ah, está bem.

Gabe desliga.

Desconfiado.

Ele acha que Israel soou esquisito, nervoso. Na janela da frente, Gabe dá um passo para o lado e abre a cortina, só o suficiente para ver do lado de fora.

Ele vê o Jeep na frente da casa e Kai espremido atrás do volante. Kai precisa de uma dieta, Gabe pensa. Ainda desconfiado — a linha limítrofe entre desconfiar e ser cauteloso —, ele pega sua Glock na mesa de centro e vai até a porta de trás. Encostado na parede, ele dá a volta na casa até a ponta da varanda e vê Chon de pé na porta da frente segurando uma pistola atrás do corpo.

Gabe é um homem grande, mas tem passos leves.

Ele chega por trás de Chon e encosta a arma nas costas dele.

— Surpresa, filho da puta. Hora de morrer.

Kit aparece e ergue o cabo do machado como se fosse bater numa bola de beisebol.

Gabe cai no chão como se tivesse sido... atingido por um machado.

• • •

— Você achou que estava brincando com crianças? — pergunta Chon.

Gabe está preso com fita silver tape a uma cadeira.

Miami Vice ainda está passando na televisão.

— Meus caras vão pegar vocês — fala Gabe.

— Acho que não — diz Chon. — Um deles está amarrado no volante, os outros estão na caçamba de uma picape.

— Então, o que temos para conversar? — pergunta Gabe.

Chon fica impressionado.

Ele já viu talibãs e membros da Al-Qaeda desabarem e chorarem a essa altura.

(Normalmente eram Peter, Paul e Mary.

Ou Kenny G que fazia isso.)

A QUEDA | 355

— A questão é a seguinte — começa Chon. — Você percebe o quão fácil foi isso tudo? Posso fazer isso quando eu quiser. É o que faço da vida. Mas se eu tiver que fazer de novo, na próxima vez vou matá-lo.

— Então…

— Você não aceitou o tratado de paz na primeira vez em que ele foi oferecido. Eu entendo, você achou que nós fôssemos fracos. Agora você já tem informações melhores para ajudar na sua decisão. Aceite a oferta. Não me obrigue a fazer isto de novo.

— O problema é o seguinte, brou — diz Gabe. — Você acha que eu posso chegar na Empresa e dizer que eu fui derrotado?

Chon entende.

— Nós precisamos mandar uma mensagem para os seus chefes? — pergunta ele. — Isso é triste, mas acho que podemos resolver.

• • •

Gabe e seus três companheiros deitam de costas na caçamba do carro de Kit, todos amarrados e amordaçados.

Chon ergue uma lata de gasolina.

— Vocês gostam de brincar com fósforos, não é?

Ele joga gasolina em cima deles.

Palestine finalmente se caga todo.

• • •

Red Eddie olha para a foto e sacode a cabeça.

Quatro Palalas deitados de costas numa picape, com a boca amordaçada com fita. Uma placa enorme está pendurada no pescoço de Gabe:

delicioso. não envie mais.
obs: da próxima vez vão virar comida de peixe.

Eddie leva o bilhete em consideração. Um ex-SEAL captura quatro dos meus capangas. Joga gasolina neles, mas não acende o fogo. Estão à mercê dele e da sua piedade.

Em vez de me mandar uma foto dos quatro corpos carbonizados, ele me manda uma piada.

Com um aviso: "Não envie mais."

E uma proposta de paz: deixe os Karsen em paz e nós deixaremos vocês em paz. Nós vamos embora da ilha.

Queria poder aceitar, Eddie pensa.

Seria a coisa mais inteligente a fazer.

Teria sido, sr. Chon (e que porra de nome é esse?), se você não tivesse me exposto à humilhação. Um *ali'i* — um chefe — pode aceitar perder seus homens, pode até aceitar perder dinheiro, mas o que não pode aceitar é perder a dignidade.

Primeiro é a dignidade, Eddie pensa, depois é a vida.

E essa façanha realmente cômica me custou a dignidade.

E eu preciso recuperá-la.

Ele liga para o número de telefone que consta na mensagem.

— Piada engraçada pra caralho, cara — diz Eddie.

— Então essa é a sua resposta?

— Você deveria ter tacado fogo — responde Eddie.

• • •

— Não podemos brigar com a Empresa toda — afirma Tim.

Chon responde:

— *Eu* posso.

• • •

Ele dirige até o outro lado da ilha — o "lado seco" —, até a pequena cidade de Waimea. Onde mora um velho amigo.

Ex-paramédico, Danny "Doc" McDonald escolheu esse lugar porque fica no meio do nada, onde ele pode pagar um pequeno bangalô não muito longe da praia, e não há pessoas sangrando até a morte.

Ele fica feliz ao ver Chon. Eles não se veem desde a província de Helmand, e eram irmãos.

— Preciso da sua ajuda — pede Chon.

— Qualquer coisa.

A QUEDA | 357

Chon vai embora com a proposta de Doc de se unir a eles e lutar (declinada com educação e gentileza), duas pistolas Heckler & Koch Mark 23, uma Remington calibre .12, um fuzil de assalto Mark 14 EBR, duas granadas, alguns sinalizadores, fios para mecanismo de disparo, minas antipessoais M18 e um kit completo de primeiros socorros (aceitos com educação e gentileza).

Ele precisa de tudo.

Imagina que Eddie vá mandar um exército.

• • •

Gabe encontra o avião no aeroporto de Lihue.

Os reforços que Eddie enviou são uma dúzia de lutadores sérios de Honolulu — equipados com armas, facas e conhecimentos de jiu-jitsu — mais do que capazes de acabar com esse *haole* Chon.

Ele cumprimenta os convidados de Honolulu de forma amigável, mas só recebe de volta alguns grunhidos condescendentes. Os caras de Waianae olham para Gabe como se ele fosse um caipira que não consegue resolver seus próprios problemas.

Gabe precisa colocar as coisas em ordem.

— Lembrem-se, eu ainda sou o chefe aqui.

Ah, tá.

— Eu não quero que o Kit se machuque.

Ah, tá.

• • •

Chon fala para todos pegarem um voo para a Califórnia.

Menos ele.

Ele vai ficar e lutar.

Tim diz que vai ficar com ele.

— Você vai me atrapalhar — diz Chon.

— Eu era fuzileiro naval.

— Que bom, cara!

— Esta é minha casa, minha terra — afirma Tim. — Eu construí minha vida aqui. Não vou fugir nem deixar que outra pessoa a defenda.

Kit afirma:

— Digo o mesmo.

— Não — retruca Tim. — Você não vai arriscar deixar o seu bebê sem pai.

— Eu não vou fugir — afirma Kit.

— Então simplesmente vá embora — diz Elizabeth.

Kit olha para ela.

— Sério, o que é isso? — pergunta Elizabeth. — Algum tipo de filme ruim de bang-bang filosofando sobre o significado da virilidade? Deixe-me dizer para você o que é virilidade, meu filho. É cuidar da sua família. Mesmo se isso significar ir embora ou fugir ou se rastejar. Eu te criei para ser um homem e é isso o que espero que você faça.

— Posso sugerir um meio-termo? — pergunta Ben.

Porque Ben é Ben.

— A Empresa não vai arriscar fazer um tiroteio no meio da cidade — diz ele. — Você leva Malia, sua mãe e O para a casa alugada. Se precisarem pegar um voo amanhã, já estarão mais perto do aeroporto.

— O que você vai fazer? — pergunta Kit.

— Aprender a usar uma arma, acho.

— Preciso que você vá com eles — afirma Chon. — Talvez haja decisões difíceis a tomar, e é isso o que você faz de melhor, Ben. Você pensa. Vá fazer o que você sabe, e me deixe fazer o que eu sei.

— O quê? Um último e glorioso golpe?

— Eu não vou fazer golpe algum, nem será o último — afirma Chon. Ele entrega a Ben uma das pistolas. — É meio que como um mouse de computador: aponte e aperte.

Quando todos vão embora, Tim pergunta:

— Como você planeja defender este local?

Chon olha para ele como se ele fosse louco.

— Não planejo — responde ele.

• • •

Espertos demais para simplesmente dirigirem na direção de uma chuva de balas, os sete lutadores de Waianae deixam seus dois Ford Explorers alugados a cerca de cem metros da rua sem saída dos Karsen e caminham até lá. Com os AR-15 posicionados no ombro, ou próximos dele, eles se espalham e fazem uma abordagem lenta.

A vinte metros da casa, o líder sinaliza para pararem e se abaixarem.

Depois de duas temporadas no Iraque, ele é cauteloso.

Olha para a oficina, e ouve.

Não escuta um barulho sequer.

Sem querer andar na direção do fogo cruzado, ele sinaliza para dois dos seus homens caminharem ao redor da oficina e checarem.

Um minuto depois, eles sinalizam que a oficina está vazia.

O líder avança com seus homens mais dez metros na direção da casa. Se os Karsen fossem atirar, já o teriam feito a essa altura. Deixando que eles façam cobertura, ele corre até a lateral da porta, espera um segundo e dá um chute nela.

Nada.

Eles fazem uma busca na casa.

Não há ninguém.

O líder sai lá de dentro.

Red Eddie não vai ficar feliz, ele pensa, se eu tiver que ligar para ele e contar que chegamos tarde demais e os alvos fugiram.

Então, um dos homens que ele enviou para a oficina se aproxima e aponta para algo. Ele ilumina o chão de lama com uma lanterna, rastros recentes de pneu indo na direção do alto da montanha.

Os lutadores entram nos carros e seguem os rastros.

• • •

A caminho da casa alugada em Weke Road, Kit vê um carro cheio de havaianos que ele não conhece.

O problema é que Kit conhece todos os havaianos em Hanalei.

Quem pertence e quem não pertence à ilha.

Esses caras não pertencem.

Todos bandidos, com aquele olhar duro, aquele olhar de Waianae, e o Toyota Highlander alugado passando devagar, observando, como se os caras de dentro do carro estivessem procurando por algo.

Por nós, Kit pensa.

360 / DON WINSLOW

Mas o Highlander passa pela casa sem sequer diminuir a velocidade.

Kit também passa pela casa, e continua.

Elizabeth exclama:

— Kit...

— Eu sei.

Ele mantém distância, mas segue o carro pela rodovia, depois para e observa o carro virar para a direita para desviar do estacionamento da praia de Black Pot, e então permanece na Weke Road, até virar à esquerda na estrada de terra que dá numa garagem de barcos que fica à beira do rio.

— Fiquem aqui — diz ele.

Ele sai do carro e observa o Highlander estacionar na garagem de barcos. Quatro homens saem do carro e andam até um barco rígido inflável de seis metros — do tipo que usam para levar turistas para fazer mergulho de snorkel — preso em águas rasas no rio ao lado da pequena praia.

O que eles vão fazer com aquilo?, Kit se pergunta.

Ele vê Gabe sair do carro.

Que pena, Kit pensa. Ele volta para o carro. Diz a Ben:

— Leve-as de volta para casa e espere lá.

— O que você vai fazer? — pergunta Ben.

Cuidar da minha família, Kit pensa.

— Só faça isso, por favor.

Malia diz:

— Kit, o que...

— Não vou fazer algo estúpido nem radical — interrompe Kit. — Vou para o mar, onde ninguém no mundo consegue me tocar.

Vou levar esses caras para o mar, Kit pensa, mas não vou matá-los.

O oceano fará isso.

Kit se afasta da garagem de barcos e vai até uma pequena enseada onde sabe que o jet ski de Ty Menehe vai estar na água. Ele se sente mal por pegar o jet ski de Ty, mas Ty disse a ele "quando quiser", e agora é quando quero.

Ao montar no veículo, um Sea-Doo RXP-X, Kit liga o motor e vai até próximo da garagem de barcos. Ele não tenta ser discreto e dirige na direção do reflexo da luz da lua na água.

Olha em frente e percebe que Gabe o vê da margem.

A QUEDA   / 361

Kit acelera o motor como se estivesse surpreso e assustado, e segue na direção da boca do rio.

Na esperança de que eles o sigam.

• • •

Deitado entre as árvores na ponta da clareira, Chon vê os faróis dos veículos chegarem lentamente, os carros passando no caminho estreito, curvado e irregular, escorregadio de lama.

É o que ele espera que seja o primeiro de muitos erros. Eles deveriam ter vindo a pé, quiseram ser apressados.

A preguiça, ele pensa, é sempre castigada.

Ele espera que Tim, do outro lado da clareira, também veja os faróis. Que esteja pronto quando tudo começar. Tim era fuzileiro naval — piadas à parte, é uma grande coisa —, mas suas habilidades são de duas guerras atrás, e isso também não é uma piada. Ele precisa confiar que Tim terá paciência para esperar e não atirar antes de os alvos estarem no local da emboscada.

Kit olha para trás e vê o barco inflável indo na direção dele.

Com os quatro bandidos e Gabe a bordo.

Que bom, Kit pensa quando atinge a onda contrária na baía e se lança na arrebentação. Ele não vira para atravessar a baía na direção de casa, mas mantém o jet ski apontado para fora dela.

Na direção da arrebentação conhecida como Kings and Queens.

• • •

Tim observa os faróis.

Faz muito tempo desde que ele armou uma emboscada noturna.

É como andar de bicicleta.

• • •

Kit ouve o zumbido de balas passando pela sua cabeça, e, de repente, o estalo do fuzil automático.

É assustador, mas nem tanto.

Desacostumado com armas como é, Kit pensa que provavelmente é bem difícil acertar uma pessoa de um barco em movimento chacoalhando na maré cada vez mais agitada.

Mesmo assim, ele acelera.

Ele precisa chegar ao Kings and Queens antes de os bandidos o alcançarem.

E eles estão se aproximando rápido.

• • •

A três metros da clareira, o carro da frente atinge o fio de disparo.

A mina explode.

Chon vê o flash de luz antes de ouvir o barulho alto da explosão e os gritos.

O Explorer é lançado para o lado.

O motorista abre a porta e sai.

O passageiro no banco do carona não vai a lugar algum. Com a mão esquerda ele segura seu braço direito, tentando mantê-lo grudado ao ombro. Dois homens no banco de trás, ambos atingidos por estilhaços e cegos pela luz, saem do carro.

Chon encontra um deles.

Verde em seu binóculo de visão noturna.

A antiga expressão é "atire para matar", mas Chon atira para ferir. Não por uma preocupação humanitária — foda-se isso —, mas quando se está em menor número, ferir o inimigo pode ser mais efetivo do que matá-lo, pois, pelo menos um dos colegas terá de ir ajudá-lo, e você fica com menos dois homens em ação em vez de um só.

Chon o atinge na cintura. A força da bala faz o cara girar antes de cair. Como esperado, seu colega se agacha, alcança-o e o arrasta para fora do descampado.

Ou tenta.

O tiro seguinte de Chon acerta a parte de trás da perna dele.

Já são três feridos.

Chon para de atirar.

E espera que Tim não atire ainda.

A QUEDA / 363

• • •

Gabe sabe o que Kit está fazendo.

Levando-os na direção da crista das ondas enormes de Kings and Queens. Conduzindo-os para a zona da morte, onde somente os melhores nadadores conseguem sobreviver.

Eu sou um dos melhores, Gabe pensa.

Esses bandidos de Waianae não são.

E até eu teria dificuldade para sair dali sem uma prancha, sozinho na água sem um colete salva-vidas nem um brother num jet ski vindo me resgatar.

Ele grita:

— Temos que voltar!

O chefe de Waianae vira-se e aponta a arma para ele.

— Continue!

— Nós vamos morrer! — berra Gabe.

• • •

O líder é um filho da mãe frio e calculista.

Frio porque vai deixar que os feridos cuidem dos feridos. Ele ainda tem quatro homens, e eles vão lutar.

Então que se foda esse merda desse Chon.

Calculista porque já viveu isso — uma emboscada noturna com explosivos caseiros em Ramala —, portanto ele se deita no chão e marca exatamente de onde os tiros vieram.

Então que se foda esse merda desse Chon.

Ele espalha seus homens, a dez metros de distância um do outro, e eles se arrastam de barriga no chão até a clareira. Ele aponta com precisão, prende a respiração em posição de atirador, e aperta o gatilho.

Ouve esse merda desse Chon gritar de dor.

• • •

Mesmo com a luz da lua, Kit ouve a arrebentação de Kings and Queens antes de vê-la.

As ondas imensas — trituradores assassinos — estouram nos recifes como tiros de canhão.

CA-BRUM.

•••

Chon rolou a 1,5 metro de distância de seu último tiro.

A experiência o ensinou que é preferível deixar que eles atirem onde você estava, não onde você está.

A bala passa bem perto, e ele grita como se tivesse sido atingido. Ele se arrasta no chão, movendo-se pela lateral da clareira, atrás dos caras de Waianae.

Dessa vez é com Tim.

•••

Kit sente muito por Gabe estar dirigindo o barco.

Ele é um ótimo nadador, e isso dá a eles uma chance maior.

Ele olha para a frente e, à luz da lua, vê a primeira de uma sequência de ondas — gigante, mas ainda assim pequena em relação às outras que virão — vindo em sua direção.

Ele aponta o jet ski para ela.

Para subir a parede de nove metros e sair do outro lado.

Se não conseguir, se o veículo não conseguir chegar ao topo antes de a onda quebrar, ela o deixará de cabeça para baixo e depois o esmagará.

•••

O líder aguarda.

Nenhum tiro de volta.

Ele levanta-se devagar, faz um sinal para seus homens fazerem o mesmo, e eles começam a vasculhar a clareira para coletar o corpo do atirador ou para matá-lo de vez.

O líder se sente bastante seguro.

Está escuro.

E então o mundo se acende.

A QUEDA   / 365

• • •

Kit desliza por trás da onda, olha rapidamente por sobre seus ombros e vê o barco cambaleando no topo.

E então descendo por trás.

Gabe é bom.

Mas Kit não pode mais olhar para trás.

A segunda onda está se formando na frente dele.

Uma montanha ainda maior do que a última.

Chon aciona o sinalizador.

A clareira parece um campo de beisebol numa noite de jogo.

Não tem como Tim errar.

É aquele negócio de saber andar de bicicleta.

O cara que está mais perto dele cai no chão, abrindo caminho para o segundo. Tipo tiro ao alvo.

O terceiro cara cai no chão antes de Tim atirar.

A noite escurece de novo.

Kit sobe e sobe.

Parece levar uma eternidade.

Ele olha para cima e vê a crista da onda, a espuma começando a se formar no topo, sibilando como o pavio de uma bomba antes de explodir.

Ele reza para conseguir.

Se conseguir chegar ao topo, a onda vai estourar no barco e afundá--lo.

E então ele está no ar, acima da onda.

Dois atiradores, o líder pensa.

Quem diria?

("O que não conhecemos pode nos machucar.")

Foda-se Red Eddie, ele pensa. Se quer tanto esse cara, ele que venha buscá-lo.

Hora de se mandar.

Ele sussurra:

— Vocês conseguem se mexer?

Ao ouvir respostas afirmativas, ele se arrasta bem devagar pelo chão, pega os homens feridos e os carrega na direção de onde os atiradores não estão.

Bem na linha de tiro de Chon.

Ele mudou de posição de novo, na direção da provável zona de recuo deles.

A manobra tem um nome — uma "emboscada porta vai-e-vem".

Chon abre fogo.

Fechando a porta.

Kit se inclina para a frente, enquanto desce a onda por trás.

Quase cai por cima do jet ski.

Ele se ajeita, segura firme e olha para trás para ver:

Gabe consegue.

O barco desliza feito um louco por trás da onda, quase vira, mas, de algum jeito, Gabe consegue equilibrá-lo.

Só há mais uma onda na sequência, Kit pensa.

Se eu não derrubá-los nessa, será o meu fim.

Eles vão me pegar na maré calma depois da arrebentação.

Ele vai em direção à próxima onda.

É a maior de todas.

O líder sabe que está fodido.

Se não pode ir em frente, não pode ir para os lados e não pode ir para trás, você está... fodido.

Ele só tem uma coisa a seu favor.

Poder de fogo.

— Abaixem as armas! — grita ele.

Ferido, com medo ou fodido, não importa — eles vão explodir a porta dos fundos.

A noite se ilumina com tiros.

Chon deita-se na lama.

Balas passam voando por cima da sua cabeça e atingem o chão ao seu redor.

A QUEDA / 367

Ele está imóvel, não pode se mexer.

Você fodeu tudo, ele pensa. Achou que eles fossem congelar no meio da clareira ou tentar sair pela porta da frente. Em vez disso, eles estão vindo com tudo em cima de você, usando poder de fogo superior como escudo.

Você não pode fugir e não pode ficar.

Você está fodido.

Eles vão conseguir passar por aqui e vão matá-lo.

A pergunta é: quantos deles você consegue matar primeiro?

Do topo da onda, Kit vê as luzes da baía inteira. E o barco na correnteza atrás dele. Gabe continua acelerando. Ele não tem outra alternativa. Está na zona de impacto, e se a onda quebrar em cima dele, ele já era. E se não quebrar, Kit pensa enquanto desliza atrás da onda, eu já era.

Como toda criança sabe, tudo fica pior no escuro.

O som é ampliado, a distância é distorcida, a imaginação do não visto cria monstros.

Emboscadas noturnas são as piores.

Os berros de raiva, os gritos dos feridos, o barulho das balas, o estampido das explosões. O inimigo está mais perto do que está, depois mais longe, depois mais perto do que nunca.

Os monstros são reais.

São inimigos reais, balas reais, estilhaços reais, sangue real, dor real, morte real.

Qualquer um que já esteve de qualquer lado de uma emboscada noturna sabe o verdadeiro significado de caos.

Os conceitos sempre foram relacionados.

Na mitologia grega, primeiro existiu o caos, a escuridão e o inferno.

Os gregos acertaram no que diz respeito a emboscadas noturnas.

Mas...

Se você já esteve em uma antes...

Se você foi habilidoso e sortudo suficiente para sobreviver...

Deve ter aprendido algo.

Deve ter aprendido a manter sua cabeça erguida o suficiente para ler pedaços de estrutura na confusão.

Deve ter aprendido a ler flashes de balas — feixes de luz na escuridão — para discernir padrões de movimento.

Deve ter aprendido a ouvir o som — a salvação dos cegos — para descobrir o que está acontecendo ao seu redor.

Tim Karsen (ou Kearney) é um desses sobreviventes.

Ele ouve o tiroteio à sua esquerda.

Vê os múltiplos feixes de luz das armas dos homens da Empresa indo numa direção, vê um único e intermitente feixe da arma de Chon na direção oposta.

Sabe o que está acontecendo.

Sabe o que vai acontecer.

O que não pode deixar acontecer.

Se conseguir.

Ele não pode atirar, com medo de atingir Chon.

Então ele se levanta, sai do meio das árvores e toma uma atitude.

Começa a gritar feito um louco.

Para atrair os tiros.

Para deixar Chon escapar.

Kit se vira e olha para trás.

Gabe e seu barco inflável deslizam por trás da onda.

Eles conseguiram, Kit pensa. Conseguiram, e vão me matar, e talvez voltem e matem todo mundo.

Ele começa a virar o jet ski.

Um último movimento desesperado...

Bater o jet ski em alta velocidade no barco inflável e virá-lo.

Afogar a todos nós.

• • •

Que porra é essa?, o líder pensa ao ouvir os berros.

Ele se vira, mas não vê coisa alguma na escuridão, só consegue ouvir alguém urrando na direção dele, gritando como um demônio noturno.

Ele atira na direção do som.

Tim continua.

A QUEDA   / 369

Uma coisa em mente.

Diminuir a distância.

Até o alcance de uma granada.

• • •

E então Kit avista.

Uma quarta onda.

Impossível, mas lá está ela.

Uma onda criminosa.

A gigante das gigantes.

Se a última era a maior de todas, essa é a mãe das ondas, a avó, a deusa ancestral.

Doze metros de subida.

Curvando-se sobre eles como uma sentença.

Apressando-se na direção deles com intenções assassinas.

O tipo de onda à qual não se sobrevive.

• • •

Com a adrenalina a mil, Tim lança as granadas.

As explosões estilhaçam a noite.

Ele se lança no chão, tão agitado que não percebe que foi atingido e está sangrando.

• • •

É um pesadelo que

surfistas têm

crianças têm

alguns adultos que nunca estiveram no mar, inexplicavelmente, têm

esse pesadelo de se sentar no vale profundo em frente a uma onda, uma parede gigantesca de água — incontrolável, impiedosa, implacável, onipotente — se formando acima, crescendo, até que encobre o céu e não há algo além da água e a morte iminente.

Os sortudos acordam, tremendo, assustados, mas vivos.

Os azarados estão na água quando a onda quebra em cima deles.

E nunca mais acordam.

• • •

O líder não consegue escutar qualquer barulho e mal consegue enxergar.

A luz brilhante da granada o deixou cego, os ouvidos zunindo e apitando, o impacto o deixou cambaleante, ele está sangrando dos ferimentos de estilhaços.

Mas ele é forte.

Junta seus homens, também feridos, e meio que os arrasta, meio que os carrega, meio que os empurra de volta ao veículo remanescente. Ele os coloca dentro do carro, senta-se atrás do volante e começa a voltar pela trilha.

Chon ouve a explosão da granada.

Ele se movimenta pela lateral da trilha em direção ao som, sabendo que só poderia ter sido Tim.

Ele sabe que é provável que ele tenha sido atingido pelo inimigo, mas não vai deixar um homem para trás.

Nem o corpo de um homem.

Ele segue em direção a Tim.

Mas decide realizar uma pequena tarefa antes.

• • •

Gabe olha para cima.

Vê apenas NAA.

Nada Além de Água.

Ele pede desculpas para Deus e implora pelo seu perdão.

Ouve os outros caras gritando.

Não gritando — *berrando*.
A onda quebra em cima deles, e então
NAN
Nada Além de Nada.

• • •

Mergulhando na escuridão.
Caindo no escuro gelado.
Rolando
cabeça sobre joelhos sobre cabeça.
Kit luta para manter os braços firmes, para que a onda não tire seus
ombros do lugar.
Luta para prender a respiração.
Ele treinou para isso.
Desde criança.
Mas nada pode treinar alguém para isso.
A onda o empurra para baixo e o segura lá embaixo.

• • •

O veículo atinge o segundo fio de disparo.
(A sincronicidade é uma coisa bonita.)
O líder ouve uma pausa, e então um clique...
E depois...
Nada.

• • •

Chon encontra Tim.
Estendido
na grama.
Com as pernas sangrando.
Chon pega seu cinto.
Enrola na perna de Tim como um torniquete, e diz:
— Não ouse morrer aqui comigo.

• • •

Dizem que o que não conhecemos não pode nos machucar.

Ben — que se orgulha de seus conhecimentos — não sabe que...

não foi um exército atingido...
nem dois...
são três.

(Eddie não está brincando em serviço.)
O que você não sabe...
Mas nós já resolvemos isso também.

• • •

Há três deles, e já estão no limite.

Eles não conversaram com as outras duas equipes, mas as instruções estritas de Eddie foram "nenhuma comunicação".

— Vocês sabem o que os registros telefônicos são? — perguntou ele. — Provas.

Ele só quer um único telefonema: "Resolvido".

Então, embora o nome de Hani signifique "feliz" em havaiano, o atirador não está feliz no momento. Ele está estressado, pois ele tem de confiar que as duas outras equipes fizeram seu trabalho.

Atenham-se ao plano, Eddie ordenou.

Simplesmente, atenham-se ao plano.

Que porra de plano? Hani pensa enquanto caminha em direção à casa. Nós nem sabemos quem vai estar lá. O local pode estar vazio, pode ter uma ou sete pessoas, uma delas pode ser esse tal de "Chon", que é jogo duro. E uma delas pode ser K2, que não vai desistir facilmente.

Eddie deu instruções sobre isso também.

(Eddie tem instruções para quase tudo.)

Não machuquem K2, se possível. Não machuquem havaiano algum — principalmente, a prima de Eddie —, se possível.

Os *haoles*, os americanos? Levem todos para o mar e deem os corpos para os tubarões.

A QUEDA   / 373

A uma quadra da casa, Hani e seus dois garotos vestem máscaras cobrindo o rosto.

• • •

O está na cozinha quando o vidro da porta dos fundos é quebrado, uma mão de luva passa pelo buraco e abre a porta.

Um segundo depois, ela fica cara a cara (por assim dizer) com um homem encapuzado apontando uma arma para ela.

Outros dois vêm atrás.

E então Ben surge atrás dela.

Segurando uma arma.

— Três a um, idiota — diz Hani. — Como você quer fazer?

Ben não sabe.

Hani percebe isso, percebe que esse não é o tal do Chon. Ele se aproxima e pega a arma da mão do cara.

— Agora você não precisa pensar nisso.

Ele dá uma coronhada na lateral da cabeça dele.

• • •

Ben nunca foi atingido desse jeito.

Na verdade, Ben nunca foi atingido.

Sua cabeça gira.

Ele se apoia na bancada.

• • •

Isso vai ser fácil, Hani pensa.

— Só os *haoles* — O ouve o homem dizer.

Elizabeth olha para ele.

— *Eu sou uma haole.*

— Você é a mãe do K2 — fala o homem.

— Se você levá-los — avisa Malia —, vai ter que nos levar também.

— Você não está no comando aqui — conclui o homem. Ele se vira para os outros. — Amarrem as duas *wahini*.

O observa enquanto eles amarram Elizabeth e Malia, colocam fita silver tape sobre suas bocas e as colocam sentadas no sofá.

— Desculpe, tia — diz um deles. E então vira-se para Ben e completa: — Vamos lá, idiota.

— Para onde estamos indo? — pergunta Ben.

— Dar uma voltinha de barco — responde o homem.

Eles os carregam para fora.

Um dos caras vai na frente, os outros dois vão logo atrás de Ben e O. Ela sente o cano da arma encostado em suas costas.

Ela pensa em correr, mas está assustada demais.

Os homens retiram suas máscaras.

O sabe que isso não pode ser bom.

• • •

Tim se apoia no ombro de Chon, caminham lentamente pela trilha. Com a mão livre, Chon pega seu celular do bolso e liga para Ben.

Nada.

Tenta O.

Mesma coisa.

Isso não é bom, Chon pensa.

— O que houve? — pergunta Tim.

— Nada — responde Chon.

Ele acelera o passo.

• • •

Hani caminha até o píer.

Não vê barco algum.

Onde estão esses caras?

Tem um homem no fim do píer, pescando.

Um velho.

Hani vai até ele.

— Ei, velho, talvez seja *melor* você ir pra outro lugar, não?

A QUEDA / 375

O homem velho olha para além dele.

Para a garota *haole*.

Grosseiro pra cacete.

•••

— Tudo bem por aí? — Pete pergunta para O.

Ela está assustada demais para responder.

Mesmo à luz da lua, ele consegue ver seus olhos se encherem de lágrimas. Ele vê um cara perto demais, atrás dela, e um homem perto demais atrás do amigo dela, aquele de nome Ben.

— Ei, velho — diz um dos caras. — Acho que você não ouve direito. Eu disse "é *melor* ir embora".

— Eu ouvi você — responde Pete.

•••

Ar.

Kit respira fundo.

Enche seus pulmões.

Tão bonito.

A onda o segurou lá embaixo, mas o empurrou para a frente. Bateu nele, atirou ele nos recifes, arranhou suas costas e, então, depois de castigá-lo pela insolência, ela o deixou ir. Kit subiu até a superfície.

Sangrando, machucado, exausto, com o ombro esquerdo deslocado, ele respira fundo algumas vezes e começa a nadar, com um braço só, na direção da praia.

•••

O vê aquele olhar dele de novo.

Ela diz:

— Talvez seja melhor você ir embora, Pete.

Ele assente com a cabeça, apoia sua vara de pescar e vasculha sua caixa de ferramentas. Saca uma pistola e atira nos três homens, no meio dos olhos, antes que eles possam se mexer.

Às vezes, o que não conhecemos pode nos salvar..

O nome verdadeiro dele não é Pete, é Frank.

Frank Machianno.

— Frankie, a máquina.

Um dos bandidos mais temidos de toda a Costa Oeste.

A vida que deixou para trás para vir para o paraíso.

Ele olha para O e diz:

— Você deveria ir embora. Não se preocupe. Eu cuido das coisas aqui.

— Pete...

— Tá tudo certo — diz ele. — Vá.

Frank coloca os corpos dentro do barco, vai até as águas profundas e os larga por lá.

Os tubarões vão se encarregar deles.

São meio que... iscas.

•••

Eddie recebe uma ligação, mas não a que esperava.

Ele ouve o *haole* dizer:

— Seus caras se depararam com uma série de contratempos infelizes. Eles não vão voltar.

Ben tem habilidades.

Não são habilidades com armas, nem em lutas, não são as habilidades de Chon.

Ben tem habilidades para negociação.

O que ele diz em seguida é:

— Você não quer passar o resto da sua vida olhando para trás, desconfiado. Nem eu. Então, nós deixaremos a ilha, e você fará o mesmo.

— Eu perderia o respeito — afirma Eddie.

— Pelo quê? — pergunta Ben. — Por algo que jamais aconteceu?

Um longo silêncio, e então Eddie fala:

— Aloha.

•••

A QUEDA / 377

O vai se despedir de Pete.

— Vou sentir saudade — diz Pete. Ele alcança sua caixa de ferramentas, pega bagel com ovo frito e cebola e entrega para ela. — Para a viagem.

— Vou sentir saudade também.

— Você sempre pode voltar.

— Não, não posso — responde O.

Ela olha ao redor, para o oceano azul e as montanhas verdes, a luz do sol brilhando ao longe, como uma cachoeira, e se sente triste por nunca mais poder voltar.

Banida do paraíso.

Adão e eu, ela pensa. E o outro Adão.

O estende os braços e abraça Pete.

— Adeus, Pete.

Ele beija seu cabelo e responde:

— Adeus, filha.

Paraíso.

A ÚLTIMA VOLTA

A primeira vez que ele viu a criança, ela estava em uma gaiola.

Não há outra palavra *para* isso, Cal pensou naquele momento. Você pode chamar do que quiser — "centro de detenção", "reformatório", "abrigo temporário" —, mas, quando se tem um monte de pessoas apinhadas dentro de uma grade fechada com uma corrente, é uma gaiola.

Ele pensou no que seu pai disse quando Cal chamou o câncer do seu velho de "problema de saúde".

— Chame do que é — disse Dale Strickland para o filho. — Não faz sentido chamar do que não é.

Aquilo era câncer nos ossos, e isso é a porra de uma gaiola.

Cal ainda não sabe dizer o que aquela garota tinha que a tornava especial para ele. Por que ela, por que aquela criança no meio de tantas outras? Ora, eles tinham centenas delas atrás de grades, por que essa específica?

Podem ter sido os olhos mas *todas* as crianças têm esses olhos grandes, observando vidradas por trás da grade — olhos como se vê em pinturas de crianças, vendidas em postos de gasolina na estrada. Talvez tenham sido os dedos dela, torcidos nos ferros como se ela estivesse tentando se segurar em *algo*. Talvez tenha sido o nariz escorrendo, a meleca seca presa acima do lábio.

Ela não devia ter mais de seis anos, Cal imaginou.

Os olhares deles se encontraram por um mísero segundo, e então Cal seguiu adiante.

Passou pela gaiola tão lotada que mais parecia um confinamento de animais, exceto que eram pessoas, não gado, e elas não estavam fazendo "muuu", mas conversando ou gritando ou pedindo ajuda. Ou estavam chorando, como aquela garotinha.

Cal Strickland a avistou e passou direto por ela, e como pode um homem passar direto por uma criança chorando seria uma ótima pergunta, porém a resposta é que havia tantas delas que não havia algo que um homem *pudesse* fazer.

Chame do que é, não chame do que não é.

Essa foi a primeira vez em que ele a viu, no que eles chamam de Ursula, um Centro de Triagem da Patrulha de Fronteira em McAllen. Call não estava trabalhando lá. Ele só estava tentando pegar alguns suprimentos para levar de volta a Clint, onde eles não tinham produtos suficientes — lençóis, sabonete, pasta de dente — para suprir as pessoas de lá.

Ele não esperava vê-la de novo.

Mas a viu.

Ontem.

Em Clint.

Ele dirige seu quadriciclo ao lado da cerca elétrica e encontra o que achou que iria encontrar.

A cerca foi cortada e a grama pisoteada onde os ilegais acamparam na noite anterior. Um pedaço de madeira queimada, onde eles fizeram uma pequena fogueira, e lixo que deixaram para trás — latas velhas, algumas garrafas de água, uma fralda suja.

— Merda de mexicanos — murmura ele ao descer do quadriciclo e pegar seu kit de ferramentas. Só que ele sabe que, provavelmente, não foram mexicanos, mas salvadorenhos, hondurenhos ou guatemaltecos. Os mexicanos ainda vêm aqui, mas não tanto, não como nos anos 1990, quando seu pai e ele costumavam rondar a cerca e encontrá-la cortada quase todos os dias. Faziam isso a cavalo na época, nada de quadriciclos, e por mais que seu pai xingasse os "chicanos" e ameaçasse atirar nos coiotes que os trouxeram até aqui, Cal lembra da sua reação quando um homem do grupo da vigilância se aproximou e perguntou se seu pai queria se juntar a eles.

— Dê o fora do meu rancho — disse Dale Strickland. — E se eu vir qualquer um de vocês aqui de novo, com suas camisas camufladas

A QUEDA   / 383

e suas armas, eu mesmo vou atirar em vocês. Tudo o que tenho é um Remington 30-06, mas faz o serviço, acredite.

Alguns dias depois, quando eles estavam vigiando a cerca, seu pai lhe disse, do nada:

— Não se trata de tentarem defender seu território, não se trata de terem medo de o pau deles não ser grande o suficiente. Se eu ouvir dizer que você se uniu a esses idiotas, vou dar um jeito de você não herdar o que lhe é de direito.

Cal não se juntou aos idiotas.

Ele foi trabalhar na Patrulha de Fronteira.

Isso porque era um trabalho, e trabalhos eram difíceis de encontrar em Fort Hancock, Texas, naqueles dias após sair do exército.

Não podia permanecer na propriedade, principalmente depois que seu pai morreu, pois o rancho quase não conseguia sustentar Bobbi, se sua irmã tentasse seguir com ele.

Eram seiscentos acres de terra e grama seca ficando mais seca a cada ano, e não tinha mais dinheiro do gado. Eles tentaram um pouco de tudo — plantar algodão e até árvores frutíferas, mas não havia água suficiente para as frutas, e o algodão... bem, a maior parte dele crescia depois da fronteira com o México, e eles não podiam competir com a mão de obra barata. Bobbi estava vendendo alguns pedaços do terreno para tentar manter o resto.

Cal tentou ser caubói durante um tempo, trabalhando nos ranchos da região — o Woodley, o terreno do Steen, a grande área do Carlisle —, mas havia cada vez menos trabalho desse tipo também. Ele pensou em tentar participar de rodeios, mas apesar de ser um peão muito bom, lançando a corda e montando no touro, ser muito bom não era suficiente para ganhar dinheiro com isso.

Você tinha que ser excelente, e ele sabia que não era.

Então foi para a Patrulha de Fronteira.

Pagava bem, tinha bons benefícios e era um emprego confiável. A Patrulha de Fronteira caiu muito bem para Cal. Ele tinha um passado no exército, estava acostumado com hierarquias, portanto sabia seguir ordens, falava o espanglês da fronteira e conhecia o território como a palma da mão, pois havia nascido e crescido ali. Porra, os Stricklands viviam na fronteira antes de *ser* uma fronteira.

— Eu fiz patrulha na fronteira a minha vida inteira — disse ele, quando conseguiu o emprego.

Cal não mora mais no rancho. Arrumou um pequeno apartamento em El Paso, mas vai ao rancho algumas vezes durante a semana para checar a cerca. A imigração diminuiu muito nesses últimos anos, mas está aumentando de novo, e a cerca cortada é um *problema*, já que não precisam que as poucas cabeças de gado que têm entrem no México. Antigamente, pelo menos foi o que disseram a ele, os fazendeiros e os *vaqueros* costumavam cavalgar nos dois lados da fronteira o tempo todo, roubando o gado uns dos outros, o que, provavelmente, seria reprovado hoje em dia.

Hoje, o que transita pela fronteira são pessoas e drogas.

Ele amarra um novo pedaço de arame farpado à cerca cortada, torce-o com um alicate e lembra que precisa voltar no fim da semana com o esticador para apertá-lo.

Merda de mexicanos.

Ele dirige seu quadriciclo até o antigo estábulo e desce. Apoia-se na cerca de tábuas. Riley se aproxima e relincha sua reprovação em ser substituído por uma máquina.

— Desculpe, garoto. — Cal esfrega o focinho alazão do cavalo. — Ganhei alguns quilos que você não precisa carregar.

A verdade é que o animal está ficando velho. Ele era um baita condutor de rebanho, um bom trabalhador na época em que tinham mais gado para conduzir.

Cal pega um pouco de grãos de um balde e o cavalo idoso come de suas mãos.

— Te vejo daqui a uns dias — diz Cal.

Ele leva o quadriciclo de volta para o celeiro.

A picape do seu velho, uma Toyota Tacoma 2010 vermelha ainda está lá parada, pois nem Cal nem Bobbi tiveram coragem de se livrar dela. Merda, a chave ainda está no banco da frente, seu antigo fuzil 30.06 ainda está na gradeado de vidro.

Dale Strickland amava aquela caminhonete, embora Cal estivesse sempre enchendo seu saco para comprar um carro importado.

— Esses carros japoneses — dizia Cal —, basta colocar óleo e eles funcionam pra sempre.

O próprio Cal tem um Ford F-150 branco.

Ele compra os americanos.

Bobbi espera por Cal com o café da manhã já pronto. Quatro ovos bem cozidos, salsicha *e* bacon, feijão preto, tortillas um pouco queimadas e café que poderia ter se materializado sozinho na mesa.

— Angioplastia de acompanhamento — diz Bobbi, enquanto coloca o prato sobre a mesa. Ela come iogurte com frutas e ouve a estação NPR no rádio.

— Como você consegue ouvir essa merda? — pergunta Cal.

— Do mesmo jeito que você assiste à Fox News — responde Bobbi.

Bobbi é uma liberal do Oeste do Texas, o que não faz dela um unicórnio, mas algo muito mais raro. Se comparado aos liberais do Leste do estado, Cal pensa, tem unicórnio pra dar e vender.

Na verdade, Cal não assiste tanto à Fox News, mas não conta isso para Bobbi. Ele não acompanha muito as notícias — e certamente não o "Canal das Notícias Comunistas" —, pois é depressivo demais e a Patrulha de Fronteira sempre aparece nele hoje em dia, jornalistas rondando os centros de triagem como moscas voando acima da merda fresca. Eles dizem que só estão fazendo seu trabalho, mas Cal quer dizer a eles que ele só está tentando fazer o seu também.

Diria a eles isso, só que não tem autorização para falar com eles.

— Eles se aproximam como se fossem seus amigos — disse seu chefe —, mas, na verdade, só querem te foder.

Outro dia, um repórter do *The New York Times* (ou *Judeu York Times*, como Peterson diria, mas Peterson é um imbecil) veio até ele no estacionamento perguntando se poderia responder a algumas perguntas.

— Estou interessado em saber como é trabalhar aqui — falou o repórter.

Cal seguiu caminhando.

— Você não vai falar comigo? — pressionou o cara.

Aparentemente, não, pois Cal continuou andando.

— Disseram para você não falar comigo? — O cara apertou sua mão com um cartão no meio. — Daniel Schurmann, *The New York Times*. Se quiser conversar algum dia.

386 /   DON WINSLOW

Cal guardou o cartão no bolso da camisa. Falar com um repórter do *The New York Times* não era a última coisa que ele pensaria em fazer, mas seria *quase* a última, depois de, quem sabe, limpar sua bunda com uma esponja de aço.

Bobbi parece cansada.

Seu cabelo ruivo e comprido está fino e sujo, e ela está usando a mesma camiseta velha de três dias atrás.

Por que não estaria cansada?, Cal pensa. Manter o rancho funcionando, servir mesas no Sophie's, na cidade, e cuidar de um filho de dezoito anos com um "problema com opioides".

Jared está, supostamente, morando com seu pai inútil, em El Paso, e tem um emprego numa oficina, mas Cal duvida que essas coisas sejam verdade. Ele suspeita que Bobbi acha o mesmo, que seu filho está morando na rua e injetando heroína. Portanto por que ela não estaria acabada?

Ela está.

E pergunta:

— Como vai o trabalho?

— É trabalho. — Ele dá de ombros.

— Eu assisto às notícias.

— Achei que você só as ouvisse — retruca ele.

— Nós arrancamos crianças de seus pais e as colocamos em jaulas? — pergunta ela. — Somos essas pessoas agora?

— Só estou tentando fazer meu trabalho — responde Cal. — Nem sempre eu gosto dele.

— Ei, você votou no cara.

— Não vi você dentro da cabine de votação — fala Cal.

— Só supus.

Você supôs certo, ele pensa. Como normalmente faz. Eu realmente votei nele, porque não tinha chance de eu votar numa mulher que acha que o país devia a ela a Casa Branca porque seu marido recebeu um boquete.

E uma democrata, pra começar.

— Precisamos fazer algo com relação a Riley — diz Bobbi.

— Eu sei. Só…

— Só o quê?

A QUEDA / 387

— Só espere um pouco — pede Cal.

— Teremos que fazer isso, mais cedo ou mais tarde — afirma Bobbi. — Só as contas do veterinário...

— Eu pago as contas do veterinário.

— Eu sei disso.

Cal se levanta.

— Preciso ir colocar umas crianças em suas jaulas.

— Ah, por favor, não fala assim.

Ele dá um beijo na testa dela.

— Obrigado pelo café da manhã. Volto no fim da semana para conferir a cerca.

Cal vai na direção de seu carro. São sete horas da manhã, e ele já está suando. Dizem que é um "calor seco", mas um forno também é.

Ele viu a garotinha ontem de novo.

Ela foi transferida para Clint.

O que significa que não encontramos os pais dela, Cal pensa.

Bem, desde que a arrancamos deles.

O posto de Clint fica a cerca de seis quilômetros da fronteira, entre campos retangulares e organizados ao longo da Alameda Avenue, a sudeste da cidade.

El Paso fica a apenas nove quilômetros a oeste pela Route 20.

O posto é um aglomerado de prédios impessoais abastecidos com energia de enormes painéis solares, o que faz sentido para Cal, pois a única coisa que eles têm de sobra aqui é sol.

Clint nunca foi planejado para receber pessoas.

Foi construído como um tipo de base de logística, de onde seriam enviadas as patrulhas. O que é praticamente o que Cal faz. Ele e outros dois agentes pegam trailers de cavalo de Clint e vão até a fronteira, em busca de rastros de drogas e caminhos de imigrantes.

Tipo um daqueles filmes em preto e branco do John Wayne a que seu pai assistia na TV.

— Você é a cavalaria moderna — disse Bobbi uma vez.

Cal não vê dessa forma, mas sabe o que ela quis dizer, e ele adora seu trabalho, passar longos dias na sela fazendo algo bom, protegendo seu país. E ajudando pessoas, de verdade, apesar da mídia raramente dar crédito a eles, pois, de tempos em tempos, ele encontra uma trilha de um grupo de ilegais que, a julgar pelas marcas dos sapatos, está claramente perdido e morreria de desidratação ou de insolação no calor de quarenta graus, e esses são momentos de real satisfação para Cal, salvar a vida das pessoas dessa forma.

Mas outros dias eles não os encontram a tempo, somente os corpos, e esses são os momentos não tão bons, principalmente, se for uma mulher ou uma criança, e Cal xinga os coiotes que os abandonaram ali sem comida e água e nenhuma outra instrução de direção além de apontar o dedo para o norte.

Se Cal fizesse as coisas do seu jeito, ele atiraria nos malditos coiotes e deixaria seus corpos presos no arame da cerca. Não é como se ele não soubesse quem são — porra, ele foi pra escola com um deles.

Rivera costumava atravessar a fronteira para lá e para cá como se ela não existisse. Às vezes, ele estava na escola em Fort Hancock, de repente desaparecia, e então aparecia de novo.

Cal jogava futebol americano com ele, alinhado bem ao seu lado na linha ofensiva. Eles eram amigos, costumavam atravessar a fronteira de carro até um terreno ermo no deserto, sentavam-se em suas caminhonetes e bebiam cerveja juntos, esse tipo de coisa.

Em certo momento, Jaime se mudou de vez para o outro lado da fronteira e decidiu que se daria melhor no México, traficando maconha, o que Cal achou particularmente ofensivo. Aí ele começou a traficar pessoas, e mesmo isso Cal não tomou como algo pessoal, só considerou uma dinâmica comum da fronteira de cão pastor versus coiote, porém Jaime pegava o dinheiro dos imigrantes e não estava nem aí com o que acontecesse com eles depois disso.

Então, sim, antigamente eles eram colegas, mas, se Cal tivesse certeza absoluta de que conseguiria se safar, ele colocaria uma bala na cabeça de Jaime e o largaria para virar comida de urubu e de coiotes *de verdade*.

E disse isso a ele também.

Uma noite, depois de Cal encontrar os corpos de uma mãe e uma criança no deserto, ele já tinha bebido um pouco demais, e procurou o número de telefone de Jaime em El Porvenir — merda, provavelmente ele poderia gritar para lá — e disse a ele que queria largar seu corpo lá debaixo do sol.

A QUEDA / 389

— Por que você não vem até aqui e tenta, irmão? — perguntou Jaime. — Vamos ver quem vai terminar sendo comida de bicho.

— Sabe, você tinha mãos muito boas — disse Cal —, mas não conseguia bloquear porra nenhuma.

— Nunca quis — retrucou Jaime. — Mas olha, Cal, sem ofensas. Se você quiser uma boa grana algum dia, acho que você já tem meu telefone. Você até deve conseguir manter aquela merda de rancho.

Por mais que Cal odeie Jaime, Jaime também o odeia, pois Cal Strickland é um inferno para as suas operações. De longe, o melhor funcionário da Patrulha de Fronteira, Strickland conhece cada trilha e cada caminho para chegar ao seu país, ele é muito bom em armar emboscadas e já colocou muitos dos caras de Jaime atrás das grades.

Se Jaime pudesse pagar pra mandar matar seu antigo amigo, ele o faria.

E seria uma bela quantia.

Cal volta para Clint e encontra uma vaga para estacionar, o que não é fácil, a metade do estacionamento é tomado por tendas enormes que abrigam o excesso de detidos. Os armazéns e depósitos foram convertidos em celas improvisadas.

Cal sai da picape.

Os manifestantes já estão lá logo cedo, segurando cartazes em inglês e espanhol: LIBERTEM AS CRIANÇAS. Só há alguns repórteres. A maioria deles ficou entediada e seguiu para a história seguinte, Cal imagina.

Tudo bem por ele.

Cal passa pelos manifestantes e entra no escritório.

Twyla está do outro lado da mesa.

Ela tem o que a avó de Cal chamaria de "ossatura larga". Alta, ancas largas, ombros abertos, cabelo preto curto e olhos azuis. E esquisita como um potrinho recém-nascido — ver Twyla caminhar é como esperar um acidente acontecer. Ela tem o que a mesma avó chamaria de um "probleminha de engrenagem", e diziam em Clint que ela tinha sido atingida por uma bomba caseira no Iraque e estava com um pedaço de metal no quadril.

Cal não sabe se isso é verdade.

Mas ele sabe que gosta dela.

Bastante, talvez até demais.

Eles são colegas.

Ou, como Peterson disse para ele:

— Você virou amigo, irmão. E uma vez que isso acontece, você não chega nos finalmentes.

Mas Peterson é um imbecil.

Twyla sorri quando vê Cal entrar.

— Mais um dia no paraíso, né?

— E vai ser um dos quentes.

— Já está sendo.

Quando ele se apresentou pela primeira vez como "Cal", ela perguntou:

— É apelido de Califórnia ou de Calvin?

— Calvin.

— Como em *Calvin e Haroldo* — concluiu ela.

— O quê?

— Os quadrinhos? — indagou ela. — Um menino e um tigre?

— Qual dos dois é o Calvin?

Ela pensou por um segundo.

— Não lembro. O garoto, eu acho.

— Que bom — responde Cal. — Não gosto de felinos.

— Cachorros?

— Cavalos.

— Eu nunca andei a cavalo.

— De *onde* você é? — perguntou ele, pois isso era completamente inconcebível.

— El Paso.

— Uma garota urbana.

— Acho que sim.

Ele pergunta:

— Alguma novidade?

— A mesma merda, mais um dia.

— Bem, vou sair pra fazer a patrulha — avisa Cal. Ele mal pode esperar para se mandar dali.

— Não está com tanta sorte hoje, amigo — afirma Twyla. Ela levanta uma prancheta. — Você está na guarda até recebermos novas ordens.

— Mas que merda…

— Todos de mãos atadas até que a crise acabe — diz Twyla. — Bem-vindo à minha vida. Hora de fazer a contagem.

— A o quê?

— Você é carcereiro agora, caubói — explica ela —, e nós temos que contar os prisioneiros, conferir se todos estão aqui.

É quando ele vê a garota de novo.

Os "detentos" em Clint ficam em vários prédios — ou tendas — ao redor do posto, e Cal e Twyla ficam responsáveis pelo maior.

Ela não está exatamente em uma jaula, mas está sozinha num canto de um cômodo de cimento que funciona como uma cela grande. Sozinha, pois quase todas as crianças que sobraram são meninos, e ela precisa ser separada. Dos adultos também. Eles ficam do outro lado da cela, com uma cerca de arame entre eles.

Ela está sentada no chão e olha para cima, para Cal.

— Qual é a história dela? — pergunta Cal.

— Luz? — indaga Twyla. — A mesma história de sempre. Salvadorenhos buscando asilo. Os pais e ela foram registrados em McAllen e, depois, separados. Quarenta e um, 42, 43…

O número de crianças muda quase todo dia. Algumas são enviadas para famílias nos Estados Unidos, outras para abrigos coletivos, poucas são reunidas com seus pais e deportadas, mas a maioria é transferida para centros de detenção em todo o país.

— Há quanto tempo ela está aqui? — pergunta Cal.

— Três semanas. Quarenta e quatro, 45…

— Isso é um pouco mais do que 72 horas — retruca Cal.

Por lei, as crianças devem ser registradas, e reunidas com seus pais ou enviadas para famílias ou amigos em, no máximo, três dias.

— Não conseguimos localizar os pais dela — explica Twyla. — Na melhor das hipóteses, eles foram deportados. Podem estar no México, em El Salvador ou em qualquer lugar.

— Eles devem estar procurando por ela.

— Suponho que sim. Mas como vão saber onde procurar? Quarenta e seis, 47…

É, Cal pensa. O sistema, do jeito que está, é caótico. Crianças são levadas para vários centros de detenção, espalhadas por todo o país.

Só no Texas, são enviadas para Casa Padre, Casa Guadalupe ou para a cidade satélite em Tornillo. Porra, tem crianças em *Chicago*.

— E agora? — pergunta Cal. — Qual é o plano?

— E quando existiu um plano? — retruca Twyla. — Quarenta e oito, 49...

Cal olha para Luz e diz, em espanhol:

— Está tudo bem. Vai ficar tudo bem.

Ela não responde.

— Ela parou de falar — diz Twyla. — Há uns quatro dias. Ela costumava chorar. Agora, nada.

— Ela foi examinada por alguém?

— Um ORR, oficial de reassentamento de refugiados, vem aqui umas duas vezes por semana — responde Twyla. — Mas são 281 crianças. Até hoje de manhã. Nós temos 65 na nossa unidade, se quiser me ajudar a contar.

— Você parece estar indo bem. — Ele força os olhos para longe da garota e segue Twyla pela cela.

— Cal, não fique com a síndrome do filhote.

— Que porra é essa?

— Você sabe o que isso significa — responde Twyla. — Quando você vai a um abrigo de animais e se apaixona por todos os filhotinhos, mas só pode levar um para casa. Nós não podemos levar *um sequer* para casa.

— Ela pertence aos pais dela.

— Concordo — afirma Twyla. — Mas o que podemos fazer?

— O melhor que pudermos, Cal pensa. O que os manifestantes e a mídia não entendem é que nós não somos monstros, somos pessoas fazendo o melhor que podemos com o que temos. Que não é suficiente. Não há sopa suficiente, nem pasta de dente, nem artigos femininos, toalhas, roupas limpas, remédios, médicos, funcionários, horas do dia ou da noite.

O cara em quem votei iniciou uma guerra sem preparação alguma ou plano de como seguir, e nós estamos assim.

Crianças têm piolho no cabelo, crianças ficam doentes com catapora, crianças têm sarna, crianças choram o tempo todo. É um cenário constante, como a rádio NPR zumbindo na casa de Bobbi o tempo todo, só que é avassalador e você não consegue desligar.

A não ser que seja Roger Peterson.

— Eu nem ouço mais — conta ele para Cal. — É uma disciplina mental.

É mental de fato, Cal pensa, mas não tem certeza sobre a palavra "disciplina".

— Os pais nunca deveriam ter trazido seu filhos, pra começar — diz Peterson. — Não é nossa culpa.

— Também não é culpa das crianças — afirma Twyla.

— O que deveríamos fazer? — indaga Peterson. — Escancarar as portas e deixar todas as crianças sofredoras do mundo entrarem?

— Talvez — responde Twyla.

Peterson fala:

— Acho que o Iraque esmagou seus miolos.

— Chega — diz Cal.

Peterson ri e sai andando.

— Eu posso me defender — avisa Twyla.

— Eu sei. Só estava tentando...

— Eu sei o que você estava tentando fazer. Não faça. Quando eu preciso de um cavaleiro numa armadura brilhante, leio um conto de fadas.

— Entendido — diz Cal. — Temos todas as crianças que deveríamos?

— Todas presentes e contadas — responde Twyla.

Por que eu fui tão escrota com ele? Twyla se pergunta ao chegar de volta em seu apartamento naquela noite.

Ela tira a roupa e a coloca direto na máquina de lavar. Uma das coisas de trabalhar em Clint é que suas roupas ficam com o cheiro dos internos sujos e das roupas sujas *deles*. O cheiro gruda em você, e as pessoas na cidade, às vezes, tapam o nariz quando agentes entram em algum lugar.

Twyla entra no banho e deixa a água cair sobre seu corpo durante um bom tempo, enquanto tenta esfregar o odor de sua pele.

Ela sabe que não é a única razão de se sentir suja.

Tem também aquela garotinha traumatizada, quase catatônica.

394 / DON WINSLOW

Talvez tenha sido por isso que foi uma escrota com Cal. Ou talvez porque Peterson tropeçou numa verdade, o que para ele *seria* um acaso da sorte. Ou será que é porque eu tenho sentimentos por Cal que não deveria ter?

Twyla já viu o jeito como ele olha para ela algumas vezes, e ela não está acostumada a homens olhando para ela assim. Até na seca de mulheres do Iraque, os homens da sua unidade achavam que ela jogava no outro time, e ninguém jamais se insinuou para *ela*.

Ela sabe que é esquisita e gosta da ironia de sua mãe, uma boêmia amante das artes perdida em El Paso, que deu a sua filha o nome da dançarina famosa Twyla Tharp.

Merda, até meu sobrenome é esquisito.

Kumpitsch.

No ensino médio, as garotas malvadas a chamavam de "Lumpitsch".

Twyla Lumpitsch.

Depois daqueles quatro anos terríveis e de um semestre desperdiçado numa faculdade comunitária, ela decidiu que sua melhor opção era o exército, e se alistou. Tinha cumprido quase todo o seu tempo de serviço no Iraque quando foi atingida. Ao ser liberada do hospital, com dispensa honrosa, uma junta artificial na pélvis e um leve desnível nas pernas, ela foi trabalhar na Patrulha de Fronteira, que estava sempre em busca de agentes femininas, mesmo se não tivessem grandes qualificações.

Twyla olha para a cicatriz enorme do lado esquerdo do seu quadril, mais uma coisa para deixá-la menos atraente, se algum dia um homem chegasse ao ponto de ver seu quadril nu. Ela teve alguns namoros não muito sérios antes do Iraque, nenhum depois, não só porque ela não quer que alguém veja sua cicatriz, mas porque ela não quer que alguém saiba o que acontece ao dormir com ela.

Ao sair do chuveiro, ela se seca, veste um roupão e anda até sua cozinha pequena para fazer alguma coisa de jantar. Todo domingo, Twyla vai ao supermercado e compra sete jantares de micro-ondas. Ela tem um prato, um garfo, uma colher, uma faca, um copo e uma xícara de café.

Twyla gosta das coisas assim, simples, econômicas, descomplicadas. Fácil de fazer, fácil de limpar. O apartamento pequeno é imaculado — a cama arrumada no estilo do exército, a toalha dobrada com perfeição na barra do banheiro.

A QUEDA / 395

Twyla controla tudo o que pode.

Ela esquenta sua carne moída com purê de batata e milho e se senta em frente à televisão para comer. Um jogo dos Texas Rangers está sendo transmitido. Twyla gosta de beisebol porque tem linhas e números exatos. Três strikes são sempre uma eliminação, três eliminações são sempre uma entrada.

Cal não é exatamente o que se chamaria de um homem bonito, ela pensa. Seu cabelo está rareando e é provável que não sobrem muitos buracos no seu cinto para serem usados. Mas tem olhos sinceros, é engraçado e gentil e, principalmente, é bondoso e olha para ela daquela maneira, como se ela fosse linda.

E você foi tão malvada com ele, ela pensa.

O jogo está na sétima entrada quando tudo começa.

Não acontece toda noite, mas em muitas, e ela conhece os sintomas. Começa com uma sensação de enjoo, depois dor de cabeça, e então ela começa a piscar e não consegue parar.

Ela se levanta e procura a garrafa de Jim Beam no armário em cima da pia da cozinha. Twyla sempre serve o uísque no copo, pois beber direto da garrafa significaria que ela tem um *problema* com álcool, o que ela não tem.

Twyla bebe como uma dose de xarope, o que meio que é, de fato. Ela não gosta muito do sabor. Do que gosta é do efeito calmante e da esperança de que talvez possa postergar o inevitável, pelo menos durante um tempo.

Quando guarda a garrafa, sua mão está tremendo.

Ela entra no banheiro, fecha a porta e coloca a toalha na abertura perto do chão, para abafar o som. E então se deita no chão frio de ladrilhos, e antes que possa se dar conta, está em posição fetal na parte de trás do veículo blindado, sua cabeça latejando com o baque, do seu lado uma massa de carne triturada e ossos quebrados, ela está presa dentro do veículo em chamas e há sangue e gritos, e seus colegas estão sofrendo e morrendo. Ela se ouve urrando.

Twyla coloca as mãos sobre as orelhas e espera aquilo passar.

Sempre passa, assim como sempre volta.

* * *

396 / DON WINSLOW

Cal não consegue tirá-la da cabeça.

A garotinha, Luz.

Aqueles olhos.

Olhando para ele... culpando-o?

Ou perguntando.

Perguntando o quê?

Você pode me ajudar? Você pode encontrar minha *mami* e meu *papi*? Perguntando, quem sabe, "Que tipo de homem é você"?

Excelente pergunta, Cal pensa enquanto arranca o papel-alumínio do seu burrito industrializado. Requer certa habilidade — uma mão no volante, a outra abrindo a metade do burrito e levando-o até a boca. Mas ele tem muita prática. Os atendentes do *drive-thru* já o conhecem pelo nome.

Ele tem 37 anos, não tem esposa, não tem filhos, mora do lado leste de El Paso, num apartamento desinteressante de um quarto com mobília alugada. Teve uma namorada mais ou menos séria há alguns anos, uma mulher legal chamada Glória, professora de jardim de infância, mas ela terminou com ele porque não conseguia "alcançá-lo".

— Você é tão preso dentro de si mesmo que eu não consigo alcançá-lo — disse ela. — E estou cansada de tentar. Não consigo mais.

Cal fingiu que não sabia o que ela queria dizer, mas sabia. Sua mãe costumava dizer algo bem parecido sobre seu pai, que foi, provavelmente, o motivo de ela tê-lo deixado. Ele sabe que é igual, mas também acha que a maioria das pessoas é assim, que a melhor parte de nós está presa dentro da pior parte de nós, e não consegue sair.

Ele abre com os dentes o sachê de molho de pimenta e espreme um pouco no burrito. Ele pensa que talvez o mesmo seja verdade sobre os países, que de alguma forma nós prendemos as melhores partes de nós e sequer percebemos, até quando colocamos crianças em jaulas.

Então, que tipo de homem é você?, ele pensa.

Excelente pergunta.

De manhã, ele chega ao escritório e pergunta a Twyla:

— Você conseguiu a ficha daquela menina, Luz?

Ela não parece bem, está pálida e cansada, como se não tivesse dormido.

A QUEDA / 397

— O ORR tem todas as fichas — responde ela.

— Consegue pegar a dela?

Ela olha firme para ele.

— Por quê?

Cal dá de ombros.

— Isso não vai dar certo — afirma Twyla.

— Achei que eu poderia fazer uma tentativa de encontrar os pais dela — diz Cal.

— Quer dizer que o oficial de reassentamento de refugiados, o Departamento de Saúde e Serviços Humanos, a Segurança Nacional e a União Americana pelas Liberdades Civis não conseguem encontrá--los — fala ela —, mas Cal Strickland consegue?

— Fico imaginando o quanto eles estão tentando. Quer dizer, eles têm milhares de crianças para lidar, eu tenho uma só.

— *Você* tem? — pergunta ela. — Eu te avisei sobre isso, Cal.

— Eu sei me cuidar, Twyla.

— Bem, acho que imaginei essa resposta — comenta ela. — Tudo bem, vou tomar uma cerveja com a mulher do ORR. Ela não me parece babaca. Mas não prometo nada.

— Obrigado.

Tem esse momento.

Só que nenhum dos dois consegue aproveitá-lo.

Na manhã seguinte, Twyla entrega a ele um arquivo fino.

— Isso me custou três cervejas — diz ela. — A mulher sabe beber. Nós não devemos ter acesso a isso, então leia e jogue fora.

— Estou agradecido.

É a oportunidade perfeita para chamá-la para jantar ou para tomar uma cerveja, para pagar a dívida, mas Cal não consegue fazer as palavras saírem da sua boca, então ele só pega o arquivo e segue para sua picape.

O sobrenome da menina é González, e ela é salvadorenha.

Sua mãe chama-se Gabriela, tem 23 anos. As duas foram encontradas andando deste lado da fronteira no dia 25 de maio, registradas no Centro de Triagem da Patrulha de Fronteira em McAllen, e passaram dois dias lá, até que Luz foi separada de sua mãe e trazida para Clint.

Todo detento tem um número de registro.

O de Luz é 0278989571.

Gabriela foi deportada de McAllen no dia 1º de junho.

Colocada num avião de volta para El Salvador.

Sem sua filha.

Ela deve estar enlouquecida de preocupação, Cal pensa, mas nada na ficha indica que ela fez algum contato. Não há anotação alguma de que ela tenha ligado para a linha do ORR, mas, como acabou de ser criada, talvez ela sequer saiba que essa linha existe. Não há registro de chamadas para algum dos centros de refugiados, ORR, Departamento de Segurança Interna ou Imigração, mas talvez ela não saiba para onde ligar.

Porra, até os advogados têm dificuldade com a sopa de letrinhas que são as agências, imagina uma jovem sem muito acesso à educação que sequer fala a língua do país e está assustada até a raiz dos cabelos.

Se é que está viva, Cal pensa.

Houve algum motivo para ela fugir de El Salvador, e talvez esse motivo a estivesse à espera assim que ela voltou.

E onde está o pai?

A ficha diz que ela não tem família nos EUA, portanto não há um responsável para vir buscar Luz.

E o que vamos fazer com essa criança?, Cal se pergunta. Enviá-la para um orfanato, um lar adotivo? Mantê-la sob custódia até que ela faça dezoito anos? E depois? Ela não estará mais legal do que está hoje.

O que ela estará é fodida.

Luz pode dar muita sorte e acabar numa família gentil e amorosa que cuide bem dela, mas sempre haverá uma parte dela que vai imaginar por que sua mãe a abandonou. Ou talvez ela não tenha sorte e acabe num orfanato terrível ou numa família adotiva fodida, e seja abusada emocional, física ou sexualmente, ou o trio inteiro.

Portanto nós temos de encontrar sua mãe.

Ele começa pelas celas.

Das muitas centenas de detentos em Clint, provavelmente um terço é salvadorenho, então, talvez, um ou mais deles conheçam Gabriela González.

Só que o ORR não quer deixá-lo vasculhar a ficha deles.

A QUEDA / 399

— Eu já te dei uma brecha com uma ficha — diz a mulher do ORR. — Não posso deixá-lo vasculhar todas elas.

— Você está tentando me dizer — sugere Cal — que nós somos responsáveis pelo bem-estar dessas pessoas, mas não podemos ver suas fichas? Por que não?

— O Departamento de Saúde e Serviços Humanos já está constrangido o suficiente com essa merda toda — responde ela. — A mídia está caindo em cima de cada história triste. Você acha que precisamos de você espalhando mais uma?

— Eu não vou pra porra da mídia — diz Cal. — Só estou tentando encontrar a mãe de uma garotinha.

— Esse não é o seu trabalho, é o meu.

— Então talvez você devesse fazê-lo.

— Estou fazendo o melhor que posso — afirma ela. — Mas deixe-me fazer uma pergunta, agente Strickland. A mãe está tentando? Você viu a ficha. Não ouve uma única tentativa, um único telefonema. Você já considerou a possibilidade de que essa mãe não quer ser encontrada? Que ela simplesmente abandonou a garota? Estou nos Serviços Humanos há bastante tempo. Já vi bebês abandonados em latas de lixo.

Cal sente seu rosto ficando vermelho.

— Não, não pensei nisso.

Ela olha para ele por alguns segundos e fala:

— Quem sabe, se você vier aqui hoje à noite, você poderia encontrar a porta do escritório destrancada. Mas se você fizer um estardalhaço com isso, Strickland, juro por Deus que te transfiro para a fronteira canadense, onde suas bolas vão congelar e cair como cristais pelas suas pernas.

— Obrigado.

— Não — responde ela. Não me agradeça. *Jamais* me agradeça.

Quando ele volta à noite, Twyla está lá.

— O que você está fazendo aqui? — pergunta ele.

— Dobrando meu turno. Estou precisando das horas extras. Mas e você, o que está fazendo aqui?

Ele fica em silêncio.

— É uma pergunta bem simples, Cal.

— Não quero envolver você nisso.

400 / DON WINSLOW

— Me envolver em que exatamente?

— Quanto menos você souber...

— Vai se foder.

Ela se vira de costas e sai andando.

Cal vai até a sala da ORR e encontra a porta destrancada.

Ele leva horas para ler os arquivos, que estão uma bagunça. Nenhuma consistência de formato nem de requerimentos. Alguns marcam a nacionalidade, outros não. Alguns têm a data em que foram capturados, outros somente a data em que foram registrados nos postos.

Ele faz o melhor que pode.

Primeiro, pega todos os arquivos dos salvadorenhos.

São 280 no total.

Ele copia os nomes num caderno que comprou na loja de conveniência 7-Eleven que fica no caminho do posto. Depois lê cada um para ver se alguém foi capturado perto de McAllen por volta do dia 25 de maio, pois os imigrantes ilegais atravessam o rio, e normalmente vêm em grupos.

Ele dá sorte.

Há sete pessoas.

Cal tira cópia das fotos deles, sublinha os nomes em seu caderno e então devolve os arquivos do jeito que os encontrou.

Quando ele sai para o corredor, Peterson está ali de pé.

— O que te traz aqui esta noite? — pergunta Peterson.

— Deixei minha carteira dentro do armário.

Peterson sorri com malícia.

— A Twyla está trabalhando.

— Ah, é?

— Você não sabia disso? — indaga Peterson. — Achei que talvez tivesse voltado para conseguir alguma coisinha.

— Você é um idiota, sabia disso?

— Calma, estou só brincando — responde Peterson. — Você precisa relaxar um pouquinho, Cal. Já é sinistro o suficiente por aqui, todas essas crianças chorando.

— Achei que você não as escutasse.

— Você sabe o que esses pirralhos são para mim? — pergunta Peterson. — Cheques gordos de horas extras. Eles vão comprar uma picape nova para mim.

— Fico feliz por você.

— Fico feliz por mim também — afirma Peterson. — Mas olha, escuta só, se a Twyla e você quiserem um tempo a sós, eu posso dar cobertura. Quanto tempo leva, alguns minutinhos? Relaxa, eu estou brincando.

— Eu vou nessa.

— Mande meus cumprimentos pra Twyla — diz Peterson. — Ou os *seus*.

Na saída, Twyla pergunta para ele:

— Conseguiu o que precisava?

— Quase.

— Cal...

— O quê?

— Estou preocupada com você — confessa ela.

— É, estou meio preocupado comigo também.

Ele sai pela porta.

A primeira coisa que Cal faz quando chega, pela manhã, é entrar pela cerca trancada na área dos adultos e chamar os nomes dos sete salvadorenhos.

Ele chama pelo nome e número de registro.

Ninguém responde.

Eles evitam os olhos dele ou olham de volta para ele com medo e desconfiança. Por que não deveriam fazer isso?, ele pensa. É um homem com o meu uniforme que os traz para cá, em primeiro lugar.

— *Sólo estoy tratando de ayudar* — diz ele. — Só estou tentando ajudar.

Eles não acreditam nisso.

Ele aponta para o outro lado da cela, na direção de Luz.

— *Esa niñita de allí.* — Aquela garotinha ali.

Eles também não acreditam que ele quer ajudá-la.

Cansados, sujos, famintos, com medo, com raiva — eles não acreditam em muita coisa.

Eles não acreditam nos Estados Unidos.

— Está bem, vamos fazer isso do jeito difícil — avisa Cal. Ele caminha pela área com as fotos e, uma por uma, encontra as pessoas. E uma por uma, elas falam para ele a mesma merda.

Nenhuma delas conhece Gabriela González.

Nenhuma delas conhece sua filha, exceto por vê-la aqui.

Nenhuma delas veio pelo México com ela.

Ou atravessou o rio com ela.

No sé, no sé, no sé, no sé.

— O que você está fazendo? — pergunta Twyla.

— Tentando encontrar a mãe daquela menina.

— Como, atacando os detentos?

— Você tem alguma ideia que eu não tenha?

Ela responde:

— Não, mas tenho um cromossomo X que você não tem.

— Que porra isso significa?

— Eu sou mulher — diz Twyla. — Olha, os homens daqui não vão dizer uma palavra sequer. As mulheres, talvez, mas não para um homem. A metade delas, provavelmente, foi estuprada ou, pelo menos, abusada na viagem até aqui. A outra metade está fugindo de homens agressivos. E aí você entra as ameaçando…

— Eu não as ameacei…

— Você é grande, Cal — diz ela. — E você usa um uniforme. É uma ameaça implícita.

— Implícita?

— Fiz um semestre de faculdade — afirma ela. — Olha, deixe-me ver o que consigo fazer.

— Eu já te falei…

— Eu sei o que você me falou — interrompe Twyla. — Mas você não manda em mim, Cal. Eu faço o que eu quero.

— Tá bem.

— Tá bem.

Tá bem.

As últimas três noites foram ruins.

Normalmente, os ataques só ocorrem uma vez por semana, mas Twyla teve por três noites seguidas, e não sabe por quê. Talvez seja o excesso de horas de trabalho, ela pensa, ou talvez estresse.

Twyla entra na área dos detentos adultos para conversar com uma mulher de El Salvador chamada Dolores. Ela tem um filho de catorze anos que foi localizado no acampamento de Tornillo, e o ORR está tentando reuni-los, mas a papelada está demorando uma eternidade.

É difícil achar um espaço na cela lotada, mas elas vão para um canto, e Dolores olha para as outras mulheres com um olhar firme, que diz "deixe-nos a sós um minuto".

— É um problema? — pergunta Twyla. — Você ser vista conversando comigo?

— Se for, é problema deles, não meu.

Verdade, Twyla pensa. Ela percebeu que ninguém mexe com Dolores aqui. Ela é a líder das mulheres e, provavelmente, dos homens também.

— O que você quer, *m'ija?* — pergunta Dolores.

Twyla acha engraçado Dolores chamá-la de "filha".

— Meu amigo Cal...

— O grandão.

— O grandão.

— O que ele está pensando?

— Você conhece os homens.

— Ah, eu conheço os homens — afirma Dolores. — Então esse é um dos seus...

— Ele não é meu.

— Minta para si mesma, *m'ija* — diz Dolores —, não para mim. Seu homem, ele está tentando encontrar a mãe da menina Luz.

— Você pode ajudar?

Silêncio.

— De mulher pra mulher — pede Twyla.

Mais silêncio.

— Você é *mãe*, Dolores.

Twyla espera um pouco.

— Talvez eu possa encontrar alguém aqui que saiba de algo — responde Dolores.

— Eu ficaria agradecida.

— Suficiente para conseguir um telefonema para meu filho?

— Acho que consigo fazer isso.

De mulher pra mulher.

* * *

Dolores consegue seu telefonema.

Cal encontra o cara.

O nome dele é Rafael Flores, e veio de El Salvador com Gabriela. Atravessou o rio um dia antes dela, foi preso menos de 24 horas depois, e acabou em Clint porque McAllen estava lotado.

— Quando perguntei antes — diz Cal —, você não sabia de nada.

— Isso foi antes.

— Antes da Dolores falar com você?

Rafael faz que sim com a cabeça. Trinta e quatro anos, com a mulher e os dois filhos já nos Estados Unidos, em Nova York, ele foi para El Salvador para o funeral do seu avô e foi pego na volta para cá.

— O que Dolores prometeu para você? — pergunta Cal.

— Barrinhas de granola.

— *Barrinhas de granola?*

— Ela me disse que você me daria barrinhas de granola — responde Rafael. — Você trouxe?

— Primeiro nós conversamos — responde Cal. — Depois eu trago suas barrinhas de granola.

Não existem humanitários em jaulas, Cal pensa.

Afinal, Rafael é do mesmo *barrio* em El Salvador que Gabriela González.

— Então você conhece ela — conclui Cal.

— Um pouco.

— Qual é a história dela?

Os detalhes diferem, a história é sempre a mesma.

O marido de Gabriela, Esteban — pai de Luz — pertencia a Marasalvatrucha. Não queria ter se juntado à gangue, mas naquela rua, naquele bairro, ou você se juntava à gangue ou tinha que pagar *renta*, um suborno para manter seu negócio funcionando. Esteban tinha uma pequena barraquinha de tacos, portanto ele se juntou à gangue, fez a tatuagem e virou um *marero*, um membro.

Até que o esquadrão da morte do governo, *Mano Dura*, querendo acabar com as gangues, colocou ele de joelhos no meio da rua e atirou na sua cabeça na frente das mulheres e crianças. E então o chefe do esquadrão disse para Gabriela que voltaria naquela noite.

Ela podia colocar na boca a pistola ou então o pau dele, a escolha era dela.

A QUEDA   / 405

Gabriela pegou sua filha, entrou numa das vans que estavam indo para El Norte e rezou para que conseguisse pedir asilo.

— Ela tem alguém aqui? — pergunta Cal.

Não que Rafael saiba.

— Mas eu mal conheço a família Gonsalvez.

— O *que* você disse?

— Eu mal conheço a família Gonsalvez.

Cinco minutos depois, Cal está na sala do ORR.

— É possível — afirma a mulher. — Sim, é possível que se uma ligação chegasse procurando por Luz *Gonsalvez*, a busca no computador não encontraria Luz *González*.

— Estamos falando de uma letra aqui.

— Sei disso. Se ela se referisse ao número de registro da garota...

— Ela saberia esse número?

— Não necessariamente — responde ela, respirando fundo.

— Tá, então nós escrevemos o nome dela errado, e agora uma mãe não consegue encontrar sua filha.

— Agente Strickland, você sabe o volume de...

Cal sai da sala.

Acabou que Rafael tem um primo que tem um amigo que tem uma irmã que trabalha com a tia de Gabriela Gonsalvez.

Que tem um celular.

— Dê o número para o ORR e deixe que eles sigam daqui em diante — diz Twyla.

— Porque eles fizeram um excelente trabalho até agora?

— Porque você está passando dos limites.

— Meu pai costumava dizer: "Quando você está na metade do caminho no rio, é tarde demais para começar a se preocupar com a profundidade da água."

— Ele tinha mais algum ditado clichê?

— Um monte — responde Cal. — "Quando você quer que um trabalho seja bem feito, faça-o você mesmo." Vou passar para o ORR todas as informações depois que eu fizer a ligação.

Ele liga para a tia.

406 / DON WINSLOW

E ouve:

— Não, Gabriela não está aqui.

— Ela voltou, não voltou? — pergunta ele.

— Sim, mas foi embora de novo.

Pelo menos, ela está viva, Cal pensa.

— Você sabe para onde ela foi?

— México — responde a tia. — Ela está tentando encontrar a filha.

— Nós estamos com ela. Você tem uma caneta ou um lápis ou qualquer outra coisa? — Ele passa para ela o número de registro de Luz e o sobrenome errado, e depois pergunta: — A Gabriela tem um telefone?

— Não, não tem, mas disse que ia me ligar.

— Quando ela ligar, por favor, passe esse número para ela.

— Vou passar — responde a tia. — Como está Luz? Ela está bem?

— Está com saudade da mãe — responde Cal.

É o melhor que consegue pensar.

Jaime buzina.

— Ei, e aí? O que está acontecendo? O que preciso saber?

— O seu velho *cuate* Strickland — diz Peterson.

— O que que tem ele?

— Ele está fazendo um monte de perguntas sobre uma *cerote* chamada Gabriela Gonsalvez. Estamos com a pirralha dela aqui.

— O que ele quer?

— Como se eu soubesse — responde Peterson. — Mas ele está vasculhando as jaulas.

— Tá bem, tá certo. Fica de olho nele.

— Continue enviando meus envelopes pontualmente.

— Estou ligado, meu irmãozinho branco. Eu nunca me atraso.

Jaime vai embora.

Que porra aquele merda do Cal está aprontando?, ele pensa. Por que está preocupado com uma salvadorenha e sua filha?

E mais importante, como isso pode me beneficiar?

Cal prende uma corda na rédea de Riley e o puxa para fora do estábulo. O cavalo espera sua sela, mas fica decepcionado — Cal não quer colocar seu peso em cima dele.

Eles vão simplesmente dar uma volta pela antiga estrada de terra, em direção a onde era o campo de algodão. Muitas pessoas passaram a plantar pimenta, as *jalapeños* estão em alta no mercado, mas precisa de irrigação, e Cal sabe que Bobbi não tem a grana para investir em todos os equipamentos novos que seriam necessários.

Seu pai teria dado uma chance, Cal pensa. O homem colocava fatias de *jalapeño* em *tudo* e jogava tabasco por cima, chacoalhando o vidro como se estivesse esfaqueando a comida.

— Tem certeza de que você não é descendente de mexicano? — perguntou Cal para ele uma vez, observando-o misturar *jalapeño* aos ovos.

— Se eu sou, você também é — respondeu Dale.

— Há coisas piores, eu acho.

— Verdade. Você poderia ser descendente de banqueiro.

Grandes chances, Cal pensa.

Há muitos Stricklands nessa parte do Texas, normalmente categorizados em dois grupos distintos: os "Stricklands com dinheiro" e os "Stricklands sem dinheiro", e ele definitivamente se enquadra na segunda categoria.

Riley dá um empurrão nele por trás: podemos ir um pouco mais rápido, por favor?

— Você tem que ir para algum lugar? — pergunta Cal. Mas acelera o passo. Está ficando quente, e o cavalo, provavelmente, quer voltar para a sombra debaixo do abrigo que Cal construiu.

Então a mãe de Luz, Cal pensa, a mulher que a "abandonou", que não se importou em dar um telefonema, aparentemente se importou o bastante para voltar para El Salvador, dar meia-volta e fazer de novo a longa e perigosa viagem até a fronteira para tentar achar sua filha.

Bem, as chances dela aumentaram.

Ele olha para o campo de algodão fracassado por alguns segundos, e depois se vira de costas e leva Riley de volta para o estábulo.

Quando ele chega a Clint, o ORR quer vê-lo.

Imediatamente.

— Soube que você localizou a família de Luz Gonsalvez — diz ela. — Você gostaria de dividir essa informação comigo?

Cal conta a ela o que sabe e dá o número do telefone da tia para ela.

— Vou entrar em contato com a tia e dizer que, se a Gabriela ligar, que peça a ela para entrar em contato comigo — diz a mulher. — Daqui em diante é conosco. Estamos acertados?

Seu chefe diz a ele a mesma coisa. Cal passa por ele no corredor, e o comandante do posto fala que não vai tolerar alguém "dando uma de caubói" na sua unidade.

Então você não devia ter contratado um caubói, Cal pensa.

Luz olha para ele.

O que esses olhos já viram, Cal pensa.

— Consegui que ela comesse alguma coisa — fala a assistente social.

— Continuamos tentando — afirma Twyla.

— Há uma possibilidade de conseguir devolvê-la para a mãe em breve, é verdade? —pergunta a assistente.

— Sim — responde Cal.

— Que bom! — diz ela. — Caso contrário...

Sim, só que já é o caso contrário.

Já passaram dois dias, e depois três.

Nenhuma ligação de Gabriela.

Eles não recebem notícias dela, nem de sua tia.

E então Cal ouve que não importa, de qualquer forma.

— O que você quer dizer? — grita ele.

O ORR explica:

— Só estou falando isso para você por educação. Isso não é da sua conta. Só achei que talvez você gostaria de saber.

Que Esteban Gonsalvez tinha morado ilegalmente nos Estados Unidos durante vários meses em 2015, foi preso por dirigir embriagado e deportado. Portanto, o governo não vai devolver a custódia de uma menor desacompanhada para alguém que tem ficha criminal.

— Além disso, ele fazia parte de uma gangue — afirma a mulher.

— Ele está morto!

— Mas por extensão, sua mulher também é membro de uma gangue — completa ela. — Além disso, ela não entrou em contato...

— Porque nós registramos a porra do nome dela errado!

— Será considerado um caso de abandono.

— Você está me dizendo que mesmo se localizarem a mãe, vocês não vão entregar Luz a ela?

— É o que parece.

— O que vai acontecer agora? — pergunta Twyla.

— Uma vez que não há um familiar nos Estados Unidos para ficar com a guarda — explica a mulher —, a menina será entregue para adoção.

Cal se debruça sobre a mesa.

— A. Garota. Tem. Uma. Mãe.

— Onde? — pergunta a mulher. — Onde, agente Strickland? Onde ela está?

Cal nunca foi de beber muito.

Mas hoje vai ser.

Twyla e ele chegam ao Mamacita's às 22 horas, pedem uma jarra de cerveja, e depois mais uma.

— Isso vai parecer idiota, mas eu fui para o Iraque porque amava os Estados Unidos — afirma Twyla. — Agora sinto que nem conheço mais este país. Não somos o que achei que fôssemos. Tem algo muito errado com a gente.

— Não podemos deixar isso acontecer.

— O que você vai fazer, Cal?

— Não sei.

Existe a bebedeira feliz, a bebedeira raivosa e a bebedeira soturna, e eles se sentam ali, em bebedeira soturna, até que Cal fala:

— Em algum momento, você fica cansada de perder?

— O que quer dizer?

— É que, nos últimos anos, parece que a gente está *perdendo*, sabe? — diz Cal. — Perdendo nossos empregos... nossa terra... perdendo o que éramos. Estou de saco cheio de perder, você não?

Twyla balança a cabeça.

— Não se pode perder o que nunca se teve.

— O que *você* nunca teve?

Ela olha para ele por cima da jarra de cerveja por um tempo, e responde:

— Não importa.

— Importa para mim.

— É?

— É.

E ela diz:

— Cal, eu sou... insegura, sabe... com a questão do meu quadril... a perna mancando.

— Não me incomoda.

— Mas me incomoda — retruca ela. — Quer dizer, eu não sou, sabe, exatamente, sabe, *bonita*.

— Eu, por outro lado — afirma ele —, sou constantemente confundido com o Brad Pitt.

Ela olha para ele com admiração.

— Essa foi a frase perfeita como resposta.

Eles estão próximos. Próximos de se levantar, ir para a casa dele ou dela, deitar-se na cama juntos, talvez se apaixonar.

Só que o telefone de Cal toca.

Ele olha para o número, vê que é do México.

— É você, Cal? — pergunta Jaime. — Estou sabendo que você está procurando uma mulher... Deixa eu checar minhas anotações... Gabriela Gonsalvez?

— O que tem ela?

— Bem, ela está bem aqui — responde Jaime. — Se você quer tanto ela, por que não vem até aqui buscar, amigão?

Eles se sentam na picape dele.

— Deixa nossos superiores cuidarem disso — sugere Twyla.

— Já vi como eles resolvem as coisas — retruca Cal.

— Meu deus, o que você está pensando em fazer?

— Levar a garota pra mãe dela.

— Eu sabia — exclama Twyla. — Se você pegar aquela garota, será sequestro, que é um crime federal. Você vai preso para o resto da vida.

— Talvez.

— Ou Jaime Rivera vai te matar.

— Talvez.

A QUEDA   / 411

— Meu deus — exclama ela —, para que fingir indiferença, caubói? Isso é loucura, Cal. Você vai cometer uma loucura.

— O que estamos fazendo agora não é loucura? — questiona ele. — Arrancar crianças de suas mães não é loucura? Trancar crianças em jaulas não é loucura?

— Totalmente — responde ela. — Mas você não vai consertar as coisas jogando sua vida fora.

— Também não vou consertar as coisas jogando a vida daquela menina fora.

— Ela é uma de milhares de crianças — diz Twyla. — Você não pode salvar todas elas.

— Mas posso salvar uma.

— Talvez.

— "Talvez" vai ter que ser suficiente — afirma ele. — Não quero que você faça parte disso. Eles não podem usar contra você o que você não sabe.

— Não vou deixar você fazer isso.

— Você vai me dedurar?

Ela olha para fora da janela.

— Não.

— Foi o que pensei — diz ele. — Isso não tem a ver com você.

— Eu te imploro, não faça isso — pede Twyla. — Se fizer, eu nunca mais vou te ver de novo. Não é isso o que eu quero.

— Nós não somos pessoas que conseguem o que querem — diz ele.

— Acho que não — concorda Twyla.

Ela abre a porta e sai. Bate a porta.

Ele a vê caminhar até seu carro e ir embora.

Twyla chega ao seu apartamento e percebe que não precisa da garrafa em cima da pia, ela já está bêbada o suficiente para cair no sono.

Não está.

Cal fica parado por um tempo, e depois vai para casa pensando em Luz Gonsalvez, em Gabriela Gonsalvez e em Twyla.

Ele faz o retorno e dirige até a casa dela.

412 / DON WINSLOW

Para no estacionamento e pensa em mudar de ideia. Às vezes, abrir a porta do carro pode ser a coisa mais difícil a ser feita, mas ele faz.

Sobe a escada externa até o segundo andar e fica ali de pé, tentando se obrigar a tocar a campainha. Espera de pé por cerca de cinco minutos, e cinco vezes durante esse tempo ele começa a ir embora.

Tenta entender se ela queria que ele viesse ou não.

Ele toca a campainha.

Ouve:

— Vai embora!

— Twyla, é o Cal!

Trinta segundos que parecem uma eternidade, e uma fresta da porta se abre, e ele vê o rosto dela. Branco como um papel. Lágrimas escorrem por suas bochechas. Ela está tremendo, seus olhos esbugalhados com o que parece medo.

Não, não é medo.

É terror.

— Vai embora, Cal — pede ela. — Por favor.

— Você está bem?

— Por favor.

— Posso entrar?

O rosto dela se transforma em algo que ele nunca viu. Ela grita:

— Vai embora, Cal! Por favor! Eu disse para ir *embora! Me deixa sozinha!*

O que ele deveria fazer é forçar a porta e entrar.

Entrar à força e abraçá-la e protegê-la do que quer que esteja doendo tanto. Ficar entre ela e o terror.

Isso é o que ele deveria fazer.

Mas ele não o faz.

Ela pediu para ele ir embora, e ele vai.

A porta bate na cara dele, e a última porta de que ele se lembra de bater em sua cara foi quando tinha oito anos e sua mãe saiu de casa, e a porta nunca mais se abriu de novo, pelo menos, não com ela entrando.

Então ele vai embora.

Twyla volta correndo para o banheiro e se deita no chão.

A QUEDA | 413

Tudo nela queria que ele a abraçasse. Achou que talvez a sensação da pele dele encostando na dela pudesse acalmá-la, arrancá-la desse caixão em chamas em que ela vive. Ele poderia se deitar ao lado dela durante a longa noite até o sol nascer em mais um dia perdido. Quem sabe, juntos, eles pudessem mancar por esse país estranho e estrangeiro.

Mas ela o mandou embora.

Obrigou que ele fosse embora.

Jogou-o fora.

Porque nós estamos os dois em nossas jaulas separadas.

Ninguém consegue entrar.

Nós só conseguimos sair.

E, na maioria das vezes, não fazemos isso.

Cal caminha ao longo da cerca da fronteira.

Não foi cortada em lugar algum.

Seu pai costumava dizer que a maioria das pessoas fará o que é certo quando não custa muito, mas poucas delas farão o que é certo quando custa muito.

— E ninguém — dizia Dale — fará o que é certo quando isso custa tudo o que você tem.

— Você faria — afirmou Cal.

— Não acredite nisso.

Mas Cal acreditava. Ele era jovem na época. Não é mais, mas a verdade é que ele ainda acredita.

Ele visita Riley. Dá a ele um pouco de comida, faz carinho no seu focinho e diz:

— Você sempre foi um cavalo extraordinário, sabia disso?

Riley balança a cabeça, como se dissesse "Sim, eu sei disso".

Cal está com sua pistola presa atrás da calça. Ele dá um passo para trás e a levanta.

O cavalo olha para ele — o que você está fazendo?

Cal guarda a arma de volta no coldre.

Quando ele retorna para dentro de casa, o jantar está sobre a mesa e ele se senta para comer. Bife, batata assada, vagem.

— Você não conseguiu, não foi? — pergunta Bobbi.

— Não.

414 / DON WINSLOW

— Vou ligar para o veterinário.

— Espere um ou dois dias, pode ser?

— Por quê?

— Só espere — pede Cal. — Você soube de Jared?

— Ele está na clínica de reabilitação.

— Quanto está custando? — pergunta Cal.

— Mais do que eu tenho.

— Venda mais alguns acres.

— Terei que fazer isso — diz ela. — Vão construir umas casas de merda e chamar de "Alguma Coisa no Prado".

— Os donos sabem cuidar de fazenda — diz Cal. Ele dá uma garfada numa batata e a leva até a boca. Então pergunta: — Você se lembra daquele disco que o papai ouvia sem parar?

— "Blood on the Saddle" — responde Bobbi. — Eu odiava aquela música. Meu Deus, o que fez você pensar nisso?

— Sei lá. — Ele se levanta. — Tenho que ir. Obrigado pelo jantar.

— Por que a pressa?

— Vou pegar o turno da noite. — Ele beija a cabeça dela. — Te amo.

— Também te amo.

Cal sai da casa e dirige até o celeiro. Lá dentro, ele tenta ligar o antigo Toyota do seu pai, mas a bateria está arriada. Ele volta para sua picape, conecta os cabos, e o Toyota liga com força total.

Esses carros japoneses, Cal pensa.

Ele sai do celeiro com o Toyota, depois estaciona seu Ford F-150 no mesmo lugar.

No caminho, Cal pensa, a coisa certa é a coisa certa que é a coisa certa.

Chame do que é.

Não chame do que não é.

Ele está em sua picape quando Twyla liga.

— Desculpe por ontem à noite — diz ela.

— Você não precisa se desculpar — responde Cal. — Sei que você estava bem irritada comigo e tal.

— Não foi isso — fala ela. — Foi... Olha, Cal, ontem à noite, o que você disse que ia fazer, era só papo de bêbado, né?

— Sim — responde ele. — Foi a cerveja falando. Eu falando demais, querendo ser forte. À luz do dia, você sabe, eu pensei melhor. Eu não faria aquilo.

— Fico feliz — diz ela. — Acho que te vejo mais tarde, então? Você está no turno da noite?

— Estou.

— Bem, então até mais — diz ela.

— Twyla. Você está bem?

— Sim, Cal, estou bem — afirma ela. — Quer dizer, estou melhor *agora*.

Twyla fica imaginando por que Cal não aparece para o seu turno.

Ela liga para ele.

Vai direto para a caixa postal.

Ela não deixa recado.

Luz dorme no chão de cimento. Ela mal acorda quando ele a pega do chão e a encaixa em seus braços.

— *Está bien, no voy a lastimarte* — diz ele.

Está tudo bem, eu não vou machucar você.

Do outro lado da cela, por trás da cerca trancada com um cadeado, a maioria das pessoas está dormindo. Mas Dolores espia de longe, observando-o.

Ele olha de volta para ela.

Ela assente com a cabeça.

Cal carrega Luz pelo corredor e sai por uma porta lateral. Ele a coloca no banco do carona do seu carro, afivela o cinto de segurança, entra também e sai dirigindo.

Twyla começa a contagem.

Um, dois, três...

Ainda não teve notícias do Cal.

Onde será que ele está? O que aconteceu?

Vinte e dois, vinte e três...

Será que ele simplesmente se demitiu, mandou tudo para o inferno e não vai mais trabalhar aqui?

Quarenta e quatro, quarenta e cinco...

Sessenta e seis, sessenta e sete...

Sessenta e sete.

E não sessenta e oito.

Ah, não, Cal. Ah, não.

Ela sai correndo pela cela.

Nada de Luz.

Ah, merda. Ah, não.

Ela vê Dolores a encarando.

— Onde ela está?

Dolores dá de ombros.

— *Se fue.*

Se foi.

Twyla fica tonta, apoia as costas na parede.

E escorrega até o chão.

Alguns segundos depois, ela se levanta e dispara o alarme.

Cal estaciona em uma vaga para caminhões na Rua 10.

Liga para Jaime Rivera.

— Onde e quando?

— Você tem que saber *agora?*

— *Exatamente* agora, ou não vai ouvir falar de mim de novo.

— Está bem. — Jaime pensa por um minuto e responde: — Você se lembra daquele lugar fora da cidade onde nós costumávamos beber cerveja?

Cal se lembra — uma ravina no sudeste de El Porvenir —, uma mata densa e isolada, um matagal se embrenhando pelo meio do deserto.

— Quando?

— Amanhã de manhã cedo.

— Estarei lá.

— Mal posso esperar, amigão.

Cal desliga. Ele diz para Luz:

— *Ya vuelvo.*

Já volto.

Ele caminha até o local onde as picapes estão estacionadas, encontra uma com placa da Califórnia, analisa o seu redor para ver se não tem alguém olhando, e esconde seu celular no parachoque traseiro.

De volta ao seu carro, ele sai pela estrada e dirige na direção leste. Ele precisa achar um lugar para se esconder durante o dia.

Twyla está sendo interrogada.

Eles a deixaram sentada na sala do chefe, e ele, a mulher do ORR e um agente da ICE, Imigração e Alfândega dos Estados Unidos, a pressionam.

— Onde ele está? — pergunta o agente da ICE.

— Eu não sei.

O chefe diz:

— Você e Strickland são amigos, não são?

— Não muito.

— O agente Peterson diz que vocês são.

— Quer dizer, Cal e eu trabalhamos juntos — responde Twyla. — A gente sempre se deu bem...

— Alguma vez ele disse algo sobre levar essa garota? — pergunta o agente da ICE.

Twyla faz questão de olhar nos olhos dele. Ela pensa: o que você tem pra mim que eu nunca vi no Iraque?

— Não.

— Tem certeza?

— Eu me lembraria de algo desse tipo.

O chefe diz:

— Isso aconteceu durante o seu turno.

— Estou ciente disso, senhor.

— Você é responsável por isso.

— Sim, senhor.

— Uma ação disciplinar será considerada — avisa ele. — Enquanto isso, você está suspensa. Vá para casa e espere até eu entrar em contato. Nem uma palavra sobre esse assunto com ninguém.

— Sim, senhor.

O agente da ICE fala:

— E, pelo amor de Deus, não fale com a mídia.

Ela sai da sala e vai para o vestiário. Vê Peterson pegando algo no armário, agarra-o pela blusa e o joga na parede.

— Se meu nome sair da sua boca de novo algum dia, Roger, eu vou... *te... foder.*

— Está bem.

Ela solta Peterson e vai embora.

Merda, Cal, o que você fez?

— Isso é um desastre — diz o agente da ICE. — Se isso sair...

A mídia já está em cima deles por causa da política de separação de crianças, ele pensa, e depois pelas condições sub-humanas em que elas são mantidas. Primeiro não conseguimos encontrar os pais, depois temos uma criança desaparecida? E um *guarda* a levou?

Meu Deus do céu.

— Como isso não vai parar na mídia? — pergunta o chefe. — Para encontrá-lo, precisaremos contatar a ICE, a Patrulha de Fronteira, força policial local, força policial estadual, Segurança Nacional. Ele pode estar no Novo México agora. Se cruzar a fronteira estadual, vira um caso do FBI...

— Isso é sequestro — afirma o agente da ICE. — Já é um caso do FBI.

— E quem comanda a investigação? — pergunta o chefe.

— Nós — responde o agente.

— Diga isso ao FBI — intervém o chefe da Patrulha de Fronteira. — De qualquer jeito, nós teremos que alertar Washington.

— Eles vão fazer um escarcéu — afirma o cara da ICE.

— Você quer que eles descubram pela imprensa? — pergunta o chefe da Patrulha. — Porque isso *vai* vazar.

— Pedra, papel, tesoura pra ver quem liga para lá — sugere o agente da ICE.

— Tenho que interromper aqui — diz a mulher do ORR —, mas pensaremos na criança em algum momento?

Cal para na estrada em Fabens, Texas, e entra no drive-thru de um McDonald's.

Pede um sanduíche de salsicha e ovo, um café e um McLanche Feliz com leite. E então dirige na direção norte de Fabens, até um hotel.

— *Espera aquí* — diz ele.

A menina só olha para ele, como sempre faz. Ele sabe que ela vai ficar dentro do carro — ela parece sempre fazer o que mandam.

Ele entra no estabelecimento e vai até o balcão.

— Você tem um quarto livre para uma noite?

— Para quantas pessoas? — pergunta a funcionária, uma mulher de meia-idade.

— Só eu.

— Só tenho um quarto pronto com duas camas de solteiro — responde ela.

— Pode ser.

— Oitenta e nove dólares.

Cal paga em dinheiro.

Ela entrega um papel para ele.

— Nome aqui, iniciais aqui, aqui diz quarto de não fumante. Placa do carro, marca do carro, e assine aqui.

Ele inventa uma placa e assina. Não está acostumado a mentir, mas imagina que entrou nos negócios desonestos.

— Obrigada, sr. Woodley.

Ele vê um adesivo FAÇA A AMÉRICA GRANDE DE NOVO colado atrás do balcão.

Estou tentando, ele pensa.

Ele carrega Luz para o quarto e a coloca em uma das camas.

Entrega a ela o McLanche Feliz e o leite, e diz:

— *Tienes que comer.*

Você precisa comer.

O quarto parece qualquer um dos milhares de quartos de hotel. Parede verde, colcha estampada na cama, cortina listrada, um ar-condicionado barulhento perto da janela já lutando com o calor, e perdendo.

Cal liga a TV.

Encontra um desenho animado.

— *Te gustan...* — Ele não consegue pensar na palavra "desenho animado" em espanhol. *Te gustan los cartoons, ¿verdad?*

— *Bob Esponja.*

As primeiras palavras que ele a ouviu dizer.

— Sim, é, Bob Esponja — repete Cal. Seja lá o que isso queira dizer. — *Ahora comes, bien.*

Agora vocês come, certo.

Com os olhos na TV, Luz pega o pequeno hambúrguer e dá uma mordida.

Cal abre a caixinha de leite. Ele não entende de crianças, só que foi uma um dia, e se lembra que bebia leite.

— *Esta también, ¿sí?*

Isto também, certo?

Ela bebe um gole.

— *Buena niña* — afirma Cal, sorrindo para ela.

Boa garota.

Ela não sorri de volta, mas alterna entre beber o leite e comer o hambúrguer, enquanto seus olhos estão grudados na TV.

Cal vai até o banheiro e abre a água da banheira. Quando sai, o hambúrguer acabou.

— *Bañera* — diz ele.

Banho.

— *Ven, ahora. Los cartoons seguirán aquí.*

Venha, agora. Os desenhos animados vão continuar aqui.

Luz se levanta e o segue. Ele entrega a ela um sabonete e fala:

— *Sabes qué hacer, ¿verdad?*

Você sabe o que fazer, certo?

Ela hesita.

— *No te preocupes* — diz Cal. — *No te voy a mirar.*

Não se preocupe, não vou olhar para você.

Ele vira de costas.

— *¿Ves?*

Está vendo?

Alguns segundos depois, ele ouve as roupas dela caírem no chão. E então escuta um barulho de água, e pergunta:

— *¿Hace suficiente calor?*

Está quente o suficiente?

— *Sí.*

— *¿Demasiado caliente?*

Quente demais?

— *No.*

— *Hay una de esas pequeñas botellas de... hum...* shampoo — afirma ele.

— *Champú.*

— *Sí, champú.*

Luz lava o cabelo.

Cal estica a mão para trás e abre a torneira, para que ela possa enxaguar, e ela coloca a cabeça debaixo da torneira.

Um pouco depois, ele estica a mão para trás e entrega a ela uma toalha. Ela sai da banheira, se seca e se enrola na toalha. Quando eles voltam para o quarto, ele aponta para a TV e diz:

— Volto em alguns minutos.

Ela parece não se importar.

Ela tem a televisão.

Ele pega as roupas dela, vai até a recepção e pergunta se há uma lavanderia na pousada. Sim, e ele pega algumas fichas para comprar sabão em pó e para ligar as máquinas.

As roupas dela — um suéter velho vermelho, uma camiseta amarela, uma calça jeans, meias brancas — estão sujas e fedorentas. Ele joga tudo dentro da lavadora, espalha o sabão por cima, coloca as fichas no local indicado e aperta o botão.

A máquina começa a se sacudir, e ele imagina que levará uns vinte minutos. Então, volta para o quarto.

Luz está dormindo.

Ele tira a colcha da cama dele e a cobre.

Depois pega o controle remoto e troca para a Fox News.

Vê uma foto sua olhando de volta para ele.

O chefe do Departamento de Segurança Interna dos Estados Unidos assumiu a operação, direto de McAllen.

Ele convoca um arsenal de agências — Patrulha de Fronteira, ICE, polícias estadual e local, DEA — e liga para o escritório do FBI em El Paso. E depois convoca a mídia e pede cooperação — publiquem a história e o anúncio de serviço público, por favor —, que um agente canalha da Patrulha de Fronteira, de estado mental questionável, sequestrou uma criança de seis anos chamada Luz González.

O público é convocado para ajudar.

Se você viu este homem ou esta menina, por favor, entre em contato com este número imediatamente.

Um número 0800.

O chefe da Patrulha de Fronteira, Peterson e um agente da ICE vão para Fort Hancock e encontram o rancho dos Strickland.

Ou o que restou dele.

Bobbi vê o carro estacionar e sai pela cozinha.

Apavorada de que alguma coisa tenha acontecido com Cal. Que ele tenha tomado um tiro ou algo assim. Ela tinha acabado de ligar a rádio NPR, e eles ainda não tinham anunciado a história.

O agente da ICE toma a liderança.

— Roberta Strickland? — pergunta ele.

— O Cal está bem?

— Você o viu?

— Me diga se ele está bem.

— Até onde sabemos — afirma o agente da ICE. — Você se importa se dermos uma olhada por aqui?

— Por quê?

Ele explica o que Cal fez.

— Você viu o Cal, Bobbi? — pergunta Peterson.

— Vocês dois se conhecem? — questiona o agente da ICE.

— Nós estudamos juntos no ensino médio — responde Bobbi. — Há centenas de anos. Eu vi Cal ontem à noite.

— Que horas?

— Sei lá — responde Bobbi. — Na hora do jantar.

— E você não o viu desde então — confirma o agente.

— Não.

— Você se importa se dermos uma olhada por aqui?

— Vão em frente — responde Bobbi.

Eles começam pela casa.

Não veem Cal nem sinal dele.

A QUEDA | 423

— Seu irmão está realmente fodido — diz Peterson para ela.

— Ainda tentando arrumar alguém pra te masturbar, Roger? — pergunta Bobbi. — Ou continua praticando sozinho?

Eles entram no celeiro.

Bobbi segue os dois, e os três juntos veem o carro de Cal.

— É dele — afirma Peterson.

— Está de sacanagem — diz o agente da ICE, olhando para a placa.

— Tem mais algum carro aqui?

— Só o meu — responde ela, apontando para um sedã velho.

O agente da ICE sai do galpão e olha para baixo.

— Há um rastro de pneu saindo do celeiro. E não é desse carro.

Bobbi dá de ombros.

— Senhorita Strickland...

— Benson — interrompe ela. — Fui casada por cerca de 15 minutos. Não durou muito.

— Senhora Benson — recomeça ele. — Seu irmão sequestrou uma criança. Se você ocultar informações relevantes de nós, estará sendo cúmplice de um foragido federal e obstruindo a justiça — poderia pegar vinte anos de prisão. Vou perguntar mais uma vez: que veículo ele levou daqui?

— Estou procurando as palavras — responde Bobbi. — Ah, sim, vai se foder.

Ele está pensando se algema ou não Bobbi quando seu telefone toca — encontraram sinais do celular dele. Strickland está entre Las Cruces e Lordsburg, no Novo México, indo na direção oeste da Rodovia 10 a 120 quilômetros por hora.

— Nós voltaremos — avisa o agente da ICE.

— Vou ligar a cafeteira — retruca Bobbi.

O cara da Imigração e o chefe da Patrulha de Fronteira vão embora, mas deixam Peterson no fim da rua para vigiá-la.

Ila Bennett, a mulher que administra o hotel, assiste à Fox News.

Praticamente 24 horas por dia.

O cara que dizem que levou a menina fez check-in hoje de manhã.

E ele estava lavando as roupas da menininha.

Ela sabe que deveria ligar para o número; por outro lado, não quer se envolver.

Ila anota o número e pensa no que fazer.

Eles montam uma barreira na Rodovia 10, a oeste de Lordsburg, e param todos os veículos.

Uma conferência de registros de veículos em El Paso mostra que Dale Strickland registrou uma caminhonete Toyota vermelha 2001, placa número 032KLL.

Só que nenhuma caminhonete Toyota vermelha aparece na Rodovia 10, embora o telefone siga sendo rastreado naquela direção.

Helicópteros sobrevoam a estrada e as ruas nos arredores.

Nada.

— O filho da puta colocou o telefone num carro diferente — diz o agente da ICE.

Então, se Strickland escolheu um veículo que vai para oeste, o cara pensa, ele está indo na direção leste.

Ele redireciona a busca aérea para o lado leste de Clinton.

Twyla está sentada em seu apartamento com os olhos grudados na CNN.

A cada quinze minutos tem um "plantão" sobre Cal, o que significa que não há novidade.

Na verdade, a maioria é coisa velha.

Eles mostram a foto do álbum do último ano escolar de Cal.

Uma foto dele vestindo uniforme de futebol americano.

Vasculharam seu passado militar e dizem que ele serviu no Afeganistão e que foi dispensado com honra. Um painel de "especialistas" em uma tela dividida, que falam sobre a política de separação de famílias, a crise na fronteira, as condições nos postos de refugiados. Um dos especialistas especula se Calvin Strickland sofre de TEPT, embora não diga se está se referindo ao Afeganistão ou a Clint.

Nenhum deles fala sobre Luz Gonsalvez.

Não dizem o nome dela.

Só dizem "a garota desaparecida".

Não chega ligação alguma com o paradeiro de Strickland.

— Nós precisamos aumentar a pressão — diz o agente da ICE.

Ele está com o número da Fox News na discagem rápida do telefone, e o utiliza.

O anunciante olha para a câmera e diz:

— Houve um desdobramento perturbador no caso do sequestro em Clint. Fontes das autoridades relatam à Fox News que existe uma preocupação legítima de que Calvin Strickland, o guarda delinquente da Patrulha de Fronteira que sequestrou a menina de seis anos, possa ser um pedófilo e que a jovem esteja em grande perigo. As autoridades pedem ao público para, por favor, ligarem se souberem de qualquer informação...

Twyla zapeia de um canal de notícias para outro e pega seu computador.

Uma história está surgindo nos noticiários e nas redes sociais de que Calvin John Strickland é um molestador infantil em potencial, com possível desequilíbrio mental por consequência do serviço militar no Afeganistão.

No Twitter, Facebook e Snapchat, chamadas estão sendo enviadas para vigilantes vasculharem a área. Alguns dizem que Strickland deveria ser executado assim que encontrado, enquanto outros acham que morrer é bom demais para ele.

Cal também assiste às notícias.

Luz ainda está dormindo profundamente na cama quando ele vê seu rosto estampado na tela e ouve a palavra "pedófilo".

Ele procura no bolso e encontra um cartão.

Vai até o telefone do hotel e liga para o número.

Dan Schurmann atende:

— Alô.

— Sr. Schurmann, aqui é Cal Strickland. Não tenho muito tempo.

Strickland conta a ele a história toda.

Como o ORR perdeu o contato com a mãe da garota ("É Gonsalvez, a propósito, com *v*"), como ele a encontrou, como eles iam colocar a menina para adoção mesmo assim, como ele a levou embora, e que ele ia levá-la de volta para sua mãe.

426 / DON WINSLOW

— Onde? — pergunta Schurmann. — Quando?

— Acho que eu já falei demais — fala Cal.

— Você pode confiar em mim.

— Não posso confiar em quem quer que seja — afirma Cal, e desliga.

Schurmann escreve a história e liga para seu editor.

A pergunta é se devem publicar logo ou guardar para o jornal impresso da manhã seguinte.

— Vamos publicar agora — sugere Schurmann —, pelo bem de Strickland. As pessoas querem matar o cara.

Publicam na internet.

Um Alerta tocou em todos os smartphones da área de El Paso. Ele informa o modelo e a cor do Toyota e a placa do carro.

Ila vê a reportagem no noticiário.

Passa dos limites.

O doente filho da puta está com a garotinha em um dos seus quartos neste exato momento, e só Deus sabe o que ele está fazendo com a pobrezinha.

Ela liga para o 0800.

Os brutamontes estão à solta.

De El Paso a Socorro, de Lubens a Clint e Fort Hancock, o caminho todo até Laredo e McAllen, as picapes estão circulando. Bandeiras americanas sacodem em suas janelas, enquanto os garotos procuram Calvin John Strickland, o sequestrador, o pedófilo, o molestador de crianças.

Na fronteira, ao longo do Rio Grande, os grupos de vigilantes estão em seus 4x4, suas picapes e seus quadriciclos, com rádios e binóculos de visão noturna, seus fuzis e todo o seu aparato, prontos para impedir um foragido de fazer o que tantas pessoas tentam, atravessar o rio até o outro lado.

Estão todos em busca de uma picape japonesa com um canalha no volante.

A QUEDA / 427

* * *

Cal empurra a cortina para o lado e olha do lado de fora.

Eles sabem da picape, ele pensa, estou a cerca de 32 quilômetros de onde preciso atravessar a fronteira, e eles vão bloquear as estradas em todas as direções.

Ele ouve a hélice do helicóptero.

Acima, com focos de luz à procura da caminhonete.

Estou encurralado.

Ele vê a gerente da pousada sair pela porta da recepção e olhar em sua direção. Ela vira-se rapidamente e entra de volta quando o vê.

Ela sabe, Cal pensa.

Luz está sentada, olhando para ele.

— Nós temos que ir — diz ele.

Para onde, ele pensa, é outra coisa.

Ele coloca Luz dentro do veículo e afivela seu cinto de segurança.

— *¿Adónde vamos?* — pergunta ela.

Para onde estamos indo?

— *A ver a tu mami* — responde Cal.

Ver sua mãe.

Cal conhece uma estrada antiga de terra que dá na Fabens Road, antes de desembocar na Rodovia 10.

Se ele conseguir chegar lá antes de eles bloquearem a estrada, terá uma chance. Ele acelera até a Fabens, esperando ver faróis vindo na direção contrária. Os helicópteros foram embora, seguindo na direção sul. Mas Cal dirige para o norte, avista a estrada antiga e vira nela.

Cal vê uma viatura vindo na Rodovia 10, desliga o farol e para embaixo de um viaduto. Ele confia na lua cheia enquanto atravessa por baixo da autoestrada e entra no campo ermo e reto. Ele vai na direção oposta de onde precisa chegar, mas sabe, de trabalhar nesses ranchos quando era jovem, que essa via de terra vai dar num caminho de gado que segue pelo sudeste na direção de Fort Hancock.

* * *

428 / DON WINSLOW

Inúmeros carros oficiais — delegados, Patrulha de Fronteira, ICE — invadem o estacionamento do hotel.

Ila está do lado de fora, na frente da recepção.

— Ele foi embora! — grita ela. — Vocês chegaram tarde demais!

A reportagem do *Times* detona a narrativa oficial como uma granada.

Como qualquer bom repórter faria, Schurmann estava com o gravador do celular ligado durante a ligação, portanto, não só as frases de Cal estão registradas, como também retratam a voz de bom garoto do interior em áudio.

"Eu não sou pedófilo coisa alguma."

"A garota está um tanto mais segura comigo do que estava em Clint."

"Ora, eles iam entregar a menina pra adoção, como se fosse uma luva no Achados e Perdidos do Walmart."

"Transtorno de Estresse Pós-Traumático? Eu fui guarda do depósito de arma e munição na Batalha de Wagram. Eu não tenho transtorno pós-traumático algum, nem de estresse pré-traumático, nem de estresse durante o trauma."

"Sabe quem tem transtorno de estresse? Essas crianças que a gente prendeu e que foram arrancadas dos seus pais."

"Ora, sim, são jaulas. Chame do que são, não chame do que não são."

"Também não sou um liberal de esquerda raivoso. Sim, votei nesse cara aí. Mas, com toda a certeza, não votei nele para *isso*."

E o final...

"Esses caras não fogem", disse Cal. "Mas... talvez eles chorem."

A história toda de Esteban, Gabriela e Luz Gonsalvez é publicada, o fato de uma mãe viúva estar esperando sua filha no México, e até quando Cal termina com "Acho que eu já falei demais", a maioria das pessoas não concorda, e muitas delas não têm dúvida do que ele pretende fazer.

Grande parte do público passou para o lado dele.

Está, como dizem na mídia, "polarizando".

Depende de que lado da grande divisa você está.

Cerca de dezesseis quilômetros para dentro do caminho de gado, ele é abordado.

A QUEDA / 429

Cal estava dirigindo devagar pela estrada irregular, só com a luz da lua. A última coisa no mundo que precisava era passar por uma armadilha e danificar um pneu ou a suspensão ou algo do tipo.

Ele estava lá com os traficantes, os bandidos e os coiotes *reais*, um dos quais atravessou a estrada na frente dele e parou para olhar, surpreso, como se perguntasse, O que *você* está fazendo aqui?

Estava silencioso.

Com exceção de Luz falando:

— *Donde esta mi mami?*

Cal aponta para frente.

— Um pouco mais adiante.

Mais silêncio, e então:

— *Mi papi esta muerto.*

— Eu sei. Sinto muito.

— *Los hombres malos lo mataron* — diz ela.

Os homens maus o mataram.

— *Hay hombres malos aqui??* — indaga ela.

Cal pensa um pouco antes de responder.

— Si, há *hombres malos* aqui. *Pero... no dejare que te... lastimen.*

Não vou deixar que te machuquem.

— Está bem.

Alguns minutos depois, a luz o atinge, quase cegando-o, mas ele consegue entender que é uma caminhonete atravessada na estrada que bloqueava o caminho. Um homem está de pé atrás da porta aberta, apontando um fuzil para ele.

— Cal Strickland! — grita o homem. — Nem pense em pegar seu fuzil! Saia do carro e coloque as mãos onde eu possa ver!

Cal não tenta pegar seu fuzil, nem sua arma pessoal, uma pistola HK P2000 presa no coldre em sua cintura.

Ele não quer matar ninguém.

— Cuidado para onde está apontando! — grita Cal. — Tem uma criança aqui!

— Sei disso! Saia do carro!

Cal olha para Luz.

— Vai ficar tudo bem.

Embora ele não saiba como.

Ele sai da picape e fica com as mãos para o alto à sua frente. O homem sai de trás da porta, com o fuzil erguido e apontado. É um homem mais velho, baixo e gordo, com um chapéu de caubói cinza.

— Você está invadindo minha terra.

— Não tive escolha, sr. Carlisle.

— Você é Cal Strickland?

— Sim, senhor.

— Você não trabalhou para mim?

— Durante um período — responde Cal. — Há muito tempo.

— Você era um bom trabalhador, se bem me lembro — afirma Carlisle. — Mas não era um caubói tão bom.

— Foi por isso que larguei.

— Você está famoso, filho — fala o homem. — Parece que o país inteiro está te procurando. Tem uma recompensa de vinte mil dólares pela sua cabeça.

— O máximo que vali em toda a minha vida — diz Cal.

— Primeiro ouvi dizer que você estava molestando aquela garotinha — explica Carlisle. — Depois ouvi que você estava levando a menina de volta para a mãe. Qual das duas é verdade?

— Estou levando a menina de volta.

— Para o México?

— Se eu conseguir chegar lá.

Carlisle pensa. E depois diz:

— Você não vai conseguir chegar lá *nesse* carro. Todos os policiais desse lado do Rio Vermelho estão procurando esse veículo. Acho que é melhor você ir no meu.

— Senhor?

— Não preciso da porra do dinheiro deles — afirma Carlisle. — Vou levar vocês até o fim da estrada. Funciona pra você?

Cal volta até a picape para pegar Luz e seu fuzil.

A menina está encolhida no banco, assustada.

— *Es un mal hombre?*

— Não, é um homem muito *bom* — responde Cal. — Vamos.

Ele a leva para o carro de Carlisle.

— Olá, mocinha — diz Carlisle.

A QUEDA / 431

— Olá.

Eles seguem pela estrada de terra.

Projéteis batem no metal.

Chamas estalam e depois rugem.

Encolhida no chão de ladrilhos do banheiro, Twyla pressiona as mãos nos ouvidos, mas o som vem de *dentro* da sua cabeça e não se esvai.

Só fica mais alto.

Tão alto que ela não consegue ouvir seu próprio choro.

— A garota está com fome? — pergunta Carlisle. — Tenho uns sanduíches atrás do banco. De rosbife, acho.

— *¿Tienes hambre?* — indaga Cal.

Luz assente com a cabeça.

Ele estica o braço para trás e encontra um saco de pão, pega um sanduíche enrolado em papel vegetal e entrega para ela.

— Eu estou com um pouco de fome também — afirma Cal.

— Sirva-se.

— Tem certeza?

— Não me pergunte outra vez.

O sanduíche, de rosbife com mostarda e pimenta *jalapeño*, está bom demais. Alguns minutos depois, Cal pergunta:

— Sr. Carlisle, desculpe perguntar, mas por que está fazendo isso?

Ele sabe que Carlisle é um republicano feroz que, provavelmente, acha que democrata é somente um código para bolchevique.

Silêncio, e então o motorista responde:

— Bem, eu tenho muito mais dias para trás do que para a frente. O que vou dizer ao meu Senhor e Salvador? Você lê a Bíblia, filho?

— Não muito.

— "Em verdade vos digo que quando o fizestes a um destes meus pequeninos irmãos, a mim o fizestes" — recita Carlisle. — Mateus 25:40.

E então eles veem faróis em um vale adiante na estrada, talvez a menos de um quilômetro.

— Merda — exclama Carlisle.

— Quem são eles? — pergunta Cal.

— Sei lá, mas acho que é um dos grupos vigilantes. Acho que é melhor você e a menina irem lá para trás.

Eles saem e se deitam na caçamba da caminhonete.

Carlisle puxa a lona.

É apertado ali.

Fecha.

Cal sente como se não pudesse respirar.

Luz coloca o dedo indicador sobre os lábios de Cal e sussurra:

— *Calladito.*

Silêncio.

Cal tem a sensação de que ela já esteve nessa situação. Ele segura firme o fuzil contra o peito e acaricia o gatilho. Não sabe se vai precisar usá-lo nem se faria isso, mas, pelo menos, está a postos.

Dez minutos depois, ele sente o carro parar e ouve Carlisle perguntar:

— O que vocês estão fazendo por aqui a essa hora da noite?

— Procurando aquele canalha do Strickland.

— Eu acabei de vir da estrada e não vi uma alma sequer.

— Temo que teremos que revistar o carro, sr. Carlisle.

— Não tema, filho — diz Carlisle. — Mas vocês não vão revistar meu carro. Até onde sei, estou nos Estados Unidos da América, e tenho certeza de que isto aqui ainda é o Texas, então você não pode me parar e me revistar na minha própria fazenda. Que, a propósito, você está invadindo.

— Eu terei que insistir, sr. Carlisle.

— Filho — afirma Carlisle —, eu sigo ordens de um só homem, e você não é Ele. Tenho compromissos a cumprir, então tire seu carrinho de brinquedo da minha frente antes que eu esqueça que sou cristão e parta pra cima de você ao estilo Velho Testamento.

Cinco longos segundos.

E então:

— Bem, sr. Carlisle, o senhor é provavelmente a última pessoa que esconderia um molestador de crianças. Desculpe incomodá-lo.

Cal ouve um motor ligar, carros se movimentam, e ele sente a picape seguindo adiante.

A QUEDA | 433

Ela para alguns minutos depois.

A cobertura é levantada e Carlisle diz:

— Acho que estão seguros agora.

— Essa foi quase — diz Cal.

— Não muito — retruca Carlisle. — Esses vigilantes normalmente ladram mas não mordem.

Alguns quilômetros depois, o motorista diz:

— Você sabe que eles enviarão pessoas para vigiar sua casa.

— Eu sei.

— Você tem um plano?

— Sr. Carlisle, eu fui planejando isso tudo enquanto fazia — responde Cal.

— Dá para perceber.

Ele para o veículo.

Cal vê a Rodovia 10 a algumas centenas de metros adiante.

— Aqui é o mais longe que eu posso ir — afirma Carlisle. — A polícia vai perceber qualquer veículo que se aproximar.

Cal e Luz saltam da picape.

— Não sei como agradecer — diz Cal, estendendo a mão.

Carlisle a aperta.

— Leve essa garota até sua mãe.

Cal vê Carlisle dar meia-volta e retornar para a estrada. Ele olha para Luz e diz:

— Não sei a palavra em espanhol para "carona nas costas", então suba.

Ela pula nas costas dele, e os dois começam a caminhada.

Cal se deita no topo de um morro baixo e olha para a casa do seu rancho.

As luzes estão acesas, Bobbi está acordada.

Provavelmente, louca de preocupação, ele pensa.

Ele vê o carro da Patrulha de Fronteira do lado de fora, com a luz interna ligada. Parece que Peterson está sentado lá dentro, mas ele não tem certeza.

Sua picape ainda está dentro do celeiro, mas ele não pode ir até o México dirigindo. Eles vão montar barreiras por todo canto e farão vigília nos trechos de travessia. Mas não tem como ele andar com a garota até seu local de encontro com Jaime. Não há tempo para isso, e ela não conseguiria andar por todo aquele descampado deserto.

Ele rasteja morro abaixo, onde deixou Luz o esperando.

Ele segura a mão dela e caminha pela base do morro por alguns metros, até que está fora do campo de visão da casa. Atravessa uma estrada de terra no meio do morro e desce por ela até o antigo estábulo.

Riley anda até ele.

— Oi, garoto — diz ele. — Temos trabalho pela frente.

Ele sela o cavalo, coloca Luz em cima, senta-se atrás dela e segura as rédeas.

— Uhhh... *¿Un caballo antes?*

O melhor que consegue dizer para "Você já montou um cavalo antes?".

Ela faz com a cabeça que não, mas se vira para ele e sorri. O primeiro sinal de uma alegria infantil que ele viu nela.

— *¿Cómo se llama?* — pergunta ela.

— O nome dele é Riley.

— *Voy a llamarlo "Rojo".*

— Acho que ele não vai se importar — fala Cal. — Está bem, Riley Rojo, vamos lá.

Ele sai do estábulo com o cavalo trotando levemente.

Chega à cerca de arame farpado alguns minutos depois, desfaz o remendo que havia feito alguns dias antes e passa para o outro lado.

Twyla se levanta do chão.

Olha para o relógio.

Três e quinze da manhã.

Ela volta para a sala e checa seu computador em busca de notícias de Cal, e fica aliviada ao ver que ele não foi encontrado.

Ainda.

Eles quase o pegaram em Lubens, mas ele "evadiu o local".

Ela fica imaginando onde ele está, *como* ele está, como Luz está.

Twyla entra na cozinha e pega a garrafa do armário. Bebe direto do gargalo, porque que se dane. Imagina que precisará de alguns goles para fazer o que sabe que vai ter de fazer.

A QUEDA / 435

Ela pega a garrafa, senta-se no sofá e pega sua pistola da mesa de centro.

Tira a arma do coldre e coloca no colo.

O sol não vai nascer pelas próximas três horas.

É muito tempo.

Cal conhece o campo.

Assim como o cavalo.

É fácil cavalgar, uma estrada de terra num terreno plano de fazenda, campos arados quase até o rio, onde há uma faixa de arbustos e onde a cerca da fronteira termina.

E então há o rio.

E depois o México.

O rio não está longe, falta somente um quilômetro e meio, mais ou menos.

Só que ele percebe que não vai conseguir.

Três carros da Patrulha de Fronteira estão iluminados pela luz da lua, movendo-se de um lado para o outro a menos de quinhentos metros à sua direita.

Luzes vasculham os campos.

E o encontram.

O carro para, Cal ouve vozes masculinas, e então eles vêm em sua direção.

Em alta velocidade.

Cal se debruça sobre o pescoço de Riley.

— Garoto, você acha que consegue só mais uma corrida?

O cavalo levanta a cabeça, como se dissesse: "Do que você está falando? Você acha que *você* consegue?"

Cal diz para Luz:

— *¡Agárrate!*

Segure-se!

Ela se segura na crina de Riley.

Cal puxa as rédeas, e eles galopam.

Ele corre na direção de uma saída que sabe que vai dar no rio.

Os carros são mais rápidos que o cavalo e diminuem a vantagem do trio, ficando logo atrás dele. Cal sabe que ninguém vai atirar e arriscar atingir a menina, mas mantém a cabeça abaixada. Com um braço ao redor dela, e uma mão segurando as rédeas, ele bate com o calcanhar em Riley, para ir um pouco mais rápido.

O cavalo responde, aumentando a velocidade.

Não é suficiente.

Uma picape da Patrulha de Fronteira cola na traseira dele, ultrapassa--o e dá um cavalo de pau na frente dele.

Riley não precisa das rédeas para saber o caminho. O cavalo corre, depois desvia à direita, o incrível cavalo fazendo tudo de cor. Dá a volta no veículo e continua correndo, como se soubesse que é seu último galope, sua última corrida em liberdade pelos campos abertos, e entra no córrego.

A picape vai atrás dele. Cal vira a cabeça para trás e vê os outros SUVs vindo também. O solo arenoso vai desacelerá-los um pouco, mas não vai pará-los, e sua única chance é ganhar distância suficiente para entrar no matagal à frente e despistá-los para conseguir chegar ao rio. Ele conhece uma trilha estreita usada pelos traficantes que vai levá-lo até lá.

E então uma luz o fita de cima, e Cal ouve as hélices de um helicóptero girarem acima dele.

— Vamos, Riley! — grita ele. — Preciso de mais!

Ele sabe que está matando o cavalo.

Mas sabe também que a maioria desses animais tem mais coração que a maioria das pessoas, e que esse cavalo específico tem, com certeza, pois Riley coloca energia que nem existe mais. Eles abrem distância, e Cal avista o mato fechado a alguns metros à frente deles, e ele precisa chegar lá para despistar o helicóptero.

E estão quase, quando um quadriciclo surge pela esquerda e para na frente deles.

O motorista levanta seu fuzil, mira na cabeça de Cal.

Cal segura Luz mais firme.

Riley salta.

Passa a um centímetro do veículo e de seu motorista, mas consegue.

E então eles chegam ao matagal.

A QUEDA / 437

Riley mal diminui a velocidade enquanto eles se esquivam de um lado para o outro ao longo da trilha densa, seguindo na direção da água.

O terreno se abre de novo, plano, ermo por alguns metros, e eles chegam à cerca.

Quatro metros e meio de metal, base de concreto.

Eles cavalgam ao longo dela.

Cal se vira para trás e percebe os carros vindo atrás dele.

— Vamos, seu cavalo safado! — Ele quase pode ouvir o coração de Riley bater, vê espuma saindo de sua boca. — Vamos!

A cerca chega ao fim.

Cal segura as rédeas, vira Riley para a direita, e eles passam por ela.

Para dentro de um córrego e depois para o rio.

O rio está prateado à luz da lua.

Riley desce o banco de areia e entra na água.

Não é muito funda no verão, a corrente não é muito forte, e ela só chega até o tornozelo de Cal, enquanto o cavalo segue sua travessia.

E então eles estão em um outro país.

Semibêbada, Twyla pondera se vai colocar a arma na boca ou debaixo do queixo.

Ou na têmpora?, divaga.

Twyla não quer que dê errado, que vire um vegetal cheio de agulhas e tubos, e também não quer sentir dor.

Ela só quer que isso acabe.

A chefe da ICE está espumando de raiva.

— Ele está no México? — grita ela. — Vocês têm certeza?

— Meu pessoal o viu do outro lado do rio — responde o chefe da Patrulha de Fronteira.

— Na porra de um *cavalo*?

— Sim.

— E a garota está com ele — completa ela. — Você tem ideia do que a mídia vai fazer com isso?! "Um caubói heroico e solitário num cavalo desafia os recursos do governo federal e devolve um filho à sua mãe"? Você sabe o que isso nos faz parecer?!

— Uns merdas.

438 /   DON WINSLOW

— Nós teríamos que estar muito melhores para parecermos uns merdas! — retruca ela.

Ela pega o telefone e liga para Washington.

Decisões são tomadas.

Mudança de discurso.

Entre em contato com as autoridades mexicanas e faça com que eles não meçam esforços para encontrar a mãe, levem Strickland em custódia e reúnam essa família. Como sempre foi nossa intenção, como estávamos progredindo, quando Strickland se meteu e colocou a criança em perigo.

A mulher está na frente das câmeras meia hora depois.

— Nós fazemos todos os esforços para reunir as famílias — diz ela. — Como tenho certeza de que vocês entendem, esse é um processo complicado. Mas sempre foi nossa política reunir crianças com seus pais, como estamos procedendo com os Gonsalvez.

— As autoridades mexicanas já estão com Luz ou Gabriela Gonsalvez em custódia? — pergunta Schurmann.

— Não vamos responder perguntas ainda.

— Cal Strickland está sob custódia mexicana? — indaga ele.

— Não vamos responder perguntas ainda.

— Se ele for preso, será extraditado para os Estados Unidos? — pergunta Schurmann. — E se isso ocorrer, a quais acusações ele vai responder?

— Não vamos responder perguntas ainda.

— Vocês vão indiciar Cal Strickland por executar a política que agora vocês dizem estar correta?

— Não vamos responder perguntas ainda.

Ela não vai responder, mas sabe a resposta — ela vai indiciar Strickland por tudo o que conseguir pensar e por algumas coisas que ainda nem sabe. Assim que a mídia prosseguir para a história seguinte, ela vai colocar aquele filho da puta na cadeia para o resto da vida.

E mais tempo ainda, se conseguir descobrir uma maneira de fazer isso.

Cal cavalga pelo campo estreito do lado mexicano da fronteira.

Já é manhã, e o sol está começando a nascer, um amarelo-claro.

A QUEDA | 439

Alguns *campesinos* olham fixamente para o caubói com a garotinha na frente deles, mas ninguém o para nem faz perguntas.

Eles sabem que não se deve fazer perguntas nesse país.

Cal sente as patas de Riley fracas. Ele queria descer e simplesmente caminhar ao lado dele — o cavalo está exausto, acabado —, mas precisa sair desse terreno exposto e descer a encosta até o córrego, antes que os policiais mexicanos o avistem.

— *¿Estás bien?* — pergunta para Luz.

— *Sí.*

— *Veremos a tu madre pronto.*

Vamos ver sua mãe já já.

Luz assente com a cabeça.

É, também não sei se acredito, Cal pensa.

Eles atravessam o descampado e chegam à ponta da encosta. Abaixo deles, até onde os olhos enxergam, é só deserto.

Pedra e areia.

Ele encontra a nascente do córrego, e Riley gentilmente escolhe um caminho na descida da encosta traiçoeira, com seus pedregulhos perigosos.

Três quilômetros é tudo o que falta até o local de encontro.

Eles cavalgam cerca de um quilômetro quando Cal sente Riley estremecer.

Pegando Luz pelo braço, ele desce do cavalo.

As patas da frente de Riley cedem.

Ele fica apoiado nos joelhos, e então se deita de lado no chão. Seus olhos estão assustados, sua respiração intensa, sua barriga ofegante.

— *Rojo!* — grita Luz.

Cal a leva a alguns metros para longe e a vira, para que ela fique de costas para o cavalo.

— *No mires.*

Não olhe.

Ele caminha de volta e se agacha ao lado da cabeça de Riley. Acaricia seu pescoço e focinho.

— Você sempre foi um cavalo espetacular. Nunca me deixou na mão.

Cal se levanta, pega sua arma do coldre e atira duas vezes.

As patas do cavalo dão um coice.

E ficam paradas.

Cal deixa seu coldre cair no chão e guarda a arma na parte de trás da calça, debaixo da blusa. E então ele se vira e pega a mão da criança chorando.

Eles caminham pelo córrego.

Quatro Ford Explorers estão paradas numa parte rasa do córrego, na base do cânion.

Cal avista Jaime e sete garotos ao seu redor, fumando cigarros, bebendo água de garrafas de plástico. Eles estão armados com AKs e pistolas automáticas.

Está quente, o sol a pino e queimando.

Cal solta o fuzil do seu pai do ombro e o segura à sua frente, enquanto caminha na direção de Jaime.

Todas as armas estão apontadas para ele, mas Jaime faz um gesto para não atirarem.

— Você conseguiu, amigão! — exclama Jaime. — Eu já estava a ponto de desistir de você!

— Onde está a mulher? — pergunta Cal, apontando o fuzil para o peito de Jaime.

Jaime aponta seu polegar para uma das SUVs.

— Ela está aqui. A pergunta é: por que eu deveria entregá-la para você? Quer dizer, Cal, o acordo que eu ia fazer era que eu te dava a piranha e você voltaria e trabalharia para mim. Mas você fodeu a porra toda trazendo essa *niña* aqui. Não pode voltar, e mesmo se pudesse, você não teria utilidade para mim. Consigo um bom preço por uma mãe e uma filha em Juárez.

— Não faça isso.

— Por que não?

— Porque vou te matar.

— Se puxar esse gatilho — avisa Jaime —, meus garotos vão te transformar em *pozole*.

— Mas você não vai ver.

— E depois eles vão matar a mulher e a garota — afirma Jaime. — Após se divertirem um pouco com elas.

Cal abaixa seu fuzil.

Jaime está certo — matá-lo não vai adiantar.

— Faça a coisa certa pelo menos uma vez na sua vida — pede Cal.

— Quanto dinheiro você pode gastar? Quantos burritos mais você pode comer? Quantos carros pode dirigir? E pense na história, Jaime: "Coiote mexicano faz o que o governo americano não faz." Vai viralizar. Vão fazer músicas sobre você.

— Preciso admitir, tem algum apelo — retruca Jaime. — Assim como matar você.

— Faça as duas coisas, então — sugere Cal.

Nesta vida, ele sabe, você aceita o acordo que consegue fazer. Nem sempre é o que você quer — ora, quase nunca é —, mas, como seu pai costumava dizer, "Se bom o bastante não fosse o bastante, não *seria* bom o bastante."

Isso é bom o bastante, Cal pensa.

Jaime aponta com a cabeça para os carros. Um dos garotos abre a porta de trás e puxa Gabriela.

Ela corre para Luz, levanta a criança em seus braços.

— Emocionante — afirma Jaime. — Estou profundamente comovido. Tá bem, amigão, você conseguiu. Vou largar as duas em um abrigo, pegar uma benção das freiras. Mas a outra parte do nosso acordo está valendo, *¿comprendes?*

— *Comprendo.*

Jaime dá algumas ordens. Um dos caras pega o fuzil de Cal. Ele nem pensa em procurar uma pistola.

Gabriela Gonsalvez vai até ele. Sua filha é igualzinha a ela.

— Obrigada.

— Em primeiro lugar, isso jamais deveria ter acontecido — diz Cal. — Eu sinto muito.

Luz passa os braços ao redor da cintura dele, afunda o rosto em sua barriga e o abraça firme.

— *Está bien* — diz Cal. Ele a abraça de volta. — Está tudo bem.

Eles ficam desse jeito por alguns segundos, e, então, um dos caras de Jaime pega as duas e as leva de volta para o carro.

— Tire essas duas daqui — manda Jaime. — A criança não precisa ver isso.

DON WINSLOW

Cal observa o carro partir.

Ele fez o que veio fazer.

Jaime volta para o Explorer e pega de um cooler duas garrafas de Modelo.

— Quer uma, amigão? Pelos velhos tempos?

— Claro.

Cal pega a cerveja gelada, e ela desce muito bem.

— Parece que o colégio foi há muito tempo — afirma Jaime.

— *Foi* há muito tempo.

— Para onde foi esse tempo, né?

— Sei lá.

Cal dá um gole grande, e quase termina a cerveja.

— O que aconteceu com a gente? — indaga Jaime.

— Também não sei — responde Cal.

— Você está com medo, amigão?

— Sim.

Ele está, parece que vai se mijar todo.

— Que bom! — diz Jaime. Ele puxa uma pistola do cinto. — Isso deixa tudo ainda melhor. Termine logo isso e comece a andar.

Cal bebe a cerveja até o fim joga a garrafa no chão.

Ele caminha para longe.

Não consegue fazer suas pernas pararem de tremer.

Elas parecem as estacas de uma cerca de madeira antiga chacoalhando com um vento do norte. Primeiro, as estacas cedem, depois as ripas.

Meu deus, Jaime, por que você não atira logo?

E então ele ouve:

— Não consigo, amigão! Não tenho isso dentro de mim! Continue caminhando! Aproveite a prisão, está bem?!

Cal ouve portas sendo abertas e fechadas.

Os motores são ligados.

Ele continua caminhando.

Com a arma debaixo do queixo, Twyla vê a notícia na tela do seu computador. Uma mulher importante dizendo que Cal conseguiu atravessar a fronteira com a garota.

Que bom, Cal!, ela pensa.

Isso é bom pra caramba.

Você escapou.

Ela abaixa a arma.

Pega o telefone para começar a procurar algum tipo de ajuda.

Não pode mais continuar vivendo assim.

Cal caminha de volta pelo córrego.

Cambaleia, melhor dizendo. O sol atinge sua cabeça como um martelo, e a subida faz suas pernas doerem. Ele está com sede, a cerveja estava boa, mas ele precisa de água, e não tem.

Ele vai até onde Riley está e se senta ao lado do cavalo. Abana as moscas dos olhos de Riley.

Exausto, Cal olha para o terreno vazio. Lá embaixo, ele vê a caravana de carros levando Luz e sua mãe embora. Atrás, em cima da encosta, estão os campos verdes mantidos com irrigação, e depois o rio, e depois a cerca, e depois seu país. A única coisa à minha espera do outro lado, ele pensa, é mais grade.

Eles vão me colocar numa jaula e eu nunca mais vou ver meu país de novo.

Seu pai costumava dizer que a maioria das pessoas fará o que é certo quando não custa muito, e que ninguém fará o que é certo quando isso custa tudo o que você tem.

Mas, às vezes, as coisas custam tudo. Cal pega sua pistola, posiciona-a debaixo do queixo e puxa o gatilho.

Sua cabeça cai em cima do pescoço do seu cavalo.

A primeira vez em que ele viu a criança, ela estava numa jaula.

A última em que ele a viu, ela estava livre.

AGRADECIMENTOS

Não tenho a ilusão de achar que sou um homem que conquistou o sucesso sozinho, ou de que este livro, assim como qualquer um dos meus trabalhos, é resultado dos esforços de uma única pessoa. Meus pais viam que eu sempre tinha livros, professores de escolas públicas me ensinaram a lê-los. Amigos e familiares me encorajam e me apoiam, colegas escritores, do passado e do presente, inspiram-me. Editores trabalham arduamente para fazer os livros chegarem às livrarias e aos livreiros e leitores. Meu agente garante que eu tenha as condições financeiras para me sentar e escrever. Minha esposa divide com alegria as incertezas de uma vida de escritor.

Nós, autores, gostamos de pensar que trabalhamos em solidão esplêndida. Mas todas as manhãs, quando eu vou para o trabalho, outras pessoas fazem as coisas acontecerem. Quando dirijo para fazer pesquisa, pagadores de impostos e trabalhadores constroem essas estradas. Quando trabalho da segurança da minha casa, o Exército e a polícia proporcionam essa segurança. Sou grato a todos eles e a tantos outros.

Há pessoas que quero agradecer especificamente:

Shane Salerno, meu amigo, colega de escrita, agente e parceiro de ficção criminal, teve a ideia de fazer um livro dividido em histórias. Fico agradecido por essa ideia, e, como sempre, devo a ele mais do que poderia pagar.

Liate Stehlik, da William Morrow, concordou em publicá-lo, um ato de confiança pelo qual fico humildemente agradecido.

Jennifer Brehl foi uma editora incrível e exigente, e Maureen Sugden me salvou de muitos erros constrangedores. Obrigado às duas pelo trabalho árduo e criativo, e pelo cuidado.

Tenho dívidas de gratidão com Brian Murray, Andy LeCount, Sharyn Rosenblum, Kaitlin Harri, Jennifer Hart, Julianna Wojcik, Brian Grogan, Chantal Restivo-Alessi, Ben Steinberg, Frank Albanese, Juliette Shapland e Nate Lanman.

E a todo o pessoal de publicidade, vendas e marketing da Harper-Collins/William Morrow, saibam que *eu* sei que sem vocês eu estaria desempregado.

A Debora Randall e todas as pessoas da The Story Factory, meus sinceros reconhecimentos.

Ao meu advogado, Richard Heller, obrigado por todo o cuidado e trabalho dedicado.

A Matt Snyder e Joe Cohen, da CAA, como sempre, obrigado.

Às pessoas da Kids In Need of Defense [Crianças que precisam de defesa], obrigado pela ajuda e por tudo o que vocês fazem.

Um alô para todas as pessoas a seguir, por motivos que elas vão entender: Teressa Palozzi, Drew Goodwin, Right-Click, Colton's Burgers, Drift Surf, Jim's Dock, Java Madness, TLC Coffee Roasters, David Nedwidek e Katy Allen, senhorita Josephine Gernsheimer, Cameron Pierce Hughes, Tom Russell, Quecho, El Fuego e Andrew Walsh.

À minha mãe, Ottis Winslow, pelo uso da sua varanda.

Finalmente, à minha mulher, Jean, por toda a sua paciência, seu entusiasmo, seu senso de aventura e seu amor.

Eu te amo mais.

Este livro foi impresso pela Exklusiva, em 2021, para a HarperCollins Brasil. A fonte do miolo é Bembo Std. O papel do miolo é pólen soft 70g/m², e o da capa é cartão 250g/m².